红海斗笠◎著

第一前线　法证

中国社会出版社

国家一级出版社·全国百佳图书出版单位

图书在版编目（CIP）数据

第一前线 . 法证 / 红海斗笠著 . -- 北京 : 中国社会出版社，
2019.3

ISBN 978-7-5087-6132-9

Ⅰ . ①第… Ⅱ . ①红… Ⅲ . ①长篇小说—中国—当代
Ⅳ . ① I247.5

中国版本图书馆 CIP 数据核字 (2019) 第 043269 号

书　　名：第一前线 . 法证
著　　者：红海斗笠

出 版 人：浦善新
终 审 人：李　浩
责任编辑：陈贵红

出版发行：中国社会出版社　　　邮政编码：100032
通联方式：北京市西城区二龙路甲 33 号
电　　话：编辑部：（010）58124828
　　　　　邮购部：（010）58124848
　　　　　销售部：（010）58124845
　　　　　传　真：（010）58124856
网　　址：www.shcbs.com.cn
　　　　　shcbs.mca.gov.cn
经　　销：各地新华书店

中国社会出版社天猫旗舰店

印刷装订：河北盛世彩捷印刷有限公司
开　　本：170mm×240mm　1/16
印　　张：27.5
字　　数：334 千字
版　　次：2019 年 6 月第 1 版
印　　次：2019 年 6 月第 1 次印刷
定　　价：68.00 元

中国社会出版社微信公众号

目录

第一章　鬼楼梯

天京市，鼓楼区兴邺大厦。

九月的天京市，平均每一天的气温都高达 31 摄氏度。

因为临近长江，受到季风气候影响，所以天气以多云为主，但又不下雨，空气湿度饱和，闷热潮湿，人体汗液挥发不去，令人心烦气躁。

李明昊松了松颈部的领带，呼了一口热气。

现在是晚上十点二十七分，他刚刚结束繁忙的一天，终于可以下班了。

此时，他正站在电梯间的位置等电梯。

"嗞嗞嗞……"突然，位于他头顶位置的电灯闪烁了几下。

"嗯？"李明昊疑惑地看了一眼。正当他不以为然的时候，突然……

"噗！"整个电梯间的灯无声地熄灭了。

一时间，电梯间陷入一片漆黑之中，包括走廊的电灯也是如此，只剩下窗外照射进来的月光提供了些许光线照明。

突然陷入一片黑暗之中，李明昊在错愕了一下后急忙拿出手机。

他打开了手机手电筒，顿时光亮"大作"。

拿着手机照了一通后，李明昊恼怒地发现大厦竟然停电了，连电梯也停止运作了。

"什么情况啊？真倒霉！"

本就因为天热而烦躁的李明昊，忍不住爆了一句粗口。

忙了一天，他现在满脑子只想快点回家洗澡吹空调，可是却突然遭遇停电，又不知道什么时候会来电，这迫使李明昊只能改走楼梯下楼。

而他所在的楼层是十八楼，还好是下楼，如果是上楼可就累惨了。

"嘎吱！"推开楼梯门的瞬间，一股熏臭顿时扑面而来，直接涌入李明昊的口鼻。

"呃！真臭啊！"李明昊捂着口鼻抱怨道。

兴邺大厦是办公写字楼，到了晚上，众多上班族一天的生活垃圾都集中在楼梯间的垃圾桶位置，然后由负责打扫卫生的清洁公司清走。

在天气闷热的情况下，垃圾腐臭得极快，才一个白天，味道就如同臭水沟般熏人。

只是平时这个时间点，垃圾应该早就清走了，今晚却没有。

李明昊没有多想，咒骂了几声后，带着满腹的怨气，借着手机的光亮朝楼下走去。

"啪嗒！啪嗒！"

清晰的脚步声在楼梯间回荡着。

此时已经是晚上十点半了，整栋写字楼显得格外的寂静。

尽管有手机手电筒提供照明，但照明的范围十分有限，到五米开外就很暗了。

而楼梯转角后的区域更是一片漆黑，黑洞洞的楼梯通道弥漫着阴森恐怖的气息，如同通往无底深渊的黄泉之路一般，令人忍不住绷紧了心弦。

李明昊原先因为天气而烦躁、恼怒的情绪已然消退，取而代之的是莫名的紧张。

这时，李明昊忽然想起了这栋大厦的一件陈年旧事。

那是两年前的事了，同样也是在九月份，就在这栋大厦里发生了一起杀人命案。

死者是一家商务公司的老板，属于事业有成、有房有车有钱的类型。

该老板因为跟公司里的一个女职员偷情，被对方老公知道了，结果遭到了报复。

出事的时候也是在晚上，那个老板以加班为由，跟那名女职员留在公司做着不可描述的事，可是却没想到女职员的老公上门抓奸，正好捉奸在办公桌上了。

当时，女职员的老公直接掏出一把匕首。

他先是捅死了自己的老婆，然后又接着追杀那个老板。

最后那个老板还是没有成功逃走，他在楼梯通道被追上了，身中二十几刀。

其中有一刀，凶手几乎把那个老板的肚皮都剖开了，肠子什么的都掉了出来。可是那个老板只顾着逃命，等到察觉时肚子已经空了。

那个老板临死之前回头，看到自己长达六七米的肠子一路延伸，而尾端上被一只大脚踩着。

当时，这桩命案在天京市河东区引起了不小的轰动。

现场的情形十分惨烈，触目惊心，那个老板的血迹从他的公司一路连绵到楼梯通道，命案现场范围更是跨越了几个楼层。尤其是最后肠子拖拽的那些血迹，更是恐怖。

李明昊之所以知道得这么清楚，是因为他当时在都市报社里当主编。

凭借一些人际关系，他拿到了命案现场的第一手资料，赶在警方封锁消息之前发布了出去，引起了市民的关注，当天报社的报纸销量创造了新纪录。

该起案件侦破得很快，因为凶手并没有逃跑，而是在自己的家中等待警察上门。

而自从那起命案之后，这栋大厦时不时就会传出闹鬼的传闻。

尤其是大厦值夜班的保安，在深夜巡逻的时候，总是感觉身后阴风阵阵，仿佛有什么东西尾随在后面，甚至有人说听到一些诡异的声响。

"咕噜！"李明昊越想越感到心虚，不由自主地吞了一下唾沫。

就在这时，他忽然感觉到后颈处传来一阵凉意。

那感觉就好像是有人在自己的后颈处吹气似的，李明昊顿时将脖子一缩，急忙转过身去。

手电筒一照，只见身后空荡荡的一片。

除了空旷死寂的楼梯，别说是人了，就连影子都没有一个。

的确连影子都没有，因为此时唯一的光源就是李明昊手里的手机，光线是朝外的。

在这种情况下，李明昊的影子跟他的视线是相反的。

李明昊不禁头皮有些发麻，刚刚他明明感觉到有人在自己后颈吹气来着。

"不会的，不会的，一定是我自己吓自己。"李明昊呢喃自语。

他一边安慰自己，一边转身朝楼下快步走去。

尽管不断地给自己鼓劲，可是架不住周边充斥的阴森气氛，他不由得加快了速度。

李明昊感觉背后凉飕飕的，仿佛有一双充满恶意和戾气的目光在盯着自己，一旦自己停下脚步，目光的主人就会如同恶鬼般扑上来噬咬自己。

与此同时，他隐约听到了一阵诡异的摩擦声响，好像什么东西在地上拖动一般。

为了验证自己是不是幻听，李明昊鼓起勇气停住了脚步，侧耳倾听。

"窸窣窸窣……窸窣窸窣……"

这一停下，拖动的声响更加清晰了。

然而，这一次的声音却是从他头顶上方的位置传来的。

他忍不住抬头看去，顿时隐约见到一道黑影正隔着楼梯的栅栏俯视着自己，而对方的眼睛竟然散发出猩红色的暗光，在黑暗中无比醒目。

李明昊的脑海中瞬间浮现出当初那个遇害老板最后的惨状。

鲜血淋淋的狰狞脸庞，开膛破肚的腹部，在地上拖得老长的肠子、内脏……

"唰"的一下，李明昊的脸色一片煞白，布满了惊恐。

他顾不得细看，扭头就朝下面的楼梯冲去，丝毫没有顾忌在光线受限的情况下，可能会有踩空摔倒的危险，他只想第一时间逃离这里。

匆忙逃跑之时，李明昊甚至都来不及查看自己跑到几楼了。

他只知道自己一旦停下来，就会被身后紧追不舍的恶鬼给拖入黑暗深渊。

可是再长的楼梯通道也有尽头，当李明昊拼命想要逃跑时，却发现前面已经没有路了，原本"深不见底"的楼梯被一面墙取而代之。

而猝不及防的李明昊来不及刹住身子，在惯性作用下直接撞在了墙上。

"嘭！"一声沉闷的撞击声，李明昊在反作用力下栽倒在地。

同时，他手中的手机也脱手而出，掉落在地。

只听到一声脆响后灯光熄灭了，现场瞬间陷入一片漆黑，伸手不见五指。

"啊……呃……"

李明昊疼痛地呻吟了两声，但是他却强忍着疼痛撑起身子。

"呼……"他粗重的喘息着，双手在地面快速摸索着，寻找掉落的手机。

凭借手机掉落的声响，以及光亮最后消失的位置，他竟然真的幸运地找到了手机。

当他下意识地按下手机的开机键后，瞬间一阵柔光从手机屏幕亮起。

虽然手机屏幕呈现出龟裂状的破损，可还是能正常工作。

就在李明昊惊喜之际，突然一双老旧残破的靴子映入他的眼帘，他缓缓地抬头看去，柔光下一张怪异扭曲的狰狞大脸正贴在自己的眼前。

瞬间，李明昊的眼睛惊恐地瞪大到了极限，身体如同坠入冰窖般寒冷。

下一秒，突然感觉到一股巨力传来。

手机再次掉落在地，在逐渐黯淡的柔光中，李明昊号叫着被拖入黑暗深处。

"啊……"

第二章　不是一根普通的羽毛

早上七点十五分，鼓楼区姜家园。

鼓楼区，是天京市的中心城区，是国家重要的科技创新中心和航运物流服务中心，国家东部地区的国际商务、金融、经济中心。

姜家园正处于鼓楼区的中部区域，环境优美，交通便利。

此时，位于姜家园附近的一处工地正在大兴土木。

这里以前是一处老建筑区，几个月前通过了法定手续，把老旧的房屋什么的都推掉了，并在原地盖起了现代化的写字楼、商品房。

不过这是以后，现在这栋新型写字楼才刚刚盖好楼层，连外墙都还没砌呢！

包工头刘大柱迈着有些别扭的步伐，巡视着楼房的情况。

前两天他不小心把脚给扭了，虽然擦过药酒，但走起路来还是有些酸痛。

"刘工头，早啊！"忽然从不远处传来一声问候。

说话的是一名看上去五十多岁，但实际年龄只有四十五岁的中年男人，他正大步走来。

这是建筑工程队里的一名老师傅，姓关，工人们都叫他老关。

他是刘大柱的副手，工地上很多问题都是他在帮忙盯着，从来没有出过问题，工人们对他十分服气，也因此深得刘大柱的信任和重用。

"老关，材料什么时候到啊？"刘大柱大声询问道。

"我刚刚已经问了，那边说最快也要明天才能到啊！"老关无奈地应道。

"什么？还要到明天，这都停工五天了，这材料一天不到位，叫我们怎么开工啊？到时候延误了工期，上面的大老板可不会给咱们好脸色看！"

刘大柱面带怒色，十分不满，要知道他手底下上百号工人等着开工呢！

一天不开工，他们就一天没有收入，这对于农民工而言，无异于叫他们跳槽啊！

而对于包工头而言，就算是这些工人不跟他要补偿，但一天三餐总得报销吧！即使以最低标准一人三十元的补贴，上百号人一天下来也要三千元。

这停工时间短还行，可要是停止十天半个月的，就算是包工头也耗不起啊！

在骂骂咧咧了一阵子后，刘大柱带着老关上了二楼。

两人刚走上二楼，突然齐刷刷地一愣。

由于楼层的墙面还没砌，空荡荡的只有柱子，所以放眼望去一目了然。

而此时，他们看到在楼层中间的阔地位置竟然跪着一个人。

对方光着上半身，双手被捆绑在身后，双膝着地，低垂着脑袋，一动不动地跪在那里。

这突如其来的一幕，不禁令刘大柱两人有些发蒙。

他们下意识地对视了一眼，面面相觑。

"这、这家伙是谁啊？"刘大柱奇怪地询问道。

"我也不知道啊！不过看对方皮光肉滑的，肯定不是咱们队里的工人。"

面对刘大柱的问题，老关也是一头雾水。因为对方是背对着他们，所以无法看清楚脸庞，但是凭借个人的经验老关还是作出了推测。

在工地里讨生活的农民工，哪一个不是皮肤黝黑粗糙、一身的腱子肉。

可对方却肤色白皙，身材有些发福，很明显不是干体力活的。

"啧，你过去看看。"刘大柱忍不住推了老关一把。

"……"老关无奈地撇了撇嘴，谁让对方是包工头呢！只能缓缓地走了过去。

他来到对方的身后，先是叫唤了两声，结果还是没有反应。

此时，一种不祥的预感涌上老关的心头，他强忍着心悸，小心翼翼地绕到侧面。

只看了一眼，老关脸色顿时唰的一下变得煞白，猛地后退坐倒在地上。

看到他这般反应，刘大柱的心脏瞬间被揪紧了起来。

而这时，老关无比惊恐地结巴喊道：

"死、死、死人啦！"

"……"

……

命案现场，此时已经过了一个小时左右了。

"退后一点，都退后一点！"

"别看了！别看了！"

"各位，各位，没什么好看的，都回去吧！"

建筑工地楼盘一楼的周边被拉起了警戒带，而在外围来了不少的围观者，其中有工地的工人，也有凑热闹的群众。

"警察同志，我是电视台的记者，听说里面发生了命案，是真的吗？"

"……"

"能跟我们说说，到底是什么情况吗？"

"……"

在如今手机移动4G网络的大数据时代，稍微发生点事情立马就传开了。而作为新闻工作者，自然是第一时间赶赴现场，试图获得第一手信息。

只不过为了维护社会稳定，避免制造恐慌气氛，所以上头下令封锁消息。

正当民警应付着媒体记者，突然传来一道急促刺耳的刹车声。

只见一辆进口吉普自由光帅气地停下，随后车门打开，一名身穿黑色夹克的青年男人从车里跨了出来，戴着墨镜，遮住了大半张脸。

男人走到警戒带外，负责维护秩序的民警立即配合地拉高了警戒带。

"谢谢！"男子点头道了一声，随即径直走向了建筑楼盘。

见到这一幕，电视台的记者立即问道："哎！这人谁啊？他怎么就能进去？"

"神探宋世哲你都不认识？"执勤民警鄙夷道。

"……"

很快，宋世哲便来到了二楼尸体的所在现场。

此时尸体依旧保持原样跪在那里，两名现场痕检员正在拍照、取证。

痕检员，全名是刑侦痕迹检查技术人员，主要负责的工作就是通过检查命案现场的痕迹，从而作出合理的推测和总结。痕检员与法医是破案的两大重要角色。

看到宋世哲出现，现场一名三十多岁、留着胡楂的青年男子快速迎了上来。

严昊翎，鼓楼区刑警支队的队长，毕业于天京公安大学，从事刑侦工作已经有十个年头了，破过不少案件，敢打敢拼，粗中有细，疾恶如仇。

作为刑警支队的队长，一旦有命案发生，接到通知必须第一时间赶到现场。

"哎哟喂，我的宋科长，你可算是来了，大家都等着你验尸呢！"

没错，宋世哲的工作不是刑警，而是法医。

面对严昊翎的抱怨，宋世哲挑了下眉头，淡淡说道："这不是有小刘在嘛！他也是法医啊！"

小刘是他的助手，跟着他有一年半了，也算学了不少的东西。

听到有人叫自己，正在给尸体进行尸表检验的小刘抬头憨厚地笑了一下。

岔开话题后，宋世哲摘下墨镜，露出一张五官分明、轮廓俊朗的脸庞。

"先说下什么情况吧！"宋世哲询问道。

严昊翎翻了一记白眼，说道："这里的包工头叫刘大柱，今天早上七点半左右，他和一名员工一起巡视工地的时候，在二楼发现了死者，然后就立即报警了。"

他指了指一边的刘大柱两人，继续说道："接到报警后，局里立即派了附近派出所的同志过来封锁现场，不过现场还是遭到了一些破坏。"

"通过初步的勘查，凶手并没有留下多少有用的线索，没有指纹跟脚印，显然是被清理过了，就算有也被破坏了，所以只能希望在尸检上看看有什么突破。"

"没有目击者吗？"宋世哲奇怪地问道。

命案现场是在建工地，工人们平时进进出出的，有时候晚上还要加班赶工呢！

严昊翎摇了摇头，道："没有，这几天工地缺材料，已经停工五天了。"

宋世哲眼眸微眯了几分，似乎想到了些什么。

他一边绕着尸体查看，一边巡视现场，试图发现一些有用的线索。

死者是一名四十岁出头的青壮年男子，身材有些发福，上半身没有穿衣服，下面则是穿着一条西装裤，从裤子的质地来看档次应该还不低。

而死者的上半身有一处触目惊心的伤口，位于心口的位置，里面空洞洞的，本应该待在胸腔里的心脏，此时却被掏了出来。

心脏并没有失踪，而是被放置在尸体前方的一个天平的左侧托盘上。

至于天平的右侧，却是放着一根羽毛。

在重量相差悬殊的情况下，放置羽毛的一侧被高高地挑起。

这种死法非常奇怪，第一时间便吸引了他的注意。

正当他思索之际，在给尸体进行尸表检验的小刘结束了尸检，摘下手套站了起来。

"小刘，检查出什么来没有？"宋世哲朝他询问道。

"死者除了胸口的伤口外，没有其他的开放性损伤，在他的颈部有明显的勒痕，从皮下组织的出血，以及死者眼角充血的生活反应来看，遭到勒脖时他还活着。"

生活反应，只有人还活着的时候才会出现，如皮下出血、充血、吞咽、栓塞等。

在法医尸检中，生活反应是判断死者受伤时间是活着还是已经死了的重要指标。

"除了那些，其他的都是一些轻微的擦伤、捆绑伤，并不足以致死，所以我怀疑死者的直接死因很可能是被勒住脖子导致机械性窒息死亡。"小刘判断道。

"为什么不是胸口的伤呢？"严昊翎这时插嘴提问道。

宋世哲挑了一下眉头，解释道："如果死者是还活着被剖心的话，势必会造成喷溅式出血，可是他的裤子很干净，上身也没有多少血迹，显然在剖心时已经死了。"

"而且，从现场的情形来判断，这里不是第一案发现场。"

"这个我也看出来了，可是凶手很狡猾，没有留下多少有用的线索啊！"严昊翎说道。

"也不是没有，这个不就是线索嘛！"宋世哲示意了一下天平右侧上的羽毛。

严昊翎不解地皱起眉头，疑问道："一根羽毛？"

"对！这可不是一根普通的羽毛！"

第三章　玛阿特神之善恶天平

"这可不是一根普通的羽毛！"

宋世哲此话一出，不禁勾起了众人的好奇心。

"说起来，我也觉得这根羽毛跟平常看到的羽毛不太一样。"

严昊翎手指摩擦着下巴，煞有其事地说道。

"当然不一样，因为这是一根鸵鸟毛，而且还很新鲜，应该是昨晚才拔下来的。"

"你怎么断定这根毛是昨晚拔的？"严昊翎不解地问道。

宋世哲指了指尸体身前的那个天平，说道："这个叫玛阿特神之善恶天平！"

"啥？"在场的其他人不禁一愣，诧异地将目光投注了过去。

"马什么神什么天平啊？"严昊翎疑惑地问道。

宋世哲无语地瞥了他一眼，再次重复说了一遍："玛阿特神之善恶天平，你不知道？"

"我需要知道吗？"严昊翎反问道。

"这是古埃及神话体系里的一个仪式，冥界和亡者之神阿努比斯用来衡量亡者灵魂是否有罪的重要手段。"宋世哲给众人"科普解释"道。

"玛阿特是一位头上饰有一根鸵鸟羽毛的女神，鸵鸟羽毛就是她的象征。在古埃及神话中，她是太阳神拉的女儿，智慧之神托特的妻子。"

"除此之外，玛阿特是一切宇宙和谐之因的化身，是古埃及真理、正义和公平的化身，对她的信仰是古埃及人宗教观念的核心。"

"阿努比斯用她的羽毛和亡者的心脏进行称重，如果心脏跟羽毛持平，那就说明亡者无罪，可以获得转生；而如果比羽毛重，则是说明亡者有罪，灵魂会坠入地狱。"

听完解释，严昊翎神色浮现几分怪异，瞥了一眼失衡的天平。

"所以……这个受害者有罪啊！"严昊翎说道。

"呵呵！"宋世哲轻笑了一声，说道，"他有没有罪我不知道，但凶手肯定有罪！"

严昊翎鄙视了他一眼，又问道："你还没说怎么断定羽毛是否新鲜呢！"

"虽然还不清楚凶手的杀人动机，可是既然他大费周章地把尸体摆成这个姿势，那么再准备一根新鲜的鸵鸟羽毛也费不了多少力气。"宋世哲说道。

"这倒也是！"助手小刘赞同地点了点头。

而严昊翎被这番提醒，也迅速反应了过来，恍然大悟地砸了一下掌心。

"我明白你说的线索了，鸵鸟毛不同于普通的鸡鸭活禽，想要一根新鲜的鸵鸟毛只有到动物园、养殖场，或者活禽市场购买才有。"

这时他又提出了一个疑问："可是这样调查的范围还是很大呀！"

"死者的年龄正值壮年，目测身高应该是175厘米左右，而凶手能够制伏死者，说明他力量和身高方面要胜过死者，是一名体形至少在175厘米以上的青壮年。"

"而且你们注意看，他后面双手捆绑所用的是水手结中的拉脱节，这种打结方式有个特殊的地方，被捆绑的人越挣扎越紧，就算拉断了绳索都挣脱不开。"

"虽然会水手结的人不少，但是不妨从靠近长江一侧的区域开始筛选，然后再调查一下死者的身份，从死者入手看看能不能找到线索。"

"回头把尸体拉回解剖室，等我给尸体进行详细的尸检后，看看能否挖掘出别的线索来，但目前只能找到这么多了。"

听完宋世哲的解说之后，本来有些迷惘的严昊翎头脑顿时清晰了不少。

虽然所得到的线索并不是很多，可是却把调查范围缩小了不少，至少有了一个大致的方向，不至于像无头苍蝇四处乱撞。

正当严昊翎准备吩咐下去时，宋世哲忽然开口又提醒了一句：

"对了，严队长，你派人在周围搜查一下，重点区域是草丛、垃圾堆，或者是下水沟等位置，应该会发现死者的钱包和上衣。"

"嗯？你这么肯定？"严昊翎怀疑地说道，"我可不想白忙活一场。"

"凶手这么堂而皇之地把尸体摆在这里，很显然不是为了劫财，也没有掩藏死者身份的打算，既然钱包什么的不在死者身上，估计是被丢弃在什么地方了。"

严昊翎听完觉得有道理，随即朝在场的刑警侦查员下达命令。

"刚才的话大家都听到了吧！小孙和阿成各领几个人，到附近搜查一下，看看有没有。"

"是，队长！"众队员齐声应道。

严昊翎又说道："老陈，你去交通局一趟，调出周边的监控视频，看看能不能找到什么可疑车辆，如果有，第一时间通知我。"

"明白！"答话的是一名样貌普通、人近中年的资深刑警。

"好！剩下的人跟我去走访一下有鸵鸟的地方。"

随着一条条命令下达，众多民警各自忙活去了，而宋世哲和小刘等人则是等候殡仪馆的车辆到来，准备把尸体拉回公安局。

看着依旧保持跪姿的尸体，宋世哲心头不禁涌起一股不祥的预感。

他有预感，这样的命案还会再次发生。

……

很快，殡仪馆的车子便抵达了现场，为了避免破坏证据，他们并没有解开绳子，而是将尸体放平之后，直接抬上车。

事实上，法医出现场很少有能够当场就确定死因的，所以二次解剖就势在必行了。

鼓楼区公安分局距离姜家园并不远，也就半个小时的车程。

此时正值炎热的九月，但是当跨入解剖室的瞬间感觉到一阵阵凉气扑面而来。

这并不是心理作用，而是真的凉气。

鼓楼区公安分局的解剖室设施相当完备，也比较宽敞，能够同时容纳六张解剖床，内部装有中央空调，在炎热的夏季，能够有效地控制尸体的腐烂速度。

同时，中央空调也保证了空气的充分流通。

要知道，尸臭味可是相当难闻的，即使是有空调的"保鲜"，尸体还是会腐烂的。

而且，有一些尸体在被发现时，就已经腐烂到相当程度了。

在那种情况下，解剖室就变成了毒气室，所以空气流通是最最重要的。

解剖室以白色为主，空荡荡的房间里，金属色泽的解剖床上摆放着一只黑色的尸袋。

乍一看，有种阴森森的感觉。

但不管是宋世哲还是助手小刘，早就已经习惯这样的氛围了。

两人先是穿上验尸服，戴上口罩、手套，然后合力将尸体从尸袋里面抬了出来。

他们站在床边，默默地朝死者鞠了一躬。

这并不是为了作秀，也不是为了求个心安，而是对死者最基本的尊重。

这种做法是宋世哲刚踏入法医这个行业时，负责带他的老师教给他的，而他也将之教给了小刘，算是一种变相的精神传承吧！

鞠完躬后，小刘从一旁的工具盘里拿起剪刀，准备剪断绑着尸体双手的绳子。

"等一下，绳子别剪断，每一个证据都有可能会是重要的线索。"

宋世哲及时阻止了小刘的举动，随即自己慢慢将绳结解开。

绳子解开后，展开来约有一米长，材质是普通的尼龙绳。这种绳子随便哪个五金店或者便利店都可以买到，并不具有指向性。

虽然绳子没有什么出奇的，但却沾染有一些污迹。

尽管现在看不出任何有用的地方，但很多时候线索就是一点点串联起来的，说不定什么时候就能够发挥举足轻重的作用。

解开绳子后，尸体的双臂依旧保持着原样，这是出于尸僵的原因。

人死了之后两个小时就会逐渐开始出现尸僵，先从大关节开始，然后逐步扩大到指关节这些小关节，在十多个小时后达到最大程度。

一般的尸僵在二十四小时之后才会开始缓解，所以根据尸僵的情况，结合其他一些死后现象，法医可以对死者的死亡时间作出初步的判断。

而此时尸僵已经十分坚固了，所以可以推断死亡时间至少在八小时。

"从尸僵程度初步判断，死者应该在昨晚深夜十二点之前遇害的。小刘，测试一下尸体的肛温，进行死亡时间推断。"宋世哲淡道。

"好的！"小刘答应了一声，拿出一支专用探温计。

尸僵是可以强行破坏的，只不过相当费劲就是了。为了更方便进行尸检，宋世哲和小刘配合费了老大劲强行破坏了尸僵的关节。

经过"解锁"之后，尸体的关节重新恢复正常，自然地平躺在解剖床上。

如果忽略死者胸口处的恐怖伤口，此时他就像睡熟了一般安静。

将死者的裤子和内裤脱下之后，死者跟宋世哲两人彻底地坦诚相见了，同时也暴露出了一些原先没有发现的伤痕。

在尸体左侧的膝盖、大腿和股部均有皮下出血的生活反应，而且面积不小。

"尸体的肩部也同样有类似的皮下出血，所以死者在遭到袭击时，应该是尝试过逃跑的，不过没有成功，从迹象来判断估计是撞到了什么东西。"

"比如说呢？"小刘配合地询问道。

"墙面！"宋世哲指着脱下来的裤子，说道，"在裤子上沾有一些碎屑，看质地有点像剥落的墙漆，命案现场没有，有可能是在第一案发现场沾上的。"

小刘凑上去细看了一番，赞同地点了点头："看起来是挺像的。"

"回头送到检验科进行理化检验，看看是什么成分。"

"好的！"小刘应道。

宋世哲给尸体又做了一番尸表检验，在小刘的检验报告上又补充了一些。

检查完体表，接下来就是检查尸体的内部了。

宋世哲拿起一把手术刀，和小刘对视了一眼，随后看向尸体。

"开始吧！"

第四章　连环杀人犯

时间在专注中不知不觉地流逝。

当严昊翎敲响解剖室的房门时，已经是三个小时之后了。

"老宋，尸检结果怎么样了？"严昊翎一进来便立即询问结果。

此时宋世哲已经尸检完毕了，事实上他只用了不到两个小时就完成了尸检。

在尸体保存完整，而且腐烂程度不高的情况下，尸检是最容易的，因为很多线索都保留完整、清晰，不用怎么费劲去推测、猜想。

"结果已经出来了，先说说你那边的情况吧！"

宋世哲没有着急说出尸检结果，他想和严昊翎那边的线索结合一下，再给出最终答案。

"首先尸源确定了，还真被你给说中了，在楼盘附近的一处垃圾堆放处，发现了死者的上衣，钱包也在里面，虽然钱不见了，但是身份证什么的没丢。"

"嗯哼！"宋世哲淡然地挑了下眉头。

这个结果早就在他的预料之中，凶手根本没有打算隐瞒死者的身份，自然也就不会大费周章地去销毁死者的钱包了。

之所以将死者的上衣和钱包带走，估计只是为了拖延警方调查的时间。

宋世哲端着一杯绿茶喝了一口，示意严昊翎继续说。

"在钱包里有死者的名片，他叫李明昊，是一名网络数字文化传媒有限公司的副总，公司就在鼓楼区的兴邺大厦第十八层，最后出现的时间是前天晚上。"

"前天晚上！"宋世哲闻言眉头微皱了一下。

"没错，我们到李明昊的公司走访过了，前天晚上他一个人留在公司加班，一直到晚上十点半左右，然后就消失了，一直到今天早上才重新出现。"

宋世哲跟严昊翎相识很久了，第一时间便注意到他话中"消失了"三个字的含义。

"你的意思是说，他是在兴邺大厦里被袭击绑架的？"

严昊翎点头肯定道："没错，大厦的监控录像显示，在十点半左右突然整栋大厦都停电了，而在停电之前，李明昊正好下班准备乘电梯下楼。"

"可是，直到大厦重新恢复供电，都没有看到李明昊离开大厦，而他的车到现在还停在大厦的地下停车场呢！所以基本可以断定，他是在大厦里被凶手绑架的。"

"最令人称奇的是，我调取了大厦周边所有的监控录像，停电期间并没有车辆进出大厦，就好像李明昊在大厦里凭空消失了一样。"

宋世哲点了点头，淡道："这样的话倒是跟验尸结果相符，死者胃部和肠道的食物都没有残留，说明至少十二个小时没有进食了。"

"凶手一开始就打着杀人的目的，把目标饿得无力反抗也是可以理解的。"

"我在尸体上发现一些瘀伤，是碰撞造成的，很有可能是李明昊逃跑时不小心撞到的，你在大厦有找到被绑架的案发现场吗？"宋世哲问道。

"还真有，大厦停电后，我推测李明昊应该是走楼梯下楼，所以沿着楼梯一路查看，结果在楼道的最底层发现了李明昊遗落的手机。"严昊翎咧嘴笑道。

宋世哲端着水杯，缓缓地吹了吹翻涌的热气，稍微抿了一口。

"如此一来就全对上了，在李明昊后脑位置的头皮有遭受攻击而产生的挫裂创，从形状上判断应该是属于棍状的物体，估计是在楼道底层被打晕后，再被凶手带离大厦。"

说到这里，宋世哲顿了一下，问道："李明昊失踪了，没有人报警吗？"

严昊翎舔了下嘴唇，应道："没有，因为他的职位是副总，就算没去上班也没人过问，而他虽然结过婚，但已经离了，现在处了一个女朋友，不过并没有住在一起。"

"我询问过李明昊的员工，都说他这个人脾气温和，为人也挺好的，从来不得罪人，没听说有仇家，可是凶手又大费周章地把他从大厦绑走，实在令人想不通。"

这时严昊翎忽然问道："老宋，你说会不会是情杀？"

"情杀！"宋世哲顿了一下，撇嘴摇了摇头，否定道，"不可能！"

"嗯？这么肯定，有什么依据？"严昊翎疑问道。

"虽然凶杀案的原因有八成是仇杀或者情杀，可是这一宗命案明显不是这两种，凶手特地准备了一个'善恶天平仪式'，说明是有计划地实施杀人，属于有条理犯罪。"

"而在古埃及神话体系里，玛阿特神是秩序、正义、公正、真理的象征。虽然还不知道凶手是出于什么目的，但是在这起命案里，他给自己的定位是正义、公正的化身。"

"一个自赋以正义、公正为名的人，怎么会是因为私情而去杀人呢！这本身就是一件不正义、不公正的事情了。"宋世哲分析道。

严昊翎眉头微皱了起来，思索了一番后，不得不承认宋世哲说的有道理。

这时，他想起宋世哲的尸检结果还没说呢！

"对了，尸检的结果呢？"

"死因确定了，死者的舌骨和甲状软骨有骨折现象，证明是被勒死的，我查看了尸体颈部的勒痕，跟捆绑死者手腕的绳索如出一辙。"

宋世哲说完，指了一下不远处桌面上的尼龙绳。

"至于尸体胸口的开放性损伤，是由一把两头边缘锋利的利刃造成，估计是匕首之类的利器，从切口的准确性来看，凶手对人体结构应该有一定的了解。"

很多人都知道心口是什么意思，但实际上并不清楚心口确切的位置。

而宋世哲在对尸体进行解剖时，发现凶手的切入点很准确，一下就找到了心脏的所在。

如果对人体结构没有一定的了解，是无法做到这一点的。

"你的意思是说，凶手可能是外科医生？"严昊翎疑问道。

"不排除这个可能，凶手处理得很干净，没有留下多少线索，说不定也有可能是法医！"宋世哲末了开了个小玩笑。

严昊翎鄙视了他一眼，随即神色略微肃然了几分。

"老宋，这个家伙手法很老练啊！"

"你的想法跟我一样，第一次杀人是不可能做到这般不露痕迹的，而且还做了那么多多余的东西，这起命案肯定不是凶手第一次作案。"宋世哲凝重地说道。

"所以，这是个连环杀人犯啊！可如果是在鼓楼区的案子，咱们不可能不知道啊！"

宋世哲点了点头，缓道："唯一的解释就是凶手之前作案是在别的地方。"

"你说，要不要上报市局，展开跨区合作啊？"严昊翎提议道。

"先不用，但可以通知一下其他区的分局，让他们翻查一下有没有类似的悬案，如果真的有所发现，那应该就可以确定了。"宋世哲说道。

"也行！"严昊翎赞同道，随即抬头看了下时间，发现已经临近中午了。

"已经十一点半了，走吧！先去吃饭！"

宋世哲轻笑道："好，你请客！"

"嚯！你这隐形富豪还用我请客，太小气了吧！"

"呵呵！"

……

吃完饭后，下午宋世哲召开了一个专案组会议。

专案组会议室内，外派的侦查员们都回来了，整理着上午调查走访得来的资料。

会议上，各个侦查小组汇报着最新情况，基本跟严昊翎说的差不多。

其中关于鸵鸟毛的调查，侦查员并没有收获有用的消息。

在鼓楼区并没有动物园，最近的动物园是玄武区的红山森林动物园，而且里面的鸵鸟被护栏给隔开了，除非趁人不注意偷偷薅上几根。

不过以凶手能够干净地处理命案现场痕迹来看，这么愚蠢的事情肯定做不出来。

除了动物园，那就只能是养殖场和活禽市场了。

这两个方面除非投入大量人力、物力，否则别想查出点什么来。

而宋世哲则是将他验尸的最终结果说了一遍，同时将内容梳理了一番，将其中需要着重调查的线索标注了出来，这样有利于更快地破案。

开完专家组会议之后，严昊翎重新部署了任务，按照宋世哲所标注的进行安排。

宋世哲在鼓楼区有着神探之名，这不是恭维，而是实至名归。

很多看起来诡异莫测的悬疑案件，在他的"明察秋毫"之下，往往无处遁形。不单单是鼓楼区分局，他在整个天京市都是有名的。

也正因如此，所以刑警支队的队员们，包括严昊翎对他的见解都十分重视。

至于宋世哲，虽然身为法医的职责已经告一段落，但是他并没有就这样闲着，而是主动提出要再去现场看看，严昊翎则是陪同一起。

很快，严昊翎便开着宋世哲的那辆自由光，两人再次来到楼盘。

严昊翎身为支队队长，公安局是有分配公车的，但是他就喜欢开宋世哲的车。

按照他的话来说，那辆车给宋世哲开太浪费了。

由于发生了命案，为了保护案发现场，楼盘被警戒带给圈了起来。

宋世哲没有进入楼盘，而是让严昊翎带路，前往发现李明昊上衣和钱包的垃圾堆放处。

楼盘的命案现场被凶手处理得很干净，但是在凶手离去的路上，说不定会有什么发现。很多凶手在逃离现场的时候，往往容易留下一些蛛丝马迹。

片刻工夫，他们便沿着一条小径来到了垃圾堆那里。

沿途虽然有脚印什么的，但是十分杂乱，已经失去了取证的价值。因为分不清哪些是侦查员的，哪些是凶手的，更有可能是无关人士的。

这一个垃圾堆放处主要是用来堆放楼盘的建筑废料，所以布满了碎砖、碎石，还有一些周边住户贪近丢弃的生活垃圾。

"李明昊的上衣就是在那个位置被发现的。"严昊翎指着垃圾堆的一处位置。

宋世哲扫视着该位置的周围，试图找到什么线索。

同样，严昊翎也四处查看。

就在这时，突然宋世哲的瞳孔一缩，似乎发现了什么。

只见他快步走到一处车辙处，蹲下身子拿出随身携带的一次性手套，小心翼翼地捡起一个东西。仔细一看，赫然正是一支残缺的羽毛。

"发现什么了？"严昊翎连忙跑过来，兴奋地问道。

"我要看监控录像！"

第五章　再现命案

晚上九点左右，刑警队的小孙带回楼盘周边所有监控的录像。

命案现场楼的附近，正好有一个十字路口，安装有好几个监控摄像头，在所带回来的监控视频里，那几个摄像头所拍摄的录像是最清晰的。

这些摄像头都是为了监管那些不遵守交通法规的司机，所以高清像素是必需的。

只可惜，那些摄像头所对准的位置，只能拍到一部分的楼盘。

宋世哲让人把这些监控录像都依序排开，布成视频墙。

所有的视频，时间点都拖到了昨晚十点。

"宋科长，我们这是要干什么？"刑警小孙忍不住好奇地问道。

"问什么问，照做就是了，老宋肯定有他的原因。"严昊翎没好气地训道。

"哦！"小孙挠了挠头，不敢反驳。

宋世哲见状，无奈地轻笑了一声，严昊翎这人什么都好，就是脾气冲了一些。

不过当刑警的，每天过的都是把脑袋别在裤腰带上的日子，面对的多是歹徒或者罪犯，这样充满压力、焦虑的生活，脾气暴躁也是难免的。

他解释道："根据尸检的结果，死者李明昊的死亡时间是昨晚十点到十一点左右，在被杀害后，凶手必须在两个小时内，尸体形成尸僵之前将尸体转移到楼盘的现场。

　　"死者的体重是154斤，就算凶手是个壮汉，背着一具尸体走路也挺累的，而且容易引人注目，所以凶手应该是借助了交通工具。

　　"而且我在凶手丢弃死者上衣的垃圾堆附近，发现了一根残缺的鸵鸟毛，上面有被碾压的痕迹，我怀疑是凶手的车轮胎不小心沾上了鸵鸟毛，离开的时候遗留在现场。

　　"所以，现在我们的任务就是找出凶手用来运尸的那辆车。"

　　听完了宋世哲的解释，在场的众人顿时恍然大悟。

　　严昊翎适时地开口："都听到了吧！凡是在晚上十点进入楼盘范围附近的车辆都给我记录下来，然后再一一排查，宁可错查十辆也不能放过一辆，清楚了吗！"

　　"清楚了！"众警察齐声应道。

　　"大家分工合作，一部分人负责查看那些私人摄像头的监控录像。"宋世哲说道。

　　由于楼盘原本是一片老建筑区，在整片推倒后面积很大。而且，老住宅区的监控网络都比较欠缺，能找到的都是周边住户私人的监控录像。

　　众人各自拷贝一份录像之后，纷纷查看了起来，个个干劲十足。

　　别看监控录像好像没有多少，又有那么多人帮忙，可是为了不放过一丝可能，所以看得都特别仔细。就算每个视频只有一小时，乘以几十个视频，那就是几十个小时了。

　　所以，当晚所有人都在熬夜看视频，一直看到十二点左右。

　　考虑到第二天侦查员们还要到外面走访调查，必须有足够的休息才有体力，这才让侦查员们回去休息，但宋世哲、严昊翎他们却是依旧留在局里熬夜通宵。

　　时间一转眼，便来到了次日的早晨。

　　严昊翎的办公室之中，此时宋世哲正倚靠在躺椅上，而严昊翎则是趴在桌子上。

　　两人一直看到凌晨两三点，最后实在太困了才睡着的。

　　正当二人沉浸在梦乡之中，突然一阵响亮的铃声响起。

"铃铃铃……"

睡梦之中，严昊翎被电话铃声吵醒，迷迷糊糊地伸手接起了电话。

"喂！哪位啊？"严昊翎声音低沉地呢喃问道。

"……"

"对，我是严昊翎。"严昊翎应道。

"……"

突然，严昊翎猛地将脑袋抬了起来，被压着的一边脸上印着清晰的凹印。

也不知道电话那头说了什么，此时他的神情显得十分惊愕，同时还夹杂着兴奋。

"什么？你再说一遍？"严昊翎确认地问道。

"……"或许是严昊翎的声音太大，靠着椅子休息的宋世哲被吵醒了。

这时，他正好听到严昊翎快速地说道："我马上赶过去，宋科长？放心，他一定去。"

"嗯？"听到涉及自己，宋世哲不禁疑惑了一下。

他揉了揉有些酸麻的脖子，等严昊翎挂断电话之后才开口询问：

"谁打来的，有什么事吗？"

"呵呵！"严昊翎嗤笑了一声，神情显得有些怪异。

只见他摇头道："老宋，真被你说中了，凶手真的是连环杀人犯，刚刚玄武区那边的警局打电话过来，说发现了一具尸体，跟咱们这边的情况一模一样。"

"玄武区？"宋世哲闻言顿时一愣。

"走吧！先赶过去再说，那边等你过去尸检呢！"

"行，那赶紧走吧！"

……

二十分钟后，严昊翎和宋世哲两人顺利抵达了案发地点。

由于是跨区办案，而且没有市局的通知，所以两人这一次是以帮忙的名义过来的。

而这一次的命案现场并不普通，是玄武区的高档别墅小区——美林墅！

美林墅是玄武区最新开发的别墅小区，依山傍水，风景优美，绿化环绕，在售的户型最少都有五百平米，市场价格平均一平方米三万。

其中 A 户型最低预估价是一千六百多万，而 B 户型最高的超过两千万。

可以说，这里绝对是只有富人、土豪才买得起的房子。

而命案现场，便是这些别墅中的其中一栋。

当宋世哲两人从车上下来时，只见一栋装修豪华、红砖绿瓦的三层别墅，此时被一圈警戒道给隔离了开来。

别墅周边并没有多少人围观，只有一些妇孺和老人、孩子。

这里毕竟是高档别墅小区，入口处有警卫把守，一般人进不来。而能够住得起豪华别墅的人并不多，同时也大多是有文化的，不会像市井之徒一样聚集围观。

此时，几名身穿刑警制服的男子正站在门口，其中一名中年男人正在说话。

很显然，该中年男人应该是现场的主事人。

严昊翎两人刚下车，该名刑警便立即舍弃旁人，朝他们快步迎了过来。

"严队长，宋科长，麻烦你们赶过来，真是不好意思啊！"

中年男人面带笑容地打着招呼，可严昊翎却是没有好脸色，直接摆着一张臭脸。

"哎！少跟我们套近乎了，我们过来是为了公事。"

"别介呀！大家都是老相识了不是吗！"

"正因为是老相识，所以才知道你这个人是什么德行。"严昊翎轻哼道。

这名中年男人正是玄武区的刑警支队队长杨成刚！

从他们的对话看出显然两人是熟人，只不过之间似乎有什么过节，令严昊翎很不爽。

宋世哲安静地站在旁边，也不插话。

杨成刚咂嘴道："严队长，你说这话可就伤人了。"

严昊翎瞥了他一眼，冷硬道："老杨，我也不跟你要官腔了，这起案件是连环杀人案，而且是跨区作案，局里肯定会成立跨区专家办案组，功劳你是独吞不了的。"

"瞧你说的，我杨成刚是那种抢功的人吗！都是为了维护法纪嘛！"

"得了吧！上一次合作打击一伙贩毒团伙，就因为对方的窝藏地点在玄武区，你们硬是把功劳给抢了过去，说是你们那边部署的。"

"我们累死累活，冒死抓了贼，功劳全让你们给占了，现在想起来还来气呢！"

没错，严昊翎和对方的矛盾就是因为这件事，到现在他还心怀芥蒂呢！

要知道，捣毁贩毒集团那可是大功，而最先发现线索以及追踪目标等，都是鼓楼区的刑警支队在做，后来发现巢穴在玄武区，这才没办法跟玄武区进行合作。

结果虽然成功捣毁了贩毒团伙，功劳却被人抢了，换谁都会不爽的。

最主要的是，严昊翎没法跟自己的属下交代啊！

"别气，别气，那次真不怪我，上面为了安抚投资商，就直接召开了记者会，他们也没通知啊！我也是被赶鸭子上架的。"杨成刚无奈道。

"哼！你现在怎么说都可以啦！"严昊翎并不相信，鄙视道。

杨成刚了解严昊翎的臭脾气，知道说再多也没用了，只能无奈地选择作罢。

在一旁的宋世哲微微摇头，心里暗叹："凡人哪！就是离不开名和利这两个旋涡。"

"嘶嘶！"宋世哲忽然揉了揉鼻子，看向被隔离的别墅。

"这个臭味难道是……"

宋世哲愣了一下后，也不理会拌嘴的两人，直接朝别墅走去。

这两人见状，对视了一眼后，连忙跟了上去。

随着距离的接近，臭味越发浓重，而源头赫然正是别墅的内部。

"呃……"严昊翎捂住口鼻，皱着眉头，问道，"里面什么东西那么臭啊！"

"这是尸臭味！"宋世哲不假思索地回答道。

"没错！"答话的是一名戴着眼镜、样貌普通的三十多岁男子。

他是玄武区公安局的法医，姓何！宋世哲认识他，在市局组织的技术交流会上见过，只不过他是在台上讲，而对方是在下面听讲。

"何法医，里面什么情况？"宋世哲直接询问道。

"呵！进去看一下就知道了。"

何法医没有说，只是从旁边的民警手里拿过一个防毒面具递给宋世哲。宋世哲并没有拒绝对方的好意，随手接过了面具戴上。

"给！"杨成刚也拿了一个防毒面具递给严昊翎。

严昊翎表现得很不屑，轻蔑地说道："切，又不是没闻过，不用！"

这话一出，宋世哲、何法医不禁对视了一眼，目光中隐含复杂的笑意。

虽然干刑警和法医的经常跟尸体打交道，尸臭味也闻过不少，但是不代表他们就要自虐，能够不闻当然是不闻，而且有些臭味真的很难顶。

而以宋世哲的经验判断，里面的"毒气"绝对堪称"辣眼睛"的程度。

"宋科长，咱们进去吧！"何法医招呼道。

"嗯！"宋世哲点了点头，随即两人先后走入别墅。

严昊翎由于不想在杨成刚面前丢面子，只能皱着眉头强忍着恶臭跟了进去。

对此，杨成刚耸了耸肩膀表示无所谓，反正吃亏的又不是他。

刚走入大门，率先映入众人眼帘的便是一座威武的关公立像，而且是真人大小的，神像制作精良，气势非凡，神态逼真，栩栩如生。

这尊关公立像是劈刀立像，何为劈刀？就是挥刀朝下倒提的那种姿态。

看到这尊神像时，宋世哲脚步不由得一顿，心里感到有些诧异。

但他并没有过多停留，而是继续往里面走。

别墅的会客厅在大门的右手边，而尸臭味正是从会客厅的方向涌来的。

当宋世哲转身的瞬间，触目惊心的一幕顿时映入了他的眼帘，令他的瞳孔不由得收缩了一下，同时也揪起了他的心弦。

只见一具已经高度腐烂的尸体，正双手捆绑在背后跪在茶几上。

第六章　死者身份确定

美林高档别墅小区，命案现场！

"咔嚓！咔嚓！"

别墅内，几名痕检员正在案发现场进行拍照留证。

而早已经拍完照片的茶几沙发位置，宋世哲、严昊翎几人正在交流。

"呜……"严昊翎掩着嘴，脸色发绿，强忍着恶臭，闷声道："我的天哪！这味道真够呛的，不知道的还以为是地下的臭水沟上涌了呢！"

宋世哲淡淡地瞥了他一眼，目光中透露出两个字：活该！

明明有防毒面罩，自己死要面子不戴怪谁呀！

看出宋世哲眼神意思的严昊翎，只能撇了撇嘴无奈地闭上，不再抱怨。

"杨队长，先说一下情况吧！"宋世哲问道。

"五天前，隔壁别墅的屋主找物业投诉，说他们家附近有臭味，所以物业部门找到排污公司进行排查，一开始他们以为是隔壁栋出了问题，但是一直没有找到原因。"

"前前后后翻查了三天后，排污公司才确定臭气源是从这栋别墅传出去的，物业的管理人员试图联系这栋别墅的屋主，可是却一直没联系上。"

"直到今天早上，这里的臭气更加严重，已经严重影响到周边住户的空气质量了，最后物业迫于无奈之下，才找来开锁人员打开了别墅的大门，结果……"

杨成刚说到这里停住没有继续，但宋世哲他们都知道结果了。

很多命案的发现都是如此，路人因为一些无心之举或者是气味，结果发现了尸体。

而从眼前的这具腐尸来看，显然已经有段时间了。

跟鼓楼区所发现的那单命案一样，死者的尸体被反手捆绑跪着，胸口被剖开，心脏被取出，放置在一个天平的左侧，而右侧则是一根鸵鸟毛。

当然了，因为腐烂的问题，此时的心脏早就只剩下一坨烂肉了。

"何法医，你们没有动过这里的东西吧？"宋世哲问道。

"没有，原封不动，在得知你们那边的案件后，我们就全都等你们过来了。"

"谢谢！"宋世哲点头谢了一声。

一个杀人犯即使杀人手法再怎么娴熟，也是有其杀人的痕迹可循的，有时候哪怕对方遗漏一丝线索，都有可能帮助警方锁定凶手。

由于是过来帮忙的，所以宋世哲并没有携带勘查箱，而是借用了何法医的。

从中拿出一次性手套戴上，穿上勘查服，宋世哲开始工作了。

他先是绕着尸体查看了一番，尸体的表面已经腐烂得面目全非了，肤色也变成了青绿色，上面还长有发霉的菌丝，心理承受能力差点的，估计早就吐了。

尽管如此，宋世哲还是秉着绝对专业的态度，认真仔细地进行尸表检查。

跟鼓楼区的命案一致，死者的上身没有穿衣服。

宋世哲在尸体的裤子里摸索了一番，成功地在其后面的裤兜里发现了对方的钱包。

真皮的，还是路易威登品牌，款式很不错。

不过就算款式再时尚，质量再好，现在估计没有任何人想要了。

宋世哲翻开钱包看了一眼，随即问道："杨队长，这栋别墅的屋主叫什么名？"

"好像叫郭长勇！"杨成刚想了一下，回答道。

"那恭喜你们，找到了！"

宋世哲淡道一声，随即将钱包递给了一旁的何法医。

在钱包里有死者的身份证，名字正是叫郭长勇，虽然还没经过确定，但基本无误了。

从犯案手法分析，杀害郭长勇的人跟杀死李明昊的是同一个人。对方既然没有掩盖李明昊的身份，那么估计也不会掩盖郭长勇的身份，更何况这里还是死者的别墅。

在确定尸源之后，杨成刚便走出屋外，显然是去吩咐调查郭长勇的身份了。

当然了，不排除是借机会出去外面透透气。

由于尸体已经高度腐烂，所以仅凭表面检验，只能确定其胸口处的伤口，但是不是直接死因，却是有待拉回公安局，仔细解剖之后才能落定。

"何法医，依你的判断，死者死了多久？"宋世哲忽然开口询问道。

"嗯！"何法医被问得一愣，随即连忙反应过来，应道，"腐烂到这种程度了，死了得有十天以上，不过现在天气炎热，腐烂速度会比较快。"

宋世哲闻言，又看向了严昊翎，问道："你呢？觉得死了几天？"

"啊？这、这个得问你们呀！你们才是专业的，我哪里说得准。"严昊翎说道。

"呵！"宋世哲轻笑了一声，淡道，"我的推断是，至少有一个月了。"

这话一出，不仅是严昊翎了，就连何法医也不禁吃了一惊。

"不可能吧！真要是死了一个月，怎么可能到现在才发现尸体，早就有人报案了。"

"就是啊！五天前才发现臭味，就算这里是高档别墅小区，住的人不多，但是也不至于人死了一个月也没人察觉啊！这也太不正常了。"

面对两人的反驳，宋世哲十分淡然，反而问道："你们觉得这里面热吗？"

"是有一点热了，而且还很臭。"严昊翎屏气道。

"可是你们看看空调显示的温度。"宋世哲伸手指向客厅的一角。

两人闻言下意识偏头一看，只见在客厅角落摆放着一台立式的格力空调，空调的型号和外观暂且不论，在液晶面板上显示的温度赫然是5摄氏度。

"5摄氏度？"严昊翎和何法医都不由得一愣，可是他们现在穿着短袖都觉得热啊！

惊疑之下，严昊翎走到空调前方，立即知道问题出在哪儿了。

"这空调坏了，不制冷！"严昊翎诧异道。

"没错！"宋世哲点了点头，说道，"在低温的情况下，尸体的腐败速度会有效减低，能够保存得更长久些，这应该是凶手特意调低的，好拖延尸体被发现的时间。"

何法医也是专业法医人士，被宋世哲这一点拨，顿时恍然大悟了。

"我明白了！"他砸了一下手心，说道："5摄氏度虽然低，但是不够冷，在外部环境低温的情况下，尸体的表面保存得很好，但是内部却一直在腐化，直到空调机不制冷了。"

"空调机一旦不制冷，室内温度恢复正常，在如今的炎热天气，内部早就腐化的尸体，很短时间内就能够使整具尸体高度腐烂。"

严昊翎并不愚笨，在两人的说明下也明白了其中的关键，但他还是有些疑问。

"五天前才有人发现臭味，这说明空调机不制冷的时间要更早，再加上尸体腐烂的时间，往前推十天，这样算下来，也就大半个月啊！"

一个月跟大半个月，虽然感觉没差多少时间，但对于尸体却不一样。

时间越久，尸体腐化越严重，可提供的线索就越少。

一些严重腐烂的尸体，有时候很难确定直接死因，这也就无法断定是意外、自杀，或者是他杀，一旦无法确定死因，案件可能就会因此耽搁下来。

而且还有一点最最重要，那就是作案时间。

警方在调查命案时，为什么特别注重死者的死亡时间，就是为了查证不在场证明。

如果在死者遇害的时候，嫌疑人有明确的不在场证明，则可以证明其不是杀人凶手，可如果法医错误判断受害人的死亡时间，那有可能会错放真正的凶手。

“你说得没错，但是要结合现场的环境。”宋世哲说道。

“第一，这栋别墅是三层，占地面积五百平米，门窗关闭的情况下，尸臭味要想充满这么大的空间可不是一天两天的事情。”

“第二，尸体身上只有一道开创性损伤，内部的腐化气体会循着伤口外泄，虽然无法形成巨人观，但是却能够有效封锁尸气的外泄，直到体表腐烂才扩散。”

“第三，别墅周边的绿化带有过滤净化空气的作用，最先外泄的部分会被植被吸收，然后才被人所发现。”

“综上所述，我的推断是合情合理，当然，最终结论还得尸检才能确定。”

听完宋世哲的分析，严昊翎、何法医深感赞同，连连点头。

“老宋，我相信你的判断。”严昊翎笑道。

宋世哲笑了笑，继续检查尸体，当伸手在尸体的头后按压时，忽然顿了一下。

“发现什么了吗？”何法医立即问道。

“有明显的骨擦感，应该是遭受重击导致颅骨骨折。”宋世哲应道。

所谓的骨擦感，是指尸体存在骨折的地方，在按压时骨质断段发生摩擦会产生声音或者触感，称之为骨擦音（骨擦感），是初步诊断死者是否存在骨折的有效方法。

“难道说……凶手是从背后偷袭死者的？”严昊翎猜测道。

“有这个可能。”宋世哲淡道。

一番检查下来，由于尸体已经严重腐烂了，尸表检验并没有多少收获。

宋世哲刚检查完，杨成刚这时正好从外面走了进来，神色有些凝重。

“怎么样了？检验出什么没有？”杨成刚问道。

“收获不多，只知道死者生前被重击后脑，导致颅骨骨折，不排除是直接死因，具体的答案还得经过解剖才能够确定。”宋世哲摇头说道。

严昊翎这时插嘴问道：“你出去那么久，查到什么了没有啊？”

“查到了，这个郭长勇的确是个富二代，他父亲是永威房地产公司的老总，身家十几个亿，但只有这一个儿子，这个美林小区就有他父亲的股份。”

"哼哼，家里再有钱又怎么样？人家凶手可不会管你这么多。"严昊翎不屑道。

　　"是，人家凶手不在乎，可是我们局长在乎啊！"杨成刚无奈道，"市局已经知道这边的事情了，命令我们必须以最快的速度抓到凶手。"

　　宋世哲闻言鄙夷地冷哼了一声，有钱人死了就是不一样呀！

第七章　以罪之名

宋世哲的鄙夷也不全然没有原因，事实的确如此。

李明昊的命案已经过去一天了，严昊翎的报告也汇报上去了，但市局迟迟没有回应。

可是现在美林墅这边的命案才发现没多久，市局马上就打电话过来了。

说到底，还不是因为郭长勇的父亲有钱有势，而且命案是发生在美林墅这种都是有钱人的土豪别墅小区，所以立即受到市局的重视。

宋世哲并不是仇富的人，只是觉得社会有时候就是这么现实、讽刺。

正当他们准备离开时，从别墅外面传来一阵嘈杂声。

"嗯？"宋世哲几人听到声音，诧异了一下。

"外面怎么了？"杨成刚大声问道。

不一会儿，只见一名年轻民警快步走了进来，他来到宋世哲几人身前站定，说道："队长，我们在外面抓到一个家伙，鬼鬼祟祟的，想要混进来。"

他刚说完，下意识瞥了一眼茶几上的尸体，顿时脸色煞白。

"呜呜……呃……"

在强忍了两秒之后，该民警突然捂嘴转身冲了出去，随即便传来呕吐的声音。

"啧！这没用的东西，丢人现眼！"杨成刚不满地训斥道。

"说得像自己很厉害似的，你当初刚入行的时候肯定也没好到哪儿去。"严昊翎反驳道。

"咳咳！"被严昊翎这般拆台，杨成刚也无话可说。

"出去看看吧！"宋世哲适时地提议道。

尸体已经初步检验过了，接下来是侦查员和痕检员的工作了，没他什么事情。

几人前后走出别墅，一到外面严昊翎便不自禁地深呼吸了两下。

"在里面差点憋死我了。"严昊翎抱怨道。

"呵！"宋世哲嗤笑了一声，随即看向不远处一名被两名民警看管着的年轻男子。

男子年纪不大，也就二十五六岁，打扮得很时尚，还打了耳钉。

"我告诉你们，我爸认识你们局长，你们最好对我客气点，不然我投诉你们。"年轻男子骂骂咧咧的，态度很是嚣张。

宋世哲他们走了过去，由于不是自己的管辖范围，严昊翎自然懒得多管闲事。

"小子，你是什么人？"杨成刚开口问道。

"男子汉大丈夫，行不更名坐不改姓，小爷我叫叶志轩。"年轻男子嚣张地应道。

"小爷！口气够狂的，你是做什么的？"杨成刚虎着脸斥道。

叶志轩偏着脑袋，一脸不屑，说道："我家有的是钱，不用上班！"

"得嘞！又是一个富二代，呵！"严昊翎冷笑了一声。

杨成刚本来就被市局的压力弄得心烦，此时再被对方这态度一激，顿时怒了。

"知道里面发生什么事情吗？命案，你刚才鬼鬼祟祟想要混进去做什么？是不是想要销毁证据？现在我怀疑你跟这宗杀人命案有关，来！把他给铐起来带回去。"

"是，队长！"一旁的两名民警齐声应道。

他们早就看这小子不耐烦了，这一副嚣张跋扈的模样，让人看了就想揍他。

"你、你们别乱来，我爸是叶××。"叶志轩急忙大声叫道。

"我管你爸是谁！让他到刑警大队来找我！"

杨成刚冷斥道，说完就要让下属把人给拿下，而叶志轩这时总算是有些慌了。

他见民警真的要把自己给铐起来，急忙大声地解释：

"别别别，我说，我只是好奇，我认识这别墅的屋主，跟他是好哥们儿，混进去只是想看看怎么回事，我跟里面的命案可什么关系都没有。"

"哼！你当我是三岁小孩吗！"杨成刚冷哼道。

"真的，真的，我真是无辜的，我只是想进去拿点东西。"

叶志轩连忙说道，可是话一出口，他立即又住嘴了，神色有些诡异，似乎在后悔。

见他反应这番古怪，杨成刚立即警惕了起来。

"拿什么东西？"

"呃，这个能不能不说？"

叶志轩一反先前嚣张跋扈的态度，变得谦卑起来。

这在经常跟罪犯打交道的杨成刚等刑警眼里，俨然就是心里有鬼的表现。

"可以啊！那咱们就回警局慢慢说吧！"杨成刚冷笑说道。

"等一下，等一下，我……哎呀！我想拿一个移动硬盘，里面……有一些不雅视频！"叶志轩面露尴尬，有些难为情地咧嘴说道。

宋世哲等人听到这话，看向他的目光顿时怪异了起来。

叶志轩和郭长勇的……不雅视频？

瞬间，在他们脑海中不由自主地浮现出令人起鸡皮疙瘩的画面。

而见到他们的神色，叶志轩立即猜到他们想歪了，急忙解释道："不、不是你们想的那样，是我们跟一些女人自拍的视频，我的性取向可是很正常的。"

闻言，他们几人这才收起怪异的眼神。

这时宋世哲忽然心下一动，开口问道："你跟郭长勇最后一次联系是什么时候？"

"什么时候啊？"叶志轩陷入了迟疑，似乎在回忆着。

"磨蹭什么，赶紧回答！"严昊翎催促道。

在催促下，叶志轩才缓道："哎！一个多月前吧！具体时间不记得了。"

"之后你就没有再找他了吗？"宋世哲又追问道。

"有呀！可是打电话没人接，后来干脆关机，微信、短信也没回，我原本以为他又犯了什么事情，所以躲起来怕被人找到呢！"叶志轩气恼地说道。

"又犯了？"宋世哲和严昊翎等人敏锐地捕捉到这个词语，齐刷刷地盯着叶志轩。

被几人虎视眈眈地锁定，叶志轩不禁胆怯了几分。

"他以前犯过什么事？"宋世哲问道。

"呃……"叶志轩犹豫了一下，说道，"跟未成年少女发生关系。"

听到这话，宋世哲几人相互对视了一眼，没有说话。

叶志轩小心翼翼地问道："警官，他不会是杀人了吧！这跟我可一点关系都没有啊！"

"哼！你放心，他没有杀人，不过他却被人给杀了。"杨成刚淡道。

听到前半句，叶志轩不禁松了口气，可是等他听完后半句，整个人都惊呆了。

"什么？郭长勇死了？"叶志轩难以置信地惊叫道。

"没错，所以，小子，现在你要跟我们回警局一趟了。"杨成刚拍了拍他的肩膀。

"不是，我没杀他啊！"

"把他带回去！"

"哎！哎！"

尽管叶志轩努力地做各种解释，可还是被带上了警车。

看着扬尘而去的警车，宋世哲淡然开口："这小子不是凶手。"

"我知道啊。"杨成刚扬起眉头，随即无奈地说道，"这不是为了做给上面看嘛！"

"嗤！"宋世哲、严昊翎以及何法医不禁轻笑出声。

只能说叶志轩这富二代活该倒霉，竟然正好自己撞到枪口上了。

"老宋，你刚才怎么对郭长勇的事情那么感兴趣啊？"严昊翎忽然奇怪地问道。

以他对宋世哲的了解，对方可不是爱打听八卦的人，除非是牵扯到跟案件有关的问题。

严昊翎的话引起了杨成刚、何法医的好奇，他们下意识地看向了宋世哲。

"你们注意到没有，在别墅里正堂的位置立着一尊关公神像，知道那是什么意思吗？"

这问题问得严昊翎三人一愣，相互对视了一眼。

"据我所知，关公立像是为了镇宅保平安的，也有人把关公视为财神爷，但具体有什么区别我就不知道了。"何法医说道。

"我只知道有一些警局里会供奉关二哥保平安。"严昊翎撇嘴道。

"宋科长，你是不是发现什么了？就直说吧！"

宋世哲扫了他们一眼，解释道："关公像不同的造型象征着不同的寓意，大致上分为了五种形象，分别是：直刀、劈刀、横刀、立刀、骑马。"

"其中的劈刀，就是挥刀朝下的姿势，放置在室内主要目的是驱邪，一般都是主人家认为宅子里有不干净的东西，心里不安，所以放置关公像来驱走邪气。"

听完宋世哲的解释，严昊翎三人面面相觑，一脸懵懂。

"我说老宋你就别卖关子了。"严昊翎有些不耐烦地催促道。

"郭长勇不会无缘无故在别墅里摆这么一尊关公劈刀神像，肯定是因为宅子里发生过什么令他感到不安的事情，心里有鬼，所以才会想要求个心安。"

"就算你猜对了，可是这跟杀死郭长勇的凶手有什么关系吗？"杨成刚不解道。

宋世哲皱着眉头，凝重地说道："凶手刻意将死者的尸体反手捆绑，并模仿埃及神话中的玛阿特神之善恶天平，这样做肯定有他的深意。"

"在犯罪心理学中描述过，每一个有条理的罪犯在犯罪时，都遵循着他自己的逻辑思维进行犯罪，只是一般人无法理解罢了。"

"而针对有条理犯罪的罪犯，常常要重视一点，那就是换位思考。"

宋世哲说的严昊翎三人都懂，但他们并没有打断。

"从发现李明昊的命案开始，我就一直在想，凶手是在以什么样的逻辑进行杀人的，直到刚才看到关公立像时，我突然猜到了一点……"

听到这话，严昊翎和杨成刚异口同声地问道："你猜到什么了？"

宋世哲看了他们一眼，推测道："我认为，凶手应该是以对方是否有罪来进行筛选目标的，凡是被他判定有罪的都会被处死！"

"你这说法也太笼统了，是否有罪谁说得清啊！"杨成刚反驳道。

"凶手不需要别人，他自己既是法官又是刽子手，生死由他进行判决。"宋世哲淡道。

"我靠，这样太不讲理了，这样受害人一旦被凶手抓走，那不是必死无疑。"

在一旁的何法医忍不住插嘴说道，对凶手的蛮横表示不满。

"你都傻了，指望一个连环杀手跟你讲道理！"严昊翎毫不客气地吐槽道。

"咳咳！"何法医挠了挠鼻梁，略微窘迫。

严昊翎白了他一眼，朝宋世哲问道："老宋，你还想到什么？"

"如果，我们能够找到凶手评判受害人如何有罪的依据，或许能够揪出凶手。"

"那凶手评判有罪的依据是什么？"杨成刚急忙问道。

只见宋世哲耸了耸肩膀，无奈道：

"我还没想到！"

第八章　尸检结果

玄武区公安分局办公楼，刑警支队解剖室。

虽然这里的解剖室没有鼓楼区的那么宽敞明亮，但设施还是非常完善的。

而此时，在室内的解剖床上，静静地躺着一具已经高度腐烂的尸体。

不是别人，正是从美林墅拉回来的郭长勇的尸体！

由于尸体已经过了四十八小时，尸僵什么的都已经缓解，宋世哲他们并没有怎么费劲，很轻松地就把尸体放平了，就是那手感有些恶心。

高度腐烂的尸体就像是泡在臭水沟里很久的纸皮，膨胀绵软，十分容易受损，稍微用点力就会使得皮肤与肌肉分离，同时还会流出发绿的脓液。

不过宋世哲和何法医都是"身经百战"的人，对这样的情况早已习惯。

虽然尸体已经高度腐烂，但他们依旧很仔细地进行尸检。

当手术刀划开尸体腹部的瞬间，那股臭气简直就是要人命的熏人，即使宋世哲他们戴了口罩，可是依旧能够闻到那股熏人的尸臭味。

宋世哲皱了皱眉头，强忍着臭味凑上前去观察。

尸体内部的腐烂远比尸体表面的还要严重，五脏六腑基本已经不成样子了。

"分工合作吧，这样比较快，你检查头部，我检查腹部。"

宋世哲主动提出建议，这让何法医十分感激！

因为腹腔内的内脏已经腐烂不堪，想要从中找到线索并不容易，相反，头部相对的保存程度完好，检查起来比较容易。

而且之前进行尸表体检的时候，已经明确知道死者有颅骨骨折的迹象。

一般的凶杀案里，颅骨骨折致死非常常见，这很有可能就是死者的直接死因。

所以，宋世哲这相当于是主动揽下难活，却把功劳送给何法医。

宋世哲倒是没有想那么多，他只是想找到更多的线索，尽早帮助警方破案罢了。

两人分工之后，各自开始尸检。

宋世哲的任务比较艰巨，他先是将尸体的内脏逐一取出，然后按照人体的位置在另外一张解剖床上一一摆放，被凶手取出的心脏也放置在其中。

在审视了一番后，他开始逐一逐一地进行检查，看得非常仔细。

见宋世哲工作的专注模样，何法医也开始检验。

他先是拿出了一把剃刀，小心翼翼地将尸体的头发刮了下来，生怕一不小心就将头皮给弄脱落了，刮了很久才将死者的头发剃干净。

以往的时候，这个步骤只需要几下的工夫，但这具尸体不一样。将头发刮干净后，接下来就比较容易了。

何法医拿起手术刀，从死者的左侧耳后开始下刀，一刀滑至右侧的耳后。在寂静的解剖室内，刀子划开头皮的轻微声响，此时听起来十分清晰。

从何法医娴熟的动作可以看出，他对这样的尸检经验丰富。

划开之后，何法医将头皮上下分开，暴露出颅骨，头部的伤势顿时一目了然。

在死者的头部有三处明显的挫裂创，这些挫裂创都导致了皮下颅骨骨折，创口和骨折线纵横交错，骨折线一路延伸到颅底。

看起来十分触目惊心，均属于严重的粉碎性骨折。而在创口内有组织间桥，创缘并不整齐，从骨折线的形状可以判断得出，是由钝器打击所致的。

所谓的挫裂创，具有钝器创的典型特征，以头部最常见。头皮挫裂创的形状能较好地反映致伤物作用面的形状和大小。

而挫裂创在形成时，由于作用力不相等，常有一部分纤维未发生断裂，在两创壁间形成的联系称为组织间桥。

由钝器形成的皮肤创口和锐器形成的皮肤创口因形成机理不同，在形态上有区别，法医通过对创口的研究，可以分析推断凶器是钝器还是锐器。

通过对头皮的检验，发现有皮下出血的生活反应，所以确定受伤时死者还活着。

将所发现的记录之后，何法医取来了一把电动开颅锯。

人的骨头可以深埋地下十年不朽，尸体虽然腐烂了，但骨头并不受影响。

"嗞嗞……嗞嗞……"

一连串刺耳和诡异的声响后，何法医顺利取下了死者的颅盖骨。

正如宋世哲和何法医所推断的那样，死者的头部受到重创，颅脑组织受到严重损伤。

人的头部在受到这么严重的脑损伤时，足以致死。

"宋科长，我这边检查完毕了，死者的颅骨粉碎性骨折，颅脑严重损伤，如果没有别的伤口的话，应该就是直接死因了。"何法医说道。

"嗯！"宋世哲应了一声，说道，"这起案件里，死者是怎么死的其实并不重要，重要的是他什么时候死的。"

何法医闻言，看了一眼尸体，疑惑道："你不是说一个多月前吗！"

"那只是我的推测而已，咱们是法医，一切都要讲究证据……"说到这儿，宋世哲突然顿了一下，随即笑道，"哈！看看这是什么！"

此时，宋世哲正在检查死者的肠胃，似乎有所发现了。

只见他用止血钳从死者的胃部夹出了一小段黑色的缝线，这是属于专业的医用缝线，通常是做手术之后在体内缝合伤口所用的。

"这条医用缝线能说明什么？"何法医不解地问道。

"这种是可吸收的医用缝线，在手术后一个月内就会被吸收，可是你看现在这条缝线还十分完整，只有端头有被吸收的迹象，这说明死者在术后不久就遇害了。"

"我们已经知道死者是郭长勇，既然如此，只要查一下他是什么时候做手术的，再以此为依据进行推断，就不难确定郭长勇的死亡时间了！"

何法医露出恍然大悟的神情，呢喃道："如此一来，就能够缩小追查的范围了。"

"是的，越快抓到凶手越好，否则还不知道要死多少人！"

宋世哲的担心并不是多余的，现在已经发现两起杀人事件了，确定凶手是连环杀人犯，而且犯罪头脑十分精明，非常理智，现场没有留下什么有用的线索。

最重要的是，对方自命为公正、正义的化身，充当审判的法官和执行的刽子手。

这也就意味着，凶手的目标绝对不止两个，可能还有更多的未知受害者。指不定此时在天京市的什么地方，就有一具"跪尸"等着被发现呢！

毕竟谁也无法确定，郭长勇就是第一个被执行"审判"的受害者。

随后的尸检并没有获得其他发现，再一次证明凶手犯案手法的滴水不漏。

在总结之后，何法医完成了尸检的报告。

第九章　抢时间

当天下午，严昊翎、杨成刚和派出去的侦查员大部分都返回了公安局。

郭长勇的命案总算是引起了上面市局的重视，市局立即下发了跨区合作的通告，由严昊翎和杨成刚两人带队组成专案组，负责追查凶手的下落。

鉴于发生命案的时间顺序，所以专家组的办公地点设在鼓楼区。

不过今天的专家组会议，则是直接在玄武区召开了。

由于死者郭长勇的身份已经确认，所以调查起来的进度喜人，并没有遇到什么困难，特别是通过那个叶志轩提供的信息，杨成刚他们挖出了不少猛料。

人员到位后，在玄武区分局局长的主持下，专案组会议正式开始。

杨成刚站起身来走到会议室内的投影幕前，同时他的助手通过电脑将资料投映上去。

宽大的屏幕上，立即出现了别墅内命案现场的照片。

当高度腐烂的尸体出现时，现场众人的眼角齐刷刷地抽搐了几下。

没办法，画面实在是太刺激了。

一些出现场的警察仿佛又闻到在现场的尸臭味，胃部忍不住感到翻涌了起来。

"咳咳！"分局局长咳嗽了一声，连忙让助手切换图片。

画面变换，变成了郭长勇生前的照片。

别说，这小子长得还挺人模狗样的，服饰穿戴什么的也挺时尚的，再加上他富二代的身份背景，对于某些拜金的女子来说简直就是香馍馍！

不过现在对方已经变成一具腐尸了，生前再怎么风光也是浮云呀！

"死者叫郭长勇，他的父亲是××房地产公司的老总，身家十几个亿，这小子在天京市是有名的富二代、花花公子，经常出没于各种夜店，和很多女人的关系都很暧昧。"

"根据死者好友叶志轩提供的信息，我们对跟死者有关的人进行了走访，得到的答案基本一致，最后跟死者有联系的人叫刘雅丽，职业是模特，时间是上个月的21号。"

"现在是25号，也就是说死者在一个月前，与所有人断了联系。"

在杨成刚的介绍下，众人了解了郭长勇的基本资料和生活作风。

正如他在外的名声一样，富二代，花花公子，不务正业，经常流连于夜场、娱乐场所之中，每天的生活总结为四个字：醉生梦死！

然后，杨成刚又对命案现场所收集的证据、线索进行了整合、梳理。

介绍完之后，轮到了法医科进行报告，何法医站了起来。

"通过尸体检验，我们确定了死因，死者是死于颅脑重度损伤，凶手应该是从死者的背后突然偷袭，用钝器击打他的头部，导致死者头部多处粉碎性骨折。"

"从击打的角度和痕迹分析，凶手的身高应该与死者差不多，在一米七五左右，而且年轻力壮，这跟鼓楼区那边的命案得出的推测基本一致。"

"凶手所使用的是一种便于挥动的武器，应该是某种棍棒之类的，从现场痕迹来看，别墅就是命案第一现场，凶手很有可能是潜入了死者的别墅，再趁其不备出手偷袭。"

"宋科长在尸体的胃部发现了一截医用的缝合线，从缝合线的吸收程度来看，可以判断死者大概在术后一星期遇害的。"

说到这儿，何法医朝杨成刚看了一眼，而杨成刚立即补充地说道：

"我们查了郭长勇的医疗报告，和宋科长所说的一致，郭长勇上个月15号在第一人民医院因为胃穿孔做了一个微创手术，术后的第三天就出院了。"

"如此一来，基本可以断定郭长勇是在 21 号之后遇害了。"分局局长点头道。

这时，严昊翎说道："死者郭长勇所在的小区安保监控布置得非常严密，基本没有死角，我们查看了小区的监控录像，他在 21 号晚上 11 点左右回到小区。"

"从监控视频上看，当时只有他自己一个人，回到别墅后就一直没离开，直到 23 号深夜凌晨两点左右，郭长勇的车从别墅车库开了出来。"

"而事实上，郭长勇约了他的主治医生在 22 号复查，可是他并没有去医院，所以我们推测在 21 号深夜到 22 号早上，郭长勇就已经遇袭了。"

"在小区出入口的监控里，开车的人戴着口罩，所以看不见脸，之后郭长勇就人间蒸发了，直到今天有人报案，所以当晚离开的极有可能是凶手伪装的。"

说到这儿，严昊翎停顿了一下，然后继续说道：

"不过很可惜，我们调取了沿途的监控录像，对方驾车朝江宁区的方向开去，出了郊区之后因为没有监控摄像头所以失去了对方的踪迹。"

分局局长问道："有没有跟江宁区那边沟通，调取一下监控录像。"

严昊翎应道："我们沟通了，也拜托他们查看了，可是并没有发现郭长勇的车进入江宁区，我估计凶手应该是在郊区的位置弃车改换了交通方式。"

宋世哲插嘴问道："老严，车子找到了没有？"

"已经让人去寻找那辆汽车了，不过到现在还没有找到车子的下落。"

"嘶！这个凶手真是太狡猾了。"

听到这些情况，分局局长眉头皱紧，脸色难看了几分。

这一次他可算是摊上大事了，要知道能买得起美林墅那样的高档别墅的人非富即贵，而这些人对自己的小命可是珍视得很。

如今在小区里发生了命案，一下子就揪起了住在那里的富豪们的心弦。

从发现命案到现在，光是电话他就接到了五六个，都是上流社会有钱有势的老总。

不说其他的，单单郭长勇的父亲就足够他应付的了。

"宋科长，你有什么建议没有？"分局局长期望地问道。

对于宋世哲的大名他也是有所耳闻的，虽然是法医，可是却破了很多悬案。

宋世哲沉吟了一下，缓道："从现在已发现的两个命案来判断，凶手是一个极度自大但又十分理智的有条理罪犯，作案手法熟练，现场几乎找不到线索。"

"仅从目前掌握的信息来判断，凶手身高应该在一米七五以上，年轻力壮，对人体结构有一定的了解，不排除是从医人员。"

宋世哲想了想，又说道："每一个有条理罪犯在实施犯罪时都是有计划的，而本案的凶手更是其中的高手，所以，他在选定目标时，肯定遵循着某种逻辑或者条件。"

"他给每个死者举行了一个名为玛阿特神之善恶天平的仪式，在神话中这个仪式是用来审判亡者是否有罪。而受害人都死了，这说明死者在凶手眼里是有罪的。"

杨成刚不解地问道："所以呢？这能够说明什么问题吗？"

宋世哲解释道："凶手自命是公正、正义的化身，他选择目标绝对不是随机的，而是以什么为依据，如果我们想要找到凶手，就必须从死者身上入手。"

"你的意思是……"分局局长诧异道。

"我认为凶手一定会再次行凶，现如今只能跟凶手抢时间，尽快找出对方选定目标的条件，从而提前一步把目标给保护起来，甚至……"

宋世哲还没说完，严昊翎却是心有灵犀地抢先开口：

"甚至可以布置陷阱，引蛇出洞！"

第十章　我要你的心

郭长勇命案被发现的当天晚上，深夜十一点左右。

鼓楼区颐和公馆区，这里属于城中村，周边都是一些老式的两层砖瓦建筑，这些建筑都被两米高的围墙围了起来，形成一个个独立的院落。

尽管道路通畅，环境整洁，可是这个时间点，人们都待在自家屋子里。

路段的两旁种满了绿化树，树冠茂密，郁郁葱葱。白天的时候这里绿荫成片，遮天蔽日，然而一旦到了晚上，尤其是深夜时分，却是显得有些阴森可怖了。

嗤！伴随着一道刹车声响，一辆计程车开到颐和路和牯岭路的交界处停了下来。

司机师傅打开照明灯，朝后排的乘客说道："三十五块，谢谢！"

只见在后排车座上坐着一名大约四十岁的中年女人，穿戴整齐，打扮端庄，留着齐肩的长发，身材适中，长相清秀，风韵犹存。

而此时，她正透过车窗的玻璃朝外面张望着，神情似乎有些紧张。

"大妹子，到了，三十五块，谢谢！"司机师傅再次说道。

这时该女人才仿佛听到，连忙反应过来，她应了一声之后，拿出身上的钱包。

"司机大哥，你确定这里就是颐和路和牯岭路的交界处吗？"女人小心翼翼地询问道。

"那肯定呀！我都开了不知道多久的出租车了，整个鼓楼区没有我不知道的地儿，就是这里没错，不信的话你可以看一下那边的路牌，写着呢！"

女人闻言，循着司机所指的方向看去，果然如司机所说的那样。

"嘶！"确定地点没错后，女人的脸色苍白了几分。

司机透过后视镜，感觉女人举止有些怪异，不由得关心地问道："大妹子，你没事吧？"

"我没事，谢谢关心！"女人应道。

她牵强地扯了扯嘴角，然后从钱包里掏出一张五十元的纸币递给了司机。

"给你五十，不用找了。"

女人说完便提着自己的挎包下了车。

司机师傅拿着钱，看了看下车的女人，随即摇下车窗。

"大妹子，现在这么晚了，这边要叫车比较难，需不需要我等你？"

"嗯……"女人迟疑了一下，随即婉拒道，"不用了，谢谢你的好意！我有朋友住在这边，今晚可能不回去了。"

司机师傅听到这话仿佛明白了什么，饱含意味地看了她一眼。

"哦！那好吧！"

说完之后，司机便启动车子扬长而去！

此时，整个十字街口空荡荡的，只剩下她独自一人站在路边，又老又旧的路灯提供着些许光亮，晦暗的光线将女人的影子拉得老长。她叫徐美玲。

徐美玲看了看两边，下意识地将手里的挎包抱在胸前，试图找一些安全感。

就在这时，突然一阵清晰的手机铃声响起，把她吓了一跳。

反应过来后，她才发现原来是自己的手机在响，急忙打开挎包从里面翻找出手机。

而借助手机屏幕的光亮，可以清楚地看到，在挎包内放着一大捆现金，粗略估计至少在十万元以上。从那还没有解开的捆条来看，显然这些钱都是直接从银行取出来的。

一个女人，深夜 11 点不在家待着，却携带巨款来到这么一个阴暗复杂的地方。

这般诡异的行为，只要不是傻子都猜到肯定有什么蹊跷之处。

徐美玲拿出手机后立即接通了电话，询问道："我已经到地方了，你在哪儿？"

"你现在走到十字路口，然后朝东北方向的路一直走，走到第一个路口后转进去，再一直走，直到看到一个绿色垃圾桶后停下。"

从电话的那头传来一个沙哑的男人声音，仿佛两块粗糙的磨石挤压出来般。

"喂，我怎么知道是哪个绿色垃圾桶啊？"徐美玲急忙问道。

"当你看到的时候，你就知道了。"

电话那边说完便挂了电话，完全不给徐美玲反驳的机会。

面对这般情况，徐美玲咬了咬牙只能按照对方所说的去做，沿着路边前往指定地点。

当她看到对方所说的绿色垃圾桶时，顿时明白对方为什么会那么肯定了。

因为在路边位置，每隔一段距离就放置有一个垃圾桶，可是除了对方所说的那个绿色垃圾桶之外，其他的都是黄色的垃圾桶。

这一对比，绿色垃圾桶就显得十分的突兀和明显。

在绿色垃圾桶的旁边，正好是一座独立小别院的门口，而此时别院的防盗铁门敞开着，站在外面可以看到里面有灯光闪烁，显然里面有人。

徐美玲想了一下，然后小心翼翼地走进了小别院。

"有人在吗？"徐美玲小声地叫唤道。

没有人回应，整座别院寂静得令人有些心底发毛，仿佛敞开的陷阱等人跳进去般。

徐美玲壮了壮胆子，缓缓地步入砖瓦结构的建筑里。

就在她刚走入大厅之中，突然从外面传来关门的声响，不禁吓了她一跳。

紧接着她反应过来，连忙转身跑出门口一看，顿时整个人都愣住了。

只见原本空无一人的小别院之中，此时却多了一个身影，从其体形判断显然是一名成年男性，而对方戴着鸭舌帽和口罩，无法看到面容。

面对这突然出现的神秘男子，徐美玲心中不禁一颤，紧张地看着他。

"你……"正当她想要开口询问的时候，该男子却突然动了，朝她径直走了过来。

徐美玲见状，顿时绷紧了心弦，下意识地往后退去。

这一退又回到了屋子里，等她意识到问题时，已经逃不掉了，出口被男子堵住。

"你就是打电话给我的人吗？"徐美玲小心翼翼地问道。

"是我打的！"男子闷声应道。

"你、你怎么知道那件事的？"徐美玲问道。

神秘男子淡漠地看着她，并没有回答，但眼神中却充满了明显的嘲讽。

很显然，徐美玲有什么把柄落在了男子的手里，所以才被他要挟深夜跑来这里见面，只是不知道这个把柄是什么？竟然能够令一个女人不惜冒着生命危险前来。

而此时，徐美玲见男子这番态度，知道自己是得不到答案的了。

她犹豫了一下，咬了咬牙从挎包里拿出了事先准备的钱。

"这里有十五万，是我全部的积蓄了，我可以给你，拿了钱之后请你不要再打扰我了，还有你得保守秘密，如果传出去，不光是我就连你也别想有好日子过。"

灯光下，徐美玲手上的那捆人民币闪烁着灿烂的红光，无比诱人。

神秘男子缓缓地伸手，从徐美玲手上接过了钱。

见他愿意接钱，徐美玲心头上绷紧的心弦不由得稍微松了些许。只要对方愿意谈判，就意味着有商量的余地。

正当她准备说些好话时，突然神秘男子做出了一个举动。

只见他刚接过钱，下一秒随手就将钱扔在了地上，这一幕顿时揪紧了徐美玲的神经。

"你……你干什么？"徐美玲惊惶地问道。

此时，一股不祥的预感犹如狂潮般席卷上她的心头。

"我要的不是钱，而是你身上的一样东西。"神秘男子沙哑道。

徐美玲闻言一愣，惊诧道："什……什么东西？"

"我要……你的心！"

"……"

第十一章　不一样

你越担心某种情况发生，那么它越有可能发生。——墨菲定理。

残酷的现实又一次狠狠地抽了鼓楼区、玄武区警方的耳光。

当警方忙着试图从李明昊、郭长勇身上入手，调查凶手选定目标的条件时，局势开始一发不可收拾了，才过了短短三天的时间，又曝出了两起杀人命案。

同样的作案手法，两名死者被杀害后，被剖心举行了玛阿特神之善恶天平仪式。

为了维护社会稳定，前两个命案的消息都被警方压了下去，可是后面两个命案，也不知道是哪个大嘴巴走漏了消息，被媒体记者得知了。

结果，一经报纸报道，整个天京市都炸开锅了。

尤其是在网上，现如今网络平台发达，有什么消息发个帖子迅速就传开了。

天京市出现连环杀人犯，一连杀了四个人，而且还有极富宗教意义的善恶审判仪式，随便一个都是赚足眼球的热门话题。

现在两个案件一起，更是引起了轩然大波，不到一天点击量就超过了十万。

网上一些看热闹不嫌事大的网民，还给凶手起了一个"善恶审判者"

的外号。

而越是受到关注，给警方带来的压力就越发沉重，同时也因为舆论的发酵，市局还有省局都特别重视起这宗案件的侦破。

这些压力层层叠加，最后都集中在办案的严昊翎、宋世哲等人身上。

宋世哲还好一点，他的职位是法医，只需要尸检出结果就可以了，但严昊翎就惨了。

这起连环杀人案首先是严昊翎发现的，也是他汇报上去的，在组建专家组的时候，他自然而然地成为破案的主要负责人之一。

像这样的案子既是机会也是个坑，成功破案自然是大功一件，分分钟实现三级跳。

可万一破不了，那负责人可就倒霉了，严重的话可能得引咎辞职。

在这番沉重的压力下，本就脾气火暴的严昊翎，这两天更是跟吃了火药一样，脸阴沉得都快滴出水来了，除了宋世哲谁也不敢跟他打招呼，生怕成了出气筒。

而此时，在鼓楼区公安分局，严昊翎、宋世哲、杨成刚三人正坐在办公椅上。

在他们身前三米处的位置，竖立着一块颀长的移动黑板，上面贴着四张照片，下方分别罗列着照片人物的详细信息，死亡时间、命案现场等。

除了李明昊、郭长勇，另外两名受害者分明是叫许志勤、洪刚。

许志勤是一名资深的死宅，但他又不是一名普通的死宅，而是某度贴吧的知名吧主，同时还是各大微博平台的大V用户，拥有众多粉丝，以犀利独到的见解吸粉。

至于洪刚，他的身份可不一般，刑事诉讼的大律师，属于高级学历的优秀人才。

其中许志勤被发现死在他的出租屋里，跟郭长勇一样是因为尸臭味而被发现的。而洪刚则是相对比较特殊，是在一处冻库里面被发现的，整个尸体都被冻成冰棍了。

经过尸检，洪刚是在二十天前遇害的，而许志勤则是十天前。

按照时间排序的话，目前所发现的命案中，最先被杀的是郭长勇，第二是洪刚，第三是许志勤，第四是李明昊。最先发现的李明昊反倒是最后才遇害的死者。

这让一心想要尽快找到"规律"，提前一步阻止凶手继续行凶的宋世哲等人十分气馁。

"这个该死的王八蛋别让我抓到，我非毙了他不可！"

突然，严昊翎猛地怒拍了桌面一下，破口大骂。

这一下把想事情想得出神的宋世哲、杨成刚两人吓了一跳。

宋世哲瞥了他一眼，没好气地埋怨道："我说老严，你想吓死人啊！如果在这里吼两声就能够抓到凶手，我早就把警局给拆了，冲动跟发火是解决不了问题的。"

"奶奶的，我这不是……憋得郁闷吗！"

换成别人估计严昊翎早就瞪眼了，但对宋世哲他却是耐着性子。

"又不是只有你一个人遭殃，我们局长说了，破不了案我也没好果子吃。"

同是天涯沦落人的杨成刚无奈地叹道。

"哎！市局给我们十天的限期，现在已经过去三天了。"

严昊翎烦躁地抓了抓不知道多久没洗、显得有些油腻的头发，忍不住问道："我说老宋，你这个破案思路到底对不对啊？实在不行咱们换一个靠谱点的吧！"

破不了案，同样窝着一股邪火的宋世哲，偏头冷冷地看着严昊翎。

他也不说话，就是这样静静地盯着严昊翎看。

严昊翎本来烦躁的头脑，顿时如同浇了冰水般冷却了下来，尴尬地挠了挠鼻梁。

事实上，破不破得了案子都不会影响到宋世哲，他的本职工作任务已经完成了，现在还在积极参与完全是出于热心和打击犯罪的正义感，他可不欠严昊翎什么人情。

相反地，严昊翎好几次破不了的悬案，多亏了宋世哲的支援才顺利破案。

收回自己的"死亡凝视"之后，宋世哲皱着眉头说道：

"从表面上看，四名死者除了郭长勇以外，其他三人都是奉公守法的良好公民，并不符合凶手'罪恶'审判的可能，可见每个人都是有着其见不得人的阴暗面。"

"我相信，其他三个人一定有什么罪行，只是我们还没有挖到，而凶手却恰恰知道。"

严昊翎无奈道："说不定凶手只是随机选择目标对象呢？"

"不会的，我有一种直觉，无形之中有一条线把他们串联起来，只是到现在为止，我还找不到这条线是什么。"宋世哲啃咬着自己下嘴唇的唇瓣。

这是他陷入深度思考的小习惯，每次遇到难题想不通都会这样。

而此时，他下嘴唇的唇瓣已经血迹斑斑了。

在一旁的严昊翎见状，担心宋世哲又把自己咬出血了，忍不住想要打断他。

还未等他开口说话，这时一名女文员突然闯了进来，大声喊道："'审判者'又出现了！"

此话一出，宋世哲、严昊翎、杨成刚三人顿时一怔。

现如今，严昊翎他们最担心最害怕的是什么，那就是再次发现命案。

可是他们越担心什么，就越发生什么！

鼓楼区颐和公馆区，颐和路和牯岭路交界处附近。

此时一栋独立小别院外被拉起了警戒带，几名民警正在街道两头维持秩序，同时也是为了阻挡那些携带长枪短炮的媒体记者混入命案现场。

而由于网络上、新闻报纸上连环命案的传播，使得市民对这一类事件非常敏感。

如今看到警方拉起警戒带，纷纷跑来围观，导致现场里三层外三层都挤满了人。

宋世哲三人赶到现场，在其他民警的开道下才成功挤过人群。

此时他们的心情格外沉重，每一次出现场就被那个"审判者"打击一次，搞得都没动力了。

提着勘查箱走入小别院，正当宋世哲以为又将见识一次"审判者"滴水不漏的完美犯罪时，突然被眼前所看到的情况惊呆了。

不一样！这次的命案跟以往的四个不一样！

第十二章　现场尸检

血迹，触目惊心的血迹。

独立小别院的室内大厅内，一大摊猩红刺眼的血迹染红了地面。

不只是地面，就连墙面也分布着一些血迹。

整个大厅之中弥漫着刺鼻的气味，尸臭和血腥味混杂，形成一股浓郁的腥臭味。

同时因为天气炎热，所以尸体腐败得比较快，腥臭味吸引了大批苍蝇聚集，在尸体上产卵，这导致尸体表面和创口处出现了蛆虫，而且数量不少。

看着蛆虫在尸体的创口和表面蠕动的画面，在场的人员不禁有些恶心。

和被"善恶审判者"杀死的受害者一样，死者的双手被反绑在身后，跪坐在地上的血泊之中，上身被脱光，心口被剖开，心脏被掏了出来，放置在尸体前的天平上。

尽管仪式和杀人手法看起来如出一辙，可是却让人忍不住怀疑。

因为"审判者"每次作案的现场都太干净了，几乎没有给警方留下什么有用线索，作案手法熟练到堪称完美，令警方迟迟找不到破案的关键。

就拿李明昊的命案来说，发现尸体的现场是建筑工地，杂乱的环境实际上是最容易留下些痕迹的，可是凶手却能够把指纹、足印都清理干净，足以说明对方心细的程度。

但是这一次，别说干净了，简直就是如同屠宰场一般杂乱。

对比如此悬殊，实在是不得不令人怀疑。

还有一点就是，迄今为止，"审判者"所杀的人都是男性，而这一次却是女性。

发现尸体的是这座小别院的邻居大爷，这两天闻到这边有腥臭味，一开始没怎么在意，可是他自己养的狗一直朝这边吠叫。

察觉到异常后，老大爷寻思着过来看看怎么回事。

他走到门口却意外发现铁门没关，好奇之下便推开门走了进去。

结果，刚走到别院的中间，一眼便看到里面跪坐在地上的尸体，地面上还有一大摊血迹。

这一幕把老大爷吓得直接坐倒在地上，随后连忙爬起来跑回家去报警。

警察抵达现场后，立即封锁了别院和外面的过道。

而经过侦查刑警的询问，得知这个女人并不是住在这附近的居民，也没有人认识她，现场又没有可以证明死者身份的物品，所以暂时不知道死者的资料。

严昊翎和杨成刚站在门口位置，室内痕检员正在拍照取证。

"这个命案真的是那个'审判者'做的吗？"严昊翎不无怀疑地问道。

"我认为不是，很有可能是其他凶手模仿'审判者'的手法犯案。"杨成刚猜测道。

"很有这个可能。"严昊翎赞同地说道。

客厅内，正在戴手套、穿勘查服准备进行尸表检验的宋世哲，插嘴说道：

"现在新闻媒体铺天盖地地报道，把凶手的作案手法都报道了出来，还刊登了案发现场的照片，引来一些有心之士的模仿也不足为奇。"

宋世哲的想法跟严昊翎他们是一样的，也怀疑这次是模仿者作案。

如果"审判者"的命案现场从第一次就这样，估计他早就把对方给揪出来了。

尸体周边的血迹已经干涸，而且拍照取证了，所以宋世哲直接踩在上面对尸体进行检验。

他先是用镊子夹了一条在尸体胸口开放性损伤处的蛆虫，将其丢入一根装有酒精的试管，只见蛆虫在试管内扭动了几下之后，很快便不再挣扎了。

宋世哲将蛆虫取出，然后拿着测量尺只是量了一下，虫子的长度在三毫米左右。

取得测量的结果之后，宋世哲突然神情骤变。

他仿佛发现什么难以置信的事情似的，朝自己的助手小刘询问道："小刘，蛆虫长度大约三毫米，按照法医昆虫学进行推断，死者大概死了多久时间？"

"哎……"小刘想了一下，回答道，"蛆虫在夏天的生长速度是每天0.8到0.9毫米，这条蛆虫三毫米不到，死者应该死了三天左右。"

宋世哲听到这话，目光顿时凝重起来。

在发生命案的第一现场，往往都会出现一种昆虫，那就是绿头苍蝇。

它可以在命案发生后的十多分钟之内，闻到血腥的味道赶到现场，而且产卵的地方也很特殊，它喜欢在人体的体窍处产卵，也喜欢在人体的受伤部位产卵。

法医人员可以根据事发现场蚊蝇种群数量的多少，以及由卵到成虫的发育状态和产卵位置等因素，确定死者的死亡时间，可有效帮助警方早日破案。

"三天前？"同样听到判断的严昊翎，不禁诧异了一下，随即看向杨成刚。

杨成刚似乎也想到了什么，惊讶道："那不正就是咱们发现郭长勇尸体的那一天嘛！"

"是啊！那个时候网上跟报纸还没报道呢！"宋世哲缓缓说道。

此话一出，在场的人们都惊愕住了，一个个面面相觑。

先前所有人都以为这是一起模仿者犯案，可是三天前事件还没扩散呢！市民们也都不知道命案的详情，就连凶手"善恶审判者"的外号都没出现呢！

如此一来，原先宋世哲他们所猜想的模仿者犯案这个猜想就不成立了。

严昊翎立即反应了过来，肃然地说道："这起案件要么是'审判者'自己做的，要么就是认识他的人做的，否则不可能模仿得这么到位。"

"是不是'审判者'做的，只需要尸检一下就知道了。"宋世哲说道。

"你说得没错，尸检！"严昊翎赞同道。

宋世哲扫视了一下现场，心里随即作出了一个决定。

"老严、小刘，你们把隔壁房间的东西清理一下，我要进行现场解剖。"宋世哲说道。

"现场……"严昊翎愣了一下，紧接着反应了过来，立即走进房间整理。

杨成刚见状，也连忙跟进去帮忙，不一会儿便弄完了。

随后宋世哲几人又将尸体搬到了房间里去，并将房门给关了起来。

房门一关，外界的嘈杂声顿时弱了大半。

"老宋，我们需要出去吗？"严昊翎开口询问道。

他清楚宋世哲的脾性，知道对方在尸检的时候不喜欢被人打扰。

"不用，你们站在一边别吵我就行。"

"……"严昊翎和杨成刚对视了一眼，默契地退到墙边站着。

宋世哲将捆绑着死者双手的绳子解开后，和助手小刘搭手将尸体放平躺在地上，而事先他们已经在地面上铺了一个裹尸袋。

这样一来，解剖完之后只需要把拉链一拉，直接就能整个带回局里，也不怕有遗漏。

刚把尸体平放下来，宋世哲立即就发现了不寻常的事情。

只见他在端详了一番之后，忽然伸手在死者胸口的双峰上揉捏了起来。

第十三章　残忍虐杀

"咳咳……"

在旁的杨成刚看到这一幕，不禁咳出声来了。

他没想到宋世哲竟然会这么重口味，借着尸检的方便猥亵女尸。

然而，熟知宋世哲为人的严昊翎和小刘鄙夷地瞥了他一眼，反倒是宋世哲，根本不予理会。

在摸索查看了一番后，宋世哲开口解释道："死者的年纪应该在四十到四十五岁，身材虽然保持得不错，但是明显有赘肉，可是胸部却异常的坚挺，丝毫不下垂。"

说到这儿，他偏头看向了杨成刚，淡道："这说明什么？"

杨成刚露出恍然大悟的神情，应道："原来如此，你的意思是她隆过胸！"

先前死者跪着的时候，双手被反绑在身后，这个姿势导致胸部耸起，所以看不出来问题。但平躺之后，正常情况下会自然下塌，但死者没有，所以引起了宋世哲的注意。

"是的，从手术的切口以及位置来看，主刀医生技术很精湛，应该是正规医院做的，每个正规医院的隆胸假体都是有编号的，查一下记录应该就知道死者的身份了。"

在无名命案之中，死者身份的确定对警方破案能起到很大的作用。

宋世哲继续尸检，这一次他没有让小刘插手。

他仔细地将死者的头发剃光，当死者头皮露出来的瞬间，宋世哲眼神陡然一亮。

只见在死者头部分布着几道挫裂伤，均是由钝器打击造成的，主要分布在死者颅骨的左侧和后侧。宋世哲在对伤口进行按压时，能够听到明显的骨擦音。

骨擦音也就是骨擦感，尸体骨折的位置在按压时会相互摩擦，进而产生触感和声音。

经验丰富的法医能够通过骨头摩擦的程度判断出大致的伤情，而一般出现骨擦音的话，伤势往往非常严重，基本都是属于颅骨粉碎性骨折。

证明这一点的，还有死者那明显有些变形的颅骨，说明骨折程度很严重。

但是令宋世哲眼前一亮的并不是这个，而是其头皮上的印记。死者脑后枕骨左右两侧，分别有两处清晰的按压印记，从形状判断应该是指印。

"这两处印记应该是凶手用手掐住死者的头部，不让其动弹，然后使用凶器击打死者的头部，致使对方重伤，如此伤势，颅脑组织肯定严重损伤。"

"那这个是致死的直接死因吗？"杨成刚忍不住开口问道。

"有这个可能，还要检查完其他的伤口才能够确定。"宋世哲说道。

随后，他招呼助手小刘上前，两人准备将死者的裤子脱下来，他们刚把死者的裤子褪到腿根的位置，突然仿佛发现什么似的，停下了动作。

两人先是惊诧地对视了一眼，随即偏头看向了严昊翎和杨成刚。

严昊翎见二人反应有些奇怪，疑问道："怎么了？"

宋世哲退开了一些，示意道："你们自己过来看吧！"

听到这话，严昊翎和杨成刚立即上前了两步，当他们见到死者裤裆位置的情况时，顿时瞪大了眼睛，紧接着对视了一眼，神情有些惊诧。

只见死者的三角内裤底部被拨到一边，一根黑色棍状物体深插死者的私处。而该棍状物体还残留着一小截在外面，从其横截面判断，大约有鸡蛋粗细。

将死者的裤子完全脱下后，在众人的注视下，宋世哲掐住棍状物体尾端缓缓地将其抽了出来。

而伴随着抽出，众人的目光越发的惊骇。

只见加上宋世哲手中的位置，整根棍子将近三十厘米，上面沾满了血迹。

正常女性的阴道是十三厘米到十五厘米，但因为富含弹性，所以可以容纳将近二十厘米。可是三十厘米显然已经超过了极限，深入到子宫内部了。

而看到棍状物体的全貌后，众人也认出该物体的身份了，这是一根通体规整的警棍。

宋世哲拿着警棍端详了一番之后，说道："看来我们找到凶器了。"

"你是说这就是打死死者的武器？"严昊翎问道。

"从形状上和挥动的便利性来判断，应该就是这根警棍没错了。"宋世哲应道。

在旁的杨成刚闻言，顿时忍不住恼火地咒骂道："这个凶手也太变态了吧！杀人就算了，竟然还辱尸，简直就是丧心病狂啊！"

这时，却见宋世哲瞥了他一眼，说道："杀人没错，但辱尸却未必！"

"这话什么意思？"杨成刚不解地问道。

小刘开口解释道："从警棍带出的血迹，以及死者私处的生活反应来判断，死者遭到施暴的时候，应该还没有死，所以严格来说并不算是辱尸！"

"你是说凶手在死者还活着的时候把这根东西插……"杨成刚惊骇地瞪大了虎目。

"我是不知道凶手跟死者有多大的仇恨，但事实的确如此。"宋世哲打断他的话，说道，"这种做法一般都是出于泄愤，仇恨是会让人做出很多疯狂举动的。"

这时，在一旁的严昊翎疑惑道："这里虽然是小别院，但是周边的建筑都是砖瓦结构，隔音效果并不好，如果凶手在死者还活着的时候施虐，那怎么阻止她喊叫的？"

"凶手如果先重击她的头部，导致她重伤垂死，在丧失反抗能力之后，才对其进行施虐，那个时候，想要让她不叫出声来还不容易吗！"宋世哲说道。

严昊翎闻言，点了点头赞同道："这倒是一种解释！"

"小刘，回头把凶器交给痕检科，看看能不能从上面采集凶手的指纹。"

"好的！"小刘应道，随即接过警棍放入证物袋里面封好。

杨成刚兴奋地说道："如果能够从警棍上找到指纹，那对破案可就大有帮助啊！"

"呵！我劝你还是别抱有太大的希望，如果这起命案真的是'审判者'做的，那么在警棍上八成是找不到指纹的。"严昊翎毫不客气地泼了他一盆凉水。

宋世哲没理会他们，依旧专注地给死者尸检。

他拿起一把手术刀，开始对尸体进行解剖，采取的是Y字形的切开法。

Y字形切开法：切线分别从左、右乳突向下至肩部，再向前内侧切开至胸骨切迹处会合，胸腹部切口同上，剥离颌下及胸前皮肤，将皮瓣上翻盖于颜面部，暴露颈前器官。

除了Y字形切开法，还有直线形和T字形的切开法。

三种各取所需，并不是只能用其中一种。其中的Y字形切口可以充分暴露整个身体脏器腔隙，便于全面探查，所以是法医解剖最常用的一种解剖切口。

当尸体的皮瓣被揭开时，在场的严昊翎和杨成刚神情顿时有些不自然了。

第十四章　发现"审判者"

严昊翎他们两人都是老刑警了，也见过不少惨烈的命案现场，但亲眼看着法医解剖尸体，心里还是感到有些膈应，就好像是自己也被解剖似的。

要知道刑警是高危行业，所面对的都是罪犯，其中不乏一些穷凶极恶的歹徒。

例如一些毒贩往往是团伙犯案，刑警打击犯罪收集证据时，容易遭到歹徒的杀害，甚至是罪犯团伙的暗中报复，所以死亡率极高。

而一些非正常死亡的刑警，想要查明死因的话，自然得叫上法医走一遭。

不说别人，宋世哲曾经就经手过一位熟人，生前还经常跟他、严昊翎一起吃早餐呢！

严昊翎两人膈应，但宋世哲却是早就已经麻木了。

在掀开皮瓣之后，他便进入了专注的状态，他先是将各个器官都检查了一遍，最后检查被凶手掏出体外的心脏。

当宋世哲比对着死者心口的刀口时，脸色一下子凝重了起来。

"怎么了？发现什么线索了？"严昊翎急忙问道。

"嘶呼！"宋世哲重重地呼吸了一下，神情不禁有些颓败地低下了脑袋。

了解宋世哲的严昊翎见状，心里顿时猜到了什么，揉了一把胡楂，咒骂道："他妈的，还真是'审判者'做的，这个王八犊子，别让我抓到，非毙了他不可。"

"你说什么呢！宋科长都没确定。"杨成刚反驳道。

"老严没说错，被'审判者'杀害的四名受害者尸体都是我解剖的，我分析过他剖心取心脏的切入点和用刀痕迹，这个死者跟其他四名的伤口如出一辙。"

宋世哲有些落寞地解释道："所以，基本可以确定就是'审判者'做的。"

杨成刚微张着嘴，愣了半晌后憋出了一个字：操！

在得知命案是三天前犯下的时候，他们心里就已经有种不祥的预感，但还是心存侥幸。现在得到了确认，这让他们感到憋屈，心里充满了怒气却无处发泄。

"妈的，这已经是第五个受害者了，这个'审判者'还要杀多少人？"严昊翎骂道。

"这个问题估计只有凶手自己才知道。"杨成刚无奈地叹道。

然而这时宋世哲却说道："不，凶手准备自首了。"

"什么？自首？"严昊翎和杨成刚异口同声地惊呼出声。

"没错，他准备自首。"宋世哲重复道。

"不可能！"严昊翎直接否定了，嗤笑道，"凶手杀了那么多人，他如果自首那绝对是死刑，除非那家伙不想活了，否则怎么可能会自首呢！"

"就是嘛！宋科长，你说的这情况不可能出现。"杨成刚也是同样不相信。

宋世哲扫视了他们一眼，分析道："前面四起命案，凶手的作案手法堪称完美，几乎没有给我们留下什么线索，可是这一次却错漏百出，为什么？"

"这是因为对方不打算潜藏了，他是在故意给警方留线索，好让我们找到他，否则的话，以他的能力完全可以对现场进行处理。"

"一个不打算潜藏的杀人凶手，除了要自首，还有别的解释吗？"

听到宋世哲的话，其他人都沉默了，神情各异。

正当房间内气氛诡异的时候，突然房门被拍响了，传来一阵叫唤声。

严昊翎诧异了一下，随即走过去开门。

打开房门，只见严昊翎的助手小孙神情激动，显得有些兴奋。

"队长，监控视频有发现！"

……

当天晚上七点，鼓楼区公安分局专案组会议室。

整个会议室内一片晦暗，只有投影仪打在幕布上的光亮提供照明。

在丁达尔效应下，投影仪打出的投影形成一道光束，在幕布上变成清晰的画面。

此时，在幕布上的正是今天命案现场的照片。看着照片上那大片大片的猩红血迹，即使不是在现场，仿佛依旧能够闻到刺鼻的血腥味。

鼓楼区和玄武区两区的精英警察，坐在各自的椅子上。

"根据调查走访确认，我们已经确认死者的身份，她叫徐美玲，今年四十二岁，职业是妇科医生，生前在天京人民医院医科大学第一附属医院工作，因为业务能力比较突出，资历又深，所以下个月即将升职主任。"

"死者住在怡景花园，老公是天京医科大学的老师，有两个孩子，一儿一女，儿子读大一，女儿读初三，平时在单位里跟同事相处融洽，对病患也很尽职。"

"可是这位贤妻良母、爱护病患的好医生，却在三天前惨遭'审判者'的残忍虐杀，这是凶手最近才犯下的罪行，这一次对方在现场留下了不少线索。"

严昊翎站在大屏幕前，拿着一支指挥棒，朝在场的众人讲解死者的身份、背景。

而随着讲解的进度，终于来到了关键的位置。

只见大屏幕上出现了一段小视频，从角度判断应该是监控摄像头所拍。

"在命案现场的斜对面，主人家恰好安装有监控摄像头，他们拍下了三天前案发时的情形，大家注意看视频。"严昊翎说完朝小孙示意了一下。

小孙按下播放键，小视频开始播放。

视频是经过剪辑的，所以很快便出现了目标人物。

率先进入人们视线的正是命案的受害者徐美玲，虽然当时的光线晦暗，但还是能够依稀辨别出目标人物的身影，她来到独立小别院的门口后停住。

在犹豫片刻之后，徐美玲便推开了小别院的防盗铁门走了进去。

"大家注意看，最重要的时刻来了。"严昊翎提醒道。

就在徐美玲进入别院不久，突然摆放在别院门口附近的绿色垃圾桶摇晃了一下。

这一下顿时吸引了现场所有人的注意，正当人们感到奇怪之际，突然垃圾桶的桶盖由内向外被掀开了，一只手臂从里面伸了出来。

除了已经看过视频的严昊翎、宋世哲几人，其他警察都被这突如其来的一幕吓了一跳。

在众人的注视下，一名身形瘦削的男子从垃圾桶钻了出来。

他从桶里拿出一个包裹之后，便走进了小别院之中，同时将防盗门给关上。

视频播放到这里，在严昊翎的示意下小孙按下了暂停键。

"从这名男子出现的方式和地点，基本可以断定他就是杀死徐美玲的凶手，同时宋科长已经尸检确认过了，杀死徐美玲的人就是'审判者'，也就是说……"

说到这儿，大屏幕上适时地出现了一张视频截图，正是"审判者"的全身侧面照。

严昊翎扫视了众人一眼，缓道："这个人就是'审判者'！"

"嘶！"众人不由自主地深吸了口气。

第十五章　锁定目标

要说如今天京市话题最火热的人物，那毫无疑问非"审判者"莫属了。

作为犯下一系列凶杀案的连环杀人犯，"审判者"到底是谁？长得什么样？这一直是人们所热衷的话题。如今，终于被拍到视频，而且还是全身的影像。

只可惜，由于现场的光线晦暗，以及"审判者"戴着口罩，所以无法辨别长相。

不过有一点却是得到了证实，那就是"审判者"的身材与宋世哲推测的一致，大约一米七五。而其翻出垃圾桶时灵活利落的动作，正好印证了对其年轻力壮的推测。

严昊翎讲解完之后，便将指挥棒交给宋世哲，由他继续讲解。

只见幕布投影的画面再次变化，变成尸体某些部位的放大图片。

"大家可以看到，在死者后枕骨的位置有两处按压的指印，按照推测，凶手应该是掐着死者的头部，然后用凶器猛烈敲击其头部，导致对方多处颅骨粉碎性骨折。"

画面再变，闪现出一支血迹斑斑的警棍，正是那柄凶器。

"经过痕迹的对比和检验，已经确定这支警棍就是凶器，凶手在把目标打成重伤垂死之后，对其实行了性虐待，将凶器插入死者的阴道……"

这话一出，在场的众多警察顿时忍不住发出一阵哗然，低声咒骂了起来。

"咳咳……"严昊翎咳嗽了几声，示意众人安静。

待现场安静后，宋世哲继续说道："凶手在虐待死者之后，便将她的心脏剖了出来，经过检验，创口位置存在生活反应，也就是说死者在被挖心的时候应该还没死。"

因为性虐待而哗然的众人，再一次被凶手的心狠手辣震撼。

"从这些迹象来看，凶手对死者有着很深的仇恨，以至于用这种残忍的手段进行报复，但是根据走访的情况，死者应该不知道自己有仇敌。"

"所以，我大胆推测，凶手跟死者之间的仇恨应该有中间者的存在，凶手是因为这个中间者而仇恨死者，找出这个中间者对锁定凶手能起到巨大帮助。"

众人安静听着，同时手上做着笔记，以防错漏了什么。

"最后一点，那就是凶手的交通工具。"

"在所发现的五起命案中，李明昊和洪刚都是被凶手转移到他处进行布置的，两名死者都是成年男性，想要不引起别人注意进行转移并不容易。"

"看到视频之前，我一直以为凶手是利用私家车进行转运，但是我错了，当我看到这个监控视频之后才恍然大悟，终于想通凶手是如何转移尸体的。"

这个问题一直困扰着众人，如今听到要揭晓谜底，一个个顿时都打起精神来了。

宋世哲扫视了他们一眼，揭晓道："可移动性的垃圾桶！城市之中随处可见的存在，其中的大号垃圾桶要装进一具尸体绰绰有余，就像凶手从垃圾桶里钻出来一样。"

"凶手一定是利用自装卸式垃圾车的便利，将尸体装入垃圾桶进行转运的，如此一来，即使是被路人看到了也不会多想，只会以为是在清理垃圾。"

"最重要的是尸体藏在垃圾桶里，一般情况下不会有人闲着无聊去翻动。"

听到宋世哲的分析推测，众人纷纷点头表示赞同。

利用垃圾桶、垃圾车作为转移尸体的交通工具，的确相当方便，而且隐晦不易被发现。

"想到这一点后，我又查看了一番监控视频，成功确定了猜想。李明昊被绑架的当天晚上，兴邺大厦出现停电，李明昊就是在停电时失踪的。"

"根据大厦保安的说法，当晚负责大厦卫生清理的物业公司，是在恢复供电之后才到的，这就可以解释李明昊是如何神不知鬼不觉地被带离大厦的。"

"而在发现李明昊尸体的命案现场附近，也就是发现死者钱包和上衣的地方是一处建筑垃圾堆放处，平时也有市民把一些生活垃圾丢弃在那边。垃圾车出现在那里就顺理成章了，这样一来，即使警方发现了，也不会怀疑到垃圾车上面。"

"除了以上的推测，我还在凶手用来捆绑死者手臂的绳索上发现了一些线索，通过切口比对，证实了五名死者身上的绳索都是从同一条绳索上剪下来的。"

"绳子本身并不具备指向性，但是绳子上却沾染有一些污迹，这些污迹经过检验，已经确认是鸵鸟的血液，应该是凶手不小心沾染上的。"

"凶手每杀一人都会举行一次善恶审判仪式，采用的鸵鸟毛都是新鲜的，再加上沾染的鸵鸟血，所以我推测这些鸵鸟毛应该是从一处鸵鸟屠宰处顺来的。"

鸵鸟屠宰场！在场众多警察闻言一怔。

之前宋世哲就根据鸵鸟毛进行过推测，并让侦查员以此为依据进行追查。

只是后来又接二连三地发现命案，大家都被新案件转移了视线，最先进行追查的鸵鸟毛线索被放置一边了，毕竟警方的人手也是有限的。

现在宋世哲又一次提起了鸵鸟毛的线索，人们才想起有这么一条线索。

"根据调查，鼓楼区内只有一家专门经营鸵鸟肉特色的餐厅会每日屠宰鸵鸟，而五起命案之中，李明昊的命案是最先发现的，同时也是凶手最典型的犯案手法。"

"在调取城市交通监控录像后，我们发现了李明昊失踪当晚，鼓楼区唯一一辆经过鸵鸟肉特色餐厅和兴邺大厦，以及在建楼盘三个地点的自装卸式垃圾车。"

"该垃圾车的车牌号是苏Ａ·××××，而五起命案之中，有三起命案是跟垃圾车相关联的，该车牌的垃圾车都有经过命案现场附近。"

说到这里，宋世哲停顿了一下，随后凝重地继续说道：

"所以，'审判者'必定跟垃圾车的司机有关，甚至可能就是其司机本人。"

这话一出，众警察顿时精神振奋。他们早就无比迫切地想要抓住"审判者"，只是奈何找不到对方的下落，现在可算守得云开见月明了。

宋世哲讲完之后，严昊翎站起身来，大声地说道：

"嫌疑人叫卢光汉，现在已经成功确定其住址，今晚对方不用上班，负责盯梢的同志汇报，嫌疑人正在自家的住处休息，我们直接突击嫌疑人的住处。"

"一旦看到嫌疑人，立即实施抓捕，提醒大家一点，嫌疑人极其危险，如果对方激烈反抗，必要时允许开枪，听到了没？"严昊翎肃然道。

哗啦！众人齐刷刷地站起身来，喝道："是，队长！保证完成任务！"

伴随着一声令下，所有专案组成员都行动了起来。

第十六章　突袭抓捕

鼓楼区是天京市中心老城区，常住人口一百三十万，六十岁以上老人有二十万余人。

在这地少人多的环境里，可谓是寸土寸金，一间六十平方的房子就要好几十万，大部分买不起房子的普通市民只能租房子住。

而比较经济实惠的老城出租屋，便成了众多穷苦大众青睐的对象。

其中，镇江路住宅区属于廉价出租屋的中上档次。

不算太老旧的自建楼，每栋都在五六层高度，周边的市场、小商店齐全，供电供水完善，同时邻近中学，勉强与学区房沾边。

然而，缺点也十分明显，由于缺乏规范性的建筑规划，土地拥有者将楼房建设得杂乱无章，这致使了街道交通分配不合理，人口居住密度过大，生活垃圾随处可见。

从鼓楼区公安分局到镇江路住宅区并不远，十分钟左右的车程。

晚上八点左右，四辆警车外加一辆进口吉普自由光，风尘仆仆地扑向了嫌疑人卢光汉的住处，只是当他们满怀激动地抵达镇江路附近时，却被浇了一盆凉水。

只见本就不宽敞的道路被沿途违规停放的车辆挡住了一半，而另一半则被密集的人流充斥着。人们来来往往，甚至还有人在路边摆摊卖东西。

他们即使看到警车也没有避让的意思，依旧肆无忌惮地占用着道路。

"这他妈怎么回事啊！快点让他们走开！"

早就憋着一股怒火的严昊翎，看到这番情景忍不住大声斥骂道。

助手小孙同样懊恼，无奈地说道："队长，不行啊，人实在太多了，车子走不动。"

"这样下去不行，等警车开到嫌疑人的楼下，估计对方早就逃跑了。"

一起跟来的宋世哲看到这情形，皱起了眉头有些担心。

严昊翎也同样担心这样的事情发生，果断地下达命令道："除了司机，其他队员下车跟我步行过去，一定不能让嫌疑人给逃跑了。"

收到命令后，除了司机，其他警察火速下车，在严昊翎的带领下朝目的地赶去。

宋世哲没有留在车上，同样也跟了上去。

看到全副武装的警察出现，沿途的行人不禁驻足围观。

从鼓楼区公安分局赶到镇江路住宅区只用了十分钟左右，可是从住宅区的北门赶到嫌疑人的住宅楼却足足用了五分钟。

这还是用走路的，要是开车估计还在路上堵着呢！

无论如何，他们总算是赶到了目的地，严昊翎等人在楼梯口集合。

两名身穿便装的年轻男子走了过来，正是负责对嫌疑人进行盯梢的警察。

"队长，嫌疑人一直在上面，没有下楼。"年轻警察说道。

"好，辛苦了！"

严昊翎拍了拍他们的肩膀，随即掏出手枪，直接子弹上膛。

其他警察见状，也同样掏出手枪子弹上膛。

做好准备之后，严昊翎朝一旁的杨成刚说道："杨队长，我带一队人上去抓捕，你带另一队人在这下面守着，防止嫌疑人逃跑，没问题吧！"

杨成刚十分理解地笑了笑，道："放心吧！这功劳我不会跟你抢的。"

"呵呵！"严昊翎轻笑了一声，也不争辩，随即转向宋世哲。

"老宋，你也别上去了，危险！"

"嗯！那你小心点！"宋世哲爽快地应道。自己有几斤几两他还是很清楚的，而且有这么多刑警在，哪轮得到自己一个文弱书生逞能啊！

做好安排之后，严昊翎扫视了众人一眼，低声喝道："行动！"

伴随着一声令下，严昊翎一马当先地冲进了楼梯道，紧随其后的是他的助手小孙，然后其他警察也鱼贯而入，一干人等直扑嫌疑人在四楼的出租屋。

正当严昊翎即将冲上四楼的时候，突然传来一阵开门关门的声音。

还没等严昊翎反应过来，一道瘦削的身影映入他的眼帘，同时对方也看到了严昊翎。

两人四目相对，双方都愣了一下，紧接着对方看了一下严昊翎手中的枪。

"不好。"严昊翎心里顿时涌起一股不祥的预感。

几乎同时，只见对方神色闪过一丝惊恐，紧接着突然转身就往楼上冲去。

严昊翎也反应了过来，立即拔腿就追。

同时他还不忘让人检查嫌疑人的出租屋："小孙，你带一半人查看嫌疑人的出租屋，看看有没有别人，其他人跟我一起上去！"

得到命令后，小孙和四名警察留了下来，其他人则是跟着严昊翎追了上去。

那名逃窜的男子不是别人，赫然就是卢光汉。

他在看到警察之后也不问缘由，直接转身就逃，很明显是做贼心虚，心里有鬼。

严昊翎紧追其后，冲出楼梯道之后第一眼便看到卢光汉朝天台边缘跑去。

对方丝毫没有减速的意思，这顿时揪紧了严昊翎的心弦。

他连忙追了上去，试图在对方跳楼之前拦住卢光汉，可还是晚了一步，眼睁睁地看着卢光汉踩着墙一跃而出。可是对方并没有坠落，而是跳到了隔壁栋的天台上。

原来这里的楼房建设因为没有规划好，有些楼房相互之间的间隔甚至不到两米。

两米距离对于一名成年男子，只要稍微助跑就能够轻易跃过。

"被耍了！"

不熟悉地形的严昊翎见状，知道自己被骗了。

本就恼火的心情顿时添加了几分怒火，咒骂了一声之后，加速几步也跳了过去。

其他警察纷纷紧随其后。从事刑警行业，身体条件是最基本的要求。

"站住，你跑不掉的！"严昊翎边追边喊道。

卢光汉没有理会，依旧快速逃窜，从这一栋跳到隔壁栋的天台。

而此时，在楼下戒备的杨成刚等人，听到上面的骚乱，连忙跑到大街上一看，发现严昊翎带着几名警察在追赶一名男子，立即明白发生了什么事。

"你们两个看住楼梯口，其他人跟我追！"

杨成刚随手指了两名队员留下，然后便带着其余人果断地追了过去。

宋世哲犹豫了一下后，迅速作出决定，跟在杨成刚等人的后面朝卢光汉逃窜的方向追去。

一时间，天台和下面的街道"热闹非常"。

而与此同时，另外一边借助开锁工具打开卢光汉住处防盗门的小孙等人，冲进出租屋后，一番搜查下来，并没有发现其他人员。

正当小孙松了口气，准备汇报情况时，一名刑警快步跑了过来。

"房间里面有重大发现！"

第十七章　嫌疑人落网

残酷的现实再一次证明了一个真理。

光脚的的确不怕穿鞋的，可是一定跑输穿鞋的。

在被警察狂追了五分钟之后，卢光汉最后还是无路可逃了。

可是他并不打算就此束手就擒，竟然从一处楼顶跳到外挂在墙面上的广告牌上，打算爬广告牌逃生，而严昊翎等人则是停住了脚步。

严昊翎并不担心对方给跑了，因为没等卢光汉往下爬，杨成刚等人已经赶到底下了。

上有警察，下也有警察，卢光汉这一下被困在半空中。

看到无处逃生，卢光汉大喊道："你们别过来，再过来我就跳下去了！"

严昊翎闻言，冷笑道："你跳啊！你不跳是孙子，我等你跳。"

"你以为我不敢，我真的跳了！"卢光汉喊道。

"那你还等什么，跳啊！"

"……"

此时，因为这里的骚乱，周边已经聚集了不少前来围观的群众。

他们并不清楚现场详情，只是看到那么多警察，同时在半空中的广告牌上还挂着一个人，一个个都被勾起了好奇心。

宋世哲看到越来越多的群众围了过来，眉头不禁微皱了一下，担心会出什么乱子。

"杨队长，周边聚集的人有点多，还是让人维持一下秩序吧！"

听到宋世哲的提醒，杨成刚这时才察觉现场的情形。

他反应过来，急忙应道："你说得对，还不知道这孙子会耗到什么时候呢！"

说着便让手底下的人去维持秩序，把广告牌下面的区域空了出来。

而此时，有不少好事的人已经拿着自己的手机在拍摄，把现场场面纷纷发到了朋友圈。

看到这情况，宋世哲心里不禁担忧起来。

现在还不确定上面的卢光汉是不是"审判者"，如果是那还好，可是万一对方不是呢！那真正的"审判者"要是看到网上的动态，知道自己的行踪暴露了，说不定就会畏罪潜逃的。

虽然他推断"审判者"有自首的倾向，可推断毕竟只是推断，并不一定就是真的。

如果只是依靠臆测就能够破案，那警察还那么辛苦收集证据干吗！

想到这一点，宋世哲觉得必须想个办法尽快解决这场骚乱。

这时，他扫视了周围一圈，忽然看到在广告牌的墙面上有一扇窗户，正好可以让人钻出去。宋世哲眼眸微眯，顿时灵机一动。

他凑近杨成刚的耳边细语了几句，随即便见后者抬头看了一下那扇窗户。

考虑了一下后，杨成刚似乎觉得可行，点了点头，然后叫来了一人吩咐了几句，紧接着便看到对方快速地离开了。

而此时，正在跟严昊翎对峙互骂的卢光汉并没有察觉这一幕。

"喂，我说你到底是不是男人？干脆点行吗！要么跳下去，要么乖乖回来。大家都很忙，别浪费时间了。"严昊翎大声道。

"你别逼我，再逼我，我真的跳下去了！"卢光汉愤怒地吼道。

正当两人吼得起劲的时候，突然原本明亮的广告牌的灯光陡然间熄灭了。

与此同时，一道身影动作灵活地从窗户钻了出去。

该身影不是别人，赫然正是杨成刚。

原本紧靠着广告牌的卢光汉，突然灯光熄灭了，一时间眼睛陷入盲期。

趁着这个机会，杨成刚快速沿着广告牌的钢铁架摸向卢光汉。

人的视觉细胞有一个缓冲时间，当身处黑暗突然进入到光亮的地方，会暂时性地失去视觉。同样地，从光亮的地方突然陷入黑暗之中，也会暂时性失去视觉。

宋世哲打的就是这个时间差，好让杨成刚趁机摸到卢光汉的身边。

而此时，在人群外传来一阵骚乱声，只见三辆警车从人群外驶了进来，快速来到广告牌的下方，一辆挨着一辆，并排成列。

这情形看得现场众人有些一头雾水，搞不懂警方想要干什么。

这个时候，广告牌上的卢光汉也恰好恢复了视觉。

他刚恢复视觉，便第一时间发现摸到跟前的杨成刚，顿时大吃一惊。

"你是谁？你上来干什么？"

只见杨成刚哼笑了一声，突然从后腰处掏出一只电击器。

"噼里啪啦！"

一连串电火花闪现过后，顿时卢光汉身体僵硬、表情痛苦、手脚发颤，直直地倒了下去。

原来杨成刚直接把电击器杵在了铁架上，卢光汉一只手正牢牢抓着铁架防止摔下去，而铁架是传电的，这一下顿时被电个正着。

而杨成刚早有防备，从住户那里借了一双家用的橡胶手套，避免了触电。

眼看着卢光汉就要栽倒下去，杨成刚及时伸手拽住了他的领口。

此时，宋世哲也指挥着人进行接应。

他先是让人把绳索抛上去给杨成刚，杨成刚将绳索穿过卢光汉的肋下捆绑结实，然后穿过铁架，再抛下去给地面的警察形成一个简易的吊索。

"你们三个爬到车顶上去，帮杨队长把嫌疑人给接下来。"宋世哲说道。

广告牌距离地面的高度差不多是两层楼高，三辆警车并列再加上人的高度，差不多一层楼高，再加上绳索的长度，总算是有惊无险地把卢光汉给弄了下来。

伴随着手铐的清脆声响，卢光汉被铐上手铐押入了警车。

严昊翎也从楼顶走楼梯道下来了，斥骂道："这混蛋跟猴子似的，真能折腾！"

这时，杨成刚也回到了地面，他走了过来。

"严队长，这回你可不能再说我抢你功劳了吧！"杨成刚嗤笑道。

"切！"严昊翎没好气地瞥了他一眼，心情不爽地反驳道："好笑，要不是老子在楼顶上飞檐走壁地把他追到无路可逃，你能够在这里堵住他？"

"话是这么说没错，可抓住他的人还是我。"杨成刚得意地哼笑道。

"屁……"严昊翎当即恼了，瞪大了眼睛。

眼看两人又要开始拌嘴，宋世哲不禁翻了一记白眼。

"喂喂，我说你们两个加起来都七老八十了，怎么跟个孩子似的，周围的人都在看呢！"宋世哲挖苦道，"你们不觉得丢脸，我还嫌丢人呢！"

"嗤嗤嗤……"

这话一出，周边的警察一个个低头掩嘴偷笑。

"咳咳！"严昊翎和杨成刚两人略微窘迫地挠了挠鼻梁，撇开头没有反驳。

从级别上宋世哲跟他们是平级，从专业上，无论是法医还是侦查头脑，他都完胜严昊翎两人，所以被宋世哲吐槽，二人愣是无话可说。

就在这时，小孙突然快步跑了过来，气喘吁吁地来到宋世哲三人面前。

"队、队长，嫌疑人的屋子里有发现。"

"……"

第十八章　真相浮出水面

嫌疑人卢光汉的出租屋，在次卧室之中。

此时，严昊翎、宋世哲、杨成刚三人正排成一列，神色凝重。

只见他们面前的墙面上贴着一张天京市的地图，在地图上贴有不少纸张、便利帖、照片等，同时还用图钉和红绳连接了起来，形成一条条"线路"。

对于墙面上的照片，宋世哲他们一点都不陌生，因为最近他们才与那些人接触过。

没错，在墙面上的照片分别属于郭长勇、洪刚、许志勤、李明昊、徐美玲五人的。而从照片拍摄的角度来分析，都是在对方未知的情况下偷拍的。

这说明了一点，那就是凶手在动手之前对目标做了详细的调查和跟踪。

宋世哲对墙面上的调查并不意外，"审判者"作案手段的缜密已经给他留下深刻的印象。

一个完美犯罪的杀人犯，动手之前肯定是经过详细计划的。

可是，令宋世哲感到诧异的是，在墙面上标注的目标人物不止五个人，而是七个人。

五跟七这么简单的问题，宋世哲他们还不至于搞错。

在墙面上，除了已知的郭长勇等五人，还有另外两名年轻男子。

一个叫林思杰，一个叫刘伟豪。

这两个人年纪都是二十五岁，同为鼓楼区人。

值得注意的一点是，从照片上他们的穿着打扮，以及所开的座驾，这两个人的家境都非常优越，属于不差钱的富二代，只是宋世哲、严昊翎对这两个人并没有印象。

可是，"审判者"既然把这两个人的照片给贴上去，很显然他们跟其他人一样也是目标。

"老严，赶紧查一下这两个人现在在哪儿。"宋世哲提醒道。

严昊翎闻言，问道："你怀疑他们两个也遇害了？"

"不知道，但是其他五个人已经都遇害了，说不定这两个人也已经遇害了，只是我们还没有发现尸体。"宋世哲说道。

"我觉得宋科长说得没错。"杨成刚赞同道。

"好的，我现在就让人去查。"

说完严昊翎便转身走出房间，显然是去打电话让人调查其余两人的下落。

宋世哲盯着墙上的图纸有些出神，隐约间他感觉抓到了什么，但是始终不够清晰。

"到底是什么呢？到底是什么？"宋世哲呢喃自语。

突然宋世哲灵光一闪，凑近到背景的地图上仔细观看，发现所有红线所聚集过来的终点位置有些熟悉。

天京人民医院医科大学第一附属医院？这名字怎么有点熟悉呀！

宋世哲偏着脑袋奇怪地暗想。

第一附属医院，对了，第五个死者徐美玲生前所工作的地方不就是在那里吗！

他眼睛突然睁大了些许，终于想起了这个地方。

徐美玲是五个死者之中死法最惨的，不仅在生前遭受到性虐待，而且还被活生生地剖心，"审判者"对待她的手段堪称残忍至极。

所以，宋世哲对她的信息比较留意。

不光是她的工作单位，就连她的家庭住址也记在心里。

一个被"审判者"虐待致死的受害者，恰好又在第一附属医院上班。"审判者"又将所有受害者的红线都集中在第一附属医院上面，他是在暗示什么吗？

宋世哲越来越觉得自己离真相不远了，就只差一层纸，只需要轻轻一捅就大白了。

正当他思索之际，严昊翎从外面走了回来，神情有些怪异。

"怎么样了？找到人了吗？"杨成刚下意识地问道。

"呃！找是找到了，但是……"

严昊翎有些欲言又止，顿时引起了宋世哲的好奇。

"但是什么？"宋世哲问道。

"照片上的林思杰一年前就已经死了，死因是酒后驾车，出了交通事故，当场死亡，现场勘查报告说没有可疑。而那个叫刘伟豪的，半年前意外摔伤了。"严昊翎说道。

"意外摔伤？"宋世哲和杨成刚不禁诧异地对视了一眼。

严昊翎点了点头，说道："是的，那个刘伟豪是个攀岩爱好者，经常参加野外活动，听说是在一次户外攀岩的时候，绳索断裂从高处掉了下来。

"对方命大没有直接摔死，可是却高位截瘫了，成了一个残废。

"一个车祸死了，一个高位截瘫，可是现在却又被'审判者'标注了，这说明什么？"

宋世哲看了看严昊翎，又看了看杨成刚。

"这说明两人的事故不是意外，而是'审判者'做的手脚。"杨成刚闷声说道。

"时间很吻合！"严昊翎点头赞同道，"林思杰是在一年前死的，刘伟豪则是在半年前，而郭长勇则是在一个多月前，这正好符合有条理犯罪的时间缓冲期。"

宋世哲指着墙面上的地图，说道："我刚刚在地图上发现了一个线索。"

"什么线索？"严昊翎立即问道。

"地点，这些红线集中的位置是第一附属医院，正是死者徐美玲的工作单位，而徐美玲又是死得最惨的受害者，'审判者'对她有着不一般的仇恨。

"我现在基本已经推断出'审判者'选择目标的逻辑思路了，这个地方一定发生过什么重大事件，'审判者'就是根据该事件选择目标的。

"如果我的推断没错的话，这些受害者全都跟该事件有关。"

听到宋世哲这话，严昊翎和杨成刚都陷入沉思。

别看一区好像不大，但是每一年刑警支队都要处理数百宗案件，其中有不少都是琐碎的小事情罢了，偶尔才有一两宗大案子。

像"善恶审判者"这样的连环杀人命案，别说五年，可能十年都不会碰到一次。

相比而言，倒是宋世哲比较悠闲。他是法医，只有出现命案的时候才需要他出马，再不然就是严昊翎遇到难题，求助他的时候才会帮忙一二。

这时，严昊翎突然打了一个响指，随即猛地抬起了脑袋。

"我印象中记得好像还真有那么一宗案件，不过时间有点久了，有些模糊！"

"行了，你少卖关子了，赶紧说说是什么案子。"杨成刚催促道。

"说起来，这起案件是四五年前的事情了，当时新闻媒体还闹得挺轰动的，老宋你应该还有印象，就是那起未成年少女轮奸案。"

"……"宋世哲和杨成刚下意识地对视了一眼。

……

十五分钟之后，鼓楼区公安分局档案室之中。

严昊翎将一起案件的卷宗表面的尘埃吹开，随即平放在桌面上。

"如果咱们的推断都没错的话，那么应该就是这个案子惹的祸了。"严昊翎说道。

说着，严昊翎将卷宗的封面翻开，率先映入他们眼帘的是一张少女的照片。

照片上的女孩子长相清纯可人，笑容甜美，尽管照片已经陈旧，但依旧难掩其身上青春洋溢的阳光稚嫩气息，给人眼前一亮的感觉。

只可惜，这样的一个女孩子如今已经香消玉殒了，令人惋惜。

严昊翎翻开卷宗的第二页，出现三名犯罪嫌疑人。

当他们看到三人的名字时，一直萦绕在他们脑海中的迷雾顿时烟消云散了。

不是别人，正是林思杰、刘伟豪、郭长勇三人。

严昊翎右掌拍在卷宗之上，发出"砰"的一声！

"总算找到了！"

第十九章　当年秘辛

翌日，早上八点三十分钟，鼓楼区公安分局多媒体会议室。

宽敞的多媒体会议室内，整齐的桌椅呈现半弧形分布，位于中间位置的则是讲台和投影屏幕。众多警察已经入位就座，坐在最前头的正是公安分局的局长。

此时，严昊翎站在讲台上，手里拿着一只遥控器，他正是这场会议的讲解员。

"大家请看上图，图片上的少女叫卢婉婷，家境贫困，母亲早逝，自幼跟着父亲长大，而她的父亲，说出来大家可能想不到，就是卢光汉。"

听到这话时，一些不知情的警察神情惊诧，显然都感到有些意外。

事实上，刚得知这个消息时，宋世哲也有些意外。

"卢光汉平日里游手好闲，不务正业，经常酗酒，据说还有家暴的行为。"

"虽然家庭环境不好，但是卢婉婷阳光开朗，积极向上，生前是天京财经职业技术学院的学生，学习成绩优异，因为成绩好，长得漂亮可人，所以被称为校花。"

伴随着严昊翎的讲述，投影银幕上同时播放着幻灯片。

照片上有卢婉婷的生活照，也有她穿校服的照片，照片上的她青春洋溢、清纯甜美。

严昊翎继续讲述案件详情："四年前，发生了一起引起社会轰动的事件，那就是三人轮奸案，卢婉婷是该案件的受害者。"

"而犯罪嫌疑人则是林思杰、刘伟豪、郭长勇三人。"

严昊翎按动了一下遥控器，屏幕上变成了三人的照片，都是他们几年前的，略显年轻。

"因为家境不好，卢婉婷为了贴补家用，所以每天放学之后会去勤工俭学，晚上在一所名为爱神水舞秀的酒吧里当服务员，正是如此才被郭长勇三人给盯上了。"

"出事当晚，根据卢婉婷的同事描述，卢婉婷在工作时遭到三人的骚扰，他们以喝一杯酒就给两百元的小费为由诱使卢婉婷喝酒，她为了赚取小费所以喝了几杯酒。"

"喝酒过后，卢婉婷便因为身体不适跟值班经理请假，提前下班离开了酒吧，可是当她刚走出酒吧，就立即被三人之中的林思杰给拦住了。"

说到这儿，严昊翎再次按动遥控器，屏幕变换，出现了几张监控视频录像截图。

"从酒吧的监控视频里，可以看到卢婉婷在林思杰的纠缠下被带上了轿车离去，当天晚上他们便去到附近的肯尼时尚酒店开房，并轮流与卢婉婷发生了关系。"

这时，在听众席旁听的宋世哲不爽地冷哼了一声：

"轮奸就轮奸，还轮流发生关系！"

宋世哲道出了在座其他人的共同心声，顿时得到众人的一致赞同。

严昊翎并不在意，因为他心里和宋世哲一样也是这么想的。

清了清喉咙之后，严昊翎继续讲述："第二天，卢婉婷在酒店醒来之后便立即报警了，在警察的陪同下，卢婉婷前往医科大学第一附属医院的妇科门诊进行检查。"

"经过检查，卢婉婷下体的确有被暴力性侵的迹象，身上也有多处瘀伤、擦伤，同时警方在她体内提取到了三名犯罪嫌疑人的精液。"

"在证据确凿之下，警方随即便把三名犯罪嫌疑人控制了起来。"

"按理来说，案件到了这里算是可以结案了，但是接下来却出现了戏剧般的逆转。"

　　说到这里，严昊翎的神色变得有些愤慨，声音也大了少许。

　　"原本是卢婉婷状告郭长勇三人对她轮奸，可是到了郭长勇他们的口中，却说卢婉婷是自愿与他们发生性行为的，而条件就是在做完之后，他们每个人得给她五千块。"

　　"可是三人在完事之后，并没有支付所谓的'嫖资'，所以卢婉婷在不甘心之下，报警诬告他们轮奸，实际上是为了报复他们三人。"

　　"而按照郭长勇三人的说法，卢婉婷身上的伤痕是他们在玩 SM，也就是所谓的虐恋而留下的，并不存在强行发生性行为的事情。"

　　"轮奸和嫖娼，那完全就是两码事了，所以当时这个案件存在很大的争论。"

　　这番话一出，在场的警察们不禁一阵哗然，尤其是那些女警察，更是神色气愤。

　　"安静！"局长适时地开口，然后朝严昊翎道，"你继续！"

　　严昊翎深吸了口气，平静心情后讲道：

　　"这起案件中，三名犯罪嫌疑人的家世背景都是富贵家庭，实力雄厚，有后台，而受害者卢婉婷却是穷困的普通小老百姓，怎么可能斗得过他们！"

　　"其中率先更改口供的是负责给卢婉婷进行检查的妇科医生。"

　　"按照她的说法，卢婉婷想要诬告三名嫌疑人，逼迫对方庭外和解，以此来获得巨额和解赔偿金。只要拿到赔偿金，卢婉婷就跟她三七分账。"

　　"而那个妇科医生……"严昊翎停顿了一下，缓道，"大家都猜到了吧！就是徐美玲！"

　　在场众人对徐美玲印象并不陌生，没办法，谁让她在所有死者里死得最惨。

　　"当时，徐美玲不仅曝出卢婉婷试图贿赂她的计划，还说卢婉婷不自爱，早在之前就曾经怀孕打过胎，而当时卢婉婷还是一个十七岁的花季少女。"

　　"这份口供被人散播了出去，立即引起了社会舆论的一片哗然，当时天京市的新闻报纸还特地刊登了头版新闻，在报道中对卢婉婷充满了各种恶意的揣测。"

"不仅如此,在网络上也引发了热烈讨论,特别是某度贴吧之中出现了一篇帖子。"

"帖子的撰稿者是匿名发布的,自称是卢婉婷的熟人,揭露了她不少丑事,把她描述成一个行为不端、自甘堕落、拜金淫贱的绿茶婊,短短几天点击量就超过了二十万。"

"因为新闻的报道,以及网络上的帖子,该案件成了社会热议的话题,卢婉婷也因此遭受到来自四面八方的辱骂和歧视,其中包括她学校里的同学和老师。"

在场的众人十分气愤,只要是明眼人都能够看得出来,整件事背后有黑手在操纵。

从徐美玲更改口供开始,一步一步地将卢婉婷从一名受害者塑造成了一个不自爱、出卖肉体赚取金钱,而且心机重的绿茶婊。

这是对方在占据道德制高点,用舆论给司法机关的运作制造压力。

等到众人稍微冷静一些后,严昊翎才继续讲述道:

"卢婉婷迫于舆论的压力,只能休学躲在家里等待开庭,可是在临近开庭的时候,又闹出了一档事。卢婉婷的父亲也就是卢光汉,突然宣布不起诉了。"

"有人说,卢光汉是收了林、刘、郭三家的封口费,所以才选择不告了。"

"而卢光汉的这个决定无疑是判了卢婉婷死刑,坐实了她'卖淫诬告嫖客索取巨额赔款'的猜测。这个事情一出,又一次将卢婉婷推上了风口浪尖的位置。"

说到这儿,严昊翎神情陡然变得凝重了起来,显得有些黯然。

"在舆论狂潮的狂轰滥炸之下,卢婉婷终于承受不了压力。一天下午,她在第一附属医院的楼顶发出一声'为什么要冤枉我?'的控诉之后,从楼顶天台一跃而下。"

"一个正值花季的十七岁少女,就这样被冤屈和舆论活活地给逼死了。"

尽管都有心理准备,可是当听到卢婉婷跳楼自杀的结局,众人还是感到莫名的哀伤。

严昊翎叹了口气,缓道:"卢婉婷跳楼自杀之后,舆论又持续了一段时间,有人说她真面目暴露没脸继续活着，也有人同情少女的遭遇，相信她是受害者。"

"可是无论舆论怎么评价，卢婉婷已经死了，人死不能复生，而且林、刘、郭三人也没有受到法律的制裁，依旧逍遥法外。"

会议室内一片沉寂，气氛显得有些沉重。

罪犯逍遥法外，可无辜的受害者却遭受迫害，含冤而死！

明知道真相是什么，可就是无法将罪犯绳之于法。身为警察，最不愿见到的就是这样的事情，每次都让人感到深深的无力和愤慨。

有时候被打击多了，就算是立场再坚定的警察也会忍不住产生动摇。

讲完了卢婉婷的案子，严昊翎将话题拉到"善恶审判者"的身上。

"经过核实，被'审判者'杀害的洪刚，就是当时林、刘、郭三人的辩护律师，而许志勤是那篇匿名网帖的发布者，李明昊则是当时都市新闻报那篇头版报道的撰稿人。"

"可以说，被'审判者'杀害的每一个人，当年都直接、间接地'杀死'了卢婉婷。"

宋世哲冷笑道："呵！我突然觉得'审判者'还挺不错的，为民除害！"

"宋科长，注意你的言辞，你是一名警务人员。"

局长没好气地训斥道，尽管他心里未尝不是这样想，但他是警察，而且还是公安分局的局长，必须维护警察的荣誉和立场。

面对训斥，宋世哲浑然无惧地伸了一个懒腰。

"哎呀！熬了一夜查案子，困死我了，回去补觉咯！"宋世哲懒洋洋地说道。

说完也不顾局长的脸色，起身径直朝会议室的门口走去。

"宋世哲，你站住，我还没布置任务呢！"

宋世哲停住脚步，回过身来，一脸无辜地说道："局长，我是法医，我的工作是验尸，这里又没有尸体，抓贼、审讯那是你们刑警的工作啊！跟我有什么关系？"

"你、你这是跟局长说话的态度吗！"局长感觉有些下不了台了。

"怎么？不满意吗？不满意可以把我调走啊！"

宋世哲说完头也不回就走了，看着他的背影，局长被气得脸都涨红了。

"这个宋世哲，真是太嚣张了，什么态度啊！"局长怒道。

"彭局，你又不是不知道老宋的性子，像这样不公的事情他一向深恶痛绝的，他也就发发牢骚，别去找不自在了，你总不能真把咱们局的神探送给别人吧！"

局长顺着严昊翎给的台阶下，气哼哼地说道："这里到底谁是领导啊？"

"您是领导！您是领导！"

第二十章　另有其人

宋世哲离开会议室之后，回法医办公室收拾东西准备离开。

他刚走出办公室，正好看到一个人迎面走来。

不是别人，正是刚刚散会的严大队长，同时对方也看到了宋世哲。

严昊翎急忙拦住他，惊诧道："老宋，你真打算回家补觉啊！"

宋世哲耸了耸肩膀，一脸无辜地说道："是啊！不然呢？现在又没我什么事。"

"咱们好不容易抓到了犯罪嫌疑人，你不想一起审问吗？"严昊翎不解道。

"你说卢光汉啊！他又不是'审判者'，你审问就行了。"

这话一出，严昊翎不禁一怔，眼睛都瞪大了几分，惊愕地疑问：

"等等，你说他不是'审判者'？"

"对啊！他的确不是，不过应该知道'审判者'的一些线索，这个就靠你把它套出来了，辛苦你了，严大队长，抓住真凶可就全靠你了。"

宋世哲拍了拍他的肩膀，微笑地调侃了一句，然后就准备离开。

可是没等他迈出一步呢，就被严昊翎一把给拽住了。

"不是，你怎么就知道他不是'审判者'？有什么证据吗？"严昊翎充满怀疑地问道。

宋世哲没有直接回答，反问道："呵，我问你，你觉得他是'审判者'吗？"

严昊翎眉头微皱了几分，想了一下后才回答：

"咱们警察讲究的是证据，首先，他是卢婉婷的父亲，女儿被林、刘、郭三人祸害，又被对方找人逼死了，他肯定想替女儿报仇，这是作案动机。"

"嗯！继续！"宋世哲同意地点了点头。

"另外，在他的出租屋里找到的那些证据，那可是只有'审判者'才知道，连你这神探之前都想不出来，难道还不能证明卢光汉是'审判者'吗？"严昊翎自信道。

宋世哲淡道："卢光汉是有犯罪动机不假，那些证据也是有力证据，没错……"

"你直接说但是吧！"严昊翎不耐烦地打断道。

"呵呵！但是，这两个都禁不起推敲，连证据链都没法构成，那些证据只能证明卢光汉是知情人，可是却无法证明是他杀了人，他是'审判者'，对吧！"

严昊翎深吸了口气，不服地反驳道："那也证明不了他就不是'审判者'啊！"

熟知严昊翎性格的宋世哲，知道不说清楚对方是不会罢休的了。

"在还没有抓到卢光汉之前，我就命案的现场和作案手法进行犯罪心理画像，推断'审判者'的身高在一米七五以上，年纪在二十五岁到三十五岁之间，拥有高智商犯罪头脑，并且很理智很自大，十分冷酷，杀人不眨眼。"

"可是卢光汉，除了身高方面吻合之外，其他的根本对不上。"

宋世哲对自己的推断很自信，在他看来卢光汉顶多是个帮凶，"审判者"肯定另有其人。

严昊翎还是表示不服，追问道："怎么就对不上了，你都还没审问呢！"

见状，宋世哲翻了一记白眼，不禁有些无奈。

"老严，一个宁愿跟你在半空中骂街也不愿意冒险从广告牌上跳下来的人，说好听点是谨慎，说难听点是胆小怕死。这样的人有胆子谋杀七个人吗？！"宋世哲问道。

"这种事情很难说的，有的凶手看起来就是那么懦弱胆小啊！"

宋世哲鄙视地看了他一眼，这是在跟我抬杠吗！

"如果卢光汉真的是'审判者'，要逃跑的话肯定会事先想好逃生路线，绝对不会被警察堵住的。而且证据就贴在次卧室的墙上，卢光汉真要是'审判者'会那么马虎大意吗！"

"可能、可能是他没想到会那么快被发现，所以没来得及掩盖呢！"

严昊翎有些底气不足了，已经被宋世哲说动摇了。

宋世哲一眼看穿他在硬撑，继续说道："卢婉婷的轮奸案里，最后卢光汉选择了不起诉，原因不用查都能够猜到了，肯定是收了林、刘、郭三家的封口费。"

"从这一点上可以知道，卢光汉是一个贪婪、懦弱的人。一个贪婪、懦弱、胆小的人，只会欺软怕硬，他会为了报仇铤而走险地去杀人吗？"

"这并不是没有可能的，说不定是卢婉婷跳楼自杀之后，卢光汉良心发现因此愧疚，所以心生仇恨，决定为女儿报仇呢！"

"你自己之前不是也说了，仇恨会让人做出很多疯狂的事情。"严昊翎反驳道。

"说是这么说，但像卢光汉这样的人，即使是杀人那也是激情杀人。"

"别忘了，'审判者'的作案手法十分完美，徐美玲的命案之前，咱们可是一点线索都没有，一个游手好闲、不务正业、经常酗酒，还有家暴行为的人能做到吗？"

所谓的激情杀人，与预谋杀人相对应，即本无任何杀人故意，但在被害人的刺激、挑逗下而失去理智，失控而将他人杀死。

而"审判者"是典型的预谋杀人，动手之前做了大量调查和严谨的计划。

在连环杀人案里面，第一宗案件被发现得越晚，凶手就越晚被抓到，因为随着作案次数的增加，凶手的作案手法会趋向完善，变得更加完美。

完善的结果，就是警方调查命案找到线索越发的困难，甚至一无所获。

要不是从卢光汉的住处找到"审判者"选择目标的依据，林思杰的车祸到现在还被定性为一场意外呢！由此可见，审判者杀人的计划是有多严谨了。

最后，宋世哲抛出了决定性的论据。

"还有一点，也是最最重要的一点，那就是每个受害者心脏位置的刀口。从凶手下刀的准确性和切痕来看，'审判者'对人体有足够的了解和一定的外科手术水平。"

"这可不是光看书自己想象就能得来的，必须有实际的操作经验。"

"而卢光汉呢！他的工作是在环卫局里开垃圾车的，平日里根本没有机会解剖人体，让他去挖心，估计胸口和心口他都分不清楚。"

听完了宋世哲的一通分析，严昊翎原本抓到卢光汉的兴奋劲顿时凉了大半。

"这么说，卢光汉真不是'审判者'！"严昊翎失望地呢喃道。

"我也希望他是，这样就可以结案了。"

宋世哲同样有些无奈，拍了拍严昊翎的肩膀，安慰道："不过咱们也不是没有收获啊！起码抓到了'审判者'的同伙，那个卢光汉肯定知道一些内幕的，好好审问。"

"嘶呼！"严昊翎深呼吸了一遍，咂嘴道，"行！我回头让那家伙把底都掏干净了。"

"好了，我回去补觉了，你继续忙吧！"宋世哲淡淡说道。

"补什么觉啊！跟我一块去提审犯人。"

宋世哲这时神秘一笑，说道："你知道我为什么只当法医不当刑警吗？"

"为什么？"严昊翎一怔，不禁好奇问道。

"因为……抓捕和审问犯人这种'粗活'我一点儿都不想干。"

说完也不等严昊翎开口，直接抽身走人，留给对方一个潇洒的背影，径直远去了。

"粗活？嘿，我这暴脾气……"

第二十一章　暴风雨来临之前

装修典雅、宽敞舒适的卧室之中一片晦暗。

阳光透过窗帘的缝隙照射进来，在丁达尔效应之下形成一道道美丽的光束。

光束打在房间的书桌上，上方的原木书架摆放着整齐划一的书籍。

书架和书籍的表面一尘不染，显然主人家很爱干净。

"叮咚！叮咚！叮咚！"

床头边，一只摆钟式的时钟，正循着亘古不变的节奏行走着。

在时钟的旁边摆放着一本有翻看痕迹的书籍，书的封面上赫然印着几个英文单词，翻译成中文的意思就是《辨读凶手》（英）（保罗·布里顿）(Paul Britton)。

从书籍的全英文的标注来看，这本书赫然是英文版的原著，并非中文翻译版。

该书的作者保罗·布里顿，英国人，是一名犯罪心理学家，曾经参与并帮助英国警方侦破过不少案件，长期从事心理学临床研究和犯罪心理学的实证工作。

而此时，时钟显示的时间是中午十二点整，在床铺上，一个人正在酣畅大睡呢！

这个家伙不是别人，正是熬夜回来补觉的宋世哲。

当他睡得正香的时候，突然一阵响亮的敲门声从卧室外传来。

"砰砰砰砰……"

敲门声响起的同时，宋世哲放在床边桌面上的手机也响了起来。

从手机的来电显示可见，赫然标注着耗子警长。

在双重噪声轰炸之下，宋世哲睡得再死也被吵醒了，眯着眼伸手拿起手机接通电话。

"喂？哪位？"宋世哲迷蒙地问道。

"老宋，是我啊！"

只听到从电话的那头传来了严昊翎的声音。

没错，耗子警长就是严昊翎。

因为他的名字里有一个"昊"字，所以同音被宋世哲戏称为耗子。又因为有一部出名的动画片叫《黑猫警长》，而严昊翎也是警长，这就是"耗子警长"名字的由来。

"嗯，怎么了？"宋世哲问道。

"赶紧开门，我在你家门口呢！"严昊翎说完就挂了电话。

闻言，宋世哲顿时一怔。

片刻之后，当宋世哲打开门时，果然看到严昊翎站在门外，手里还提着两份便当。

"我知道你肯定还没吃饭，帮你买了鸡腿饭，不用谢我！"

严昊翎觍着笑脸说道，然后像回到自家似的进门脱鞋，换上拖鞋走进客厅。

宋世哲挑了下眉头，拢了拢有些散乱的发型。

将手中的便当放在客厅的茶几上后，严昊翎又走到冰箱拿了两瓶罐装的天地一号。

"你怎么有空过来，不用提审卢光汉吗？"宋世哲奇怪地问道。

"嘿……"严昊翎说道，"真被你给说中了，那卢光汉的确不是'审判者'。"

"呵呵！"宋世哲轻笑了笑，对于这个结果他早就猜到了，所以并不感到意外。

以"审判者"所犯下的罪行，即使是自首估计也得判死刑，只要卢光汉不是白痴就应该明白，如果把所有的罪名都扛下来，他就只有死路一条了。

宋世哲接过严昊翎递来的饮料，随手打开，同时询问道："那从对方嘴里套出什么消息了？"

"别说，那家伙还真和'审判者'接触过，可是他并不知道'审判者'的真实身份，只是帮助'审判者'实施杀人计划而已，而且每次都是'审判者'主动联系他的。"严昊翎说道。

宋世哲闻言，精神顿时一振，急忙追问道："这么说，他有'审判者'的电话？"

严昊翎撇了撇嘴，露出无奈的表情。

"有是有，不过那个电话号码我们已经查过了，没有实名认证的。"

宋世哲皱了皱眉，随即叹道："这一点倒也很正常，以'审判者'的精明头脑，还不至于犯那么低级的错误，卢光汉还说了别的没有？"

"有，卢光汉说跟'审判者'接触的时候，总是能够从对方身上闻到一股消毒药水的味道，而且对方的皮肤很白，就像是经常宅在家里的人一样。"

"消毒药水的味道！皮肤白！"宋世哲略有所思地重复道。

"卢光汉还说，对方非常关心他的女儿，第一次见面就把他女儿的遗物给要走了，而且每次谈到卢婉婷的事情时，'审判者'都会变得非常健谈。"

听到这话，宋世哲眼神瞬间亮了几分，露出惊喜的神情。

"关心卢婉婷，谈及时会变得健谈，而且对徐美玲那么痛恨，'审判者'肯定认识卢婉婷。"

"嗯！我跟你想的一样，'审判者'和卢婉婷应该是熟人。"严昊翎赞同道。

严昊翎能够担任刑警支队的队长，自然不会是浪得虚名。虽然脾气有那么一点火暴，但是在刑侦破案方面还是很有头脑的，只是在宋世哲面前略逊一筹罢了。

这时宋世哲又问道："痕检科那边有什么线索没有？如果卢光汉说的是真的，那么墙壁上的那些贴图应该是'审判者'弄的，上面有没有他的指纹？"

"已经问过了，没有找到指纹，那'审判者'要么戴了手套，要么专门清理过。"

严昊翎摇了摇头，和"审判者"的屡次交锋都败下阵来，让他很无奈。

"应该是戴了手套，这样的话正好印证了我的猜想，'审判者'是故意暴露出来的，他特意给警方留下线索，让我们追查到卢光汉那里。"宋世哲肯定地说道。

"故意留下线索？"严昊翎皱紧了剑眉，疑道，"为什么？难道他真想自首不成？"

虽然宋世哲的推断很少出错，可是他对于"审判者"自首这一点却是不怎么信。

要知道蝼蚁尚且贪生，更何况是人了。

当然，一些患有心理疾病或者身患绝症被病魔折磨的人例外。

然而这时，宋世哲却是摇头否定了自己之前的推断。

"不，'审判者'是想要借我们的手，重新翻开当年卢婉婷的轮奸案，调查案子的真相。"

"你的意思是……"严昊翎惊诧地看向他。

"我基本已经知道'审判者'想要干什么了。他杀了那么多人，又特意弄了一个玛阿特神之善恶天平的仪式，目的是什么？就是为了博取群众的关注。"

"当年卢婉婷的轮奸案在社会上引起了广泛关注，同时也间接逼死了卢婉婷，'审判者'这是要重现当年的那一幕，好借此来洗刷卢婉婷当年蒙受的冤屈，替她讨回公道。"

在找到卢婉婷的案子之后，宋世哲就已经想明白了这一点。

只是发现得太晚，"审判者"想要达到的目的已经达到了，所以只能见招拆招了。

"啧，被你这么一说，整件事情就都明白了。"

严昊翎打开两个盒饭的盖子，拿出里面的鸡腿狠狠地咬了一口，气愤不已地咒骂道："这个该死的'审判者'真他妈狡猾，一直牵着咱们的鼻子走，娘的！"

而宋世哲的神情也有些凝重，因为现如今新闻媒体、网络平台都在关注案件发展，这给警方造成很大的压力，再加上上级领导的催促，更是头大如斗。

"'审判者'主动留下了线索，说明计划已经进行到了尾声。"

"如果我猜得没错，接下来'审判者'一定会有大动作，现在是暴风雨来临之前的宁静，我们必须尽快抓住'审判者'，不能让他再继续计划，否则……"

宋世哲说到这儿不由得停住了，仿佛想到了什么，神情再度凝重了几分。

"否则什么？"严昊翎下意识问道。

宋世哲看了他一眼，缓道："否则不知道会造成什么样的社会影响。"

严昊翎咬着鸡腿，闷声道："我也知道啊！可是就算想要抓人，也不知道上哪儿抓呀？"

"我之前说过，'审判者'对人体结构很了解，外科手术水平很高，卢光汉又说对方身上有股消毒药水的味道，两者结合足以确定对方就是在医院上班的从医人员。"

严昊翎无奈道："老大，这范围也太大了吧！整个鼓楼区那么多家医院，就算知道对方是在医院上班，可是几百上千号人要查到什么时候？"

"首先，'审判者'是男性，身高在一米七五以上，年龄在二十五岁到三十五岁之间。"

"这就可以排除女性和矮个子以及年迈的医生，同时'审判者'的职业应该跟外科相关，像中医、儿科医生这些可以排除，如此一来，查找的范围不就大大减小了吗！"

"还有，你去把卢光汉住处周边的监控录像调出来，除非'审判者'会隐身术，否则肯定会被拍到的，然后让卢光汉认人，经过对比之后能更快锁定目标对象。"

严昊翎听完这番话，顿时拍了一下大腿，神情十分兴奋。

"这样筛选下来，所有人加起来应该不超出一百，太好了！我马上去办。"

说着他便立即站起身来，可是却被宋世哲一把抓住。

"急也不在这一时半会儿，先吃饭吧！不吃饱你哪有力气抓人啊！"

"嘿嘿！"严昊翎咧嘴笑了几声，坐了下来。

"你说得对，吃完再去！"

第二十二章　晚了一步

午饭过后，严昊翎和宋世哲回到了公安分局。

他们召开了一个简短的专案组会议，严昊翎将宋世哲所说的重述了一遍。

会议结束之后，严昊翎和杨成刚各自带队前往鼓楼区的大小医院走访。为了避免遗漏，他们甚至把一些私立医院也加入走访名单之内，其中还包括一些整容医院。

现如今的女孩子，为了追求身材好看，隆胸抽脂可不在少数。

而相对比起医院的外科医师，在整形医院中的隆胸大夫倒是经常给"病人"开胸。

也正是如此，宋世哲和严昊翎经过考虑之后，将其列入重点筛查目标之一。

严昊翎和杨成刚出门奔波去了。至于宋世哲嘛，就如他自己所说的那样，抓捕、审问、走访这样的粗活他是不干的。这货直接躲在分局的会议室里，研究起卢婉婷的轮奸案了。

"宋科长，轮奸案的所有资料都在这里了。"

警局的档案管理员小李搬着两箱文件走进了会议室，而宋世哲正坐在椅子上看案件的卷宗，他见状，连忙起身伸手帮忙接过了文件箱。

"好，谢谢了！"宋世哲客气道。

"不用谢！还有什么需要我帮忙的吗？"小李主动问道。

"目前不用了，你先去忙吧！"宋世哲心领道。

"好的，那我不打扰你了。"

等到小李离开后，宋世哲立即打开了两个箱子的盖子，将里面的所有文件都取了出来，然后逐一分开摆放在长长的椭圆形会议桌面上。

其中，与林思杰、刘伟豪、郭长勇三人相关的资料和物证等都被他排除在一边。

这一次他的目的是要从卢婉婷身上找到"审判者"的蛛丝马迹。

正常情况下，一般的熟人，哪怕是死党、闺密，朋友冤屈而死顶多也就是心里愤怒，可是"审判者"却为了卢婉婷，残忍报复谋杀了六个人。

若不是刘伟豪命大，半年前早就死了，为"审判者"的战绩再添一人。

正因为如此，从"审判者"对卢婉婷的在乎程度上，宋世哲有理由相信，卢婉婷和"审判者"之间不只是熟人这么简单，两者之间肯定还有更深入的关系，比如说：情侣！

有什么是比亲人更加亲密的呢？答案是：爱人！

爱情的力量有时候真的很伟大，可以让一个普通人做出不平凡的事。

曾经就有过报道，一个因为车祸变成植物人的伤者，就连医生都无能为力，在其爱人的照顾下，十几二十年后奇迹般地苏醒了。有的患者更是在爱人的支持陪伴下，成功战胜了癌症。这些事迹，能说不是奇迹吗？

而有好的一面也有不好的一面，例如说报复。

当无比深爱的另一半遭到侵害，甚至被逼自杀，仇恨足以让对方做出很多疯狂的事。

如果真的如他所猜测的那样，卢婉婷和"审判者"有着非同一般的关系，卢婉婷身上发生那么大的事情，又面对巨大的舆论压力，"审判者"肯定会与她联系。

这就是说，只要能找到联系记录，就一定能挖出"审判者"。

宋世哲这一埋头苦查就是一个下午，有用的线索并不多，因为该案件里卢婉婷是受害者，警方收集的证据更多的是林、刘、郭三人的罪证。

但是也并非一无所获，宋世哲在卢婉婷的物品里发现了一件饰品。

该饰品是一条项链，女生喜欢戴一些漂亮精致的项链、吊坠很正常，但是这个却不一样，因为该项链的吊坠竟然是一枚戒指。

该款式很明显是一对情侣戒指，只不过卢婉婷没有戴在手上，而是当作项链。

结合当时卢婉婷还是在校学生，这样做的原因也就不难理解了。

这个发现成功证实宋世哲的推断，而在该小饰品的内侧刻有一个汉字：旭！

看到这个字的时候，宋世哲眼睛不禁亮了几分。

一般情侣款饰品刻字都不是随便刻的，有的刻爱情箴言，有的则是另一半的名字或者其中一个字。很显然，戒指内侧所刻的正是后者。

除了这个，宋世哲专门请局里的网警破解卢婉婷的QQ、微博等社交账号的密码。

卢婉婷的QQ昵称叫"迎着朝阳的向日葵"，意义很积极向上的，可惜在残酷的现实下，再璀璨的朝阳也无法温暖卢婉婷寒冷的内心。

"宋科长，按照你的要求，我破解了卢婉婷的QQ密码，不过没有聊天记录。"

网警部门的同事小陈，正在跟宋世哲汇报最新的调查结果。

"没关系，有什么发现没有？"宋世哲问道。

"嗯，虽然没有聊天记录，但是我们在卢婉婷的QQ空间里发现，卢婉婷跟一名昵称为'驯养的灰狼'的异性网友互动密切，尤其是在受到侵害的时间段特别频繁。"

宋世哲精神一振，连忙问道："对方跟卢婉婷是怎么个互动法？"

"那个'灰狼'在卢婉婷QQ空间的心情下方多次留言，声称要为卢婉婷讨回公道，我们追踪对方的账号，查得他曾经到林、刘、郭三人的个人微博下留言，说要他们的命。"

"不过当时除了他，还有很多愤慨的网友也声称要弄死他们，所以并没有引起重视，而且在卢婉婷自杀之后，这个'灰狼'便跟其他网友一样销声匿迹了。"

听完之后，宋世哲眉头微皱了几分，询问道："能查到对方的身份吗？"

"我尝试添加对方好友，可是对方没有反应，又尝试进入对方的QQ空间，对方最后发布的心情是在三年前，空间相册也被清空了，没有发现什么有用的信息。"

"不过我在卢婉婷的QQ状态里，发现她和那个'灰狼'办理过情侣空间的功能。"

这话一出，顿时令宋世哲小心脏加速了几分。

他刚刚才找到证据证明卢婉婷有一个恋人，现在又找到和她一起开通情侣空间的QQ账号。两者成功对上号了，不出意外的话应该是同一个人。

"太好了，还有别的线索没有？"宋世哲兴奋地追问道。

"呃！目前就找到这么多。"小陈回答道。

"你们继续深挖这个'驯养的灰狼'，争取找出他现实生活中的身份。"

小陈闻言不禁愣了一下，随即才反应过来，急忙点头答应。

目送小陈离开会议室回去继续调查，宋世哲的心情不禁多了几分兴奋雀跃。此时一股莫名的预感涌上宋世哲的心头，他感觉自己就要揭开"审判者"的真面目了。

带着几分激动，宋世哲继续翻查，试图从卢婉婷的案件里再挖出什么有用的线索。

就在他专注做事的时候，突然会议室的房门被大力推开了。

"砰"的一声巨响，顿时惊了宋世哲一跳。

来者不是别人，竟然是刚刚才离开不久的网警小陈。

"宋科长，不好了，出事了！"

小陈神色慌急地说着，然后把手中抱着的笔记本电脑放在会议桌上。

只见他快速地一番操作之后，随即将屏幕转向宋世哲。

被小陈勾起好奇心的宋世哲下意识地看向电脑，当看清楚屏幕播放的视频时，顿时瞪大了眼睛，神情惊愕，直接愣在了现场。

"晚了，又晚了一步！"

第二十三章　"审判者"的来电

"砰……啪……"

"啊……呜呜……别打了，我说，什么都说……"

宽敞明亮的客厅之中，一名年轻男子光着上身双手被反绑在身后，躺在地面上。

而除了该男子，在场的还有另外一名男子。

对方穿着一件深色带兜帽的外套，脸上戴着一副狗脸面具。

仔细分辨，这个狗脸面具正是埃及死神阿努比斯。

面具男子手中此时持着一根警棍，一下接着一下砸在年轻男子身上。

从捶击的力道可以听出，面具男子丝毫没有留力，每一下都带着劲风呼啸，落在年轻男子的身上，砸得砰砰作响，同时男子也发出阵阵的惨叫。

也不知道是年轻男子的求饶，还是面具男子打累了，殴打总算是停了下来。

面具男子上前，一把扯住年轻男子的头发，使劲将其拽了起来。

这名年轻男子不是别人，正是郭长勇。

只见面具男逼迫郭长勇跪好之后，声音低沉地说道："对着镜头，告诉所有人当年卢婉婷轮奸案的真相到底是什么？"

"哦……哦……"

郭长勇粗重地喘息着，神情犹豫不决。

"嘭！"男子的迟疑立即换来了面具男子的一记棍击，重重地抽击在其肋部。

"哦……咳咳！"郭长勇吃痛地蜷缩起身子来。

"说！"面具男子低声喝道。

面对暴力逼供，郭长勇畏惧地说出真相。

"当年我们三个故意哄骗卢婉婷喝酒，林思杰偷偷在酒里下了迷药，这都是他跟刘伟豪的主意，我虽然跟他们在一起，可是我并没有轮奸卢婉婷啊！"

话音还未落下，"嘭"的一声，郭长勇立即遭到了一记沉重的棍击。

"还想撒谎，你没有参与，那为什么警察检查到你的精液？"

听到这话，郭长勇神色一紧，变得有些惊恐。

"我、我、我是被逼的，林思杰那王八蛋害怕我去举报，所以逼着我也加入，还有刘伟豪他也威胁我，我真的是无辜的，求求你相信我啊！"郭长勇紧张害怕地说道。

"相信你？哼！你们当初是怎么污蔑卢婉婷的，还记得吗？"

面具男子站在郭长勇身旁，冷酷鄙夷地嘲讽道。

"你们说她是为了钱自愿跟你们发生关系的，可真相却是你们暗中给她下药迷奸。为了自保，你们三家买通关系，颠倒是非，歪曲事实，把一个可怜的受害者活活逼死。"

"现在，你跟我说你是无辜的，那卢婉婷呢！她难道就不无辜吗！"

说完，面具男子又是一记棍击抽在了郭长勇的后背上。

沉重的力道将他直接砸翻在地，但是他强忍着疼痛撑起身子。

"这些都是别人教我的，是那个律师，他说只要这样说就能够帮我们脱罪，我真的不知道会害死人的，卢婉婷自杀我也很内疚啊！"

郭长勇知道，只有把自己撇清关系才有可能活命，所以拼命地把责任推给别人。

虽然他不笨，但面具男子不傻，压根儿就不信他的话。

"内疚！你要是内疚会夜夜笙歌，每晚跟不同女人开房作乐？"

"我、我……"郭长勇不禁哑口无言了。

他的私生活紊乱，跟很多嫩模、美女都保持着暧昧关系，而且还经常出入娱乐场所，这些事情并不是什么机密，认识他的人都知道。

"收买媒体，让人在网上发帖抹黑污蔑卢婉婷，是不是你做的？"面具男子逼问道。

"不，不是我！当年的事情我们三家都是直接交给那个洪刚去处理，他收了钱打包票说我们一定会没事，所有事情都是他组织的，跟我无关啊！"

面具男子喝道："洪刚是谁？大声说出来。"

"就是我们请的那个辩护律师，他打官司从来没有输过，所以……"

"他是帮你们赢了官司，可是你逃脱了法律的制裁，那有没有想到今天的下场。"

"我知道错了，我真的知道错了，求求你别杀我，我有钱，我很有钱，我爸爸是郭××，你想要多少他都可以给你的，求求你别杀我，我不想死啊！"

郭长勇仿佛预感到什么，连忙大声地求饶起来，喊到后面更是痛哭流涕了。

而面对求饶，面具男子走到他的身后，居高临下地俯视他。

只见他缓缓地举高手中的警棍，声音洪亮地宣判道："你有钱又如何，你所犯下的罪只有用你的命、你的鲜血才能偿还。"

"不要，我不想死，爸，救我啊！爸……"

"……"

"咔嚓！"

伴随着鼠标的点击声，投影幕上的画面顿时停止了。

而此时的画面，正好固定在面具男子高举警棍即将砸落的那一瞬间。

下一瞬间，现场的电灯打开，顿时光亮大作。

这里是鼓楼区公安分局的多媒体会议室，专案组全体成员都坐在台下，看完视频的众人表情肃然，神色凝重，现场的气氛一片死寂。

忽然一道椅子挪动的声响打破了寂静，将众人的注意力齐刷刷地吸引了过去。

不是别人，正是专案组的负责人之一，严昊翎。

他起身来到前方的讲台，然后转身看向众人，脸色一片阴沉。

"刚才的视频大家都看到了，我也就不再赘述什么，里面被殴打的男子就是六名受害人之一郭长勇，而戴着面具的毫无疑问就是'审判者'。

"今天下午，这段视频被人发上了网络，几乎同时出现在几个大型的网络平台，如优酷、腾讯、百度贴吧、新浪微博等。"

说到这儿，严昊翎在讲台上的电脑上操作了一下，投影的画面出现变换。

只见视频退出了播放，又弹出了几个缩略图的视频文件。

"除了郭长勇的拷问视频，还有洪刚、许志勤、李明昊以及徐美玲四人的。

"经过初步调查，上传视频的人所用账号虽然名字、IP都不一样，但其主人却是同一个，他就是六名受害者的其中之一，许志勤。"

屏幕上的鼠标符号点击了一下，许志勤的图片被放大了。

"大家都知道许志勤已经死了，显然上传视频的人不可能是他，而这些视频只有一个人有，那就是'审判者'，所以许志勤的那些账号应该是落入了'审判者'的手里，成为他的工具。"

这时，在下边的局长突然插话，问道："现在网上的情况怎么样了？"

严昊翎下意识地看向网警部门的小陈，对方急忙站起身来。

"局长，从发现这些视频，到通知各大平台屏蔽删除视频，这些视频累积转载的数量已经超过了五万次，至于点击量就更多了，已经超过了十万人次。

"而且……网上很多人都在骂我们，骂得很难听。"

"哎！"局长沉重地叹了口气，闷声道，"之前'审判者'的连环杀人案已经在网上闹得沸沸扬扬的了，现在又曝出这么大的黑幕，这下真不知道该怎么收场了。"

在场的众人都不由得低下脑袋，原本就压力大，现在更是要透不过气了。

"审判者"这次的"大动作"，简直就是把警方往绝路上逼。

现在是晚上八点，从"审判者"发视频到现在才不过几个小时，网上已经闹成一锅粥了。

有很多看了视频的网民纷纷在网上发帖吐槽，而作为执法部门的代表，公安局瞬间成了众矢之的。

事实上，卢婉婷轮奸案根本错不在警察，可是却由他们背黑锅。

卢婉婷报警之后，警方就已经把林、刘、郭三人给抓捕归案了，也对他们进行了起诉。可最终审判的不是警察，而是法庭，并且案件最后还是卢婉婷的父亲主动撤诉的。

可以说，警方在卢婉婷轮奸案里该做的都已经做了，并没有失职。

但是那些事不关己、不明详情的围观群众可不会管这些，他们只知道轮奸犯非但没有受到法律的制裁，身为受害人的卢婉婷却被活活地逼死了。

所以他们纷纷把矛头对准了警方，斥责他们的无能。

同时，一些键盘侠开始各种猜测鼓吹，大骂警方被收买有黑幕等。

在骂潮的引导下，人们对连续杀人犯下滔天罪行的"审判者"，非但不觉得他的行为是错误的，反而各种赞颂，把他当作英雄看待。

在他们眼里，像林、刘、郭三人以及那些收了钱昧着良心污蔑卢婉婷，导致她含冤而死的人都是死有余辜的。可是他们全然不记得当初自己是怎么在网上辱骂卢婉婷的。

而此时，严昊翎、宋世哲等人总算是切身体会到当初卢婉婷的感受了。

被人冤屈污蔑无法申诉，不管怎么解释也没人相信，这种憋屈的感觉太不好受了。

正当众人为网络上的谩骂而有些沮丧时，突然会议室门被猛地推开了。

只见一名身穿警服的警察冲了进来，神色惊惶地看着众人。

"局、局长，有电话找你！"该警察着急道。

局长正一肚子火气呢！闷声喝道："慌慌张张成何体统，谁的电话？"

"审、'审判者'的电话！"

"什么？"

第二十四章　"审判者"的小礼物

"'审判者'的电话！"

当听到这话的瞬间，整个会议室顿时陷入一片死寂。

在足足愣了两秒之后，局长才回过神来。

"电话在哪条线上，赶紧接过来。"局长急忙问道。

"哦哦，我马上接。"

该警察走到座机旁，拨通了接待大厅的前台，让对方把"审判者"的电话转接过来会议室。而几乎同时，局长和严昊翎、杨成刚、宋世哲等警察都围了上去。

电话转接过来之后，前台警察将话筒递给了局长。

局长没有接过电话话筒，而是随手按下了免提键，声音低沉地开口自我介绍：

"喂！我是鼓楼区公安分局局长彭玉松。"

"彭玉松，你好啊！"

从电话的那头传来一道金属声音，很明显是经过变音软件加工的。

听到声音，众人的眉头不禁皱紧了几分，脸色更加不好看了。

他们本来还想从声音里找到一些线索呢！结果没想到对方竟然狡猾到这种地步。

现在电脑技术发达，可以对声音进行消除噪声处理，使得录音中嫌疑人的声音更加清晰，可是对于这种加工过的声音来说，已经失去除噪的意义了。

彭玉松冷哼了一声，哼道："我现在很不好，你说你是'审判者'，有什么证据？"

"我不用证明，爱信不信，随你们。""审判者"有恃无恐地应道。

"……"彭玉松被呛得脸庞涨红了几分。

他很想破口大骂，但还是强行压住心头上的怒火。

"好，就当你真的是'审判者'，你打这个电话来干什么？想要奚落我们警方吗？"

"随你们怎么想，我打这个电话是为了表明我的态度。""审判者"说道。

表明态度？众人闻言，不由得一怔。

"你这话什么意思？"彭玉松不解地疑惑道。

"今天我在网上发了一些视频，想必你们已经都看过了，我要让所有人都看清那些人渣丑陋的真面目，可是你们把那些视频都屏蔽了，这让我很不高兴。"

听到这话，严昊翎等人不禁有些暗爽。

从发现连环杀人命案开始，警方就一直被"审判者"牵着鼻子走，屡次遭到打击。

他们心里早就憋了一肚子的火没地方发泄，偏偏"审判者"又那么狡猾精明，没有留下多少线索，这让他们十分窝气，恨不得在"审判者"身上实施清朝十大酷刑。

现在得知"审判者"也有不爽吃瘪的时候，他们恨不得欢呼一番。

彭玉松清了清嗓子，肃然道："'审判者'，我不管你的出发点是什么，但是你现在杀了那么多人，触犯了法律，身为警务人员，我们就要抓你，你是逃不掉的。"

"哼哼，我根本就没有想要逃，我所做的一切只是为了替卢婉婷讨回公道，让罪人付出应有的代价，现在我做到了。""审判者"得意道。

"那你呢？你杀了那么多人，你自己也是罪人！"彭玉松当即怒道。

"审判者"先是沉默了一下，然后回答道，"我不否认这一点，但是我的罪你们的法律审判不了，只有神才有资格审判我。"

"你这个疯子！"彭玉松咬牙斥道。

"疯子和天才只有一步之遥，你说我是疯子，我只是做了你们不敢做的事情罢了。"

"放他妈狗屁！"彭玉松怒骂道，"就算你是天才，杀了人同样也是犯法！"

被怒声斥骂，"审判者"陡然安静了下来，久久没有再开口。

众人相互对视，正当他们以为"审判者"是不是把电话挂断了的时候，"审判者"突然开口问道："彭玉松，你有女儿吗？如果你的女儿受到跟卢婉婷一样的伤害，但是法律却制裁不了那些坏人，你会怎么办？告诉我，你会怎么办？"

听到这个尖锐问题的瞬间，在场的所有人都愣住了。

下一秒众人的目光齐刷刷地投向彭玉松，而对方的表情充满了纠结和凝重。

不用如果，彭玉松的确有一个女儿，正好也是如花似玉的花季年龄。

他无法想象自己的女儿身上发生像卢婉婷那样的悲剧，更不知道如果真的发生的时候，自己会做出什么疯狂的举动，也许会直接开枪杀了那些坏蛋吧！

但是他不能这么回答，因为他是警察，而且还是公安分局的局长。

在沉默了片刻之后，彭玉松才缓缓开口回答：

"我可以老实地回答你，我不知道！但是现在这一刻，我很肯定地告诉你，我相信我们国家的法律，如果法律判不了，那绝对是我们警察的证据收集得还不够。"

"我坚信，只要掌握确凿的证据，无论是谁，都无法逃脱法律的制裁，你也不例外。"

嘶！在场众多警察听到这个回答，一个个不由得挺直了腰身。

没错，法庭是根据证据判刑的，只要警方提供确凿的罪证，谁也逃脱不了制裁。

"审判者"冷笑了一声，似乎早就料到彭玉松会这样回答。

"不管法律怎么给我定罪，对我来说都已经无所谓了，打这个电话给你们除了想表明我的态度之外，还想告诉你们，我给你们准备了一样小礼物。"

这句话说完，"审判者"没有等彭玉松询问清楚便直接挂断了电话。

听着电话里传来的忙音，严昊翎等人面面相觑。

"小礼物？"彭玉松皱紧眉头，疑问道，"他这话是什么意思？"

这时，那名接待大厅值班的警察突然说道："局长，今天有人给你快递了一个包裹。"

"包裹？"一直没有出声的宋世哲，突然脑子里灵光乍现，想到了一个可能。

他惊恐地大叫道："不好，可能是炸弹。"

话音未落，宋世哲立即掉头冲向会议室的出口，同时大声提醒：

"老严，赶紧疏散警局里面所有的人，不要走前门！"

"老宋！你给我回来！"

严昊翎立即反应了过来，顾不得其他，疯了似的追了出去。

在场的其他警察反应也不慢，几乎同时都醒悟过来，特别是彭玉松。

他大声喝道："杨队长，你负责组织人员疏散，小孙，马上通知拆弹专家过来！"

多媒体会议室位于三楼，当严昊翎追上宋世哲的时候，他们已经跑到一楼的接待大厅了，而此时虽然是晚上，但大厅里还是有部分人员滞留。

"老宋，这里我会处理，你马上离开！"严昊翎拉拽着宋世哲，喝道。

"都这个时候了，别跟个娘们儿似的。"宋世哲骂道。

他一把推开严昊翎，随即冲到墙面位置掀起消防警铃的盖子，一拳奋力砸了下去。

"铃铃铃……"瞬间，现场警铃大作。

听着这突如其来的警铃声，大厅里的人们一脸懵然。

"你们还愣着干吗？赶紧跑啊！有炸弹，快点逃命，听到没有……"

此话一出，众人直接愣了。

在寂静了两秒钟之后，突然"哗"的一声如同炸开的蚂蚁窝，众人争先奔逃，一股脑地冲向了大门位置，一些跑得急的连鞋子掉了都不管了。

而宋世哲和严昊翎并没有第一时间离开，而是快速地奔跑通知一楼的人员。

好在现在是晚上，所以一楼的人并不多，很快就疏散完毕了。

至于彭玉松和杨成刚等人则是组织人从公安分局的车库离开的，很快公安分局内便没有人了。

不一会儿，两名拆弹专家赶了过来。

在和彭玉松交流了几句之后，两名专家穿上防爆服，全副武装地朝大门走去。

此时，公安分局的众多警察都集中在大楼外面的阔地，神色担忧地看着。

"老宋，要是你猜错了怎么办？"严昊翎小声问道。

宋世哲挑了挑眉头，说道："猜错就猜错呗！宁可猜错也不能放过。"

"宋科长说得没错，万一真是炸弹，出了事你负责得起吗？"彭玉松没好气地训道。

"嘶嘶！"严昊翎揉了揉鼻尖，有些不以为然。

眼看着两名拆弹专家走到台阶位置，即将要踏上去了，就在这时……

"嘭……轰……"

一声轰然巨响，炽亮的火光从警局内迸射而出。

公安分局一、二楼的玻璃瞬间被震碎，同时一股强烈、热烫的劲风朝四面八方扩散开去。

刚走到门口的两名拆弹专家首当其冲，瞬间被气浪轰飞了出去。

而紧接着，便是聚集在公安分局外面二三十米外的宋世哲、严昊翎等人，炽热的气浪扑面而来，众人纷纷下意识地侧身护住了头部。

等到气浪消退，他们才抬起头来，每个人都感到头晕目眩耳鸣。

这是爆发的冲击波导致的，宋世哲摇了摇脑袋，好一会儿之后才恢复正常。

"那个狗杂碎，竟然真的放了炸弹。"

缓过劲来的严昊翎忍不住破口大骂，同时心有余悸地看着宋世哲：

"老宋，这次真是多亏你了。"

"嗬……"

宋世哲呼着粗气，凝望着浓烟滚滚、依旧冒着火光的警局大楼，面色苍白。

他不敢想象，如果没有及时把人撤出来会是怎样一个惨烈的画面。

这个时候，杨成刚突然跑到宋世哲的面前，着急地喊道："不好了，那两名拆弹专家受伤有些严重，你赶紧过去看看！"

两名专家距离爆炸最近，首当其冲，自然受伤最严重。

宋世哲闻言顿时惊醒了过来，急忙跑了过去。

虽然他是法医，但是医学都是相通的，一些急救措施他还是会的。

至于严昊翎，则是在局长的带领下和警察们一起扑灭公安分局大楼的火势，避免扩大化。

而就在他们手忙脚乱的同时，没有人注意到在公安分局大楼隔着马路的斜对面树荫下，静静地站着一道穿黑色兜帽外套的身影。

对方在看了片刻之后，悄无声息地转身离去。

第二十五章　百密一疏

"大家好，我是曲颖，正在现场为您报道，大家请看我的身后……"

一名穿着白色连衣短裙、身材窈窕、相貌出众的长发美女，正手持麦克风对着摄像机说道，而此时在她的身后正是鼓楼区公安分局的大楼。

"昨天晚上，鼓楼区的公安分局发生了爆炸事件，根据一些小道消息，据说该爆炸事件是由'审判者'制造的，但到现在为止，警方还未作出任何表态。"

"不过我们可以看到，身后的公安分局大楼外墙有焦黑的痕迹，透过门窗可以看到内部被烧得一塌糊涂，而且一楼的铝合金窗户也变形扭曲，玻璃全都成了碎片。"

"虽然还没有得到警方的确认，但爆炸一说显然确有其事，不过是不是'审判者'所做的，还有待考证，现在让我们一起去采访一下……"

透过镜头可见，原本高端大气的办公楼，此时显得格外狼藉。

一楼的几个窗户框架变形往外突出，窗户边的外墙被烟火炙烤得焦黑一片。

而在内部，那画面更是无法直视，几乎成了废墟。

连窗户的框架都变形了，更别提室内的那些座椅、摆设什么的，全都碎成渣渣了。

要不是经过消防部门的检验，确认大楼的柱体、横梁等没有受损，大楼不会有倒塌的隐患，否则这栋大楼只能废弃了。

昨晚的爆炸太轰动了，周边都是居民楼，所以根本隐瞒不了。

甚至昨晚在紧急疏散的时候，就有好事者用手机拍下了经过，并发到了朋友圈。

在如今 4G 的网络大时代，一晚上就已经传遍了整个天京市。

本来就因为卢婉婷的案件在网上被疯狂吐槽，现在又出了爆炸案，一时间更是成了整个天京市老百姓茶余饭后的重要话题了。

此时，在公安分局二楼的会议室，彭玉松坐在椭圆形办公会议桌的一端，而两边则坐满了专案组的成员。

彭玉松的脸色布满了阴翳，其他警察也同样神色凝重。

整个会议室内一片寂静，只剩下墙面上的时钟滴答滴答地转动着秒针，现场的的气氛一片沉重，没有人说话，因为人们不知道该说什么好。

眼看着时间一分一秒地度过，而彭玉松还是一言不发，这让宋世哲很是郁闷。

现在跟"审判者"可是在争分夺秒地比速度，哪有时间继续这么耗着。

而且昨晚大家忙活了一夜，现在更是又乏又困的时候，就算不议事让大家休息一下也是好的，偏偏彭玉松阴沉着脸，大家再困也得挺着，生怕成了出气筒。

"这样下去根本就是在浪费时间嘛！"宋世哲暗恼。

他眼睛转动了一下，瞥了身旁眼皮在打架的严昊翎一眼，左手悄然伸出。

"啊……"突然一声痛叫响彻整个会议室。

这突如其来的痛叫，顿时把现场众人吓了一跳，除了伸出"罪恶之手"的宋世哲。

所有人的目光齐刷刷地投向严昊翎，只见他神情恼怒地揉着大腿。

刚刚他正在疲乏之际，突然大腿被人掐了一下，而且劲道还老大，忍不住嗷叫了一声。

正当他想要破口大骂的时候，彭玉松却是率先开口了：

"严队长，你在干吗？"

严昊翎扫视了众人一眼，神情窘迫地咳嗽了两声，尴尬道："没、没干吗！刚刚被一只可恶的大蚊子给叮了一下，待会儿我就用杀虫剂喷死它。"

说完，他怒瞪了身旁的宋世哲一眼。

他又不愚笨，能敢掐自己大腿的人除了宋世哲没有别人了。

宋世哲挑了挑眉头，暗笑了一声。虽然有些滑稽，不过好歹打破了现场的沉默。

"局长，上头有什么指示，你跟大伙儿说说吧！"宋世哲适时地提醒道。

"嘶！"彭玉松瞥了他一眼，哪里会不知道宋世哲是在变相地催促自己快点结束会议，不过这一次他倒是没有训斥对方，反而心存感激。

昨天晚上的爆炸到现在他还心有余悸，而之所以没有人员伤亡，多亏宋世哲反应及时。

"昨晚的事件影响极其恶劣，上头现在极度怀疑我们的能力，市长给了最后期限，如果三天内无法破案，将组建新的专案组接手案子。"彭玉松闷声说道。

今天早上七点都没到，他接到市长的电话，在电话里挨了一顿臭骂。

公安局是什么地方，惩恶扬善、维护法纪的地方，结果竟然被歹徒用炸弹给炸了，而且这件事还在网上传得沸沸扬扬的，简直就是把天京市的颜面给丢尽了。

再加上"审判者"的连环杀人案，不知道的人还以为天京市的治安差到什么地步呢！

也正是考虑到网络舆论这方面的影响，所以市长才作出以上决定。

只是这样的决定，对于奋战在第一线的宋世哲他们而言难免有些不公平。毕竟他们付出了那么多的努力，而且也取得了一些进展。

正当严昊翎和杨成刚心中愤慨不平的时候，宋世哲却是轻笑了一声。

"三天时间，足够了。"宋世哲轻笑道。

此话一出，全场所有人都愣住了，包括彭玉松在内。

众人愣愣地看向了宋世哲，脑袋里充满了问号，三天时间上哪儿去抓"审判者"啊？

"宋科长，你是认真的吗？"彭玉松疑问道。

"当然，也许不用三天就能够破案了。"宋世哲淡然说道。

"老宋，你不吹牛会死啊！三天怎么破啊？"严昊翎忍不住低声斥道。

虽然说案子已经取得了一定的进展，可是关于"审判者"的信息却是少之又少，三天时间，如果连"审判者"是谁都不知道，到时候怎么跟上面交代！

彭玉松凝望着宋世哲，不无怀疑地问道："宋科长，你的自信从何而来？"

宋世哲扬起唇角，缓道："今天早上，我去了一趟检验科，从那边拿到炸弹残骸的检验结果，其炸药的主要构成成分是硝酸甘油。"

硝酸甘油，化学名称为三硝酸丙三酯，用于冠心病心绞痛的治疗及预防，也可用于降低血压或治疗充血性心力衰竭。

这种药物对于心绞痛患者来说有着神奇的效果，可以说为人类带来了福音。

但是，硝酸甘油这种油状透明液体，会因震动而爆炸。

瑞典近代著名的化学家、工程师、发明家、军工装备制造商和炸药的发明者，阿尔弗雷德·伯纳德·诺贝尔，就是利用它发明了硝酸甘油炸药，并由此发家致富。

"硝酸甘油虽然可以用浓硝酸、浓硫酸，以及甘油混合制取，但是无论是浓硝酸还是浓硫酸都是管制物品，想要购买并不方便。"

"相反，硝酸甘油成分的药品却很容易获得，以硝酸甘油为主要成分的药品有很多，只需要将药品进行溶解萃取，就能够获得炸药的原材料，硝酸甘油！"

"我曾经说过'审判者'是一名从医人员，这一次的炸弹恰好证明了这个推断。"

这时严昊翎不解地问道："可是就算知道这个又有什么用呢？"

"当然有用，想要从药品中提取出足够量的硝酸甘油，其要求的数量很大，如果从一般的正常渠道购买，难免会有些引人注目，但是借助医院的名义就容易多了。

"我们只要打电话调查一下，最近鼓楼区哪家医院对硝酸甘油药品有不同寻常的进货量，就能够推断出'审判者'到底躲在哪家医院了。"

原本满面愁容的众人，听到宋世哲的分析顿时全都精神一振。

"哈哈，百密一疏，没想到'审判者'也会有失算的时候。"严昊翎大笑道。

"可是我们还不知道'审判者'的身份呢！"杨成刚问道。

宋世哲继续说道："我正好想说这一点，昨天下午我翻查了卢婉婷的资料，发现她有一个男朋友，我已经让网警部的小陈继续调查，看看能不能找到对方的身份。"

"你怀疑'审判者'是卢婉婷的男朋友？"彭玉松疑问道。

"不排除这个可能，想要确认只能抓住'审判者'才能够知道。"宋世哲应道。

这时严昊翎问道："这样的话，那我们还要不要到医院走访排查？"

"要，三管齐下，这样速度才快，对了，你们可以留意一下，名字有个'旭'字的医生。"

"行，没问题！"严昊翎爽快地答应道。

"既然如此，当务之急我们要抓紧时间破案，把审判者抓捕归案。"彭玉松说道。

严昊翎等不及地站起身来："局长，那咱们赶紧行动吧！"

彭玉松正准备下派任务解散会议，宋世哲忽然插嘴道："等一下，还有一个很重要的事情，还记得那个高位截瘫的刘伟豪吗？"

"记得，他怎么了？"严昊翎下意识问道。

"刘伟豪是害死卢婉婷的直接凶手之一，虽然不知道'审判者'为什么迟迟没有对刘伟豪下手，可是'审判者'肯定不会放过他的，我建议还是先把他保护起来。"宋世哲说道。

彭玉松赞同地点了点头，随即看向杨成刚。

"杨队长，这个重要任务就交给你了，你务必保护好刘伟豪。"

"是，局长，你就放心吧！"

在各自领了任务之后，专案组的成员们分成四个小队。

严昊翎和小孙各带一队继续昨天未完成的任务，到各个医院走访调查。杨成刚带领一小队前往刘家保护刘伟豪，剩下一支小队则是留守警局。

经过昨晚的事件，为了防止"审判者"再次袭击，才留下一支小队以防万一。

已经被袭击一次得手，要是再来一次，那真的没脸见人了。

而与此同时，别墅区的一座独栋别墅门外，响起了"叮咚！叮咚！"的响声。

第二十六章　推断错误

"咔嚓……"

伴随着一阵清脆的手铐声响，卢光汉被锁在一张椅子上。

而此时，隔着桌子在他对面的位置上正坐着一人，不是别人，竟然是宋世哲。

虽然他嘴上说审讯犯人是一项粗活，但不过是一句玩笑话罢了。

每天跟尸体打交道，有时候还遇到像郭长勇那样的腐尸案，忍着恶臭和恶心还要一丝不苟地仔细解剖尸体。对比起来，所谓的粗活简直是再幸福不过了。

不过现在宋世哲没有尸体需要尸检，所以就把精力放在协助破案上面了。

从卢婉婷的资料中查到她有一个男朋友，虽然已经让网警进行深挖了，但是能否查到对方现实中的真实身份还不知道。

本着不能把所有鸡蛋都放在同一个篮子里的原理，宋世哲决定从卢光汉身上入手。

虽然调查的资料里说卢光汉酗酒、家暴，跟女儿卢婉婷的感情不太好，但是身为卢婉婷的父亲，女儿交了男朋友或多或少应该有所察觉才对。

卢光汉刚一坐下来，便立即哀声道："警察同志，我知道的都说了，我真的不知道'审判者'是谁啊！我一直都是被逼的，你们要相信我啊！"

"冷静，先冷静一下。"宋世哲伸手压了压，说道，"我不是要问你这个。"

"啊？"卢光汉错愕了一下，疑惑道，"那、那你想要问什么？"

只见宋世哲拿出一个证物袋，从里面倒出了一条项链。

不是别的，正是卢婉婷的那条情侣项链。

宋世哲将项链放在了桌面的中间位置，眼睛牢牢注视着卢光汉的脸。

"这条项链你还记得吗？"宋世哲问道。

"这个是……"

卢光汉脸上露出若有所思的神情，同时又有些迟疑不定，似乎在确定什么东西一般。

宋世哲见状，适时地提醒道："这是你女儿的项链，你不记得吗？"

被他这一提醒，卢光汉犹如茅塞顿开般展开了眉头。

"对，对，没错，这是我女儿的项链，这项链怎么会在你那儿？"卢光汉惊讶道。

宋世哲看了他两眼，确定对方不是在装傻，这才开诚布公地解释：

"这条项链是轮奸案的证物之一，一直存放在警局的档案室里，前天翻查案子的时候我在证物箱里面找到的，我今天就是想问你一些关于这条项链的事情。"

"这项链有什么问题吗？"卢光汉小心翼翼地问道。

"项链本身没有什么问题，但是它所代表的意义有问题！"

卢光汉神情怪异地看着他，表示听不懂。

宋世哲只能继续解释道："这是一条情侣项链，项链上面的戒指是你女儿的，在戒指内侧刻有一个'旭'字，应该跟你女儿的男朋友有关，我想知道关于他的资料。"

"男朋友？她没有男朋友啊！"卢光汉下意识地回答道。

"没有？"宋世哲闻言一怔，眉头不禁微皱了几分，追问道，"你确定她没有男朋友？再好好想想，这个很重要。"

听到宋世哲说很重要，卢光汉偏头思索了一下，随即回答道：

"在我的印象里，她从来没有带男孩子回家过，如果真的交了男朋友，那肯定是背着我偷偷交往的，要是那样的话，我就不知道了。"

"你再仔细想想，说不定能够帮助警方抓住'审判者'。"宋世哲郑重地提醒。

"真的？"卢光汉不禁露出惊诧的神情。

虽然他现在被关在公安局里面，但是也知道"审判者"在外面闹得沸沸扬扬的。尤其是昨天晚上的爆炸事件，爆炸的时候他就在现场，差点被吓出心脏病来了。

别看他只是一个市井小民，但是其中的利害关系他还是很清楚的。

现在，他是以"审判者"的"同谋"被捕，如果抓不到"审判者"，那么他将有可能成为对方的替罪羊，替"审判者"背黑锅。而以对方犯下的罪行，都足够枪毙好几回了。

卢光汉可不想被冤死，所以他比任何人都希望能够抓住"审判者"，还自己的清白。

现在听到宋世哲说可以帮助警方抓住"审判者"，立即主动了起来。

"警官，那个……如果我帮助警方抓到'审判者'的话，算不算戴罪立功啊？"

见他态度变化如此之大，宋世哲心里哼笑了一声。不过他依旧面不改色，说道："那要看你提供的消息是不是有用了。"

卢光汉闻言当即低头思索了起来，想了几秒后，突然说道："能不能给我来根烟呀！没抽烟脑子不怎么灵光啊！"说完，他不好意思地咧嘴笑了笑。

宋世哲挑了一下眉头，倒是没有拒绝，因为有些人想事情的时候的确是这样。

不过他自己并没有抽烟的陋习，所以只能找别人拿了。

"可以，等我一下。"

宋世哲道了一声，随即起身离开了审讯室。

刚走出审讯室，正打算随便逮一个征用对方的香烟，这时隔壁的房门打开，随即便看到彭玉松从里面走了出来，然后递了一包烟给他，而且还是一包中华。

“这……”宋世哲不禁有些发蒙，脑筋没转过来。

“用我的吧！”彭玉松开口说道。

彭玉松身为专案组的负责人，自然是心系案件的进展。

在听到宋世哲提审卢光汉后，便专门到审讯室隔壁的旁听室进行隔墙观看。

审讯室和旁听室中间是一面单向透视玻璃，从旁听室可以清楚看到审讯室里的情况，以及听到审讯室里交谈的内容。

在看到宋世哲出门去找烟，彭玉松便主动出现帮忙了。

接过局长手里的烟，宋世哲轻笑了笑，说道：“谢谢啊！”

“谢什么啊！别浪费我的烟就行！”说完他又拿出一只打火机丢给宋世哲，“我想你身上肯定没有，拿着吧！不过记得还给我。”

“呵！浪不浪费我可说不准！”

说完宋世哲便转身回去审讯室，彭玉松也不在意，继续到旁听室观看。

回到房间，宋世哲拿出一根烟丢给卢光汉，然后帮他点燃。

“嘶……呼……”

卢光汉深深地吸了一口香烟，最后才长长地呼了口出来，脸上一副享受的表情。

宋世哲看着他吞云吐雾的样子，心里暗自摇头。

他实在搞不懂这些烟民，抽烟有什么好的，危害健康不说还浪费钱。

不过既然答应给卢光汉烟了，宋世哲也不会打扰他抽烟的过程。

“我不着急，你慢慢想，想到了什么告诉我。”

然而，卢光汉看到宋世哲的好脾气，似乎有些蹬鼻子上脸了。

他咬着烟嘴，嬉皮笑脸地咂嘴道：“呵呵，警官，嘴有点干，能给我来瓶酒吗！没准立马就想起来了呢！”

这话一出，宋世哲眼眸微眯了几分，哼了一声。

他嘴角微微扬起，目光戏谑地看着他，哼笑道：“要酒是吧！我现在就打电话给上次审问你的那个严队长，让他给你带瓶茅台过来，一瓶怕是不够，干脆两瓶吧！”

听到这话，卢光汉顿时坐直了身子，收起了脸上的嬉笑，一脸惊惶。

"别，别别别，我开玩笑的，您千万别叫他。"

"哼！"宋世哲冷声道，"你还知道怕呢！你以为这里是在你家吗？少给我得寸进尺了，趁我还有耐心赶紧配合，不然我可就让严队长来审问了。"

"我在想呀！再给我来根烟吧！"卢光汉苦着脸说道。

"都给你！"宋世哲没好气地直接把香烟丢了过去，斥道，"赶紧想！"

卢光汉满心欢喜地谢道："嘿嘿，谢谢啦！"

在又点燃了一根烟后，卢光汉这才缓缓开口，说道："我记得在没出事之前，有人经常打电话给她，两人一聊就是个把小时，如果要说谈恋爱的话，可能就是在那时候开始的。"

"那你知道对方叫什么吗？又是干什么的？"宋世哲问道。

"有一次我闺女手机忘在家里了，对方刚好打电话过来是我接的，是个男的，所以我问了一下，对方好像说他叫……杨什么了？"

说到这里，卢光汉竟然卡壳了，急得宋世哲皱紧了眉头。

"是不是叫杨旭？"宋世哲提示道。

"嘶！好像是，不太确定，毕竟四年前的事情了，记不太清楚了。"

宋世哲无奈地叹了口气，虽然卢光汉说出了姓氏，戒指内侧又有一个"旭"字，但万一对方的名字是三个字的，中间差一个字，那可就差远了。

"那对方是干什么的，这个你知道吗？"宋世哲继续问道。

"不知道，聊了几句对方就把电话挂掉了。"

"还有别的没有？"

"没了！后来就发生了那事，一开始对方还有打电话过来安慰我女儿，但是自从那三个浑蛋收买人抹黑我女儿之后，对方也没有再打电话过来。"

宋世哲不禁有些失望，他本来还希望从卢光汉身上找到突破口的，结果还是没找到。

"如果你再想起什么来，记得告诉我。"

"哎，我一定好好想，刚刚那消息有没有用啊？"

"现在还不知道。"宋世哲淡淡说道。

说完他便找来了值班警察，让他把卢光汉给押回去关起来。

就在卢光汉经过宋世哲的身边时，忽然停住了脚步，似乎想起了什么。

"对了，警官，刚刚一进来我就在你身上闻到一股味道，跟那家伙身上的味道很像。"

"什么味道？说清楚点。"宋世哲下意识地疑问道。

"嗯，消毒药水味，还有一点……腐肉的臭味。"卢光汉偏头思索道。

"腐肉味？"宋世哲不禁惊讶了几分。

卢光汉十分肯定地点头说道："对，虽然不是很明显，但还是闻得出来，我是做环卫的，别的不敢说，但是什么东西产生的臭味我一闻就知道。"

"……"宋世哲不由得陷入思考，而卢光汉则是被带离了审讯室。

就在他思索之际，彭玉松从隔壁走了过来。

"啧，还是没用，浪费了我一包中华烟，早知道就拿包便宜点的。"彭玉松摇头叹道。

突然这个时候，宋世哲猛地拍了一下大腿，惊叫了一声：

"糟了！我错了！"

"你不用这么激动吧！我又没让你赔。"

彭玉松被他吓了一跳，但宋世哲这时却无比懊恼，就差捶胸顿足了。

"我推断错了，'审判者'不是医生，他是个看尸体的。"

"啥？"彭玉松瞪大了眼睛。

第二十七章　锁定"审判者"身份

"什么？太平间？你确定？"

彭玉松惊诧地睁大眼睛，对宋世哲的推断表示怀疑。

"我确定，刚刚卢光汉跟我说，他在我身上闻到一股味道，跟'审判者'身上的味道很像，消毒药水味之中夹杂着腐肉的味道，这一点你知道意味着什么吗？"

宋世哲未等彭玉松回答，便以极快的语速继续说道：

"之前我推断，'审判者'是一名从医人员，在医院上班，拥有精湛的外科手术水平，所以他身上有消毒药水的味道并不奇怪，但是腐肉臭味这点就大不一样了。"

彭玉松能够坐到公安分局局长这个位置，头脑自然不会愚笨，立即反应了过来。

"在医院里，只有一个地方会有腐肉的臭味，那就是太平间。"

宋世哲打了一个响指，点头说道："没错，医院太平间跟局里的解剖室有一个共同点，那就是用来存放尸体的地方。"

"虽然太平间的气温偏低，能够对尸体起到一定的防腐作用，但是时间一久尸体还是会出现腐败的，同时也会散发出难闻的尸臭味。"

"一般情况下，医生基本不会去太平间，就算是偶尔去一两次，身上也不会携带尸臭味，只有那种经常待在太平间里的人才会沾染上尸臭味。"

说到这儿，宋世哲想到自己身上也有这种味道，不禁无奈地撇了撇嘴角。

他继续说道："外科医生虽然符合外科手术水平的特征，但是他们的身上绝对不会有这种臭味，唯一的解释就是'审判者'不是外科医生，而应该是太平间的值班人员。"

"可是，你说过'审判者'的外科手术水平很精湛啊！"彭玉松问道。

"这一点并不难解释，太平间内有的是尸体，'审判者'可以用尸体进行实际操作练习。"

彭玉松露出恍然大悟的神情，点头赞同道："听你这么一说，还真有可能。"

"不是有可能，是很有可能，现在我们得赶紧通知老严他们。"

"对对对，我通知严昊翎，你通知小孙。"

正当他们拿出手机准备打电话的时候，这时候网警部门的小陈小快步跑了过来。

"局长，宋科长，我找到了，我找到卢婉婷男朋友的真实身份了。"

宋世哲两人顿时停住了动作，惊喜地对视了一眼。

他们本来是想要从卢光汉身上获取线索的，可是没有成功，没承想柳暗花明又一村，卢光汉那边希望落空，反倒是网警部这边获得了成果。

"太好了，对方叫什么？是不是叫杨旭？"宋世哲连忙开口询问道。

这话一出，小陈神情一怔，惊讶道："你怎么知道的？"

"呵呵！我蒙的，刚刚提审了卢婉婷的父亲，从他嘴里得知对方有可能姓杨，没想到还真是。"宋世哲轻笑道，"这个杨旭是什么人？现在在什么地方？"

"这个杨旭是天京市鼓楼区的本地人，曾经就读于天京医科大学，读的是护理学，两年前从大学毕业的，毕业之后，他曾经在医科大学第二附属医院里面工作，但是不知道什么原因突然辞职了。"小陈拿出一个平板电脑，点开资料递给彭玉松。

宋世哲凑过去粗略扫了一眼，又问道："那现在呢？他在哪里上班？住在什么地方？"

"他现在在医科大学第一附属医院上班，至于住在哪儿还没查到。"

听到这话，正在查看资料的彭玉松顿时愣了一下。

他抬起头来惊诧问道："第一附属医院，那不是徐美玲的工作单位吗？"

宋世哲眉头微皱了起来，郑重道："没错，看来这个杨旭非常有嫌疑，如果他就是'审判者'的话，恐怕这个复仇计划早就谋划很久了。"

"不管那么多，先把人控制起来再说。"彭玉松果断地作出决定。

然而，宋世哲却没有局长那么乐观，神情显得有些凝重。

"现在可能已经晚了，之前我们到各大医院走访调查，如果杨旭真的是'审判者'的话，恐怕已经打草惊蛇了。如果我是'审判者'的话，绝对不会继续留在医院里等警察上门。"

"那怎么办？咱们可是好不容易才锁定嫌疑人的。"彭玉松着急道。

宋世哲深吸了口气，重新振奋精神。

"先通知老严，现在一切都还只是我的推测，只有抓到'审判者'才知道是不是正确的。"

"行，我现在立刻打电话。"

……

"呦呦呦呦……"

一辆警车带着呼啸声由远及近，在医科大学第一附属医院门口停了下来。

车子刚停稳，只见从驾驶座位上快速下来了一名壮实男子。

这男子不是别人，正是严昊翎。

而几乎同时，他刚下车，一辆进口吉普自由光同样呼啸而至，在警车旁边停了下来。

开车的人正是宋世哲，在车上的还有两名便衣刑警。

"老宋，我接到电话就立即赶过来了。"严昊翎迎了上去。

宋世哲点了点头，没有多废话，直接说道："行，那咱们一起进去吧！"

四人走到医院综合大楼的门口，这时宋世哲朝身后的两名刑警吩咐道："你们两个一个去药房找负责人调取最近的进货清单，一个去人事部查找杨旭的资料。"

两名刑警队员显然对宋世哲的越权调配早已经习以为常，得到命令后便立即照做。

剩下严昊翎和宋世哲两人，他们对视了一眼后，默契地前往医院太平间。

片刻之后，他们便来到太平间门口的值班室。

太平间设置在医院主楼的地下负一层，平时甚少有人过来。

当宋世哲他们来到值班室窗前时，只见里面坐着一名四五十岁的老男人。

对方戴着一副眼镜，梳着一个大背头，觍着一个啤酒肚，正坐在值班室里看电视剧呢！同时桌面上还放着一瓶百威啤酒和鸡爪、花生米两样下酒菜。

乍一看，这小日子过得还挺悠哉自在的，值班还能够喝酒看剧呢。

"叩叩叩……"严昊翎伸手敲了敲玻璃窗。

里面的值班人员看到来人，疑惑地打量了宋世哲他们几眼。

"你们是什么人？"值班员问道。

严昊翎和宋世哲对视了一眼，随即从身上拿出警察证件，隔着玻璃窗给对方看。

看清楚证件后，值班员急忙打开了玻璃窗。

"我是鼓楼区刑警大队的队长严昊翎，这位是我同事，你是什么人？"

"我是这里的值班员，大家都叫我老罗，两位警官，有什么事情吗？"老罗问道。

"我想问一下你们这里是不是有一个叫杨旭的值班人员？"

"你找小杨呀！对，他是在这里上班，不过这两天他没来啊！"老罗回答道。

尽管已经有心理准备，可是当听到杨旭真的不在时，两人还是难免有些失望。毕竟他们可是好不容易才锁定了"审判者"的身份。

如果杨旭真的是"审判者"，想要抓到他恐怕没那么容易了。

"啧！他妈的，还真被你说中了，那家伙肯定是畏罪潜逃了。"严昊翎低声咒骂道。

"先别着急，问清楚缘由再说。"宋世哲微皱着眉头，朝老罗询问道，

"你知道他为什么没来上班吗？还有什么时候开始没来的？"

"就前两天的事，听说是他家里有人生重病了，所以请了几天假，两位警官，他没犯什么事吧？我什么都不知道啊！我是这两天才临时调过来顶班的。"

老罗见警察对杨旭的事情这么上心，急忙跟对方撇清关系，担心惹祸上身。

宋世哲轻笑了一声，说道："你不用怕，我们只是了解一下情况而已，我想问一下，你知道他平时都跟谁来往比较密切吗？"

"不知道啊！我跟他不熟的，只是大家都叫他小杨，所以我也这么叫。"

严昊翎和宋世哲对视了一眼，均露出有些无奈的表情。

很多时候就是这样，一旦涉及警察调查案件，总有一些人为了避免麻烦，即使明明知道什么也不愿意透露，警察一问就是各种推诿。

这时，宋世哲扫视了值班室内的摆设，又看了老罗几眼。

"这里哪些是他的东西？"宋世哲问道。

"这些都是他的，我只是过来顶班的，没带什么东西。"老罗连忙应道。

宋世哲点了点头，随即朝严昊翎说道："老严，你带他到外面做个笔录，我查看一下。"

"行！"严昊翎朝老罗说道，"你跟我出去吧！"

虽然有些不情愿，但是面对警察的要求，老罗也只能配合。

在跟严昊翎离开的时候，他还嘀咕道："警官，不用录口供吧！我什么都不知道啊！"

"不用怕，只是走个形式罢了！"

至于宋世哲，则是进入到值班室开始仔细查看了起来。

大约过了十分钟，严昊翎一个人从外面走了回来，而老罗则是不知道去哪儿了。

"老宋，发现什么线索没有？"严昊翎问道。

只见宋世哲指了指一个被打开的储物柜，说道："你来看看这个！"

严昊翎好奇地凑近前去，当他看清楚在柜子里所存放的东西时，顿时脸色骤变。

透过灯光，在柜子里摆放着大大小小数个玻璃瓶，每个玻璃瓶内都装有液体，而在液体之中浸泡着一些物体，仔细一瞧，赫然是人体的内脏器官。

心、肝、脾、肺、肾，五脏俱全！而且还有眼球等其他人体组织。

"这家伙的口味也太重了，竟然在柜子里藏了这些东西。"严昊翎惊骇道。

"你再来看看这些。"宋世哲又指了指一旁的电脑桌。

此时电脑桌的抽屉被打开，里面摆放着不少的书籍，基本都是关于人体结构的医书。而除了那些以外，还有一本笔记本。

笔记本已经被翻开了，摆放在桌面上，里面记得满满的。

"我就不看了，记的什么你直接说。"严昊翎干脆道。

"摘除器官的手术实际操作笔记。"宋世哲看向柜子，缓缓说道，"这些是写器官的！"

"靠……"

第二十八章　什么样的人最可怕

"嘎吱！"

伴随着一声艰涩的声响，通往太平间停尸房的通道门被推开。

宋世哲和严昊翎站在入口处，看到了通道的另外一头。

从入口到通道的尽头大约有十米的距离，这短短的十米就如同活人与死人之间的黄泉路一般，而尽头的那扇木门宛如地狱之门般等待开启。

看着这条"黄泉路"，严昊翎也有几分心虚了。

"咳咳，你先请吧！"严昊翎讪笑道。

宋世哲神情怪异地瞥了他一眼，啼笑皆非地扯了下嘴角，摇了摇头率先走了过去。

被鄙视了！严昊翎窘迫地挠了挠鼻梁，连忙紧随其后。

十米的距离一下子就越过了，来到通道尽头的宋世哲没有丝毫停滞，直接伸手推开了停尸房的木门，神态自如地走了进去。

别人对停尸房或许心存芥蒂，但是宋世哲却是丝毫感觉都没有。

跟他所在的解剖室比起来，停尸房根本算不上什么。

要知道，医院停尸房里放的那基本都是病死的，而公安局里放的不少都是冤死或者被害的。对比起来，公安局里的亡者"怨气"可不知道要浓郁多少倍呢！

而有了宋世哲打头阵，严昊翎也很干脆地走了进去。

步入停尸房后，第一感受便是气温明显降低了许多，同时一股尸臭味扑面而来。

尽管医院的停尸房温度比较低，有利于保存尸体不腐坏，但是如果停放太久的话，还是会散发出尸臭味的，尤其现在是三伏天，更容易腐坏。

"根据值班室的记录，医院长期的滞留尸体有十六具，存放最久的已经十年了。"

"十年！这么久，为什么不领回去？"严昊翎不解道。

"有的是无名氏，有的则是医闹，跟医院没有处理好赔偿事项，有的则是因为冤情没有得到平反，总之各种原因都有。"宋世哲说道。

正常情况下，死者在病逝之后三到六天就应该被领回去安葬了，但总有一些特殊情况的尸体滞留在医院。每个正规医院都有遇到，只不过是数目的多和寡罢了。

"哼！这些死者的家属绝对没想到，自己亲人的尸体会被'审判者'当作练手的试验品。"

"我倒不觉得这是件坏事，至少'审判者'不用为了练手而出去外面杀人。"

严昊翎听到这话不禁一怔，随即挑了挑眉头，这倒也是！

宋世哲拿着册子走到标识着编号的冷冻柜前，依次将那些长期滞留的尸体冰柜柜门打开。

因为"审判者"如果要练手的话，选这些长期没有人认领的尸体最合适不过了。

在宋世哲的指挥下，两人将冰柜里的尸体拖了出来。

当他们掀开那些尸体身上的白布时，只见在尸体的胸口位置，赫然都有一道经过缝合的开创性损伤，有的尸体甚至不止一道。

宋世哲凑近前查看了一番，随即又继续看下一具尸体。

为了更细致地检查，他还特地将尸体上伤口缝合的线剪开进行检验。

在经过一番"尸检"之后，宋世哲得出了结论。

"这些尸体开刀的手术水平从生疏到娴熟再到精湛，基本记录了杨旭手术水平的整个进步过程，最后的手法跟'审判者'的手法如出一辙。"

严昊翎闻言顿时精神一振，肃然道："你真的确定吗？"

"基本可以确定了，申请搜查令，咱们去他的住处搜一下，可能会有所收获。"

"太好了，那还等什么，咱们赶紧走吧！"严昊翎兴奋雀跃地着急道。

这时宋世哲却说道："我劝你别抱太大的希望，之前警方已经打草惊蛇了，杨旭既然没有来医院上班，说明他不是逃了就是躲起来了。"

"啊！那、那现在怎么办？"严昊翎不禁有些颓然。

"先把尸体放回去吧！"宋世哲说道。

当两人从太平间里走出来时，被宋世哲派去打听消息的两名警察也回来了。

派去药房的警察率先说道："队长，科长，我从药房负责人那里问到了，前一阵子杨旭曾经找过他，让他帮忙入手一批硝酸甘油的药物，说是亲戚开药店进货用的，而该负责人则从中得到数千元的抽成利润。"

前往人事部调查的警察紧接着说道："我这边也问到了，那个杨旭住在镇江路住宅区，就离卢光汉所在的公寓不远，可是前两天请假了。"

"咱们抓捕卢光汉的那天，说不定他就混在人群里看戏呢！"严昊翎气愤道。

"看来就是他，错不了了，走，到他家看看！"

……

杨旭住在镇江路47号小区，距离第一附属医院很近，开车只需要不到十分钟。

当宋世哲几人开车抵达目的地时，心里头仿佛塞了一团棉花般发闷。

因为卢光汉所居住的43号小区与47号小区，仅仅隔了两条大街，距离是如此之近，甚至他们在抓捕卢光汉的时候，还经过该公寓的楼下呢！

他们与"审判者"可以说是擦肩而过，这令宋世哲等人既颓然又气恼。

杨旭在医院登记的住址并不是很详细，只知道在大概的范围内，而镇江路住宅区比较杂乱，所以宋世哲他们只能采取笨办法，那就是走访询问。

经过将近二十分钟的走访，最终通过小区的一位大妈才找到他的住处。

很快，宋世哲等人便来到了杨旭住处的门外。

尽管他们都猜测杨旭不会在家，但小心驶得万年船，他们还是按照正规行动那样进行。

两名警察之一上前敲门叫唤，叫唤了好一阵子依旧没有回应。

严昊翎朝警察示意了一下，然后从身上掏出一套开锁的工具，灵敏地开起锁来了。

身为刑警，外出执行任务的时候可能会面对各种各样的难题，而这开门便是其中一种比较常见的情况，所以有不少警察都是开锁能手，严昊翎也是其中之一。

不到二十秒，防盗门的门锁就被打开了，又用了不到十秒，打开了里面的大门。

打开门后，严昊翎收起工具朝其他人看了一眼。

正当他准备抬脚踹门而入时，突然宋世哲伸手拦住了他。

"我……你干吗？"

严昊翎瞪大了眼睛，低声问道。

"小心有炸弹！"宋世哲小声提醒道。

这一提醒，严昊翎顿时愣住了，紧接着心底泛起一股凉意。

唉呀！竟然忘了还有这一茬，幸亏被及时拦住了。

严昊翎感激地看了宋世哲一眼，随即轻轻地将大门推开一条缝隙，小心翼翼地观察了起来。

这一看不打紧，顿时把他的小心脏给揪紧了。原来在大门的上方挂着一根鱼丝，鱼丝的尽头不知道挂着什么，严昊翎触摸之后感觉鱼丝被绷紧着。

严昊翎连忙拿出手机调出照相功能，从缝隙伸进去拍了几下。

他收回来后查看了一下，瞬间脸色就苍白了几分，心有余悸地看着宋世哲。

从照片上显示，在门上绑着的鱼线系着一把叉开剪刀的把手，而剪刀的中间位置则是抵着一根棉绳，棉绳的下方垂吊着四个啤酒瓶，里面盛有液体。

只要不是傻子，都能够猜到瓶子里面装的肯定不是什么好东西。

而且经历过公安分局炸弹事件，严昊翎大概能猜到那些液体是什么，应该也是硝酸甘油。

硝酸甘油在遇到震动或剧烈搅拌时会产生爆炸，这一点与对方设置的陷阱特点非常符合。一旦棉线被剪断，啤酒瓶掉落地面，瞬间便是一场大爆炸。

刚才如果不是宋世哲及时拦住，现在他们肯定已经被炸得面目全非了。

"这个王八蛋也太歹毒了，竟然设下这样的陷阱。"

严昊翎心悸之余，怒火翻涌，忍不住破口大骂。

他一方面是对杨旭所作所为感到愤怒，一方面又是对自己刚才鲁莽的行为感到后怕。

宋世哲拍了拍他的肩膀，开导道："先把炸弹解除了再说。"

严昊翎连忙小心翼翼地将鱼线给剪断，然后又仔细观察了一番，确定没有陷阱之后才终于放心地推开了大门，然后以最快的速度将那悬挂着的陷阱解了下来。

宋世哲走上前，凑近啤酒瓶口闻了闻，随后凝重地说道："硝酸甘油！"

"咕噜！"严昊翎不由得咽了一下唾沫。

尽管他已经猜到了，但是真的确定时还是难免有些惧怕，好在化险为夷了。

"看一下屋子里有没有遗留下什么线索。"严昊翎大声说道，同时不忘提醒，"搜查的时候小心一点，还不知道那王八蛋有没有设置别的陷阱。"

两名警察应了一声，随后分头在屋子里搜查起来。

这个屋子是套房式的，两室一厅一厨一卫，总体面积在80平方米左右。

两个房间，一个是卧室，另外一个则是被杨旭改装成简陋的实验室。

里面摆放着一张大长桌，在桌子上摆着一些瓶瓶罐罐，都是一些化学器皿和液体，以及被拆开来的药品包装盒，均是硝酸甘油制品。

宋世哲也在屋子里查看起来，越看心里越加疑惑，感到很奇怪。

屋子里并没有过多的装饰，布置得很简洁很温馨，其中还有不少明显偏向女性的用品，如茶几上放置的粉色杯子，而且屋子里的用品很多都是情侣款的。

在他的猜想里，杨旭对于卢婉婷的爱应该是刻骨铭心的，不然也不会为了替她报仇、洗刷冤屈，不惜自毁前程，走上杀人犯罪的道路。

可是现在屋子里的情形又告诉他，杨旭不是一个人在生活，这让他很不解。

"难道我又猜错了不成？"宋世哲不由得有些自疑。

这时，搜查卧室的严昊翎走了出来，在他手里拿着一个相框。

"老宋，你快看我找到了什么？"

宋世哲接过相框，当他看到相框里的合照时，心头的疑问顿时找到了答案。

只见在长方形的边框内一对年轻的情侣偎依在一起，脸上洋溢着幸福的微笑，男的不是别人，正是杨旭，而女生竟然是已经死去的卢婉婷。

"原来如此，杨旭一直幻想着自己和卢婉婷在一起生活。"宋世哲呢喃道。

"对了，我还在书桌的抽屉里发现了这个。"

严昊翎又拿出一个印着"甲苯磺酸索拉非尼片"字眼的药盒。

当宋世哲看到药盒的瞬间，顿时神情有些呆滞了。

严昊翎察觉他的反应有些奇怪，疑问道："怎么了？这个药很重要吗？"

"你知道什么样的人最可怕吗？"宋世哲突然问道。

"啥？"严昊翎被问得一愣，没反应过来。

宋世哲深吸了口气，神色凝重地继续说道："知道自己快死了，而且不怕死的人最可怕，这个药是治疗癌症晚期的，'审判者'快死了。"

"……"

第二十九章　日记本

索拉非尼，也叫多吉美，是一种治疗晚期肾细胞癌的进口处方药。

该药物是一种新型多靶向性的治疗肿瘤的口服药物，主要用来治疗无法手术或远处转移的原发肝细胞癌和不能手术的晚期肾细胞癌的药品。

这种药物很贵，一盒 200mg60 片装的药就要卖一千六左右，主要的不良反应为可控制的腹泻、皮疹、疲乏、手足综合征、高血压等。

而且由于是进口处方药，所以根据国家法律，该药物是禁止在网上售卖的。

正因如此，当宋世哲看到这个药盒的时候，立马意识到了问题。

如果杨旭不是癌症晚期，他是绝不可能买这种药的。

"这么说，'审判者'这家伙真的快死了。"

听完"科普"的严昊翎有些纠结，他恨不得"审判者"早点死，但是又不想对方那么快死。

因为他还没有把"审判者"绳之于法，对方还没有受到法律的制裁。

"之前我一直想不通，以'审判者'的精明肯定知道作案越频繁暴露的概率就会越大，可是他还是依旧顶风作案，现在总算明白了，他是想在生命结束之前了结这一切。"

"如果不是这个病，或许他还不会走到现在这般极端的地步。"

宋世哲不无感叹，正应了那句老话：可恨之人必有可怜之处！

不过他也没有过多地同情杨旭，毕竟他身上可是背着六条人命呢！

"不行，无论如何也必须把对方抓捕归案，不然咱们公安分局的颜面何存啊！"严昊翎说道。

宋世哲深吸了口气，缓道："我知道，现在就怕接下来杨旭会有更疯狂的举动。"

"更疯狂？"严昊翎冷哼了一声，咬牙道，"还有什么比炸公安局还疯狂的事情？这家伙别让我抓到，否则先揍他一顿再说，管他娘的有没有癌症。"

"呵呵！"宋世哲轻笑了一声，道，"行，等你打他的时候记得带上我一份。"

随后宋世哲打电话通知局里，让痕检科的同事过来一趟。

三分钟过后，局里的同事便赶了过来。

见痕检员这么快就抵达，宋世哲不禁有些奇怪。

怎么这么快？

还没等他询问出口，紧接着便看到其身后走进来的杨成刚。

看到他的瞬间，宋世哲心里不禁咯噔了一声，尤其是对方脸上一副欲言又止的犹豫模样，更是让他涌起一股不祥的预感。

"杨队长，你不是应该去保护那个姓刘的家伙吗？"严昊翎走了过来，疑惑道。

"出了什么事？"宋世哲也忍不住问道。

只见杨成刚脑袋低垂了几分，神情布满懊恼和自责。

"我们去晚了，到的时候我们看到门口虚掩着，屋里一个人都没有，经过一番搜查之后才发现被打晕捆绑在地下室的佣人，至于刘伟豪连影子都没见着。"

"后来我们调取了屋内的监控视频，发现有一名男子假扮成护理专家，骗取刘家的佣人开门之后，刚进入屋里就在背后袭击了佣人。"

"打晕佣人之后，他进入刘伟豪的卧室，骗取对方的信任后将刘伟豪也打晕了，并把他用轮椅给带走了，前后整个作案过程只用了三分钟左右，很明显是筹划已久。"

原来刚才宋世哲打电话通知局里的时候，痕检员正好在杨成刚那边勘查现场。

地方也不远，就在镇江路住宅区附近的丁山高档别墅区。

接到坐镇指挥中心的局长电话后，杨成刚便开车带着痕检员一起过来了。

听完杨成刚的简述，宋世哲和严昊翎不禁感到郁闷发堵。

"那名男子是不是长这样的？"

宋世哲将相框拿了过来，指着上面的杨旭询问道。

杨成刚端详了几秒钟之后，说道："虽然照片上的样子比较年轻，但应该是他没错。"

"又被这个杨旭抢先了一步。"严昊翎忍不住火气，抱怨道。

"嘶呼！"宋世哲无奈地呼了口粗气。

"这个家伙难道是……"

杨成刚似乎猜到了什么，瞪大了眼睛。

"这男的叫杨旭，基本可以确定他就是'审判者'了。"宋世哲回答道。

听到这么劲爆的消息，杨成刚还有点不敢相信呢！不过看到严昊翎对着照片一副咬牙切齿的模样，他顿时相信了。

"太好了，努力了那么久，总算是找到这个王八蛋了！"杨成刚兴奋地说道。

"事情没你想得那么简单，现在这家伙还不知道躲在哪里呢！"

严昊翎看不惯他高兴的样子，忍不住泼了他一盆凉水，但是杨成刚却是十分乐观。

"至少咱们现在已经知道'审判者'的真实身份了呀！这样就可以发布通缉令了不是吗！要知道群众的眼睛可是雪亮的。"杨成刚笑道。

被他这么一说，宋世哲的眼神顿时亮了起来。

"杨队长说得没错，以杨旭的身体条件已经活不久了，但他还是把刘伟豪给绑走了，肯定是有什么其他的目的，所以他一定不会离开天京市。"

"咱们发布通缉令，说不定能够有所收获。"

听到宋世哲都这么说了，严昊翎点头道："那行，我马上打电话给局长，让他发通缉令。"

"等一下，你们说这家伙咋啦？活不久是什么意思？"杨成刚奇怪地问道。

宋世哲和严昊翎对视了一眼，默契地没有回答，径直朝外面走去。

"喂喂喂，你们什么意思啊！"

……

下午，鼓楼区公安分局三楼的多媒体专案组会议室。

"杨旭，二十五岁，鼓楼区本地人，单亲家庭长大，父亲是一名电工，在他四岁的时候遭遇漏电事故身亡了。

"母亲是湖南衡阳人，曾经当过坐台小姐，嫁给杨旭的父亲之后开了一间小超市，在杨父死后不久就将小超市转卖给别人了，并且再婚嫁给了一个姓李的男子。

"但李姓男子是个酒鬼，在当地是地痞无赖，对杨旭母子俩并不好，动不动就家暴，而杨旭的母亲又将所受的怨气都怪罪在杨旭的身上，对他经常打骂。

"可以说杨旭从小就是在暴力与辱骂中成长的，但是他的学习成绩却很好，一直是年级的前十名。在他十二岁的时候，他的继父因为车祸死了。

"肇事者赔偿了一笔钱给他们母子，但是他的母亲有了钱之后，生活开始放荡，经常跟一些社会上的男人暧昧不清，后来更是染上了毒瘾。

"不到两年的时间，赔偿金就被挥霍一空。没了钱，那些缠着他母亲的男人也离她而去了，而毒瘾发作的时候她又被折磨得生不如死。

"最后杨旭的母亲在他十五岁的时候选择了自杀，后来的日子，杨旭一直处于勤工俭学的状态，靠着自己的努力读完了高中，并以优异的成绩被保送入天京医科大学就读，在校期间，每一年都全揽奖学金。

"综上所述，这个杨旭简直可以说是深受磨难、励志成才的代表人物。"

严昊翎站在讲台上，手里拿着遥控器，向所有成员简述调查结果。

认真起来的警察叔叔是很可怕的，不到一下午的时间便将杨旭的老底都挖了出来。

虽然之前他们也非常认真的，但是没有针对性地调查，收效自然不佳。现在知道"审判者"的身份后，全部警力围绕着一个人进行运转，那效率自然显著。

"我们在杨旭的住处搜到了一本日记簿，是属于卢婉婷的，在里面记载了两人是如何认识的。杨旭因为母亲的家暴行为，虽然表面上不说，但却在某论坛匿名发帖宣泄。

"而卢婉婷平时也有上那个论坛，碰巧看到了他的帖子，因为她的父亲也有家暴行为，出于好心卢婉婷开导安慰了杨旭，一来二去两人便这样相识了。

"两人在加了QQ之后，卢婉婷善良阳光开朗的性格深深吸引了杨旭，而杨旭的高智商、勤学励志也令她十分仰慕，双方互有好感，很快便确定了恋爱关系。"

当今时代，网络已经是年轻人不可或缺的一部分了。

随着网络的发达，借助网络聊天工具认识心仪的对象并发展成情侣早已经是常态。

卢婉婷和杨旭的关系，由网恋变成现实中的恋爱，只用了一个月左右。

但也正因如此，才导致了最后悲剧的发生。

在日记本里记载着，卢婉婷受到杨旭勤工俭学的激励，所以也想靠自己的努力赚取学费和生活费，不想再为了一点学杂费遭受父亲的斥骂。

而她的那一份临时工，还是在杨旭的介绍下才应聘成功的。

原本这是一件好事，却因为卢婉婷长相标致而引来坏人的觊觎和窥视。

这也验证了一句古语：自古红颜多薄命！

空拥有一副令人垂涎的美貌，却没有捍卫的实力，往往会招惹来坏人的惦念，最终这份美貌只能给其主人招来祸端。

"日记本中卢婉婷写的日记一直持续到遭受侵害的前一天，后面就没有了。继续往下的日记则是另外一个人的笔迹，经过对比正是杨旭的。"

严昊翎按动了一下遥控器，幕布上的画面出现一幕特写画面。

"但是，在卢婉婷和杨旭日记的中间位置，有着明显被撕掉的残留页根，这说明中间还有别的内容，可是却被杨旭撕掉了，其中肯定有杨旭不想被人所知的内容。"

"这一点对我们能否找到杨旭有什么帮助吗？"彭玉松问道。

严昊翎被问得一愣，目光瞄向了台下的宋世哲。

宋世哲接过话题，一脸认真地说道："有帮助，说不定能说服对方投案自首。"

此言一出，全场顿时一阵骚动。

第三十章　生还是死

"各位电视机前的观众朋友晚上好，今天下午傍晚时分，鼓楼区警方召开记者会，特意公布了有关'审判者'连环杀人案的最新进展，下面请看现场录像。

"根据我们警方多日的走访调查，深入挖掘，今天终于有了突破性的进展。

"大家请看大屏幕，警方已经成功锁定了一名重大嫌疑人，该男子叫杨旭，是医科大学第一附属医院的在职员工。

"警方已经掌握了充分的证据证明该男子与连环杀人案有密切关联，同时我们还发现这名男子与四年前卢婉婷跳楼自杀的真相有关。

"目前警方正式通缉该名男子，请广大市民留意，若发现该名男子的踪迹请立即通知警方，凡是举报有效者均奖励现金五万元。

"提醒各位市民不要擅自抓捕，该名男子极具攻击性，十分危险。

"再次提醒广大市民，不要擅自抓捕以免遭到攻击。

"以上就是今晚的特别新闻，为了广大市民的安全着想，请大家不要擅自抓捕通缉犯，若有发现请及时与警方联系。"

位于道路旁边的一家猪脚卤肉饭餐馆，电视上的地方台正循环播放着特别新闻。

而在屏幕的右上角位置，则一直悬挂着杨旭的正面照。

此时在饭店里吃饭的客人，看着《晚间新闻》一个个纷纷讨论了起来。

"看照片长得挺人模狗样的，没想到这么心狠手辣，连杀了那么多人，真是可怕。"

"可不就是嘛！真是人不可貌相呀！太可怕了！"

"这家伙竟然还是在医院工作的，说不定在医院死的人里哪个就是被他搞死的。"

"有可能，有可能。"

正在议论纷纷的客人们并没有注意到，此时在门口位置，一名戴着鸭舌帽和口罩的男子目光阴鸷地盯着电视，拳头悄然握紧。

"两份猪脚卤肉饭好了，一共二十五元。"餐馆的老板提着两个饭盒递给男子。

男子没有说什么，从身上掏出了一张五十元纸币递了过去。

"我给你找钱，请稍等一下。"

正当老板转身到柜台去找钱的时候，该名男子却直接转身离开了。

等到老板找好钱走出来，人早就已经不见踪影了。

"嘿！真是奇怪，人哪儿去了？"

画面一转，只见该名男子左拐右转的，很快便来到了一处偏僻的老旧厂房。

麻利地打开门锁之后，男子走进厂房转身便将铁门关上反锁。

伴随着一声脆响，原本昏暗的厂房内顿时光亮大作。

打开电灯后，男子取下鸭舌帽还有口罩，露出一张白净斯文书生气的脸庞。

他不是别人，正是被警方通缉的杨旭。

如果光从外表来看的话，很难相信他就是杀害六个人的连环杀手"审判者"。

杨旭拿着盒饭，继续往厂房里头走去，穿过了又一道铁门之后，来到了厂房后头的房屋。他走到一间上了锁的房间，掏出钥匙打开了锁。

推开房门，只见在房间的墙角位置摆放着一张折叠单人床。

而此时，在单人床上躺着一名年轻男子，不是别人，正是被杨旭绑架的刘伟豪。

　　半年前的那场攀岩意外，导致刘伟豪自胸椎以下高位截瘫，然而即使是对待这样的一个废人，杨旭也没有疏忽大意，离开前还将房门反锁。

　　看到杨旭出现，刘伟豪急忙用双手撑起上半身，目光愤恨地盯着他。

　　"吃饭了！"杨旭冷漠地说了一声，随即将盒饭放在床头位置。

　　正当他转身准备离开的时候，刘伟豪却猛地将盒饭扫落在地，顿时饭盒内的米饭与菜肴均撒落在地，将地面弄得十分狼藉。

　　杨旭停住脚步，偏头瞥了一眼地面，然后缓缓转过身来。

　　"你是不是以为我不会杀你！"杨旭冷酷道。

　　"呵呵，想杀我就快点，反正我现在是个废人，早就不想活了。"

　　刘伟豪并不惧怕，反而十分坦然地面对杨旭的威胁。

　　正如他所说的那样，对于一个户外运动爱好者，高位截瘫简直比死还要难受。

　　也正是因为如此，所以杨旭反而不着急杀他，要他受尽折磨。

　　只见杨旭嘴角露出一丝冷笑，阴狠地说："你想死，简单，等我完成我想做的事，就送你下去跟其他人团聚，不过现在你可还不能死！"

　　"王八蛋，折磨我算什么男人，老子就算自杀也不会让你得逞！"刘伟豪怒骂道。

　　"哼，你要是真的敢自杀也不会苟延残喘活到现在了，懦夫！"

　　"你……"刘伟豪气得涨红了脸，但却无法反驳。

　　杨旭走到被撒落在地的饭盒面前，蹲下身子将饭菜收拢到饭盒里面。

　　"粮食是用来吃的，不是用来糟蹋的。你们这种有钱人，哪里会懂得穷人家的孩子为了一口饭吃，要付出多少辛勤的汗水？"

　　说完，杨旭端着饭盒重新走到刘伟豪的面前，伸手将饭盒递给他。

　　"你可以再扔一次，但这一次你就必须自己爬过去吃了。"

　　"咕噜！"这时刘伟豪肚子恰好响起一声饥饿的声响，本就气得涨红的脸顿时更红了。

　　从早上到现在，他可是滴水未进，早已经饥肠辘辘了。

尽管十分不情愿，可是在饥饿的逼迫下，刘伟豪还是忍不住伸手接过了饭盒。

"哼哼！"杨旭冷笑了一声，随即转身离开房间，并将房门反锁。

……

与此同时，另外一边鼓楼区公安分局。

刚刚吃完晚饭的宋世哲和严昊翎，以及杨队长正在严昊翎的办公室内讨论案情。

"老宋，你的这个办法到底行不行啊？"严昊翎开口问道。

"不知道啊？试一试吧！"宋世哲回答道。

在旁边的杨队长靠着椅背，说道："老严，现在不管什么办法都要尝试一下啦！死马当活马医，说不定有效呢！"

"哎！目前也只好这样了，希望办法有效吧！"

严昊翎口中的办法，其实就是在对杨旭的通缉令中所加的那一句话。

宋世哲认为，杨旭既然想要为卢婉婷洗刷冤屈，那么如果散布消息说他跟卢婉婷自杀的真相有密切关系，将群众的矛头从林思杰、刘伟豪、郭长勇三人身上转移到杨旭自己的身上，这也许能够激怒杨旭，让他与警方主动联系。

而只要能够与杨旭联系上，宋世哲就有劝说他放弃复仇，引导他投案自首的机会。

当然了，这是最理想的结果，也有可能劝说不成导致对方恼羞成怒。

不过最坏的结果也坏不到哪儿去了，如果不能及时找到杨旭，把刘伟豪救出来，对方最终还是会死在杨旭的手上的。

既然如此，那为什么不赌一把呢！或许有转机也说不定。

时间一分一秒地过去，又过了二十分钟左右。

正当他们三人都有些无聊的时候，突然网警部的小陈快速跑了进来。

"队长，宋科长，杨队长，'审判者'杨旭又在网上发东西了。"

听到这话，宋世哲三人顿时一愣，然后急忙反应了过来，严昊翎快速打开了电脑。

"对方发在哪里了？"严昊翎大声问道。

"百度贴吧、新浪微博、搜狐微博等都有。"小陈回答道。

严昊翎想了一下，打开了百度贴吧，找到"审判者"的贴吧群，一打开立刻就看到了置顶的一条帖子，贴吧的吧主署名十分明目张胆：我是审判者。

该帖子的看帖人数已经突破了三万人，而且人数还在增加之中。

严昊翎点击帖子进去，第一眼便看到了一张照片。

照片中是一名男子，男子的眼睛被蒙上了，嘴也被堵上了，双手被捆绑在轮椅的扶手上，虽然光线有些晦暗，但还是能够认出该男子就是刘伟豪。

照片的下方是一大段文字，发帖人先是介绍了照片中的男子是谁，然后又说出自己是"审判者"，并且坦然地承认他就是杨旭。

杨旭先是简略叙说了林、刘、郭三人所犯的罪行，紧接着说出了他发帖的目的。

原来他准备给刘伟豪举行一场善恶审判仪式，以此来决定刘伟豪的生与死，只不过这一次的"审判者"不是他自己，而是电脑前千千万万的网民。

杨旭打算发起一项投票活动，选项只有两个，生或者死！

时间截止到明天的中午十二点，如果到时候选择生存的人比死亡的人多，那么刘伟豪就能活下来；如果选择死亡的比生存的多，那么刘伟豪就得死。

而他的生与死，则掌握在万千网民的手中。

在帖子的最后面，杨旭还提出了一个要求，那就是要求警方恢复被各大平台屏蔽删除的视频以及微博账号，同时还有一个投票器。

以往该项功能只出现在娱乐圈的八卦话题之中，现在却变成衡量生死的天平。

在看完杨旭的帖子后，宋世哲、严昊翎等人心里头怒气翻涌。

杨旭简直是丧心病狂、胆大包天，可以说是在赤裸裸地挑衅警方，挑衅法律。这让严昊翎等人如何能忍，但是在帖子下方网友们的回复却是令人担忧。

因为仅仅这么短的时间，就已经有相当的一部分人选择了死亡的选项。

"可恶，这个该死的杨旭简直就是疯子！"严昊翎咬牙怒骂道。

"这是在打我们的脸啊！"杨成刚也怒了。

宋世哲皱紧了眉头，他一直都有预感，猜测杨旭在谋划更大的动作，可是没想到对方疯狂到这地步，竟然打算把万千网民拉下水当刽子手。

"不行，一定不能让他得逞，不然开了这个先河，影响实在太恶劣了。"

严昊翎说完，当即准备去见局长，像上次那样联系各大网络平台，把杨旭的帖子给撤了。

就在这时，突然他的助理小孙跑了进来。

"队长，那小子来电话了！"

第三十一章　妥协

当听到这话时，宋世哲三人顿时精神一振。

"电话在哪里？"严昊翎急忙问道。

"已经接到会议室了，局长派我来叫你们过去。"

宋世哲三人对视了一眼，连忙起身快速地朝会议室方向小跑赶去。

很快他们便来到了会议室，此时会议室内已经聚集了不少警察，局长正坐在电话机的面前，众人的目光都集聚在电话上。

"铃铃铃……"

电话响了几声，众人不由得屏住了呼吸。

这时彭玉松看向宋世哲，说道："宋科长，由你来跟他对话吧！"

"对，这主意是老宋出的，让他来说。"严昊翎立即同意道。

宋世哲挑了一下眉头，倒是没有推诿，走到电话机的旁边，直接伸手接起了电话，并且同时按下了免提键，让所有人都听得到。

"喂！你是哪位？"宋世哲明知故问道。

"哼！"电话机那头冷笑了一声，答道，"我就是你们一直想找的人，'审判者'杨旭！"

这一次杨旭的声音没有经过变音软件的处理，而是直接用原声与警方说话。

"你既然知道我们一直在找你，那你还敢打电话过来，就不怕我们追踪信号找到你的位置吗？"宋世哲坦然大方地说出自己的想法。

他的确想到这一招，并且还真用了，此时会议桌另外一头就有几名技术人员在操作。

而当他们听到宋世哲这么直接就说出来，一个个都瞪大了眼睛。

什么情况啊！这是传说中猪一般的队友吗？

可是如果说严昊翎偶尔犯蠢事还有人信，宋世哲呀！一直以来都是那么优秀严谨聪明，所以人们不禁怀疑他是在打什么主意。

"呵呵！"杨旭冷笑了两声，说道，"我当然不怕，因为你们不敢抓我。"

宋世哲闻言不禁一愣，疑问道："你凭什么这么认为？"

"就凭我在天京市埋下的七个小礼物。"

这话一出在场众人都惊呆了，所有人的脑海中瞬间浮现出昨晚警局爆炸的惨烈画面。

一个炸弹就已经把天京市搅动得满城风雨，现在却一下子冒出七个。

这要是爆炸起来，那别说是宋世哲、严昊翎、杨成刚他们三人了，就连彭玉松以及市局长、市长、市委书记都有可能会被牵连而受到处分的。

一时间所有人的神色都变得无比凝重，意识到这个事情的严重性。

"杨旭，你不要乱来，你这样做会害死很多无辜的人的。"

彭玉松忍不住大声地怒斥出声，他实在是被杨旭的丧心病狂给吓到了。

"呵呵，你们也知道无辜，婉婷遭到侵犯，被人污蔑抹黑、辱骂欺凌的时候，你们警察在干吗？任由那三个人渣逍遥法外，啊！难道她就不是无辜的吗！"

杨旭的情绪变得激动了起来，声音中饱含怨恨与愤怒。

显然，被揭开"审判者"的面具后，他已经不屑于伪装掩饰自己内心真实的情绪了。

为了不继续刺激他，宋世哲连忙朝彭玉松示意冷静，让他别继续说话了。

"杨旭，你的心情我理解，但正因为如此，你更不能因为自己的私仇而伤害其他无辜的人，试想一下，如果婉婷知道你因为她而做出这样的事，她会有多难过。"

"……"这话一出，电话那头的杨旭顿时安静了下来。

宋世哲趁热打铁，继续说道："我看过你们两人的日记本，老实说，我深深地被你们之间真挚、纯洁、美好的爱情感动，你们彼此都是真爱，实在让人羡慕。"

在日记本上，属于婉婷的那一部分，字里行间满满的都是她对杨旭的爱恋。

花季时期的校园爱情是最纯洁的，不掺杂任何杂质。

似乎被宋世哲勾起了回忆，杨旭声音变得平静下来了，低沉地应道：

"不，她才是真爱，而我却爱得不够。"

"杨旭，既然你知道婉婷是真心爱你的，她一定不会希望看到你今天为了她变成这样子，犯下了那么多的错事，对吧！"

宋世哲尽可能地放柔声音，努力地劝导、安抚杨旭的情绪。

"婉婷那么善良，她当然不希望看到我伤害别人，可是我已经做了。"

在场的人听得出杨旭态度明显软化了不少。

不过这并不是宋世哲的功劳，而是杨旭想到卢婉婷触动了心底深处的柔软。

"发生的事情已经发生了，谁都无法改变，但是我们可以改变以后还未发生的事情啊！当我们意识到错误的那一瞬间，就已经是踏出正确的第一步了。"

"呵呵！就算如此，我恐怕也无法走到终点了。"杨旭自嘲地哼笑道。

宋世哲知道他是在说患有癌症的事情，尽管这是事实，但宋世哲还是要鼓励他改正，只有这样做，才能够确保把刘伟豪给救出来。

"杨旭，你听我说，亡羊补牢，只要愿意改，婉婷永远都不嫌你晚的。"

"真的吗？你觉得她真的不会怪我吗？"杨旭不禁动摇了。

"呵！你说的，婉婷很善良，她又那么爱你，无论你做错什么事情，只要真心悔改，她肯定不会怪你的，而且你为她做的事情已经够多了。"

众人听着宋世哲的劝导，不禁为之点赞，同时也揪紧了心弦。

这时，杨旭却突然抛出了一个问题：

"你叫什么名字？"

"啊?"宋世哲被问得一愣,随即反应过来,连忙应道,"我叫宋世哲。"

"谢谢你的开导,宋警官,不过就算婉婷真的肯原谅我,我也不会原谅我自己的。"

听到这话,宋世哲顿时意识到不好了,连忙继续劝导:

"杨旭,你别再犯错了,就算刘伟豪罪有应得,可其他市民是无辜的啊!"

"你们可以放心,只要警方按照我说的去做,我是不会引爆炸弹的,就像昨晚那样,你们不会以为真那么巧,人员刚撤出来炸弹就爆炸了吧!"

"你也在场!"宋世哲惊愕道。

杨旭没有回答,淡道:"我要求把之前删除的视频和关闭的微博账号恢复原状,只要满足我的要求,就没有人会受伤,不然你们就别怪我了。"

说完,杨旭便直接挂断了电话,顿时传来一阵阵忙音。

电话刚挂断,众人的目光齐刷刷地投向了会议桌另一头的技术人员。

他们一直在追踪杨旭的电话地址,现在就看结果是否成功了。

"查是查到了,不过对方的位置一直在移动当中,应该是乘坐在交通工具里跟我们打电话,这样的话,即使是现在得到了定位,也无法确定对方的藏身位置。"

"哎!"宋世哲放好话筒,无奈地叹了口气,"这么说最后还是失败了呀!"

"老宋,你已经做得很好了。"严昊翎安慰道。

整个交谈过程所有人都在旁听,自然知道宋世哲已经尽力了,所以没有人会怪他。

"现在看来,杨旭早就预料到了一切,上一次我们把视频给删了,他把警局给炸了证明他的实力和疯狂,然后再埋下七颗炸弹作为王牌。"

"这样一来,无论他说的是真的还是假的,我们都不敢冒险。现在只要我们敢再删帖子,或者不答应他的要求,下一颗炸弹爆炸的地方不知道会是在哪里。"

"连环杀人,奇怪的审判仪式,网上发视频,炸警局,这些都是他计划的一部分,杨旭所做的一切都是在为最后一步做铺垫,一场千万网民充当刽子手的杀戮游戏。"

宋世哲声音低沉地剖析着，直到现在他才看清楚杨旭的整盘计划，不得不让他佩服。

而周边的其他人，却是深深地感到心悸。

太可怕了，一个人为了报仇原来可以这么处心积虑的。

一时间，整个会议室内一片寂静。

所有人的心头上都如同压着一座巨山，无比压抑，透不过气来。

特别是彭玉松，眉头皱紧，脸庞上布满了愁云。

这事情一旦处理不好，他这个分局局长以及整个为官生涯就算是走到尽头了。

好一会儿之后，他才终于缓缓地开口：

"我需要请示一下上面。"

说完，彭玉松便站起身来步伐沉重地走出会议室。

看着他的背影，众人的心头感觉沉甸甸的，他们知道，这件事要么妥协，要么顽抗。

妥协了，政府的公信力受损，会被群众认为向犯罪分子屈服。继续顽抗，万一杨旭丧心病狂真的引爆一两颗炸弹，到时候麻烦就更大了。

两个结果无论是哪一种，最后的场面都不会好到哪儿去。

如果一定要选的话，宋世哲更倾向于妥协。

毕竟杨旭可是连公安局都敢炸，说不定下一颗炸药就是扔在医院或者学校里。如果再极端疯狂一点的话，也有可能是人群密集的广场。

这种可能谁都不敢尝试，所以宋世哲只能希望上头能委曲求全。

事实证明，在这种大是大非的难题面前，上头领导的决断远比他们要来得清晰果断得多。

不到十分钟，彭玉松便回到了会议室，并带来了结果。

"市委书记亲自作出了指示，同意杨旭的要求，但是无论网上投票结果如何，必须在明天中午之前抓住罪犯，解救人质，明白了吗！"

"喇！"所有人齐刷刷地站起身子，喝道，"明白！"

第三十二章　搜救行动

晚上七点五十分，鼓楼区公安分局。

二楼的会议室之中，整个专案组成员正在进行区域任务分配。

眼下根本不知道杨旭将刘伟豪藏在哪里，但是又不能坐以待毙，所以只能用传统的笨办法进行一一排查，首先剔除掉一些不可能的地方。

而此时，负责进行区域分配的不是彭玉松，也不是严昊翎，竟然是宋世哲。

在这一起连环杀人案里，宋世哲充分证明了他鼓楼区神探的称号不是浪得虚名的。如果不是他不断挖掘出新的线索，到现在可能还不知道"审判者"的真实身份呢！

正因如此，所以严昊翎等人才会把分配搜查区域的任务交给宋世哲进行。

"咱们已经发布了对杨旭的通缉令，所以那些经济发达、人流密集，而且分布有监控摄像头，容易暴露行踪的地方，杨旭肯定是不会选择的。"

说完，宋世哲便将鼓楼区几处高楼大厦、经济繁荣的地点画上叉叉。

"从已知的情况得知，杨旭的反侦查能力极强，他要隐藏不被发现很容易，但是被他绑走的刘伟豪是高位截瘫人士，就没那么容易隐藏了。"

"所以，杨旭的藏身之处肯定是选择一些比较偏僻人少的地方，但是他又必须能够上网查看投票情况，所以信号不能太差。如此一来，可供杨旭选择的地方其实并不多。例如，张家于小区、天京船厂、关秀村这种地方。"

"但这是在杨旭将人藏在鼓楼区的前提下，如果他出了鼓楼区，那范围就大了。"

在其身旁的严昊翎无奈地叹道："这也就是说，咱们只能碰运气了。"

"……"宋世哲沉默没有说话，但是答案已经不言而喻了。

"好了，下面分配任务吧！"彭玉松说道。

随后，在宋世哲的划分下，将可疑区域大致上分成了几个部分，然后分别由严昊翎、杨成刚以及其他两名警察充当领队，负责对各个区域进行排查。

不一会儿，领到命令的警察们纷纷出动。

鼓楼区的面积说大不大、说小也不小，但是鼓楼区的警力却是很有限，想要在短时间内将整个区域搜索一遍实在不太现实。

为此，彭玉松特地从地方部队借调了两百名武警官兵，再加上各个地方的民警，总数估计有四五百号人，那么多警察集合在一起，整个场面十分壮观。

原本宋世哲也想跟严昊翎一起去，但被他拒绝了。

用严昊翎的话说，这么多警察又不是摆设，哪用得着他一介书生去干这种体力活儿。

虽然他没有说明，但宋世哲心里明白，他是为了自己的安全着想，担心杨旭在藏身的地方安装有炸弹。如果双方发生冲突，很可能会有生命危险。

而此时，严昊翎最需要的是助力，而不是累赘、拖油瓶。

所以，宋世哲也只能答应留在公安分局等候消息。

杨成刚等人先后带队离开了，只剩下严昊翎，正当宋世哲送他出门的时候——

"让开，我要见你们领导，叫他出来见我。"

"你们不能进去，请冷静一点。"

"滚开，我告诉你，我儿子要是有什么三长两短，我非投诉你们不可。"

突然，从会议室的门外走廊传来一阵嘈杂的吵闹声，其中还不时夹杂着一些骂声。

听到声音，宋世哲和严昊翎走出门查看到底怎么回事。

只见一名西装革履、身材发福的中年男人，以及一名穿金戴银、打扮时尚、身材变形的中年妇女，两人一边推搡着警卫员，一边大喊大骂的。

眼看着对方闹得警局沸沸扬扬的，严昊翎那暴脾气当即忍不住了。

"干什么、干什么呢！吵什么吵啊！这里是公安局，你们以为是菜市场啊？"

面对严昊翎的训斥，正在吵闹的两人顿时愣了一下。

中年男人率先反应了过来，大声道："你来得正好，你是这里的领导吗？"

严昊翎上下看了他一眼，说道："算是吧！你是谁呀？"

彭玉松不在的时候，整个分局的确是由他说了算，说是领导也没错。

这时，只见中年男人露出一副不可一世的模样，抬着下巴语气狂傲地说道："我是谁？哈！我是刘伟豪的父亲，刘德勇。"

中年妇女紧跟着说道："我是刘伟豪他妈。"

听到两人的身份，严昊翎的神情变得有些奇怪，打量了刘德勇几眼。

"我儿子被绑匪绑走了，你们警察是干什么吃的？为什么还不把我儿子救出来？"

刘德勇一上来就指着严昊翎的鼻子斥骂，态度十分嚣张跋扈。

而这时，严昊翎非但没有生气，反而轻笑出声。

"你就是刘德勇，我是刑警大队的队长严昊翎，可算是见到你本人了。"

刘德勇听到这话不禁一愣，问道："你这话什么意思啊？"

"呵！您贵人事忙，这两天我可是一直都想找你，可是你的助理老是说你很忙得预约，今天终于见到你了，真不容易啊！"严昊翎语气充满嘲讽地说道。

"我、我平时是很忙，经常要出差，怎么啦！"

"怎么啦！你知道我想找你什么事吗？可惜现在已经晚了，你儿子已经被绑走了。"

"我不懂你的意思。"

刘德勇已经被弄糊涂了，旁边的刘太太也是一头雾水。

而宋世哲却是听明白了，心里对刘德勇夫妇顿时多了几分厌恶和鄙夷。

"你不懂，哼！之前我一直想约你见面谈一下四年前你儿子的那个轮奸案，了解一下情况，同时也是想要提醒你，有人要对你儿子不利。"

"可是你呢！一直推脱不见，现在好啦！你儿子被绑走了，要怪就怪你自己吧！"

听到这话，刘德勇夫妻俩顿时傻眼了，满脸的难以置信。

刘太太反应过来后，转头看向刘德勇，突然伸手大力地推了他一把。

"刘德勇，你这个浑蛋，这两天你又跟哪个狐狸精鬼混去了，你害死儿子了！"

刘太太的尖声叫骂，不经意间暴露了刘德勇在外面有女人的事情。

但是刘德勇却喊冤，哭丧着脸说道："我、我怎么知道这么严重，警察说要调查四年前的那个轮奸案，具体什么情况你不知道吗！我当然是能推就推啊！"

"推推推，现在好了，你把儿子推进虎口了。"

"我也不想这样，要是早知道的话肯定就把儿子送出国外了。"

此时刘德勇心里充满了懊恼与后悔，如果他知道事情会发展到这地步，他一定不会对严昊翎避而不见的，可惜这个世界上是没有后悔药的。

"刘德勇，你这个浑蛋，你把我儿子还给我。"

刘太太揪着刘德勇的领口，大力地摇晃他的身子，愤怒地斥骂着。

被摇得有些恼火，刘德勇奋力地掰开自己老婆的双手。

"你干什么呀！我这不是也在想办法吗！"

"我不管，如果儿子出了什么事，我跟你没完。"刘太太呜咽地说道。

眼看着刘太太大有在警局上演一哭二闹三上吊的戏码，严昊翎连忙开口，斥道："喂喂喂，干什么呢！这里是警局，不是你们家，你们俩要吵架回家吵去。"

这时，刘德勇的态度突然来了个一百八十度大转弯，变得谦卑起来：

"这位严队长，我求你一定要帮我把儿子救回来呀！你帮我问问绑匪，他到底要多少钱才肯放人，开个价我多少都给的。"

听到这话，严昊翎和宋世哲对视了一眼，两人不禁一时无语。

宋世哲忍不住开口说道："刘先生，绑架你儿子的人叫杨旭，他是四年前被你儿子祸害的那名少女的男朋友，他要的不是钱，就是要你儿子的命，明白吗！"

"什么？这、这、这……"刘德勇彻底惊呆了。

他一直没有怎么关注"审判者"的新闻报道，还以为这是一场普通的绑架勒索案呢！

如今得知真相，整个人都被吓蒙了，这才终于知道害怕了。

"看到那个了吧！现在网上都在投票，如果支持让你儿子活的人多，绑匪就不杀你儿子，如果支持让你儿子死的人多，那你儿子就没命了。"

严昊翎为了证明宋世哲没说谎，指着会议室内的大屏幕说道。

而此时，上面显示的正是网上投票的直播，选择让刘伟豪去死的遥遥领先。

"你在外面应该也看到了，我们警方现在正在全力搜捕绑匪的藏身之处，但是到目前为止还没有什么消息，如果你们真的想帮忙，就回家好好待着等消息，清楚了吧！"

"怎么会这样啊！我的儿子啊！"

刘太太承受不住打击，一下子坐倒在地，泪流满面。

"都怪你，慈母多败儿，平时老是纵容儿子犯错，现在好了吧！人家找上门报仇了。"刘德勇知道了真相，心里充满了悔恨和埋怨。

"呜呜呜……"

严昊翎皱了皱眉头，朝警卫员吩咐道："把他们送出去。"

在警卫员的陪同下，刘德勇搀扶着老婆走下楼去，而严昊翎两人则看着他们离开。

"哼！天作孽犹可恕，自作孽不可活！"宋世哲冷酷地淡漠地说道。

"老宋，你这话说得太对了。"严昊翎赞同道。

"好了，去执行任务吧！注意安全，我在这里等你回来。"宋世哲郑重道。

"放心吧！我命大着呢！你准备请我吃夜宵吧！或者早餐也行。"

宋世哲拍了拍他的肩膀，答应道："都请！"

片刻之后，严昊翎带着队伍出发，宋世哲站在门口看着车辆远去，心情沉甸甸的。

宋世哲不知道今晚的搜查会有什么结果，也许会成功，也许会失败。

只是比起解救人质，他更希望所有人能平安归来。

第三十三章　愚蠢至极

深夜十二点，鼓楼区公安分局二楼阳台。

宋世哲站在阳台上，双手扶着栏杆，放眼眺望着夜幕下的城市。

等待结果，是一件非常折磨人的事情。

尤其是这个结果很有可能会是一个噩耗的情况下，更加令人备受折磨。

宋世哲此时此刻的心情，只能用两个字来形容：焦虑。

从严昊翎他们出发执行任务已经过了将近四个小时，在这四个小时里，宋世哲一直绷紧着心弦，生怕下一秒就听到一声巨响。

他很想让自己的心思放在案件上，或者找别的事情分散注意力，但都没有成功。

因为这一次任务排查的区域是他划分的，如果发生爆炸，无论是谁受伤了他都会心怀愧疚。但他最担心的还是严昊翎，两人不仅仅是同事，还是至交好友。

不过好在到现在为止，一切都风平浪静的，既没有好消息，也没有坏消息。

虽然警方没有解救到人质，但至少没有人员伤亡。

从某方面来说，这也算是个好消息吧！

正当宋世哲心神不宁的时候，网警部的小陈突然跑了过来。

宋世哲的神经瞬间被揪紧了起来，现如今他最怕看到的就是小陈了。因为每次他一出现总是带来一些不好的消息，而现在他最怕的就是坏消息。

"宋科长，你快到会议室看一下，网上有新变化。"小陈兴奋地说道。

从小陈的表情和反应来看，这一次似乎不是坏消息。

宋世哲和小陈一起回到会议室，当他看到大屏幕上的变化时，不禁诧异了一下。

在大屏幕上有一个投票器，投票器的两端分别用醒目的绿色和红色进行标注，绿色代表存活，红色则代表死亡，中间位置是一条标杆，同时在两端还会显示投票人数。

在宋世哲离开会议室之前，代表死亡的红色占据了大部分，已经达到了四万多人。

而现在，代表存活的绿色却逆袭了，直接反超了红色的投票人数，而且还大幅领先，达到了将近八万人，而投死亡的人数只有六万人左右。

"才短短两个多小时，数据怎么会发生这么大的变化？"宋世哲不解地问道。

"呵呵，你看这个就明白了。"小陈咧嘴笑道。

只见他在会议桌上的笔记本电脑上操作了几下，随即屏幕上弹出了一个页面。

宋世哲凑近一看，发现同样是一篇帖子。

发帖的人不是别人，正是刘伟豪的父亲，刘德勇。

帖子的开篇先是大致介绍了整个案件的前因后果，然后便是开始各种感情牌，撰写帖子的人很有文笔，写得十分动人。

其中还重点点明了刘伟豪是高度瘫痪的残疾人，利用这点博取同情。

帖子的最后，刘德勇用一个父亲的身份，恳求所有网民能够投出仁慈的一票，拯救他儿子的性命。为了表示答谢，他甘愿散尽家财。

所以，每一个投了生存票的网民，都可以凭借截图在他那里获得五十元的回报。

这个举措一出，立刻在网络上引发了一场轰动，原本一些不参与投票的网民，见到有利可图，纷纷前往杨旭设下的投票器进行投票。

也正是如此，才会在短短的两个半小时之内，为刘伟豪争取到五万多人的投票。

而且，这样的有偿投票还在继续进行当中，趋势愈演愈烈。

看到网上的这一幕，宋世哲先是神情凝重，紧接着剑眉倒竖，虎目圆睁，一副怒发冲冠的模样。还未等小陈反应过来，他突然猛的一巴掌"砰"的一声怒拍桌面。

"愚蠢！愚蠢至极呀！"宋世哲勃然大怒，大声喝道。

咆哮的声音在整个会议室内回荡着，把在场的所有人都吓了一大跳，就连彭玉松也被吓到了，他们还是第一次见到宋世哲发这么大的火。

这是……什么情况啊？

众人面面相觑，愣愣地看着来回走动的宋世哲。

好一会儿之后，他才扶着会议桌，低垂着脑袋重重地呼出了一口粗气。

"宋科长，你这是……怎么了？"彭玉松小心翼翼地问道。

"愚蠢至极呀！"宋世哲又说了一声，随即抬起头来，缓缓地说道，"杨旭很快就会有动作了。"

"等一下，你怎么知道？"彭玉松问道。

宋世哲哼了一声，指着电脑上的帖子，冷道："这家伙干的蠢事。"

"宋科长，这不是挺好的吗？"小陈不解地疑问道，"杨旭说了，只要投生的票数赢过投死的票数，他就放过刘伟豪不杀他吗！"

宋世哲摇了摇头，气道："当初卢婉婷的案子一开始已经把刘伟豪三人抓捕归案了，可就是三人家里人通过金钱收买贿赂证人，污蔑抹黑卢婉婷，最后才撤诉的。"

"不仅如此，还因为网络上的语言暴力，最终逼得卢婉婷跳楼自杀了。"

"这件事在杨旭心里是一道永远都不会好的伤口，而刘家现在的行为，表面上是打感情牌，实际上还是用钱买票，跟当年的做法完全没有区别。"

"这样做有什么后果？等同于是在将杨旭的伤口又狠狠地撕裂成一道更大的口子。试问一下，如果你是杨旭，你会什么都不做吗？"

听完宋世哲的分析，在场所有人都感觉不好了，小陈更是脸都白了。

"宋科长，那现在怎么办？"彭玉松急忙问道。

"现在做什么都已经晚了，你们为什么不第一时间就告诉我？"宋世哲咬牙恨恨地说道。

"……"所有人都沉默了。

这时，网警部的另外一名警察突然开口喊道："杨旭又发东西了！"

"把它发到大屏幕。"宋世哲立即命令道。

随着对方一阵操作，大屏幕上的画面变化，出现一段视频。

视频中的人是杨旭，他并没有露脸，而是戴着死神阿努比斯的面具出镜。

"我是'审判者'杨旭！我发现了一件很让我失望的事情，那就是竟然有人采取作弊的方式买票。尽管我早就预料到了，但还是有些失望。"

"有些人，总以为自己有钱就能够摆平一切，金钱的确能做到很多事，但钱不是万能的，四年前刘家曾经用钱保住了刘伟豪，但今天我绝对不会让它再发生。"

"为了保证投票的公正性，让某些人安分一点，不再试图玩弄手段，我决定给予一点惩罚。还有，我要对警方说，马上停止任何行动，不然后果自负！"

视频很短，只有两分钟左右，杨旭只是说了一些话然后就没了。

正当宋世哲他们心里想着杨旭口中的惩罚会是什么时，惩罚便如期而至了。

只见投票器上，代表生存的绿色票数由一开始的八万多人，突然如同泄洪一般飞快消退，一直降降降，最终所有票数都被清零了。

"……"会议室内所有人都看呆了，不禁有些蒙！

不仅是他们，此时在电脑前关注着此次事件的网民，都被这一招震惊了。

五万人，每人五十元，二百五十万，两个半小时的努力，连同前面那三万人真正仁慈的投票，顷刻间都被清零了。

这变化堪称戏剧般的一幕，令所有人都有些措手不及。

而对于这个结果，宋世哲其实早就预料到了。

这场投票的操控权掌握在杨旭手里，刘家能用钱买票，他就能把所有票一次性清光。

"这世界上只有愚蠢是无药可治的。"宋世哲无奈地吐槽道。

正当他吐槽之际，突然外面传来一阵巨大的炸响，紧接着宋世哲感觉到轻微的震感。不仅是他，所有人都听到并感觉到了。

众人相互对视了一眼，立马默契地冲向了门口。

宋世哲距离会议室门最近，第一个冲出了会议室，紧接着直接朝楼梯冲去。

他以百米冲刺的速度冲上五楼的天台，扫视了一圈后，立即发现在东南方的位置涌现火光，就连夜幕都被那火光映红了，在黑暗中十分显眼。

"东南方，东南方是什么位置？老严！"

宋世哲脑子里快速推测着，可是等到他推断出来时，整个人都僵了。

搜查队等人分别负责不同区域，而严昊翎所负责搜查的区域正好位于公安分局的东南方。

"不会的，不会的，一定不会的。"

宋世哲急忙摸出手机，紧张惧怕的情绪充斥着内心，手指忍不住颤抖起来。

他咬紧牙根强忍着心悸，好不容易才终于拨通了电话。

"嘟嘟嘟……嘟嘟嘟……"

铃声响了很久，可是严昊翎迟迟没有接通。

"快接，快接，快接啊！"

宋世哲眼眶发红，死死盯着那处火光，心脏已经快要跳到嗓子眼了。

随着时间一分一秒地过去，宋世哲的心如同坠入无底深渊般不断地往下掉落。

就在他越来越绝望的时候，突然电话接通了。

"喂！老宋！"

这一声无比熟悉的呼唤，瞬间将宋世哲从深渊一下拽到了天堂。

"啊……"宋世哲就像即将窒息的溺水者成功浮出水面般，深吸了一口粗气。

"老宋，怎么了？说话啊！"严昊翎那边问道。

"呵呵！没事，没事了，我刚才以为你……没事了。"

严昊翎那边安静了一下，随即传来笑声："你以为刚才那爆炸把我炸死了？呵！我跟你说了，我命大着呢！那爆炸离我还有段距离呢！我一点伤都没有。"

"那就好！那就好！那就好！"宋世哲连说了三遍。

"行了，先不说了，我这边忙着呢！"严昊翎说了几句，然后便挂断了电话。

收起电话，宋世哲如释重负地呼了口粗气，这时他才察觉到自己脸庞的湿润，伸手一抹，竟然是刚才不由自主滑落的泪水。

宋世哲连忙擦拭了一番，又吸了吸鼻水。

左右看了一下，确认没人之后，他这才平静心情走下楼去。

唯独远方的火光依旧炽烈！

第三十四章　终于见面了

爆炸地点位于公安分局东南方向，是一处废弃拆迁区域。

所幸的是那里早已经是人去楼空，而且正值深夜，拆迁区域没有人员在施工，所以尽管爆炸的威力不小，但是却幸运地没有伤亡。

这或许正是杨旭选择将炸弹埋在那里的主要原因吧！

尽管他手上沾染鲜血，身负六条人命，堪称心狠手辣，但心里还是尚存一丝人性的。

当然了，周边的一些经济损失还是有的。

像距离最近的楼房，玻璃窗户都被爆炸的声波震裂了。

爆炸区域基本都是以前的老房子，原本拆迁就七零八落的，现在被炸弹这么一炸，剩余的房子更是倒的倒，塌的塌，倒是帮拆迁方省了不少工夫。

只不过因为火势汹涌，为了避免出现二次灾害，所以彭玉松调动警力到爆炸区域进行灭火，以及维持秩序疏散周边的围观群众。

由于严昊翎的队伍距离爆炸地点最近，所以责无旁贷地率先抵达现场。

经过一番奋战，凌晨四点左右才终于将所有隐患排除。

凌晨四点半，严昊翎拖着疲惫的身躯，满脸狼藉地返回到公安分局。

在爆炸之后，彭玉松就紧急停止了搜救行动，他再一次领略了杨旭的疯狂，逼急了真不知道对方还会做出什么样的举动。

而这一次的搜救行动算是彻底失败了，非但没有成功解救人质，还反而差点中了杨旭的陷阱死伤惨重，想一想都令人感到后怕，手脚发凉。

　　至此，惊心动魄的一晚算是过去了。

　　当严昊翎从宋世哲那里得知事情的全部后，差点被气得暴走。

　　"真是不怕神一样的对手，就怕猪一样的队友，差点被刘家那些白痴给害死！"严昊翎气愤不已地大声咒骂道。

　　也难怪他会这么生气，如果他不是警察的话，才懒得去救刘伟豪这样的人渣。

　　"消消气，你也忙了一个晚上，去休息一下吧！"宋世哲安抚道。

　　"我没事，而且这时候哪里睡得着呀！距离中午十二点还有七个多小时，眨眼间就到了，到时候要是救不到人，怎么跟上面交代？"严昊翎烦躁道。

　　宋世哲无奈地叹了口气，说道："没法交代倒是其次，怕就怕以后没人相信警察了。"

　　严昊翎先前还没想那么深远，被宋世哲这么一说，顿时领悟了。

　　正当两人都感到有些沉重的时候，这时小陈又出现了。

　　一看到小陈，宋世哲的额头便感到有些发涨，他现在都害怕看到对方出现了。

　　"你别告诉我又出什么问题了？"

　　"咳咳！"小陈咳嗽了两声，小心翼翼地说道，"你……说过，网络上要是有什么变动的话，要第一时间通知你。"

　　宋世哲深吸了口气，问道："说吧！又怎么了？"

　　"刘家在网上发布悬赏，凡是能够提供杨旭有效消息的，奖励现金五十万，成功解救人质的，奖励现金一百万，如果还能抓住杨旭，再加一百万。"

　　之前刘家花钱买票，结果票数被杨旭一下子清零了，所以不敢继续弄了。

　　可是他们又不想干等着，最后想到警方发布的悬赏。

　　刘德勇别的没有，钱有的是，所以便临时想到了这一招，巨额悬赏。

　　"刘德勇是不是有病啊？想要干吗？还嫌给咱们惹的事不够多吗？"

　　严昊翎早就憋了一肚子怨气，听到这消息当即气得直骂。

然而这时，宋世哲却是持有不同的看法。

"你先冷静一点，这一次我倒觉得刘家没有做错。正所谓重赏之下必有勇夫，目前我们没有任何线索，群众举报可以说是最有效的途径。在巨额金钱的利诱下，群众会变得更加主动，说不定能够给我们提供一些有利的情报。"

"可是万一激怒了杨旭，导致人质提前被杀怎么办？"严昊翎问道。

"不会的！"宋世哲十分肯定地说道，"杨旭处心积虑、大费周章地弄了这么一场投票杀人戏码，如果他提前杀了人质，那等同于是前功尽弃。"

严昊翎不无怀疑地问道："你肯定？"

只见宋世哲轻笑一声，自信满满地应道："确定加肯定！"

"好吧！那现在怎么做？"

"现在，等！"

这一等就是将近两个小时，直到早上七点半左右。

忙了一晚的严昊翎等人都趴在座位上小憩了起来，而宋世哲则一个人研究着案子。

"铃铃铃……铃铃铃……"

突然一阵电话铃声响起，严昊翎的助手小孙迷迷糊糊中伸出手接起了电话。

"喂！哪位呀？"小孙呢喃问道。

"刘德勇？刘德勇是谁啊？哦！你接到举报了。"

小孙在愣了一下后突然反应了过来，眼睛猛地睁大到了极限。

"什么，你接到举报了？"他重复问道。

"好好好，我马上告诉局长。"

挂断电话之后，小孙急忙爬起身来，叫醒了严昊翎。

"队长队长，快醒醒，快醒醒，刘德勇接到举报电话了，有人说看到了杨旭。"

听到这话，本来还有些迷糊的严昊翎顿时清醒了，急忙抬起头来。

他不无怀疑地问道："消息可靠吗？"

"不知道啊！但应该可靠吧？"小孙也不敢保证，所以才叫醒严昊翎。

"对方说在哪里看到杨旭的？"

"在秦淮区安品街附近，举报人是开快餐店的。"

这时，突然一道声音插入说道："安品街社区那边遍布老旧房屋铁皮厂房，的确是个藏人的好地方，而且距离咱们这边也不远。"

严昊翎回头一看，除了宋世哲还能有谁，熬夜通宵的他显得有些憔悴。

刚才小孙说的他都听见了，觉得这个情报还是挺可靠的。

见他都这么说了，严昊翎当即作出决定，说道："宁杀错不放过，你马上去汇报局长。"

小孙应了一声，急忙跑出门去通知彭玉松。

而严昊翎则是拍打着桌面，把正在休息的众人纷纷叫醒。

"快点快点，起来干活了，收到可靠消息，有一个快餐店的老板看到杨旭了，现在所有人赶紧洗脸整理装备，然后抓紧时间出发！"严昊翎大声地吆喝道。

这个时候，彭玉松也赶到了，郑重地说道："你们行动的时候小心一点，我马上打电话给秦淮区那边的分局申请协助办案。"

"如果杨旭那小子真的躲在安品街那里，掘地三尺我也把他挖出来。"

很快严昊翎的人便整装待发，宋世哲神情凝重地看着他们：

"老严，小心一点，注意安全！"

"放心，我命大着呢！"

在宋世哲的注视下，严昊翎等人再一次出发搜救人质。

"哎！希望这一次他们也能平安归来。"彭玉松感叹地说道。

"希望吧！"宋世哲低声道，随即又说，"我要出去一趟，有什么消息打我电话。"

"哎！你去哪儿啊？"彭玉松疑问道。

"我要去验证一下猜想。"

宋世哲说完，头也不回地走远，独留彭玉松在原地站着。

二十五分钟之后，医科大学第一附属医院门口，一辆进口吉普自由光停靠了下来。

宋世哲从驾驶位下来，抬头看了一下医院，随即从车里拿出两份早餐，关上车门之后，毅然步入医院的大门，朝最高的综合楼走去。

时间飞逝，早上十点二十五分，距离杨旭定下的十二点限期还有一个多小时。

"叮！"伴随着一声清脆的声响，电梯在顶楼停了下来。

一名戴着口罩的男护士，推着一辆堆满刚洗好的被单的手推车出现。

该男护士推着手推车来到天台之后，并没有第一时间将被单进行晾晒，而是走到天台的边缘位置站定，眺望着远方，似乎在等待着什么事情发生一般。

正当他看得有些出神，这时一句温和带有磁性的话语突然响起。

"我在这里等你很久了！"

这突如其来的声音把男护士吓了一跳，急忙转过身来。

只见在他身后不知何时多了一名男子，不是别人，正是宋世哲。

男护士看着他，闷声说道："不好意思，先生，你认错人了。"

然而却只见宋世哲微微一笑，淡道："我没有认错人，我的确是在等你，杨旭！"

这句话一出，只见男护士的眼神顿时变得犀利起来，如同待人而噬的猛兽一般，仿佛下一秒就要暴起，将宋世哲噬咬吞入腹中。

可是面对男护士的凶狠目光，宋世哲却显得非常淡定从容。

双方在对视了好一会儿之后，男护士终于缓缓地摘下了脸上的口罩。

正如宋世哲所说的，该男护士正是杨旭。

按理来说，杨旭此时应该是跟刘伟豪在一块儿躲在藏身之处才对，可是现在他却出现在第一附属医院的天台，而且身边也没有带着刘伟豪。

"我们见过面吗？"杨旭微皱着眉头，不解地问道。

"没有，但是我们通过电话。"

这话一出，杨旭先是愣了一下，随即恍然大悟，紧接着露出诧异的神情。

"你就是那个宋世哲！"杨旭语气中略带惊讶。

"没错，是我！我们终于见面了。"宋世哲面带微笑，淡淡地说道。

杨旭眼眸微眯了几分，小心翼翼地扫视着他的身后。

宋世哲似乎看穿杨旭的心思般，坦然道："不用看了，只有我一个人来这里。"

这话一出，杨旭再次愣了一下，随即忍不住奇怪地问道："宋世哲，我可是杀人犯，难道你就不担心我会杀了你吗？"

"呵呵！你不会杀我！"宋世哲自信地笑道。

说完，他转身走到自己先前藏身的转角位置，拿出了两份早餐。

"我给你带了早餐，本来以为你会早点过来的，不过现在好像有点凉了，不介意吧！"

"……"杨旭神情有些怪异，越发感觉看不透宋世哲。

第三十五章　杨旭的结局

宋世哲并不理会杨旭的反应，径直从袋子里拿出了早餐。

当杨旭看到那些早点时，不由自主地愣住了，因为那些都是他和卢婉婷喜欢吃的。

"如果我记得没错的话，你最喜欢吃的是糯米鸡，对吧！"宋世哲说道。

"这又是你从日记本里看来的吧！"杨旭轻哼道。

"呵呵！那你吃不吃啊！"宋世哲笑道。

杨旭并没有拒绝，而是走到宋世哲的身边坐下，自然地从他手中接过早点。

两人旁若无人地吃起了早餐，不知道的还以为二人是好友呢！

片刻工夫，两份早餐尽入他们的肚子。

杨旭擦了擦嘴，视线投向身旁位置的宋世哲，平静道："已经吃完了，说一下你的目的吧！总不可能是为了找我这个杀人犯吃早餐吧！"

"如果我说想要让你投案自首，你会答应吗？"宋世哲轻笑道。

"不会！"杨旭毫不犹豫地应道。

宋世哲撇了撇嘴，苦笑道："你这拒绝得也太干脆了吧！好歹假装考虑一下啊！"

"我不喜欢虚伪，而且你的时间已经不多了。"杨旭说道。

"嗯……"宋世哲看了一下手表，眉头微皱，咂嘴道，"还有一个小时，的确不多了，那么我换一个要求好了，告诉我，你把刘伟豪藏在哪里了？"

杨旭偏头看了一下天空，随即拿出手机点开了一个网页，正是投票页面。

"现在投死票的人已经达到了十七万人，而投生票的只有不到十万，在接下来的一个小时里，你认为他能够获救吗！"杨旭问道。

"不能，所以我才问你把刘伟豪藏在哪里了？"宋世哲坦然地说道。

杨旭注视了他将近十秒之后，突然说道："他在秦淮区评事街的某一座建筑里。"

宋世哲闻言一怔，他没想到对方会这么干脆就说了出来，原本还准备好了一番说辞打算晓之以理、动之以情呢！结果这么容易就得到答案了。

但是，他们接到举报的消息宣称，目击者是在安品街那边看到杨旭的。

他该不会是在诓我吧！想要利用我误导搜救队伍，好拖延时间。

似乎看穿宋世哲心中所想一般，杨旭坦然地说道："你不用怀疑，刘伟豪不在安品街那边，因为消息是我举报的，真正的位置是在评事街那边。"

这家伙也太狡猾了，竟然自己举报自己来误导警方。

宋世哲心里头犹如有一万头神兽奔腾而过。

"那我怎么知道你这一次是不是又在给虚假情报呢？"宋世哲严肃地问道。

"呵！那就看你信不信了！"杨旭抬头怡然自得地看着他。

宋世哲暗自咒骂了一声，然后起身走到一边拿出手机连忙拨通了严昊翎的电话，将刘伟豪的正确位置告诉对方，然后又走了回来。

"你为什么那么干脆地告诉我？"宋世哲好奇问道。

"第一，是因为这份早餐；第二，就算让你们找到他也没用。"

"我设置了定时炸弹，时间一到就会爆炸，你们必须在一个小时之内找到人并拆除炸弹，否则的话，不单单是刘伟豪，就连周边的居民也会受到波及。"

"你们警察肯定不会见死不救的，一边找人一边疏散居民，肯定会拖慢搜救的速度，等到你们找到刘伟豪的时候，估计已经没有时间拆除炸弹了。"

听完杨旭的话，宋世哲心里刚刚升起的一丝希望顿时烟消云散了。

"你现在的样子真的很欠揍。"宋世哲不爽地说道。

杨旭自得地挑了挑眉头，说道："你既然能猜到我会来这里，说明你真的很聪明，那你应该明白，我做了那么多才走到这最后一步，又怎么可能前功尽弃呢！"

说完，他拿出手机打开了某个直播软件 App，一番操作之后面向宋世哲。

"真正的好戏现在才开始，你搜索一下××直播平台。"

宋世哲虽然不知道他想干吗，但他还是按照杨旭的要求搜索进入一个直播房间。

当他看到直播房间的主播时，顿时瞪大了眼睛。

不是别人，正是刘伟豪。

而此时他被捆绑在一张轮椅上，嘴巴被胶带封住，无法呐喊求救。

几乎同时，宋世哲接到了小陈的来电。

他即使没接电话，猜也猜到那边打电话过来是什么事。

果然，接通电话后，宋世哲从那边得知，刚刚杨旭发了新的动态，正是关于刘伟豪直播房间的链接，那些一直关注事态进展的网民纷纷点击进去观看。

宋世哲通过手机查看，才短短几分钟的时间，直播间便拥入了好几十万人。

进入直播房间的人开始纷纷发言，有嘲笑他的，有辱骂他的，也有诅咒他的，但是却没有一个人维护刘伟豪，有的人甚至还刷礼物让他快点死。

"看到了吧！这就是现实，这就是人性，多么丑陋啊！"杨旭冷笑道。

"嘶！"宋世哲深吸了口气，缓道，"你这样做跟那些逼死你女朋友的人有什么区别？"

"当然有区别！"杨旭大声喝道，"婉婷她是无辜的，而他是罪有应得，活该！"

宋世哲剑眉皱紧，冷酷道："刘伟豪罪有应得，那你呢！"

"我！呵！我不在乎，反正我也活不久了。"杨旭自嘲地笑道。

"我不是说你杀害郭长勇他们，我是说你害死卢婉婷，难道你不愧疚吗！"

杨旭脸上的表情瞬间僵住，陡然变得铁青。

他怒视着宋世哲，呵斥道："你胡说八道什么，婉婷是被那三个人渣害死的。"

"杨旭，你还打算自欺欺人吗！"宋世哲上前两步，直视他双眼。

"我不明白你在说什么！"杨旭目光有些心虚地躲闪。

宋世哲冷哼了一声，说道："你不肯承认是吧！我来说，真正害死卢婉婷的人不是林思杰、刘伟豪、郭长勇，也不是那些污蔑抹黑她的人，而是你，杨旭。"

"你胡说，我那么爱婉婷，怎么会害死她！"

"你的确不是故意的，但你是压倒她心理底线的最后一根稻草。"

"不是的，你根本什么都不知道。"杨旭愤怒地咆哮道。

他的情绪明显变得激动起来，与先前温文尔雅的形象形成强烈的反差。

而面对反驳，宋世哲丝毫不退让，继续紧逼。

"我是不知道，但是我知道卢婉婷是个很坚强的女孩，即使在她身上发生了那样的悲剧，遭受别人无端的指控和污蔑，她都可以竖起心灵的铠甲抵挡攻击。"

"唯独你，你的每句话每个行为都绕过了防卫，直击她最柔软的内心。"

杨旭粗重地呼吸着，面红耳赤，眼睛充满了戾气。

面对他这种反应，宋世哲非但不怕，反而更加坚定了心里的想法。

像杨旭这种头脑精明高智商的罪犯，面对一般的质问完全能够面不改色，只有命中其内心的痛点，他才会露出截然不同的反应。

这就跟龙之逆鳞是一样的道理，只要敢触碰者，必将招来龙之怒火。

但杨旭不是龙，宋世哲也不是虫，即使对方是杀人犯，他也不是没有反击之力。

更何况，这本来就是宋世哲计划好的事情。

"从小到大，你的母亲行为不端，私生活混乱，以及对你的辱骂和虐待，这些劣迹在你心里留下不可磨灭的阴影，即使你表面装得再坚强再优秀也依旧改变不了。"

"这一切直到你遇到了卢婉婷，她在你心里就像是天使，纯洁、善良、美好，这一切都是你最渴望、最憧憬的，可是当她被人玷污之后，你接受不了这样的事实。"

"别说了！别说了！"杨旭咬牙切齿地喝道。

然而，宋世哲还是继续，以极快的语速轰击着杨旭的心理防线。

"你明知道卢婉婷是个好女孩，是无辜的，是受害者，但你的内心依旧无法接受，所以你排斥她、远离她，甚至对她避而不见。"

"卢婉婷的父亲见钱眼开被收买，唯有你作为她的精神支柱，但是你却选择了逃避，是你让她对整个世界彻底绝望，最终选择结束自己年轻的生命。"

"如果当时你陪在她身边，卢婉婷根本不会轻生，你才是害死她的真正刽子手。"

"轰隆"一声巨响，杨旭的心理防线终于崩溃了。

一直以来，这件事都深藏在他心底最深处，他刻意伪装自己和卢婉婷幸福美满的同居生活，为的就是试图弥补心中对卢婉婷的亏欠。

但是，这件事就如同黑洞般，逐渐吞噬着他的内心。

直到现在，终于被宋世哲赤裸裸地揭开，让他彻底地面对自己的心魔。

杨旭跪坐在地，神情悲切，泪流满面，痛哭着喊道："不、不、我不想的，我爱她，我宁愿死的那个人是我啊！是我啊！"

宋世哲略微"呼呼"气喘，刚才那一连串的说话简直比说唱还快。

如果还没击破杨旭的心理防线，他真的是快没有词了。

不过好在成功了，而且看情况效果还挺不错的。

"杨旭，虽然你有错，但是我相信卢婉婷不会怪你的，她是个善良的好女孩，如果她还活着，一定不想看到你现在变成这个样子。"宋世哲再次打起了怀柔牌。

"我这样做真的错了吗？"杨旭痛苦地哽咽道。

"暴力永远只会催生暴力，如果每个人都选择跟你一样的做法，那么这个世界将无时无刻不处于危险之中。有一个卢婉婷就已经够了，难道还要再多几个卢婉婷吗？"

杨旭动摇了，他人生最大的遗憾就是没有保护好卢婉婷。

宋世哲继续劝道："发生的事情已经无法改变了，但是没发生的现在还有机会，告诉我，刘伟豪具体的位置在哪儿？你不要一错再错了。"

在沉默了好一会儿之后，杨旭终于开口："他在……评事街 43 号民居往东。"

"谢谢！"宋世哲郑重地说了一声，随即急忙跑开去打电话。

此时，时间已经是十一点四十分了，再有二十分钟就是十二点了，而网上的投票，投死票的依旧占据着绝对的优势。

除非是像之前刘家那样买票，否则很难在二十分钟之内逆转。

在过了大概五分钟，刘伟豪的直播画面突然传来声响，紧接着一道身影出现。

不是别人，正是得到消息及时赶到的严昊翎。

看到严昊翎出现，宋世哲高悬着的心顿时降了一半，因为还有炸弹没有拆除呢！

正当他为严昊翎的安全担忧时，另一边的杨旭却悄然爬上了围墙。

"杨旭，你干什么？赶紧下来！"

宋世哲看到后，顿时吓了一跳，急忙叫道。

"你知道今天是什么日子吗？今天是婉婷的祭日！"杨旭淡然说道。

"我知道是她的祭日，你先下来再说。"宋世哲劝道。

杨旭缓缓地转过身来，神情淡定从容，丝毫没有站在边缘对死亡的恐惧。

"宋世哲，曾经我也跟你一样，努力收集证据，希望法律能够严惩坏人，让他们受到应有的惩罚，可是有些人太现实了。"

"你这话就错了，法律绝对不会放过一个坏人，也不会错怪一个好人。"

"真的吗？那为什么会有那么多含冤受难的人？"

"那是因为我们掌握的证据还不够多，只要有足够的证据，坏人都会得到制裁的。"

"呵呵，是啊！证据。开始的时候我也没有想过这样做，但是当我得知自己身患癌症的时候，我担心，担心到我死的那天都看不到坏人受到制裁。"

"我担心当我死了之后，就再也没有人在乎婉婷的清白了，也不会有人替她洗刷冤情。"

"既然法律给不了我所要的公正，那么我就用我自己的办法寻求公正。"

宋世哲不知道该怎么回答他了，事实的确如此。

要不是杨旭，卢婉婷轮奸案的真相可能永远被淹没在红尘俗世之中了。

"现在，我要的已经得到了，也是时候该去见婉婷了。"杨旭说完就要转身。

"杨旭，你别冲动，你……其他炸弹你还没告诉我藏在哪儿呢！"

虽然对方是杀人犯，但同样也是一条人命啊！即使要判死刑，那也得经过审判再说。

"呵！那是骗你们的，没有其他炸弹了。"杨旭轻笑道。

"那、那刘伟豪呢！你不是想看到他被判刑入狱坐牢吗？"宋世哲努力找着话题。

"不用了，你知道我为什么一直没有杀他吗？"

宋世哲不禁一愣，好奇地看着对方，这个问题他倒是挺想知道答案的。

"这个世界上有一种活着，比死还要更加折磨，刘伟豪已经高位截瘫，他的下半辈子都将在轮椅上度过，没有比这个更好的惩罚了。"杨旭说道。

忽然，宋世哲的手机响了起来，他下意识地低头一看，正是严昊翎的来电。

而就在这个时候，杨旭双手张开身子后仰直直地往外倾倒。

"不要！"宋世哲大叫着扑了过去。

可惜他最终还是晚了一步，只能眼睁睁地看着杨旭如飞燕般坠落。

而在杨旭的脸上，始终带着一抹释然和解脱的笑容。

噗……

第三十六章　尘埃落地

杨旭死了，死在四年前卢婉婷跳楼自杀的位置旁边。

对于他而言，死亡不是结束，而是解脱。

卢婉婷的死是他心中无法磨灭的痛，一道无法痊愈的伤口。

尽管只跟杨旭接触了一次，但是通过日记本和连环命案的调查，宋世哲可以说是如今世界上最了解杨旭的人了，知道对方是一个心理偏执很重的人。

心理偏执的人轻微症状的喜欢钻牛角尖，死心眼，严重的则会导致自我毁灭。

杨旭属于后者，典型的自我毁灭型。

即使不是患了癌症，宋世哲相信杨旭也不会活多久的。

卢婉婷的死对他而言就像是不断扩大的黑洞，迟早有一天会吞噬他。

正如他自己所说的，对于某些人而言，活着并不见得就是好事，或许是一种折磨。

杨旭是如此，刘伟豪也是如此。

以前的刘伟豪只是一个可怜的高位截瘫残疾人，但现在的处境却变了。

他由一个默默无闻的残疾人变成了人尽皆知的轮奸犯。

如今，卢婉婷轮奸案的真相再加上杨旭的复仇，直接将他推到了风口浪尖上。

而现在杨旭又自杀了，整个案件里刘伟豪是唯一一个幸存者，再加上轰动的直播处刑的网上投票，这注定了在接下来的很长一段时间里他的生活都不可能平静的。

刘伟豪瘫痪之后就一直深居简出，就是因为自卑心理作祟。

现在却成为群众贱视、唾弃的对象，无异于是在他自卑的心灵上重重地踩上一脚。

这样的生活对于刘伟豪来说，比杀了他还要难受。

所以，杨旭不杀他不是因为仁慈，更不是良心发现，而是在报复。

他要刘伟豪活着，继续背负这份羞辱活着，直到对方忍受不住了结自己的生命。

在等待了大概十分钟之后，两辆警车带着两道刺耳的刹车声在医院的门口位置停下，紧接着从上面快速下来了两个小队，为首带队的正是局长彭玉松。

他在接到宋世哲的电话得知杨旭跳楼自杀的消息后，立即马不停蹄地赶了过来。

此时，现场已经被医院的保安保护起来了，尸体也用白布遮盖上。

而宋世哲，则是在尸体的附近等着他们。

"宋科长，这是……"彭玉松神情激动地指着尸体。

"嗯！"宋世哲淡淡地点了点头，缓道，"我亲眼看着他跳楼自杀的。"

"……"彭玉松闻言一愣。

尽管他相信宋世哲不会欺骗自己，但他还是再决定去看一眼。

来到尸体旁边，彭玉松掀起白布的一角朝里面瞄了几眼，随即神情变得奇妙了起来。

他确定尸体真的是杨旭之后先是欣喜，紧接着好像想到了什么又有些失望，然后便是终于破案了的释然，最后又浮现出疑惑不解的神情。

前后不到三秒的时间，脸上的神态像四川变脸似的变换。

确定杨旭的身份之后，彭玉松走到宋世哲面前。

"宋科长，这到底是怎么回事？"

此时在他脑子里已经充满了问号，迫切地想要知道事情真相。

宋世哲并没有隐瞒，坦然地说道："我仔细研读了杨旭的日记，发现他有很强的抑郁症迹象，再加上其身上越来越严重的病情，所以得出了一个猜测，杨旭打算自杀！"

"我调查过了，今天是卢婉婷的祭日，而杨旭选在今天对刘伟豪进行审判，刘伟豪又是伤害卢婉婷三人中的最后一人，所以，我猜杨旭会在事情完结的同时自杀。"

"以杨旭对卢婉婷的痴心，他如果想要自杀，那么最有可能选择的地方就是这里。"

听完解释后彭玉松顿时豁然开朗了。

"既然你猜到了，那为什么不告诉我，我也好派警察过来协助你啊！"

彭玉松没好气地训斥道。要知道一个活着的"审判者"，可比自杀身亡的"审判者"有用多了。

现在整个天京市被"审判者"搅得沸沸扬扬的，而且之前"审判者"还炸了公安局，这种猖狂的行为严重挑衅了警方底线。

市局甚至是更上面的领导都十分重视这个案件，如果能够将"审判者"活捉归案，那无疑是维护警方颜面的最好办法，同时也对那些犯罪分子起到震慑作用。

但是现在"审判者"却死了，而且还是以自杀的形式，这让彭玉松的打算落空了。

对于他的那点小心思宋世哲哪里会看不出来，当即白了他一眼。

"如果有你们在杨旭肯定不会出现，而且这只是我的猜测，老严跟杨队长他们去救人了，你们又得留在公安局坐镇中心，万一我猜错了把你们召集过来，结果白跑一趟怎么办？到时候丢的可不只是我一个人的脸面。"

"……"彭玉松嘴巴张合了几下，被反驳得哑口无言。

宋世哲适时地给了彭玉松一个台阶下，说道："行了，杨旭已经死了，不管他是自杀还是拒捕坠楼，这起案子算是尘埃落地了，你也好向上面交差了，不是吗！"

听到这话，彭玉松深呼吸了一下，点头道："你说得没错，案子总算结了！"

现在的结果可以说是最好的了，那个令宋世哲分神导致没有及时救到杨旭的电话，正是严昊翎打过来想告诉他成功救下刘伟豪的好消息。

严昊翎在直播平台几十万人的面前，于危难关头成功解救了人质，这么英勇的行为也算是替警方挽回了不少脸面。

清理现场的事情都由别人处理了，宋世哲则是随便找了个借口便返回局里了。

虽然成功破了案子，但宋世哲心里却是怎么也开心不起来。

他选择独自一个人去见杨旭，一方面是不肯定杨旭会出现，另一方面也是为了试图救下对方，可惜结果还是失败了。

宋世哲想救对方，不是因为同情杨旭，而是想要让他接受法律的审判与制裁。

就算最终十有八九法庭也是会判处他死刑，那也是法律的审判。

但是，现在杨旭这样自杀了算怎么回事？

犯了那么严重的罪行，最后一死了之，就这么简单？

这样做容易给社会一种错误的信息，让人们产生一种危险的想法，认为法律给不了的公正自己可以通过别的手段去获取，即使最后落网了大不了就是一死。

殊不知，这样的想法极其危险，往往会促使一些人冲动之下走上犯罪的道路。

而这一点，绝对是宋世哲所不愿意看到的。

正当他在办公室里休息时，突然办公室门被人推开，随即严昊翎冲了进来。

"老宋，老宋，你怎么样了？"严昊翎一进门就着急地大喊。

"还没死呢！嚷什么啊！"宋世哲没好气地应道。

严昊翎见他还好端端地靠着椅背，不由得松了口粗气，随即忍不住埋怨了起来。

"你胆子也太肥了，竟然一个人去抓捕杨旭，有多危险你知道吗？"

"我知道，可是我不这样做怎么从他口中得到刘伟豪藏身的位置，你怎么成功解救人质？而且我现在不是没事吗！"宋世哲故作轻松地说道。

"你现在是没事，可是之前呢！你以为自己是神呀！能未卜先知吗！"

严昊翎语气有些冲，面带怒色，但并不是生气而是担忧。

宋世哲也知道自己这一次的行为有些冒险，所以只能面露讪笑不敢反驳。

虽然他猜出了杨旭想自杀，可是对方毕竟是一名连环杀人犯，犯罪手法更是残忍至极，万一临死之前还想拉个人当垫背的那怎么办？

而且为了逼问出杨旭把刘伟豪藏在哪儿了，宋世哲还特意刺激他，打破他的心理防线。如果当时杨旭恼羞成怒对他出手，那可不是在闹着玩儿的。

被严昊翎数落了几句之后，宋世哲无奈地解释道："我不跟你说就是因为你这臭脾气，要是我先跟你说，你还能安心地去救人吗！肯定会让人阻止我的。"

"哼！"严昊翎冷哼了一声，默认了他的猜测。

"到时候犯人没抓到，人质又没救着，两头皆失，你难道想看到这种结果吗？"

"我当然不希望，但是我更不希望你用自己的命去冒险，尤其是……尤其是为了救刘伟豪那样的人渣，你万一出了事多不值得。"严昊翎十分坦诚地说出了心里话。

"老严，我这么做不是为了救刘伟豪，而是为了公义。"

随后宋世哲向他解释了自己的出发点，以及只身前往的底气，并不是在盲目地冒险。

听完了之后，严昊翎这才叹了口气，成功被说服了。

"不管怎么说，只准一次，下不为例，你小子胆子太大了。"严昊翎哼道。

"呵呵，行！我保证，现在饿不饿啊？"

"当然饿啦！饿得前胸贴后背了，就等你请客呢！"

"那走吧！想去哪里吃啊？"

"天京大排档！"

第三十七章　好的不灵坏的灵

天京市雨水充沛，水运发达，长江从中穿城而过。

一年之中，天京市有两个雨季，第一个是在六月份，第二个是在十月份。

每到十月份的时候，天京市的空气都会变得闷热潮湿，稍微跑动几下就会大汗淋漓。

鼓楼区临近长江河畔，一到降雨季很容易就会发生城市内涝。

所以每一年的十月份，鼓楼区的街道办事处为了应对即将到来的雨季，都会对道路两旁的沟渠以及下水道进行排污处理。

去年就是因为没有重视这一点，结果导致城市内出现严重的内涝现象。有不少地势低的店面、住户都被水淹了，特别是地铁，都成"水帘洞"了。

今年吸取了教训之后，为了避免重蹈覆辙，街道办早早地就组织人员进行清理。

而此时，位于鼓楼区的小市街50号社区，正在清理周边的下水管道。

下水管道并不宽敞，直径大约是一米五，一名成年男子在里面只能是猫着腰半蹲着身子，姿势十分难受，不用十分钟就会感到腰酸背痛。

并且管道底部还积满了淤泥，举步艰难。

除了空间狭小、不利于工作之外，下水管道内还布满了各种生活垃圾。有的是下大雨被雨水冲到管道的，有的则是一些不守规矩的市民直接倾倒的。

在整个管道内，充斥着无比呛鼻的恶臭味，催人欲吐，十分恶心。

虽然两名清淤工人脸上都戴着口罩，但是并不能完全阻隔臭味，而且时间久了，口罩会变得闷热、透不过气来，但是不戴口罩又熏得慌，只能强忍着。

然而，就是在这样的环境下，这两名清淤工人已经埋头苦干了三个多小时了。

虽然他们干着最脏的工作，拿着微薄的收入，但是每一个人都是城市的美容师。如果没有这些奋战在第一线的清洁工人，城市将不复美丽。

所以，他们是可敬的，只不过又有多少人发自内心地尊重他们呢！

就在两人闷声不吭地干活时，突然听到一声脆响，铁锹似乎铲到了什么硬物。

铲到东西的工人不以为意，他早已经习惯了。

在下水道里什么东西都有，工人们在清理淤泥的时候时不时就会遇到一些硬物，有时候是金属物品，有时候是石头，但更多的是像罐头这样的生活垃圾。

该工人下意识地弯下腰，随手朝铁锹的下方摸去，很快便找到了硬物。

什么东西？清淤工人摸索了两下，发现入手圆滑但是又不是一个规整的球体，这让他不禁有些好奇，于是更加卖力地掏了起来。

片刻后，该工人成功将硬物挖了出来，随手扒拉了两下，将上面的泥巴甩掉。

刚把泥土清理掉，在他身旁的工友好奇地瞧了一眼，突然脸色大变。

"喂！快、快把你手里的东西丢掉！"工友大喊。

咋啦？该工人不禁有些奇怪，但是仔细看了看，他的脸色同样骤变。

啊！几乎是瞬间，该工人大叫了一声，随即猛地将手里的东西丢了出去。

只见那物体砸在下水道管壁上，反弹落回到淤泥的地面，正好物体的正面朝上。

这颗沾满污垢和淤泥的半球状物体，竟然是一颗人头。

在头灯的照射下，人头显得无比狰狞恐怖。

挖到骷髅头的工人原本还以为只是一个金属球体，没想到竟然是一个人头，这顿时把他给吓得够呛，脸色煞白地倒退了好几步。

"快快快，赶紧报警……"

"……"

……

距离"审判者"连环杀人案已经过去将近一个月了。

经过一个月的时间沉淀，闹得满城风雨的杀人命案也随着杨旭的自杀而尘埃落定。

这一次之所以能够那么快就平息下来，是因为最后警方交出了令民众满意的成绩，成功解救了被绑架的"人质"，以及将杨旭"绳之于法"。

当然了，那是公开宣传的说法，为的是维护警方和政府的形象和公信力。

宋世哲虽然知道真相，对此不屑，但还不至于跳出来唱反调。

而为了表彰宋世哲在此案件中作出的巨大贡献，省级公安局特地奖励了他个人一等功。至于专案组的其他人也没有遗漏，奖励了一个集体二等功的荣誉。

对于宋世哲而言，他其实并不怎么在乎这些虚名，他更注重于替死者平冤，找出凶手。

也不知道是不是警方抓捕杨旭的行动对匪徒起到震慑作用，在这近一个月的时间内，鼓楼区乃至整个天京市的犯罪率都降低了许多。

宋世哲接到的出现场不是去做伤情鉴定，就是去验证非正常死亡案件。

所谓的非正常死亡案件，是在做完前期工作之后，结合现场调查以及现场勘查情况，然后进行第一时间判断，确定是否为命案。

如果是命案，则分到案件类，立案调查，并进一步解剖检验。

如果不是命案，则分为事件类，不需要立案调查也不用尸检，遗体交还给家属。

虽然看起来好像很简单，但却是必不可少的重要步骤。

如果法医把两者弄错了，将事件判定为案件，这样就会浪费大量警力，等到回过头来才发现的话，法医就得承担主要责任了。

但是，如果将案件判定为事件，那性质就要严重得多。

因为有可能会由于这个错误，最终导致杀人凶手逃之夭夭、逍遥法外。

就如同杨旭对林思杰的车子做了手脚，导致对方车祸死亡，当时法医的鉴定便是意外死亡，属于事件类，并没有立案调查，导致杨旭一直没被发现。

若不是杨旭自己曝光，可能到现在还没有人怀疑林思杰是被谋杀的。

除了出现场，还有一件事，那就是宋世哲的助手小刘被调离正式前往地方上任了。

小刘毕业出来就跟着宋世哲，也有三年时间了。他在宋世哲身边学了不少东西，这一次又参与"审判者"的案件，也算是带着荣誉光环赴任。

不过小刘一直是宋世哲的得力助手，现在一走，让他颇有些不习惯。

虽然如此，但稚鹰终须翱翔天际，所以宋世哲还是替他高兴。

离别的前一晚，小刘请所有科室的同事以及局里的熟人吃饭，在饭局上喝到后面，抱着宋世哲哭哭啼啼的，不认识的还以为他们是好哥们呢！

为了替补小刘的空缺，上头准备安排一名新人过来，对此宋世哲并没有什么异议。

法医这个行业，讲究一个师承关系，老法医带新人相当于带徒弟那样。宋世哲自己当年也是从新人过来的，所以对此并不介意。

正当他闲着无聊，翻看着这两天呈上来的伤情鉴定时，科室房门突然被敲响。

"咚咚咚……"

敲门声后，科室门随即被推开。

只见一个熟悉的身影走了进来，不是别人，正是严大队长严昊翎。

"老宋，现在忙不忙啊？"严昊翎熟络地打着招呼。

"还行，有事？"宋世哲问道。

"没什么事，过来坐坐。"严昊翎耸了耸肩膀，来到他身边的位置坐下，"最近这一段时间风平浪静的，都快闲出病来了，一时间还真不太适应。"

宋世哲瞥了他一眼，哼笑道："这不好吗！风平浪静说明国泰民安。"

严昊翎挠了挠眉尾，撇嘴说道："好当然是好，不过咱们是干刑警的，普通的打架事件或者民事纠纷又不用劳烦到我们，这样体现不出咱们的存在感啊！"

一般的案件，普通民警就能够处理，只有出现人命或者重大财物损失的才会出动刑警。

虽然平时比较悠闲，但是死亡率和危险性却要比普通民警高出数倍不止。

这时，却见宋世哲随手抓起手边的书籍，直接砸了过去，没好气地说道："好的不灵坏的灵，在尸检科切忌说这种话，很邪的，一说就中。"

严昊翎接住书，不信地笑道："我说老宋，你好歹也是一个高级知识分子，现在都21世纪了，你怎么那么迷信！"

"这不是迷不迷信的问题，反正就是不能说。"宋世哲淡然说道。

话音未落，突然桌面上的值班电话响了起来。

两人几乎同一时间，目光齐刷刷地投注到了电话上，神情有些惊愕。

在愣了两秒后，严昊翎忽然哼了一声，说道："我才不信呢！怎么可能一说就有。"

说着他随手接起了电话，询问道："法医尸检科，什么事？"

只见下一秒钟严昊翎的神色一僵，随即挂断了电话，然后缓缓地开口道："出现场的民警打电话过来，小市街社区那边发现人头骨，怀疑是碎尸案。"

"瞧瞧，我说不能说吧！现在应验了吧！"宋世哲没好气地白了他一眼。

严昊翎神色怪异地看了一眼解剖室，默默咽了一下唾沫。

不会这么邪门吧！下次还是别说了。

宋世哲收拾了一下东西之后，提上勘查箱，瞥了严昊翎一眼。

"走吧！乌鸦嘴队长！"

"……"

大约半个小时后，严昊翎担任司机，宋世哲坐在副驾驶座位，来到了事发地点。

当看到竟然是在下水道里面时，宋世哲不禁再度鄙视了严昊翎一眼。

"严队长，体现出你存在感的时候到了。"宋世哲淡道。

"啊？"严昊翎闻言不禁愣了一下。

只见宋世哲一脸戏谑地说道："换上工作服，跟我一起下去吧！"

"呃……能不能不下去，我有幽闭恐惧症。"

"嘿嘿，你说呢！"

"……"

第三十八章　美女法医实习生

时间飞逝，大约三个小时之后。

在吊机的搅动下，一个沾满污泥、散发着恶臭的裹尸袋从下水道的出口被吊了出来，地面上两名等候多时的勘查员立即合力将裹尸袋搬到一旁。

不一会儿，宋世哲和严昊翎也从下水道口钻了出来，身上的工作服沾满污垢。

刚将工作服脱下，严昊翎立马跑到一边深吸了口粗气。

"我的天哪！下面实在是太臭了，差点儿把我憋死。"严昊翎喘息道。

"这就受不了了，你还没遇到更臭的呢！"

下水道虽然味道很臭，但是在宋世哲当法医的职业生涯里还不算是最臭的环境，不过也能排进前三了，而且下水道弃尸案还不少。

整理好自己的东西后，宋世哲让那两名勘查员把尸体带回警局。

正当他准备返回公安分局，这时在警戒带的位置突然传来了一阵骚乱声。

"你让我过去，我是新来的法医实习生，我没骗你。"

"不行，你没有证件，我不能让你过去，请你不要在这里捣乱。"

"我没说谎，你可以打电话回局里问问。"

宋世哲隐约听到话语，下意识看去，当看到对方时不禁有些诧异。

只见一名身材窈窕，长相秀美，留着齐肩长发的女人正试图穿过隔离带，但是被正在维持现场秩序的民警给拦了下来。

法医实习生？宋世哲不由得多看了对方几眼。

女法医他并不是没见过，但像对方长得这么标致的倒是第一次见。

要知道，女人对于尸体以及恶心的东西都是能有多远躲多远，美女就更不用说了。

好奇之下，他朝对方走了过去。

看到宋世哲过来，正在执勤的民警立即唤道："宋法医！"

宋世哲的名声并不只在刑警队里，整个鼓楼区的从警人员都知道他这一号人物。

没办法，分局需要宣传优秀的人物形象，从而好激励基层的警务人员积极上进，而宋世哲无论是从知识学历、外貌形象、专业能力都是杠杠的，自然成了最佳人选。

"嗯！"宋世哲点头回应了一下，随即看向那名女子，好奇道："你就是那个新人？"

"宋科长，你好！我叫林雅，这是我的推荐信。"

自我介绍之后，林雅从自己的挎包里拿出了一封推荐信，双手递到了宋世哲面前。

旁边的民警见状，忍不住气道："你有推荐信干吗不早拿出来啊！"

只见林雅傲然反驳道："我是有推荐信，但这是属于私人信件，不需要给外人看，而且我已经到局里报到了，你只需要一个电话就能查证，是你懒得查所以才纠缠不清。"

"哎！你这人……"民警被一番抢白，不禁涨红了脸。

看着她据理力争的模样，宋世哲顿时对其性格有了一个大致的判断。

明明有推荐信，可以轻松解决问题却不愿意用，说好听一点是坚守原则，说难听点就是偏执，不懂得变通。

不过这一点宋世哲却是不反感，因为做法医这一行的人都有这个毛病。

偏执，爱钻牛角尖，如果不这样的话很多悬案就破不了了，所以说每一个法医几乎都是偏执狂，就连宋世哲他自己也不例外。

不过除了偏执之外，他发现对方的性格还有一些自傲。

虽然推荐信是私人信件没错，但内容并没有涉及隐私，完全可以让人看。

而林雅宁愿跟对方在这里纠缠也不肯拿出来，说到底其实是认为维护秩序的民警不够资格让她出示推荐信。

宋世哲有这样的判断并不只是因为林雅对待民警的态度，还结合对方自身的条件。

长得这么漂亮可人，明明可以靠颜值，却偏偏选了非常冷门生僻，而且专业性质要求非常强的法医专业，这足以说明对方是一个孤傲自信的人。

"怎么了，什么情况？"

严昊翎注意到这边的情况，也走了过来。

看到林雅之后，严昊翎眼睛顿时亮了几分，上下打量了对方两眼。

民警收敛心里的情绪，将大致的情况说了一遍。

此时宋世哲也看完了推荐信，的确是上级安排下来的新人，而且推荐人的署名还是他的老熟人，金尚阳！

对方是他正式上任之前所跟的导师，也就是他的师傅。

法医这个行业，讲究一个师承关系，老法医带新人相当于带徒弟那样子。

这一点从古代的仵作就有传统了，当时可没有现在的大学，仵作这门手艺往往都是父传子，师傅传徒弟的，到了现代则是导师带新人。

宋世哲的师傅金尚阳，在省内乃至整个国内的法医界都属于翘楚，专业水平非常高，因为断案如神，所以人送外号：金三眼！

这个外号是说，金尚阳断案只需要看三眼就能够得出正确的判断。

当然了，这说法肯定是被夸大了，不过也从侧面说明了金尚阳精准的断案实力。

而宋世哲则是金尚阳的得意门生，尽得对方的真传。

宋世哲跟他师傅关系很亲，而且金尚阳脾气很好，两人的关系亦师亦友。

不过他师傅已经上了年纪，现在退居二线了，不再奔波劳碌。

做法医是很辛苦的，经常需要熬夜，而且得忍受常人无法忍受的气味和误解。

最重要的是，总是接触尸体，容易被尸毒感染患病。

确定介绍信没问题后，宋世哲朝该民警说道："没事了，都是误会，你去忙别的事情吧！"

"好的！"该民警应了下，瞥了林雅一眼后，神情不忿地走开了。

严昊翎打量着林雅，好奇地调侃道："男法医我见多了，女法医倒是少见，尤其是长得好看的女法医，妹子，你确定自己没选错专业吗？"

"怎么？长得好看就不能当法医啦！"林雅不服气地反驳道。

"呵呵！"严昊翎不气反笑，说道，"当然不是，就是不明白你干吗来遭这份罪呢！"

这时宋世哲忽然插嘴问道："你跟金老师是什么关系？"

"关系？没什么关系啊！"林雅回答道。

宋世哲眼眸微眯了几分，随即轻笑了一声，道："那就好！"

说完他就没有下文了，直接转身便离开了，留下严昊翎和林雅愣在现场。

"哎！你去哪儿啊？"严昊翎连忙问道。

"当然是回局里去了，还要回去验尸呢！"宋世哲回道。

严昊翎偏头看向林雅，问道："喂！你有没有车？没车的话就跟我们一起走吧！"

"我有车，你们先走，我在你们后面。"

"那行！"严昊翎无所谓地应道。

开车回去分局的路上，车内宋世哲和严昊翎正在交谈。

"老宋，你刚才为什么问那个新人跟金老有什么关系？"严昊翎好奇地问道。

"我太了解金老头了，他是个惜才的人，这些年他不在一线工作，专门带法医专业的学生，如果有优秀的好苗子，肯定会留在自己身边手把手教导。"

宋世哲私底下喜欢叫他师傅金老头，这样显得彼此之间关系更加亲切。

"你的意思是说，她是个花瓶？"严昊翎露出恍然大悟的神情，咂嘴道，"难怪你刚才问对方跟金老有什么关系？你以为她是关系户！"

"不一定，金老头的脾气我知道，如果她是花瓶，肯定不会给推荐的。"

"那你到底是什么意思啊？"严昊翎被宋世哲弄糊涂了。

宋世哲揉了揉下巴，淡然说道："我猜，刚才林雅没说实话。"

"是吗？"严昊翎思索了一下，随即猜测道，"可能她是不想被你看轻吧！"

"有这个可能，不过她不说也好，这样我考验起来也不用顾忌什么。"宋世哲淡笑道。

"呵呵……"严昊翎不由得替林雅担忧了起来。

……

四十分钟之后，宋世哲等人返回到公安分局。

虽然在下水道里面忙活了三个多小时，腰酸背痛的，但是宋世哲他们顾不得休息，回到分局后便立即展开了工作。

至于林雅，则是跟在他们的身后，一起来到了法医科的解剖室。

此时，勘查人员已经将装着尸体的裹尸袋放在解剖床上了，袋子依旧散发着下水道的熏臭味，安静地躺在那里。

宋世哲看了林雅一眼，开口道："你的运气不错，正好发现了一具尸体。"

林雅秀眉微皱了一下，这算哪门子运气不错？

宋世哲并没有理会她的反应，继续说道："考一考你，什么是尸蜡化知道吗？"

"知道，尸蜡化是一种保存型尸体现象，指的是尸体在特定的环境下逐渐变化，但是整体外形依旧保存完好，比如木乃伊、霉尸、尸蜡、泥炭鞣尸之类。"

林雅迅速地给出了答案，十分自信从容。

"答案很标准，背得很熟嘛！那么尸蜡化的尸体见过没有？"宋世哲又问。

"在书上和网络上看到过，现实中还没有。"林雅回答道。

宋世哲淡淡地轻笑了一声，说道："那待会儿你可就有眼福啦！先做好心理准备吧！"

林雅瞥了瞥解剖床上的裹尸袋，神色不由得多了几分紧张。

片刻后，宋世哲、严昊翎、林雅三人穿上了解剖服，戴上了防毒面具来到解剖床前。

高度腐败的尸体会散发出尸臭，属于有毒气体，法医长期身处毒气之中对身体会造成极大的危害，而戴上防毒面具可以有效地过滤掉大部分的毒素。

不过，防毒面具对于臭味则没有多大效果。

尸臭味具有很强的穿透力和黏附力，一般的防毒面具并没有去臭的功能。

除了以上，尸臭还很容易黏附在衣服上，如果没有穿戴解剖服进行解剖，身上的衣物很容易就会沾染上尸臭味，需要费老大劲才能去除干净。

杨旭之所以身上会残留尸臭味，就是这个原因，也正是这个破绽，让宋世哲发现自己推断错误，并快速锁定对方真正的工作岗位。

一切准备就绪之后，宋世哲伸手打开了录像机。

第三十九章　死因鉴定

打开录像机之后，宋世哲把录像机交给了严昊翎，让他在一旁拍摄。

法医解剖尸体时都会拍摄下影片留作存档，方便以后复查，而这些琐碎的工作之前都是宋世哲的助手小刘做的，不过他现在已经调走了。

林雅是新人，这工作本来应该由她负责，但是宋世哲打算看一下她的动手能力。

"准备好了吗？待会儿要是恶心想吐的话就出去吐，别吐在尸体上面。"宋世哲看了林雅一眼，充满风趣地提醒道。

"切！少瞧不起人。"林雅轻哼了一声，低声道。

"呵呵！"宋世哲微微勾起嘴角，随即命令道，"把拉链拉开！"

林雅深吸了口气，她没想到自己第一天过来报到就遇到这么重口味的案件。可是她并没有打退堂鼓，既然选择这一行，她就已经做好了心理准备。

除非改行，否则以后迟早会遇到类似的案件，甚至更恶心的都有。

哗啦！伴随着拉链的声响，裹尸袋被打开。

刹那间，一股强烈的臭味弥漫开来，一下子充斥整个解剖室。

在这股臭味之中，既有下水道的酸臭味，又夹杂着高度腐败的尸体的腐臭味。

被臭味熏到的林雅，瞬间便感到肠胃剧烈地翻涌了起来。

"啊……我的天哪！太臭了。"

严昊翎急忙退后了两步，忍不住闷声说道。

而宋世哲，则是相对淡定了许多，这已经是他第几次接触尸蜡化了，所以应对起来驾轻就熟。不过第一次接触尸蜡化的案子时，他的表现也没好到哪儿去。

当裹尸袋被打开后，里面出现的是一个青白相间的蛇皮袋，袋子脏乱不堪。

在袋子上有一个大裂口，透过口子能够清楚看到里面的尸体。

蛇皮袋属于物证之一，为了避免造成二次损害，所以没有从裂口取出尸块，而是选择正常的打开方式，将蛇皮袋的拉链拉开。

林雅拉开拉链看到内部尸体的瞬间，顿时俏脸一片煞白。

说是尸体，或许应该说是尸块才对。

整具尸体被整齐切割成大小不一的体积，杂乱无章地堆积在袋子里。

在交叉的肢体和尸块之中，那颗头颅显得格外的醒目。

这一幕绝对称得上触目惊心，即使是经验丰富的法医都会忍不住色变，而对于刚刚毕业、临床尸检经验不足的林雅来说，那就更不用说了。

她整个人僵立在那里，俏脸已经变得面无血色了。

宋世哲瞥了她一眼，暗叹道："新人，心理素质就是不行，这就吓到了。"

事实上，别说是新人了，就连从业一两年的法医第一次碰到尸蜡化的案件也会受不了，因为那视觉冲击力以及气味实在是太强烈了。

甚至，有不少法医从业五年以上都没有遇到一起尸蜡化案件。

林雅是刚刚毕业的新人，刚实习的第一天就遇到这么重口味的案件，真不知道该说她幸运好还是倒霉好，估计这个经历会给她带来不小的阴影。

呈现皂化的皮肉油腻腻的，皮肤皱缩，黏糊糊的，十分恶心。

因为尸蜡化的影响，所以面部已经无法分辨，头部的眼球完全萎缩，口鼻腔更是只剩下一层薄皮贴着，因此无法检查是否存在捂压口鼻导致的机械性窒息。

而真正考验法医心理承受能力的不仅仅是视觉冲击，更严峻的挑战是触觉。

宋世哲朝林雅看了一眼，淡道："把尸块取出来吧！"

说完，他手伸进裹尸袋里，将尸体的头部拿了出来放在解剖床上。

此时的尸体如同在水中泡了很久的肥皂，戴着乳胶手套的双手根本抓不住，稍微一用力就会滑动，而且从皂化的组织里渗出一种黏稠的黄绿色液体。

头部还算比较容易，整个都是骨头，没有太多脂肪组织，但是其他部位嘛……

当林雅双手抓着尸体的左前胸躯干准备拿出来时，那滑腻腻的触感，再加上催人呕吐的恶臭味，终于打破了她内心忍受的极限。

"唔唔……呕……呕……"

林雅扔下手上的东西，冲到一旁的清洗台位置呕吐了起来。

不单单是她，就连摄像的严昊翎都忍不住活动了一下脖子，强忍着肠胃的不适。

宋世哲挑了挑眉头，对这结果早就有所预料了。

他第一次接触尸蜡化的案子时，已经实习了一年，见识过了不少尸体和腐尸，但还是差点在他师傅面前出糗。

而林雅还只是个刚刚毕业出来的新人，能忍到现在已经算不错了。

宋世哲并没有强人所难，自己将尸块从袋里拿了出来。

尸体一共被分成了九块，除了头颅，其余的分别是双上肢、双下肢、双小腿加脚掌，以及上下躯干，刚好拼成了一具尸体。

拼接完成之后的目测身高是大约一米六二，身材偏瘦，虽然尸体已经呈现尸蜡化，但是从某些部位依旧能够辨别出是一名年轻女性。

至于具体多少岁？还需要进一步验证之后才能得出。

林雅在吐了一会儿之后重新走了回来，脸色苍白地看着尸体。

"还行不行啊！"宋世哲故作关心地问道。

"咳咳！"林雅咳嗽了两声，蹙紧秀眉，咬牙硬着头皮重重地点了点头。

宋世哲淡笑了一声，没有拆穿她，开始对尸体展开尸检。

他拿起最为狰狞恐怖的头颅，观察着头部与躯干分离的位置，食管、气管的断口，以及颈椎的横截面暴露在空气中，触目惊心。

"尸块边缘切口平滑，而且骨质断段整齐呈阶梯状，很明显切割工具是电锯。"

宋世哲说着，同时双手在颅骨上按压了一阵，然后又将尸体的颈部切开，检查舌骨和甲状软骨，紧接着又是气管、食管。

片刻之后，宋世哲缓道："尸体的头部没有发现开放性损伤，颅骨完整，甲状软骨和舌骨均没有发现骨折，没有发现遭受暴力的迹象。"

说完他看向林雅，问道："这两种情况说明什么？新人！"

林雅肃然了几分，认真应道："颅骨完整，那就可以排除颅脑损伤严重致死的可能，而舌骨跟甲状软骨都没有遭受到暴力，说明死者不是被掐死或者勒死的。"

"嗯！"宋世哲点了点头，对她的推断表示认同。

舌骨和甲状软骨很脆弱，如果是颈部受压致死的话，往往会出现相应的骨折现象。

在尸检解剖上，这两处的骨折是法医推断机械性窒息致死的重要依据。

随后宋世哲对其余部位进行仔细查看，每个尸块的切割位置十分整齐，上面以及边缘位置都没有发现开放性损伤，这意味着不是机械性损伤死亡。

机械性损伤，是指当机体受到机械性暴力作用后，器官组织结构被破坏或功能发生障碍，由各种致伤物以机械作用使人身组织结构破坏或生理机能发生障碍。

在法医学上，皮肤的连续性破坏者为创，未破坏者为伤。

损伤鉴定在刑事诉讼中占有重要地位。法医检验的目的，是判断损伤的类型和轻重程度，是自伤、他伤抑或意外灾害，是生前伤还是死后伤，以及损伤与死亡的关系。

通过检验，还可据以推断、认定凶器等。

损伤按致伤物与成伤方式分类为钝器伤、锐器伤及火器伤。

已经初步适应的林雅皱着黛眉，推断道："排除了机械性损伤死亡，又不是被掐死或者勒死，死者会不会是被溺死的？"

"为什么是溺死而不是闷死呢？"

宋世哲并不急着否定猜测，而是给对方解释的机会。

林雅不禁愣了一下，低声说道："不为什么啊！我只是大胆假设一下。"

"扑哧！"在一旁的严昊翎忍不住笑了一声，随后立即收声。

而林雅也觉得有些尴尬，俏脸臊红了几分。

宋世哲没好气地瞥了严昊翎一眼，然后分析道："排除了机械性损伤死亡，那就只有机械性窒息致死的可能了。六种情况里面只有溺死和闷死比较符合现状。"

"不过，我检查过气管，没有气泡和充血现象，所以可以排除溺死。"

溺死的人，由于气管完全灌满了水，在水中剧烈呛咳，气管内会出现气泡，同时因为呛咳，气管壁会有明显的充血征象。

宋世哲检查气管的时候，并没有发现这些特征。

"闷死的话，尸体已经成这样了，我们根本无法验证啊！"林雅质疑道。

被闷死的死者在口鼻周围表皮有时会出现擦伤，以及皮内、皮下出血等生活反应，但是现在尸体都尸蜡化了，是否有皮下出血根本无法验证。

这时，却听到宋世哲说道："不一定，其实还是可以验证的。"

听到这话，林雅不禁惊讶地睁大了杏目。

只见宋世哲从一旁的工具架上取来了电动开颅锯，随后让林雅帮忙固定尸体的头颅，将其颅盖骨取了下来。跟他们所判断的一样，死者的脑组织完好无损。

而由于尸蜡化的作用，所以颅内保存得十分完整，只是脑组织萎缩不少。

宋世哲将大脑取了下来，又清理了颅底的硬脑膜，一个完整的颅底便呈现了出来。

处理完毕之后，宋世哲拿着止血钳指着两处位置。

"这两块突起是颞骨岩部，分别对应着内耳，如果是闷死或者溺死，就会因为气压的改变导致内出血。溺死我们已经排除了，只剩下一种可能，那就是闷死！"

宋世哲所指的两处位置存在出血的迹象，正好验证了他对死因的推断。

"就算被我们确定了死因，找不到尸源又有什么用呢？"林雅不以为然地说道。

这起案件里，死者的死因并不是最主要的，重要的是找到尸源。

碎尸案最困难的就是找到尸源，找不到尸源就无从入手，即使立案了，警察也没法继续进行侦破。

"新人就是新人。"旁边的严昊翎插嘴轻哼道，"这个线索用处大着呢！闷死的命案最多发生在什么环境？室内！室内命案有近七成都是熟人作案，明白吗！"

林雅神色有些不忿，显然并不觉得自己说错了。

"我们法医，就是死者跟警察沟通的媒介，所以哪怕线索再没用也必须认真地对待。"

宋世哲神情严肃地看着林雅，而听到这话，她羞愧地低下脑袋。

第四十章　尸源寻找条件

打一巴掌再给个甜枣，这个道理宋世哲还是知道的，随即，他又肯定了她的观点。

"不过你说得也没错，杀人碎尸案最重要的是尸源，好在这次尸体的头骨完整，回头让鉴证科给头骨做一个颅骨复原，看一下死者生前的样貌。"

颅骨复原技术，也叫三维颅面鉴定技术，属于国际法医学个体识别领域前沿性课题。

该技术对颅骨进行三维扫描、测量软组织厚度，进行三维重建、相貌复原，重建死者生前样貌的数字图像，再经过三维颅面鉴定，进而确定无名死者的尸源。

目前，中国的三维颅面鉴定技术已经处于国际领先水平。

成功确定了死者的死因之后，下一步就是确定死者的死亡时间。

在杀人碎尸案中，死者的死亡时间比较难确定。

因为碎尸案的尸体经常是找不齐全的，能够找到三分之二就已经算很幸运了。

不过这一起命案却相当幸运，整具尸体都顺利找到，没有遗失。

虽然尸体呈现尸蜡化，但是法医界有一套成熟的办法，可以根据尸蜡化的程度进行判断，测算出死者的死亡时间。

但是尸体尸蜡化是受到环境影响的，所以误差范围还是挺大的。

宋世哲朝林雅问道："你觉得死者死了有多久？"

林雅皱着秀眉，应道："标准条件下，水尸的皮下脂肪尸蜡形成时间需二到四个月，肌肉尸蜡化，需要二到三个月，整体尸蜡化则需要一年左右，这具尸体的尸蜡化已经整体完成，说明至少死了有十到十二个月。"

然而，宋世哲并没有认同她的时间推断。

"我不赞同，去年的这个时候正好赶上了大雨季，城市内涝得厉害，如果是在那个时候被抛尸的话，现在估计早就被冲进护城河了，不会停留在下水道。"

"那有可能是被什么东西挡住了呢？"林雅反驳道。

"这不是没可能，不过发现尸体的位置并没有隔离栏，而且尸块基本都是在同一位置被发现的，说明从蛇皮袋掉落出来后，并没有被冲远，所以水流应该不大。"

听到这话，林雅不禁对自己的推断产生动摇了。

"那……这尸体怎么解释？"

"正常情况下你说得没错，但是下水道潮湿，空气也不流通，细菌又多，而且前一阵子夏季又很酷热，这种环境对尸蜡化有着加速作用。"

"保守估计，死者应该是在五到六个月之前被害抛尸下水道的，也就是半年前。"

宋世哲给出了自己的判断，比林雅给的时间足足缩减了一半。

在思考了几秒之后，林雅承认宋世哲的判断比自己的更有说服力，认同地点了点头。

她微笑道："难怪我的带课老师常说，法医课本上的知识只是基础，更重要的是结合现场的环境和个体差异，现在看来的确如此。"

"这话听着这么耳熟，你的带课老师是金老师？"宋世哲问道。

林雅美眸眯成月牙，狡黠道："对呀！师兄！"

……

时间飞逝，当宋世哲结束尸检时，又是三个小时过去了。

在余下的整个尸检过程中，宋世哲不时抛出几个问题考验林雅的理论基础。

面对临床小考验，林雅表现得十分不俗。

如果一定要对其形容的话，可以用四个字来描述：对答如流。

一开始宋世哲只是出简单的题目，后来问得越来越广泛，但即使是面对一些比较冷僻的问题，她也能够回答得上来。

单单从理论方面进行打分的话，林雅完全可以拿下高分。

从这一点来判断的话，她的确算得上是个合格的法医，不过法医除了理论知识要扎实，更注重实际操作，是否能够将知识学以致用。

在得出死因和大概的死亡时间之后，接着就是制定尸源条件。

而制定尸源条件中，除了身高和体重，其中的年龄是相当重要的一点。

对于碎尸案以及高度腐烂的尸体，法医界早已经有了相当成熟的办法，通过牙齿和耻骨联合面来综合判断，精准地推算出死者的年龄。

耻骨联合，位于两侧骨盆的连接处，每个年龄段的形态都不一样。

一些经验丰富的法医，能够通过以上两者进行推算，误差只在一到两岁之间。而身高也能够根据长骨的回归方程进行计算，误差不会超过三厘米。

宋世哲让林雅进行年龄推算，得出的结果跟他自己算的一致。

经过一番忙活后，最终制定了尸源的寻找条件："年轻女性，二十五岁，身高一米六三，体重五十公斤，没有哺育史。"

这一次的尸源条件制定算是比较轻松的，一般碎尸案最困难的就是这个环节。因为碎尸案往往尸体碎块都不齐全，有的时候甚至只能找到一两块。

正所谓巧妇难为无米之炊，在那样的情况下，就算你有办法也没处使。

尸源条件出来了，接下来就是严昊翎这些刑警的事情了。

当他们走出法医科的时候，发现时间已经晚上八点了，这时肚子才传来阵阵饥饿感。

"已经八点了，有什么事情明天再说，先找个地方吃饭吧！"严昊翎提议道。

"行啊！"宋世哲点了点头，随后看向林雅，问道，"怎么样？"

林雅被问得一愣，不解道："什么怎样？"

"这位美女，难道你不饿吗？"严昊翎微笑地调侃道。

"咕噜噜……"

严昊翎的话音刚落，顿时便听到一阵清晰的咕噜声，而声音的主人正是林雅。

她揉了揉平坦的小腹，略微尴尬地笑了笑。

在解剖室的时候，一开始她就将肚子里的存货给吐光了，后来一直忙着尸检，专心做事也就没有多大的感觉，现在被严昊翎一提醒，顿时感到饥肠辘辘的。

宋世哲善意地轻笑了声，淡道："走吧，一起去吃饭，做法医这行经常这样的。"

听到自己的上司都这么说了，林雅也不好意思拒绝了。

由于吃完饭还要回来，所以三人都坐宋世哲的车，而严昊翎还是依旧充当老司机。

秉着就近原则，宋世哲三人找了附近一家中餐馆，入座之后点了几个菜。

因为已经过了正餐时间，所以餐馆内的客人并不多。

宋世哲三人的饭菜很快就上桌了，一共是六菜一汤。鉴于尸蜡化的尸体太影响食欲，宋世哲刻意点了四道青菜，剩下的两道肉菜分别是红烧鱼以及盐水鸭。

饭菜上桌之后，早已经饥饿难耐的宋世哲、严昊翎两人端起饭碗大口大口地吃起来了。

而林雅则是还有些阴影，胃口不是很好，拿着筷子迟迟不动。

宋世哲见状，劝道："肉吃不下就多吃点菜，如果你真的想要从事这一行，以后这种情况还会碰到，必须让自己快点适应才行。"

"我知道，可是真的没什么胃口！"林雅苦着脸说道。

"多少吃一点吧！"宋世哲开导道。

在他的劝说下，林雅这才夹了一些青菜慢慢吃了起来。

过了片刻，他们最后一道菜上桌了，热气腾腾、香气四溢的红烧鱼。

餐馆的大厨厨艺不错，整条红烧鱼看起来色香味俱全，引得宋世哲两人食欲大增。

菜刚摆上桌，严昊翎迫不及待地下筷子夹了一块鱼腹嫩肉。

"嗯，柔滑软嫩，咸淡适宜，今天这鱼做得特别好吃。"严昊翎评价道。

宋世哲调侃道："饿的时候，连馒头都是人间美味！"

"馒头哪有红烧鱼好吃啊！"严昊翎笑道。

两人边吃边轻松自如地谈笑着，浑然没有注意到一旁的林雅。

她脸色发白地盯着那红烧鱼，目光中充满了惊恐，不由自主地握紧了拳头。

这时，宋世哲察觉到她的异常，疑惑道："怎么了？你不舒服吗？"

严昊翎也奇怪地看着她，忽然灵光一闪。

"你该不会是看到这鱼想到那个吧！"严昊翎小心地问道。

他不提还好一点，这一揭穿，林雅那坚忍了许久的心理防线瞬间崩溃了。

"唔唔……呕……"

林雅猛地一下起身，捂着嘴快速冲出了饭馆，跑到外面呕吐。

宋世哲两人愣愣地看着，随即相互对视了一眼。

"哪壶不开提哪壶，乌鸦嘴！"宋世哲无比鄙视地道，随即起身出去查看。

"喂！这能怪我吗？鱼还是你点的呢！"

"……"

……

晚上九点左右，吃完饭的宋世哲三人返回公安分局，召开了一个专案组会议。

杀人碎尸案是性质非常恶劣的刑事案件，不像普通杀人案那么简单，所以该案件一经发现，局长彭玉松就立即成立了专案组。

"首先，向大家介绍一位法医科新来的同事，大家热烈掌声欢迎！"

严昊翎站在会议桌的前方，朝在场的众人介绍道。

"啪啪啪……"

话音未落，整个会议室内掌声如潮。

事实上，不用他介绍其他人早就注意到了，谁让林雅是个美女呢！

要知道公安局一直都是阳盛阴衰的，即使是有女警也大多是恐龙或者猪扒，长得稍微过得去就已经被奉为警花了，而林雅那可是名副其实的美女啊!

　　她一出现就吸引了众多单身族的目光,不少人早就已经打听到她的名字了。

　　在场的可都是干刑侦的,这点小伎俩那可是看家本领啊!

　　林雅站起身来,朝众人微笑道:"大家好!我叫林雅!是刚毕业的实习生,初来乍到有很多不懂的地方请大家不吝指教,希望大家多多关照。"

　　"啪啪啪……"众人再一次还以热烈的掌声。

　　"好了好了!"严昊翎摆了摆手,让心情雀跃的众多单身族安静下来。

　　"我们开始这一次的会议,今天下午两名清淤工人在清除下水道淤泥的时候,意外发现了一具尸体,经过宋科长的尸检之后,已经制定出了尸源条件。"

　　"现在请宋科长给我们讲一下。"

第四十一章 又发现尸体

"现在请宋科长给我们讲一下。"

严昊翎朝宋世哲示意了一下，随即回到自己的座位坐下。

宋世哲起身上前，先是扫视了众人一眼，然后打开投影仪进行讲解。

"死者是一名年轻女性，浑身没有穿着衣物，死后尸体被电锯切割成整齐的尸块，但是却没有分开抛尸，这说明只有一个可能，凶手碎尸只是为了方便转移。

"而尸检的结果，死者的死因是闷死，加上以上一点，凶手应该是室内杀人。"

说到这儿，宋世哲按动了一下按钮，大屏幕上的画面变换。

只见一组尸块之间边缘位置的放大图片出现，其中着重突出骨质断段的位置。

"这里面有一点大家需要注意，凶手碎尸时所用的是电锯，这种器具一般家庭不会有，可以重点标示一下，缩小凶手的职业范围。

"目前可以确定的是，死者为女性，二十五岁，身高一米六三，体重约五十公斤，没有哺育史，从尸体尸蜡化的程度来分析，死者应该是在半年前左右遇害的。"

说完之后，宋世哲将会议交还给严昊翎主持。

严昊翎起身指着大屏幕上仅有的物证，也就是那个装尸体的蛇皮袋。

"死者的尸体被装在一个蛇皮袋里，然后抛尸在下水道，袋子被腐蚀破裂后尸块掉落出来，这才被清淤工人发现。

"五十公斤一般水流冲不了多远，所以抛尸地点应该距离尸体的发现位置不远。"

说到这里，严昊翎停顿了一下，看向两边的刑警队员。

"明天分成两个小队，第一小队负责从尸体发现的位置沿着上游寻找，凶手抛尸的位置应该有比较大的下水道入口，甚至有可能临近路边，凶手应该有交通工具。

"至于第二小队，则是根据尸源寻找条件进行筛查和走访，尽快找出死者的身份。

"以上就是案件的情况和部署，大家清楚没有？"

众多刑警队员唰的一下站起身来，齐声应道："清楚了，队长！"

"好，那么现在散会！"

会议解散之后，立马有不少人朝林雅围了上去。

不用说，都是一些单身族，一个个围着林雅做自我介绍。

面对众人的热情，林雅虽然有些尴尬，但还是面带微笑地跟他们一一打招呼。

至于宋世哲，则是和严昊翎对视一笑，结伴离开会议室。

查案固然重要，但还是得给大家一个追求幸福摆脱单身的机会的。

宋世哲返回办公室后，查看起尸检的录像。

这是他的习惯，每一次解剖之后都会再查看一遍，为的是防止自己遗漏掉什么关键线索而自己不知道的。毕竟他不是神，不可能永远没有错漏的。

正当宋世哲看得有些入神时，忽然一阵敲门声响起，惊醒了宋世哲。

他抬头看去，只见门口位置正立着一道窈窕的倩影。

不是别人，正是终于摆脱"纠缠"的林雅。

宋世哲低头继续看着视频，同时随口询问道："是你啊！有什么事吗？"

林雅被问得一愣，然后开口回答道："我就是想问下，还有什么需要我帮忙的没有？"

“啊……”宋世哲沉吟了一下，随即道，“没什么事了，你可以下班了，明天早上八点记得过来报到，到时候再给你安排事做。”

“哦！”林雅应了一声，但是依旧站在原地没有离开。

宋世哲虽然在看录像，但眼睛余光还是注意到了，重新抬起头来。

“怎么？还有事吗？”

“哎……”林雅犹豫了一下，忽然走了过来。

“宋科长，我刚才听队里的其他队员说，一个月前的案子是你破的，他们还说是你一个人抓到了‘审判者’杨旭的，这事情是不是真的？”林雅无比好奇地问道。

宋世哲闻言不由得愣了一下，随即心里不禁有些哭笑不得。

那群臭小子为了博得美女的关注，竟然什么都往外说，还能不能有一点警察的节操啊！

对那些队员暗自吐槽了一番之后，宋世哲随手按下了视频的暂停键。

他微笑道：“这当然是……假的啊！”

“假的？”林雅不禁惊讶道，“可是为什么其他同志都那么说呢？”

宋世哲神情坦然地解释道：“为了寻找破案线索，两个区的刑警队废寝忘食努力了很久，费了很大力气才成功找到线索的，能够抓到‘审判者’是大家的功劳。”

“至于我，只不过是比大家运气好一点罢了，不敢居功！所以你别听他们的。”

“哦……”林雅愣愣地看着他。

如果还不明白这是宋世哲的谦虚之语，那她就实在是太笨了。

“原来‘审判者’真的是他一个人抓到的，好厉害！”

在林雅的脑海中，法医应该是待在警局的大本营里，抓贼什么的有刑警出马，只需要从尸体上寻找破案线索，帮助警方锁定犯罪嫌疑人就行了。

她没想到，宋世哲看起来这么文弱的一个人，竟然抓到了连环杀人犯。

这实在是太出乎她的意料之外了，一时间，林雅看向宋世哲的目光中，不由得夹杂着些许异彩，如同粉丝看到偶像一般。

如果被外面那些献殷勤的人知道了，不知道会不会悔恨到吐血呢！

……

一夜无事，第二天早上八点，宋世哲准时来到公安分局。

当他来到办公室门口时，却发现林雅早就已经到了，不仅如此，还给科室里面的其他同志买了早餐，而他的那一份已经摆在桌面上了。

看到宋世哲出现，林雅迎了上来，面带笑容地说道：

"科长，早上好！我不知道你喜欢喝什么，就给你买了豆浆，还有包子油条。"

"早啊，挺好的，我一般也是吃这些。"宋世哲微笑道。

这时，他见科室里的其他同志都到了，说道："我给你介绍一下其他同志吧！"

法医科主要的工作内容：一是尸体检验；二是临床法医学检验；三是警察咨询、出庭作证。

宋世哲是科长，除了原先的助手小刘以外，还有其他五名成员。

尸体检验对专业技能要求最高，一直都是宋世哲为主检，小刘担任助手。而其他两个工作则是由其他成员负责，大多是负责处理一些书面文件。

不过没有命案发生的时候，宋世哲也会负责一些伤情鉴定的工作。

昨晚开完会议已经九点多了，科室里的人都下班了，所以林雅没有见到。

然而，还未等宋世哲介绍，林雅却是跳了出来。

她嬉笑道："不用了，刚才我已经跟他们都相互认识过了。"

宋世哲闻言挑了一下眉头，随即扫了一眼他们手中的早餐，顿时明白了。

礼多人不怪！老祖宗的话都是真理啊！

呵呵！宋世哲心里轻笑了一声，说道："那行吧！那边那个位置是之前小刘坐的，现在他调走了，你就坐他的位置好了。"

小刘的位置就在宋世哲的左侧，靠近窗边，光线敞亮，位置也很宽敞。

如果不是宋世哲发话，估计再过两天就被其他同志占了。

"好的，科长！"林雅点头应道。

"对了，林雅，既然你也是金老师的学生，那以后叫我师兄就行了。"宋世哲淡道。师傅的面子还是要给的，他可不想林雅以后在老头子面前告自己的状。

"是，师兄！"林雅高兴地唤道。

吃完早餐后，宋世哲投入新一轮的工作之中。

对于他而言，下水道碎尸案只不过是他工作其中的一件命案罢了。

而且，一般碎尸案的侦破时间都很漫长，十天半个月只是起步，动辄几个月一年，甚至有一些缺乏关键线索无法找到尸源的，更是毫无头绪，最后变成悬案破不了。

所以，宋世哲对于这起命案并不怎么挂心。

但是他不挂心，某人却很挂心。

这个某人就是林雅了！

这起碎尸案作为她入行的第一起案子，自然是非常重视的。

可是时间快速流逝，她只能在办公室内运用自己的法医知识，给一些伤情鉴定的案件作审核，这令满怀热情的林雅感觉被浇了一盆冷水似的。

但是她也没办法，毕竟她的岗位是法医，不是奋斗在第一线的刑警。

而另外一边，严昊翎正带队在沿着下水道的上游一路查找。

这个时候就体现出职位高的好处了，严昊翎留在岸上拿着对讲机在上面喝着饮料晒着太阳，别的队员则是两两一组，在下水道里搜查。

双方的待遇那叫一个天上一个地下，不过这也是正常的，谁让他是队长呢！

"喂，小孙，找得怎么样了？"严昊翎通过对讲机询问情况。

"呕……队长，这下面的通道四通八达的，都不知道通往哪里去。"

"废话，你们不知道我知道啊！不然在你们身上放跟踪器干吗！就是为了标识路径的，赶紧的，找到凶手的抛尸地点，你们也好早点出来。"

严昊翎没好气地说教了一番，放下对讲机后拿起下水道的分布图查看了起来。

正当他看得专注时，突然旁边的对讲机响了起来，传来小孙的声音。

"队长，队长，我们有发现！"小孙大声唤道。

"有什么发现啦？"严昊翎随口问道。

"我们发现……新尸体了。"

严昊翎顿时坐直了起来，神色震惊。

"什么！再说一遍！"

第四十二章　凶手是同行

时间，上午十一点整！

地点，鼓楼区公安分局尸检科解剖室。

此时的解剖室内一片寂静，在解剖床旁边伫立着四个身影。

四人分别是宋世哲、严昊翎、林雅，以及严昊翎的助手小孙。

宋世哲他们三个在场并不奇怪，但是小孙为什么会在这里，原因那就有待商榷了。

"小孙，你平时不是很怕进解剖室的吗？"严昊翎饶有兴趣地戏问道。

"嘿嘿，队长，我这不是深感自身的不足，所以才特意跟你还有宋科长学习，好提升自己的能力，以后独当一面，这样也能帮局里破案嘛！"

小孙觍着笑脸，但说话的同时，眼睛不由自主地偷偷瞄向一旁的林雅。

在场的宋世哲和严昊翎何许人也！一眼就看穿他的小心思了。

他之所以突然变了性子敢进解剖室，无非就是想找机会好接近林雅这美女罢了。

对此，宋世哲两人相视一笑，也不拆穿他。

只不过落花有意流水无情，以宋世哲对林雅的判断，几乎可以断定小孙绝对不是林雅喜欢的菜，就怕费再多的力气也讨不了美人的欢心呀！

注意力回到最新发现的尸体上，说是尸体倒不如说是一具骨骸更加贴切。

这具尸体只剩下一副骨头，因为被抛尸在下水道之中，所以骨头被下水道中的脏水浸泡得发黑，同时还散发着一股熏人的恶臭。

这一次的画面比那具尸蜡化的尸体视觉冲击力要弱得多，虽然同样十分骇人，但是林雅的表现比起昨天要淡定从容得多。

"尸体是怎么发现的？"宋世哲问道。

严昊翎见小孙的注意力都放在林雅身上去了，忍不住皱起了眉头。

"小孙，发什么呆呢！"严昊翎低声喝道。

"啊！"小孙才回过神来，尴尬地问道，"怎么了？"

严昊翎翻了一记白眼。没好气地说道："宋科长问你怎么发现尸体的。"

"哦哦哦！"小孙连忙回答道，"我在下水道内搜寻的时候，无意间看到一个下水道出水口被堵住了，就随手扒拉了一下，结果掉出了一个半米多长的袋子，打开一看，发现里面竟然是人的骨头，就是这样发现的。"

"小孙呀！我说你这运气也太好了，随手一扒拉都能给你扒拉出一具尸体来，平时怎么就没见你那么走运呢！"严昊翎感叹道。

"嘿嘿嘿！是吗？我也觉得自己运气挺好的。"小孙咧嘴嬉笑道。

还没等他笑完，只见严昊翎突然反手给了他后脑勺一巴掌，没好气地训斥道："你是不是猪啊！我在说反话你都听不出来吗！"

"发现一具碎尸案就已经够我烦的了，你倒好，又给我整出了一具无名尸骸，现在一条命案变成两条命案，你知不知道我要承受多大的压力呀！"

"对、对不起啊！队长，这也不是我愿意的。"小孙无奈地说道。

"行了！行了！给我站到一边去，少在这里给我碍眼。"严昊翎摆了摆手厌烦道。

被队长一番训斥，小孙尴尬地挠挠头退到一边。

林雅全程只是安静地站在那里，一副事不关己的样子。

"老宋，只剩下一具骨头了，还能不能找到线索？"严昊翎询问道。

宋世哲没有立刻回答，而是看向了林雅，询问道："看了那么久，发现什么没有？"

被突然提问，林雅明显愣了一下，沉吟片刻随即作出回答：

"在地面上，尸体白骨化需要大约一年，在土里则需要三到五年，而在下水道这么潮湿的地方，想要腐化到只剩下骨骸，估计至少需要三年以上。"

"你是说这尸骨在下水道有三年以上？"严昊翎不禁怀疑地问道。

林雅看向宋世哲，问道："师兄，你觉得呢？"

"正常情况下的确如此，不过你观察得不够仔细，看看这个位置。"宋世哲说道。

在他的指示下，林雅凑近到骨骸的肋骨位置仔细查看。

严昊翎也好奇地凑了上去，突然惊诧道："这个好像是刀刃的切痕啊！"

"的确是切痕，而且刀痕内的骨质还很新，不像是在下水道待了三年的样子。"林雅也发现了其中的疑点，不解地看向宋世哲，疑道，"这是怎么回事？"

"尸骸上不止一处刀痕，其他位置也有，所以我怀疑死者身上的皮肉不是被腐蚀掉的，而是被人工剔除的，尸骸在下水道里长期被污水冲刷，所以显得残旧朽化。"

听到这话，严昊翎三人不禁面露惊骇之色，都被震惊了。

杀了人不止，还把尸体的皮肉给剔了下来，这是何等的灭绝人性啊！

"老宋，你会不会弄错了？"严昊翎商榷地问道。

"不会弄错！"宋世哲肯定地说道，"你们看装着尸骨的那个袋子，像是在下水道泡了三年时间吗？要是三年早就烂光了，这袋子顶多就只有一年。"

听到这话，他们下意识地看向袋子。

尽管他们很不愿意相信，可还是承认宋世哲说的是正确的。

宋世哲凝重地缓道："虽然凶手的手段凶残，但是我最担心的不是这个，而是……两宗命案会不会是同一个人所做的，如果是的话……"

"那又是一起连环杀人案了。"严昊翎有些无奈地叹气道。

"不会吧！刚结束了一起又来一起。"小孙苦着脸道。

这时林雅开口说道："咱们现在大可不用担心这个，说不定不是同一个凶手呢！"

"说得没错，一个是碎尸案，一个是剔尸案，两个案子的作案手法并不一样，现在我们担心这些纯属多余的，最要紧的是要先找到尸源的身份。"

严昊翎振作起精神来，当刑警经常跟命案打交道，他早就已经习惯成自然了。

然而，这个时候宋世哲却跟他唱反调，泼了一盆凉水。

"不要太乐观，我有种直觉，这两起案子不会那么简单，还是做好心理准备吧！"

"上次你这么说，结果出了'审判者'这个变态，这次我还真就不信邪了，咱俩打个赌，如果不是连环杀人案，你的座驾得让我开一个月。"严昊翎赌气道。

宋世哲闻言嗤笑了一声，说道："行呀！那要是我猜对了呢？"

"简单，我给你当一个月司机，免费接送你上下班，顺便外带早餐。"严昊翎回答道。

"……"宋世哲不禁有些无语了，还能够再无耻一点吗！

输了，车子要给严昊翎开一个月；赢了，车子还是一样要给严昊翎开一个月。两者唯一不同的就是对方要当司机兼顾买早餐。

不过以宋世哲对严昊翎的了解，如果输了，所谓的早餐估计也就是些面包和牛奶。

而且，无论输赢严昊翎都得接送宋世哲上下班。

车子被严昊翎开了，宋世哲总不能自己打的过来上班吧！

所以，绕来绕去胜负结果都一样。

但这一次，宋世哲却是由衷地希望这个打赌是严昊翎赢。

因为如果这次也是连环杀人案的话，那么凶手远比杨旭要凶残得多。

杨旭杀人，是为了替卢婉婷申冤，而且他自身已经走到生命的尽头，从情理的角度出发，他的所作所为其实无非是想要求一个公道和正义。

但是这两起下水道抛尸案，凶手杀人手段和心态都十分残暴，不是一般人能做得出来的。

双方打下赌约之后，宋世哲便开始对尸骸进行尸检，而林雅负责摄像。

由于尸体只剩下骨头了，尸检上很多辩证的办法都无效。

宋世哲拿起尸骨一一进行查看，尤其是那些带有切痕的骨头更是看得特别仔细。

好一会儿之后，宋世哲才停下了动作。

"怎么样？有什么发现没有？"严昊翎立即询问道。

"先等一下！"宋世哲没有急着公开答案，而是朝林雅说道，"你来看一下。"

何谓带新人，就是要锻炼新人，在新人犯错误的时候加以指导，如果什么都直接挑明，那么就失去了锻炼的意义。

而且，宋世哲之所以让林雅进行判断，也有考验她观察力的想法。

面对他的要求，林雅并没有表现出抗拒，反而很兴奋地将摄像机递给了小孙，随后拿出一双橡胶手套戴上，上前去对尸骸检查了起来。

小孙拿着摄像机，看着镜头里的林雅淡定从容地拿着尸骨查看，不禁有些脸红。

要不是为了多一点跟林雅认识的机会，他还真不想进这解剖室。

林雅看了一会儿，开口说道："这些刀痕有点奇怪。"

"说说怎么奇怪法？"宋世哲询问道。

"好像……遵循着什么规律似的，看起来有点眼熟。"林雅略有所思地疑惑道。

"如果此时在你面前的是一具完整的尸体的话，会是怎样？"

宋世哲适时地给出了一点提示，引导林雅思考的方向。

完整的尸体！林雅秀眉微蹙了起来，忽然仿佛想到了什么，杏目陡然睁大了。

"这是肌肉的分部线？"林雅惊诧道。

"呵呵！"宋世哲轻笑了一声，点头称赞道，"答对了。"

见状，严昊翎忍不住开口问道："我说两位，你们到底发现什么线索了？"

"你听说过庖丁解牛的典故吧！比喻掌握了解事物客观规律的人，技术纯熟神妙，做事得心应手，有熟能生巧之意。"宋世哲解释道。

"你跟我说这个干吗？说人话！"严昊翎不耐烦地催促道。

宋世哲白了他一眼，说道："在尸骨上的这些刀痕，是凶手在剔肉的时候留下的，而这些刀痕，每一条都符合人体肌肉结构的分布。"

"凶手在剔肉时，每一刀都沿着人体肌肉群的间隙切了进去，这说明凶手非常善于用刀，而且对人体结构非常了解，所以才能够将骨肉分离得这么干净。"

听完宋世哲的分析，严昊翎整个人感觉都不好了，神情顿时凝重了起来。

"你的意思是说凶手……有可能是你的同行？"

听到严昊翎的话，林雅和小孙顿时绷紧了心弦，惊愕地看着宋世哲。

不会吧！林雅本能地抗拒这个猜测。

第四十三章　并案处理

从林雅接触到法医这一行业开始，对法医这一职业就充满了崇敬。

在她的心里，法医是神圣而庄严的行业。

他们替死者申冤，替生者辩白，是奋斗在正义第一线的圣斗士。如果这起命案真的是法医做的，那对才刚刚入行的林雅的信念无疑是一个沉重的打击。

而这时，宋世哲的话如同曙光一般，将她从迷惘和彷徨之中拽了出来。

"应该不是法医做的，如果凶手真的是法医，那么此时我们估计看不到这具尸骨了，因为有太多办法毁尸灭迹了，这样做反而会更加具有指向性。"

林雅也立即赞同地附和道："师兄说得没错，就连我都知道怎么毁尸灭迹，对方如果真的是法医，完全可以选择一种更加靠谱的办法。"

严昊翎听到两人的话，不禁松了口气，他也不希望凶手是个法医。

"如果凶手真的不是法医的话，难道他是外科医生，否则不会这么了解人体的结构。"

"要从这具尸骨上的迹象来判断的话，的确有这个可能！"宋世哲承认道。

这话一出，在场的其他人都沉默了。

正当现场的气氛有些凝重的时候，宋世哲又说道："不过这个可能性只有一半，在这具尸骨上有一些疑点，你们看，在各个长骨关节的位置，凶手的刀法有些凌乱。"

凌乱？听到这话，严昊翎三人不禁都愣了一下。

"这话怎么说呢？"严昊翎疑问道。

"如果凶手是外科医生的话，对人体关节结构应该也很熟悉才对，可是到了骨头关节的位置却出现这种拙劣的表现，要么对方是实习生，技艺不纯熟，要么不是外科医生。"

"好吧，那么如果凶手不是外科医生的话，那又是什么职业？"

"有可能是屠户，也有可能是厨师，两者对用刀都很娴熟，目前的信息不够，具体是哪一种？现在根本无法判定。"宋世哲说道。

"哎！"严昊翎无奈地叹了口气，"这么说又是一桩悬案了？"

宋世哲挑了一下眉头，淡然说道："反正我知道的都已经告诉你了。"

"好吧，那么这具尸骨的尸源寻找条件呢？"

"根据牙齿和耻骨联合的判断，死者为女性，年龄大概在二十七岁，身高在一米六五左右，体重不详，死因不详。"宋世哲皱着眉头淡淡说道。

听到死者的年龄，严昊翎错愕了一下，疑道："尸蜡化的死者年龄是二十五岁，身高也是在一米六多，两者的抛尸地点比邻，难道……"

宋世哲呼了口气，说道："之前我就说过了，直觉告诉我，这两起命案不简单。"

"你这直觉也忒准了一点吧！能不能告诉我下一期的双色球买多少？如果我中了一等奖，我立刻就辞职不干了。"严昊翎故作轻松地调侃说道。

"少在这里贫嘴了，去找局长并案处理吧！"宋世哲没好气地说道。

"哎！真是一波未平一波又起啊！"严昊翎叹道。

……

中午午饭过后，公安分局会议室又一次召开了专案组会议。

这一次会议，由严昊翎主持变成了局长彭玉松主持。

整个会议室内一片寂静，与第一次开会时的轻松截然不同，所有人的神情都有些凝重。

这也是正常的，短短两天之内就发现了两具尸体，而且都是无名氏，尸体被装在袋子里，被抛尸在下水道之内，谁遇到这种情况都乐不起来。

"根据宋法医的尸检报告，今天在下水道所发现的尸骨，是一名二十七岁的年轻女性，身高一米六多，与第一具尸体的外形条件相仿，而且抛尸地点比邻。

"所以，不排除这两起案件是同一个凶手所做的可能，因此我决定将这两起案件并案调查，专案组依旧由严队长负责带队调查，希望大家尽早查明真相，把凶手绳之以法。

"下面还是由严队长给大家讲一下案子的最新进展。"

彭玉松说完便朝严昊翎示意了一下，严昊翎随即站起身来走到大屏幕前。

只见他按动了一下遥控器，大屏幕上出现了一张图片，正是第二具被发现的尸骨，其中重点突出骨头上面的刀痕。

"大家都看到了，在骨头上分布着一些清晰的刀痕，根据宋科长的尸检结果，尸体上的皮肉并不是被腐蚀掉的，而是被凶手用刀剔除掉的。"

这话一出，会议室内顿时一片哗然。

除了已经知情的几人，其他人纷纷脸色骤变，露出惊骇不已的神情。

杀人碎尸已经够残暴的了，现在竟然还出现杀人剥皮削肉的，这已经不能用凶残来形容了，完完全全就是变态的行为，想一想都令人觉得毛骨悚然。

"太恐怖了，太残忍了，凶手还是不是人啊！"

"凶手绝对是心理变态。"

"……"

正当会议室内一片乱糟糟的时候，彭玉松猛地拍了桌面一巴掌。

"都给我安静，吵什么吵啊！杀人烹尸、碎尸的咱们都遇到过，现在不就是杀人剔肉的嘛，有什么好大惊小怪的！"彭玉松大声训斥道。

听到这话，众人相互对视了一眼，纷纷尴尬地低下了脑袋。

"严队长，你可以继续了。"彭玉松说道。

严昊翎咳嗽了一声，刚才他正准备出口呵斥，结果被彭玉松给抢先制止了。

"根据宋科长的分析和判断，这些刀痕都对应着人体肌肉群的分布，所以判断凶手是一个很善于用刀的人，并且对人体的肌肉有一定的了解。

"现在怀疑凶手有可能是屠夫、厨师、外科医生这三个职业之一。"

听到这话，在座的众多警察纷纷交头接耳了起来。

外科医生还好一点，比较容易锁定目标，可是屠夫和厨师那可是多了去了。

只知道职业，不知道特征的话，根本没办法抓到真正的凶手。

严昊翎也知道这一点，伸手压了压，让众人安静下来。

"由于目前所掌握的线索有限，还不知道凶手有什么特征，所以大家的精力还是要放在寻找尸源上，只要找到两名死者的身份，这个案子可以说就破了一半。"

这时小孙举起手来，大声地问道："队长，既然要把两个案子并案处理，那我们要先调查哪一个死者的身份啊？"

"先调查第一具尸体的身份，你晚些时候问一下颅骨复原的怎么样了？"

"好的，队长！"小孙应道。

严昊翎扫视了众人一眼，说道："虽然目前还无法确认两起命案的凶手是不是同一个人，但是我们要按照最坏的情况做准备……"

在场旁听的林雅好奇地低声问道："师兄，什么是最坏的情况啊？"

"最坏的情况就是，如果凶手是同一人，那么这起案件就是连环杀人案，也就意味着很有可能不止两名死者，只是我们暂时还没发现罢了。"

林雅听到这话，俏脸不禁肃然了几分，心情沉重了许多。

"真希望早点抓到凶手！"林雅祈盼道。

"恐怕你要失望了，这种案子经常一拖就是几个月，有的甚至是几年，找不到线索只能列为悬案，警方的精力不可能只放在一宗案子上。"宋世哲开导道。

"那、那要是凶手再杀人怎么办？"林雅着急道。

宋世哲深吸了口气，沉重地说道："那就希望下次凶手暴露出破绽，好让我们抓到他。"

"怎么这样！"林雅难掩失望的心情，一时间有些无法接受。

"这就是法医面临的残酷世界，等你见多了自然就会习惯。"宋世哲冷酷地说道。

严昊翎重新调整了人员安排之后，会议解散。

宋世哲和林雅返回办公室，刚走到门口，严昊翎追了上来。

"老宋，你有没有空啊？"严昊翎问道。

"你有什么事？"宋世哲反问道。

"嘿嘿，我想请你这位鼓楼区神探出马，去现场走一趟。"严昊翎咧嘴笑道。

宋世哲闻言不禁翻了一记白眼，这已经不是对方第一次这样做了。

"行呀！那我有什么好处？"宋世哲淡然问道。

"这、你怎么这么市侩呢！咱们既是好同事又是好朋友，帮下忙不用好处吧！"

"就是呀！师兄，你就帮下忙吧！"林雅也忍不住帮忙劝道。

严昊翎立即打蛇上棍，说道："你看，林雅一个新人都比你通情达理！"

"嘻嘻！"宋世哲咧着笑脸，假笑道，"事情都我做，然后功劳都你去领，一次两次也就算了，你这都第几次了，我都成你免费劳动力了。"

说完他就要走，但是严昊翎急忙横跨了一步截住了他的去路。

"慢着慢着，一套王雪梅正版的《法医探案》书籍，可以了吧！"严昊翎说道。

"切，谁稀罕啊！而且我又不是没有……"

没等宋世哲说完，严昊翎猛地打断他的话，喝道："亲笔签名的收藏版！"

这话一出，宋世哲盯着他看了两秒，果断道："成交！"

"慢着，破了案才有！"严昊翎补充道。

"我就知道没那么容易，行，你等着大出血吧！"宋世哲轻哼道。

"你要是真破了案，大出血我也认了。"严昊翎咬牙说道。

宋世哲笑笑鄙视了他一眼，随即两人结伴朝门外走去，边走边商量先去哪里。

看着两人赌斗的一幕，林雅不禁有些啼笑皆非。

她发现宋世哲原来还有这么诙谐的一面，看起来还挺逗的。

　　这时，已经走出几米的宋世哲突然站住，回过身来对还待在原地的林雅说："还愣着干吗！快跟上。"

　　"哦哦哦……"

第四十四章　心理安全区

鼓楼区小市街道社区附近，一辆进口吉普停靠在路边。

而此时，三个人正伫立在车头前方。

他们不是别人，正是从公安分局出门到现场视察的宋世哲、严昊翎、林雅。

只见这个时候严昊翎和林雅站在车子两边，而汽车的车前盖上正铺着一张地图，两人各持一头按在地图上防止被风吹走。

至于宋世哲，则是左手环抱在胸前，右手食指摩擦着下巴。

他眼睛牢牢盯着地图上，微皱着眉头正在思考问题，浑然不顾周边路人的目光。

时间一分一秒地过去，严昊翎依旧耐心十足，反倒是林雅先沉不住气了。

"严队长，我们这是在干什么啊？"林雅问道。

"嘘！现在别说话！"

严昊翎很是不满地低声训斥了一句。

林雅微张着嘴巴，一头黑线地在两人身上来回打量。

谁能够告诉我，这是在搞什么名堂啊？

正当她心里跟猫抓似的充满好奇，这时宋世哲突然打了一个响指。

"行了，走吧！"宋世哲说道。

"啊？"林雅不禁愣了一下，什么行了啊？

还没等林雅反应过来呢，只见宋世哲直接走向了车子的副驾驶门。

几乎同时，严昊翎咧嘴一笑，双手一翻把地图抽了过去折叠好，然后快步走向驾驶位。

林雅愣愣地看着，根本没有反应过来，木木地伫立在原地。

"喂！你还愣着干吗？赶紧上车啊！"

宋世哲上了车后，从车窗里探出脑袋来，朝林雅吆喝道。

听到叫唤，林雅这才总算反应过来，连忙快步跟着上车，但心里充满了问号。

"喂！你们到底干吗呀？谁能给我解释一下？"林雅忍不住问道。

"少安毋躁，待会儿你就知道了。"

宋世哲并没有着急解释，而是卖了一个关子，把林雅气得够呛。

他不说严昊翎也同样没有解释的意思，林雅只能是靠在车后座上气呼呼地噘着嘴。

只不过此时宋世哲和严昊翎可没空理她，宋世哲拿着地图指路，不时提醒严昊翎在哪里转弯什么的，而严昊翎则是按照他的指示全神贯注地开车。

很快，他们便来到了一处路边位置停下，随即宋世哲和严昊翎相继下车。

林雅见他们都下车了，只能是连忙紧随其后也下了车。

宋世哲下车之后，拿出地图看了一眼，随即径直朝一处拐角位置走去，严昊翎立即跟上，三人走了二十几米后，来到一处下水道窨井口前。

只见该入口比平时在路边所见的要更大，直径一米五左右。

此时因为整个天京市都在进行清淤行动，正好这个窨井也有工人在工作，周边架起了隔离带，井盖大开，三名清淤工人正在旁边午休。

在窨井入口的旁边，已经堆了一整堆散发着恶臭的淤泥，里面混杂着各种杂物。

三名清淤工人看到宋世哲他们越过隔离带，疑惑地对视了一眼。

正当其中一名中年男子准备开口时，严昊翎已经率先一步拿出了身上的警官证。

"我们是警察，正在调查案子，你们继续休息。"

听到严昊翎这么说了，三名清淤工人不由得一愣，随即继续他们的聊天。

宋世哲来到入口边缘位置，探头查看了一眼之后，点了点头。

"如果我没有推算错的话，第一具尸体的抛尸位置应该就是这里了。"宋世哲淡道。

"真的吗？你确定是这里？"严昊翎惊疑道。

闻言，宋世哲偏头瞥了他一眼，说道："如果你怀疑的话，也可以不信的。"

"嘿嘿嘿，我信，我怎么会不信呢！"严昊翎连忙讪笑道。

"不是，你们到底在干吗呀？"

林雅忍不住再次问道，她已经快憋不住爆粗口了。

这一次宋世哲总算没有卖关子了，而是十分耐心地跟她分析解释。

"一般人只知道这个是下水道入口，但其中还是有区别的，这个叫检查井，主要用于维修安装方便而设置的，一般位于管道交会处、转弯处、管径或坡度改变处以及直线管段上每隔一定距离处，以便于定期检查附属构筑物。"

"普通的检查井口是八十厘米，而像一些水流汇聚的巨大管道的位置，检查井的入口则要大得多，这个便是了，周边的建筑区、厂区、居住区的污水都汇聚到这里来。"

"汇聚而来的污水最终又会通往护城河，将污水排进河渠之中，而发现第一具尸体的位置就位于这里的下游两百米处。"

"所以，根据水流的推力和尸体的浮力估算，凶手的抛尸处就是在这里。"

说到这里，宋世哲停顿了一下，朝严昊翎说道："地图！"

严昊翎立即将手里的地图摊开面向宋世哲，只见他拿出一支笔，在地图上画出了一条线路，随后他又在某个位置进行标记，又画了一条线路。

宋世哲在第一条线路上标注了"1"，第二条线路上标注了"2"。

然后他指着第二条线路，说道："这条是第二具尸体的线路，由于只有骨头所以比较轻，如果不是被卡在了出水口位置，估计早就埋没在护城河的淤泥深处了。"

"按照同样的办法进行逆向推演，凶手的抛尸地点是在这里，距离咱们现在的位置直线距离大概四百米。"宋世哲指着第二个抛尸点。

画完图纸之后，宋世哲看着地图，神情肃然，声音平淡地说道：

"如果按照最坏的情况进行假设，两起命案都是同一个凶手所犯，那么以这两点之间的直线，运用三角函数，再分别以长度为一公里、三公里、五公里为半径进行范围框选，再在这个范围内对死者的身份进行调查走访，应该会有所收获。"

整个过程，林雅听得云里雾里的，根本不知道宋世哲在说什么。

直到他现在停下来，才抓住机会连忙问道："等一下，等一下，为什么要分别以一、三、五公里为半径框选范围啊？"

宋世哲看她一眼，解释道："这个是心理安全区，每个人都有自己熟悉和经常活动的区域，在这些区域内会觉得自在、轻松，也就是所谓的心理安全区。"

严昊翎这时候插嘴说道："一般凶手杀人抛尸，往往不会超出自己的心理安全区，但是也不会离自己太近，基本都是在其心理安全区的边缘位置。"

宋世哲接着话头，继续说道："而我们现在所做的就是确定其心理安全区。

"正常情况下，假设凶手平时出门是习惯步行，那么辐射的半径不会超过一公里，骑车的话则是三公里，如果是开车则是五到十公里。

"由于我们还不清楚凶手以哪种交通工具出行，所以三种模式由小到大进行搜寻。因为十公里的范围太大，搜索起来太过困难，所以就算了。

"而且凶手能够找到这两处抛尸地点，说明他对周边的环境很熟悉。

"这意味着凶手有可能是住在这片区域的人，或者经常来往于小市街道社区的人。目前的条件还不足以锁定凶手，但可以试试寻找死者的身份。"

宋世哲说到这里，严昊翎顿时兴奋地说道："如果找到死者的身份，只要沿着线索查下去，那么就能够起到事半功倍的作用。"

听完了宋世哲和严昊翎的解释，林雅好看的杏目都瞪圆了，惊愕地看着宋世哲。

"这、这些都是你刚才看地图的时候推理出来的？"

严昊翎对林雅的反应十分满意，嬉笑地调侃道："不用崇拜你师哥，他只是一个传说。"

宋世哲闻言翻了一记白眼，说道："别耍贫嘴了，赶紧把事情安排下去吧！"

"是，宋队长，我马上去办。"严昊翎装模作样地敬了一礼。

正当严昊翎准备走开去打电话时，宋世哲忽然又说道："还有一点，你让彭局联系一下环保局的领导，让清淤工人协助我们办案，叫他们清除淤泥的时候仔细点。"

"为什么啊？"林雅下意识地疑惑问道。

她感觉这一次出现场，自己简直就成了十万个为什么了，一大堆不懂的。

"如果这案子真的是连环杀人案，说不定在下水道里还有新的发现。"宋世哲缓道。

"不会吧！再来一个那就是三条人命了。"林雅吃惊道。

严昊翎安慰道："我们当然也不希望有新的发现，可是现在的线索无法锁定凶手，除非是对方自己主动投案自首，否则根本抓不到人。"

听到这话，林雅一时间愣住了，不知道该说什么好了，心情有些复杂。

她既希望能够抓到凶手，可是又不希望再发现新的尸体。

宋世哲看穿她心里所想，打发严昊翎道："行了，赶紧去安排吧！"

支开严昊翎后，宋世哲看着落寞黯然的林雅。

"你也别想太多，这个世界上很多时候鱼与熊掌是不可兼得的，尤其是这种凶杀案，如果可以谁都不希望发生，但它就是发生了，慢慢你就习惯了。"

安慰了两句之后，宋世哲便转身准备离开，但是这时候林雅却突然叫住了他。

"宋科长，我有一个请求。"

"什么请求，你先说。"宋世哲问道。

"我想叫你师傅！"

"啥？"

第四十五章　再现命案

林雅是一个骄傲的人，她也有这个骄傲的资格。

人家不但长得漂亮，身材又好，气质也佳，是学校的校花之一。除了样貌，学习成绩同样出色，可以说集美貌与才华于一身。

可是，当她满怀激情来到工作岗位，实习的第一天就遭受到巨大的打击。

从未感到挫败的她，在面对尸蜡化的尸体时，却感到十分无力。

非但无法正常进行尸检，还十分没用地吐了两次。

事实上，为了提前适应法医的工作，她经常上网浏览一些法医的解剖视频，以及一些恐怖恶心的图片画面，以锻炼自己的承受能力。

但事实证明，无论电脑上的视频和照片多么逼真，永远比不上现实。

虽然在尸检时她表现得很淡然，很从容自信，但回去之后，还是忍不住感到颓败。

不过她并没有放弃，反而鼓励自己振作精神，早早地就到局里上班。

然而，今天她却受到更大的打击。

同样是法医，宋世哲表现得洞察入微，而她却什么都看不出来。

虽然其中有经验的关系，但是在学识上面宋世哲却是把她甩出了N条街。

在他与严队长的交谈中，林雅发现自己实在是太无知、太稚嫩了，关于如何破案根本就是一窍不通，除了跟尸体有关的知识，其余的完全是一头雾水。

虽然法医的工作是尸检，只需要作出正确的分析与结果，而破案和抓捕罪犯是刑警的工作，但是法医同样也能够在破案中起到重要作用。

就好比宋世哲一样，凭借丰富的办案经验，缜密的思维，强大的推理能力，一步步地帮助警方破案抓捕到凶犯。

林雅在学校跟的老师就是宋世哲的师傅——金尚阳。

作为金尚阳的得意门徒，宋世哲经常被他用来当作模范生进行表扬。

成绩优秀，一直是顶尖优秀学生的林雅，其实对宋世哲心里还是有些不服气的，觉得自己遇到那些案子也同样能够出色地破案。

殊不知，金尚阳所挑选的不过是最简单的案子，以此来作为案例罢了。

偏偏林雅一来就遇到了最难的碎尸案，狠狠地打击了她。

接连两天的挫败，令林雅总算认清楚自己与宋世哲的差距有多大，于是痛改前非，摆正心态，重新以一个普通法医毕业实习生的身份向宋世哲拜师学艺。

正因为如此，所以才有她向宋世哲请求的这一幕。

在得知林雅心里的想法之后，对她能够这么快就摆正心态，宋世哲不禁感到赞赏。

认识到错误，就是走在正确道路上的第一步。

不过他并没有让林雅叫自己师傅，还是依旧称呼师兄。

而另一边，在接到严昊翎的电话后，众多队员纷纷对相应的范围进行调查。

由于还没有两名死者的容貌还原图，所以他们只能采取笨办法，挨个地方派出所进行打电话询问，查询是否有失踪人口报案，再一一甄别。

时间飞逝，一天的时间就这样在繁忙中过去了。

尽管刑警队整体队员都很努力地进行了调查，结果却依旧一无所获。

杀人碎尸案最困难的就是调查尸源，在没有指向性线索的情况下，耗时耗力。

所以，无论是宋世哲还是严昊翎，甚至是彭玉松，对于这个结果都早就有了心理准备，他们早就已经见惯不怪了，就是林雅有些小失望。

其实如果随随便便就能够轻易破案，那这世界上也就不会有悬案存在了。

在国内有一些悬案已经高悬近十年了，到现在还没破呢！

这一点只能由林雅自己去习惯了。

……

时光荏苒，眨眼间又是两天过去。

严昊翎依旧带领着刑警大队的队员全力调查案件，但始终没有突破性的进展。

而此时，宋世哲和林雅正在法医科办公室处理公务。

鼓楼区说大不大，但事情却绝对不少，像伤情鉴定以及非正常死亡事件等，每一天都有发生，最终都汇聚到法医科这里来。

那些简单的则由别人处理了，而牵扯到人命的，宋世哲都是亲自审查。

林雅应对疑难案件还缺乏经验，但是应对一些伤情鉴定却是上手得相当快，除了偶尔一两宗难以判定的才会找宋世哲询问。

人一旦忙碌起来，时间就会过得很快。

这两天时间，因为忙于处理各种事项，林雅俨然忘记了碎尸案。

正当二人安静而默契地各自忙着事情时，忽然宋世哲桌面上的值班电话响了起来。

铃声响起的瞬间，宋世哲和林雅几乎同时停下了动作。

只见宋世哲抬了一下眼睛，随即伸手接起了电话，淡道："法医科！"

也不知道那边说了什么，他的神情突然变得肃然了几分。

"好的，我马上过去。"宋世哲严肃道。

挂断电话后，宋世哲快速收拾起桌面上的文件，同时不忘朝林雅吩咐道："手里头的事情暂停一下，现在跟我去出现场。"

"什么事情这么着急啊？"林雅疑问道。

"金川河那边发现有碎尸尸块。"宋世哲拿起自己的勘查箱，说道。

听到这话的林雅，像想到了什么事情一般顿时瞪大了杏目，露出惊骇的神情。

宋世哲仿佛看穿她心里的想法似的，说道："咱们做法医的，切忌在事情还没有清楚之前先入为主，否则会影响你心里客观的判断，明白没有？"

"是，师傅，我记住了！"林雅大声应道。

宋世哲闻言撇了一下嘴角，他已经说过好几次不用叫师傅了，结果还是照样。

最后他索性由着对方好了，反正被叫师傅也不会少块肉。

再说了，有个美女徒弟也是件挺爽的事情。

由于严昊翎正在外面走访调查，所以这一次没有免费司机了，只能宋世哲自己开车。

地点位于天京商业学校河对面，临近金川河，从鼓楼区公安分局开车过去并不远，只不过十几分钟的车程。

很快，宋世哲他们就抵达目的地了。

来到现场的时候，只见在河边的位置几名民警正在维持秩序，身后拉起了隔离带，周边围了不少群众，一些人正拿着手机拍摄视频。

"宋科长！"突然宋世哲听到有人叫自己，他下意识地看了过去。

只见在人群之中一名穿着时尚、长相靓丽、身材出众的女人正在朝他卖力地招手。

看到对方时，宋世哲眉头不由得皱了几分，似乎有些不太想看到对方。

"师傅，那个美女正在叫你呢！"

林雅还以为他没发现那美女，好心地提醒道。

宋世哲瞥了她一眼，没好气地说道："我知道她在叫我，只是不想理她罢了！"

"嗯？"林雅听到这话，不禁诧异了一下。

忽然好像想到了什么，戏谑地笑道："师傅，该不会是朋友吧！"

"咳咳！"宋世哲顿时被呛了一下，急忙撇清道，"你想到哪里去了，那女人是都市报的记者，老是缠着我，想方设法地要从我口中套取内幕消息，有时候为了博取关注度，我明明没有说的话，她硬是栽在我头上，甚至还编写一些不实的报道。"

林雅眨了眨眼睛，她倒没想到竟然会是这种情况。

如果真的是如同宋世哲所说的那样，的确是挺惹人讨厌的。

这时，那名女记者趁维持秩序民警不注意，突然一个猫身从隔离带下方钻了过来。

"宋科长，宋科长，你还记得我吗？我是李雪丽呀！之前专门替你写过专访报道的。"李雪丽来到宋世哲面前，笑靥如花地说道。

宋世哲见躲不过去，无奈地叹了口气。

"我当然记得你，李大记者，上次的报道你可是害得我不浅呀！"

能够当记者，厚脸皮是必需的，所以即使面对着宋世哲的吐槽和埋怨，李雪丽也没有丝毫不好意思，反而朝他抛着媚眼，笑道：

"宋科长，您大人有大量，就别跟我这个弱女子一般见识了。"

"你是弱女子！呵！你的笔能够颠倒是非，扭曲事实，比我手里的手术刀还厉害，我都要佩服你呢！"宋世哲话里带刺地说道。

被宋世哲直接当面这么嘲讽，就是厚脸皮的李雪丽也有些表情僵硬了。

而在一旁的林雅，心里不禁暗自咋舌。

虽然她和宋世哲才接触几天时间，但是印象极好，他一直温文尔雅、彬彬有礼，对待下属从来没有架子，而且学识惊人，简直就是谦谦君子的代表。

然而现在他却对着这个女人，而且还是一个长得不赖的女人说话带刺。

可想而知，上次的报道，对方一定把宋世哲给坑惨了。

"咳咳！"李雪丽尴尬地咳嗽了两声，说道，"宋科长，上次的事情是我不对，我跟你道歉，不过这一次我保证如实报道。我听说河里发现了尸块，是不是真的？"

宋世哲瞥了她一眼，淡道："如果我跟你说不是真的，你信吗？"

"怎么可能，在场那么多目击者都看到了，的确是尸块没错！而且如果没有尸体的话，怎么需要你出动呀！"李雪丽立即下意识地反驳道。

话一出口，她便见到宋世哲面带微笑，目光炯炯地看着自己。

"既然你什么都知道了，那还干吗来问我呢！多此一举。"宋世哲淡淡地嘲讽道。

随即他便招手把维持秩序的民警给叫了过来，而李雪丽见状顿时有些急了。

"宋科长，别这样，大家都是相识，要不等你检查完了我再采访你，怎么样？你放心，这次我不写你的名字。"李雪丽依旧不死心地问道。

宋世哲没有回答，而是朝过来的民警说道："闲杂人等不能在这里，让她出去。"

说完他也不理会李雪丽的抗议，直接转身便离开了，而林雅急忙跟上。

"师傅，你刚才好坏啊！"林雅掩嘴轻笑道。

宋世哲闻言怪异地看了她一眼，这话听着怎么带有歧义呢！

似乎察觉自己的话有点暧昧，林雅说完俏脸泛红了几分，急忙偏移视线不敢看他。

宋世哲也没深究，直接走向尸块所在的位置。

而林雅吐了一下香舌，紧随其后。

第四十六章　十个美胸九个隆

金川河位于鼓楼区的老城区，岸边绿树成荫。

此时，位于河边的一处堤岸位置，只见一块醒目的绿色帆布覆盖在地面上。

透过帆布的凹凸起伏，隐约可见底下覆盖着什么东西。

而见到该轮廓时，宋世哲的眉头不由得微皱了起来，露出几分凝重。

帆布下就是被发现的尸块，可是帆布所凸显的轮廓很明显只有很小的一部分。

这也就意味着，所发现的尸块并不是全尸。

希望不要缺失得太多。

宋世哲在心里默默地祈祷，不要出现太坏的结果。

"宋科长！"正在勘查现场的勘查员见到他，打了声招呼。

"你好！"宋世哲点头应了一声，随即问道，"所有发现的尸块都在这里了吗？"

"其他同事还在打捞，不过目前只有这些。"

说完他朝不远处的河面指了一下，只见那边两条小型游艇正在作业。

游艇之上，数名工作人员拿着竹竿和捞杆在河面上扒拉着。

不得不说河里的生活垃圾真不少，周边的住户很多都不太讲卫生，随手就将生活垃圾给抛入河里了，再不然就是倒入邻近的下水道排水口，经由下水道排入河道。

宋世哲看了一会儿，感觉一时半会是没新发现了。

于是决定先把发现的尸块检查一下。

"如果有新的发现，请马上通知我，谢谢！"宋世哲拜托道。

"好的！"勘查员应道。

宋世哲朝林雅示意了一下，随即走到帆布前。

他抓着帆布的一角缓缓提起，稍微倾斜身子偏着头朝里面看去。

率先映入眼帘的是一只肿胀的左前臂，从那颀长的指甲和涂抹的粉色指甲油，宋世哲立即判断出死者是一名女性。

当他继续将帆布掀开后，很快便看到了其余的尸块。

正如宋世哲所预感的那样，尸体的尸块只找到了一部分，只有三块。

分别是左前臂、左肩膀以及右腹部。

而勘查员按照人体的正常位置，将尸块摆放好。

当看到尸块的边缘时，宋世哲的瞳孔顿时收缩了一下，心情凝重了几分。

只见那些尸块的边缘整齐平滑，仿佛被什么利器切割一般，这让宋世哲想到了那具尸蜡化的尸体，该尸体的边缘也是被利器切割得十分平整。

林雅也注意到了这点，不由得惊讶道："师傅，这个尸块跟一号死者的……"

她的话还没说完，只见宋世哲抬起手，打断了她的发言。

"你忘了吗？在局里的时候我就跟你说了，遇到事情切记不要先入为主，以免影响客观判断，先进行尸表检验，有什么想法等待检验之后再说。"

林雅不禁窘迫了一下，暗骂自己记性真差，这么低级的错误竟然又犯了。

宋世哲有意让林雅多进行实际操作，所以将尸表检验交给她。

这一次的尸体并不算恶心，除了被泡得有些浮肿之外，其余的倒是没什么变化。

林雅戴上橡胶手套，然后上前开始尸表检验。

其实也不用怎么检验，因为尸体就只有三块，可以说是一目了然。

不过为了不遗漏任何一丝有用的线索，林雅还是伸手在尸块上面查看了起来。

很快，她便检查完毕，神色有些颓然。

"怎么样了？检查出什么来了？"宋世哲开口询问道。

"师傅，从现有的情况来判断，死者应该是一名年轻女性，并且没有哺育史。"

"哦！"宋世哲微微挑了一下眉头，继续问道，"有什么依据呢？"

林雅自信从容地分析道："首先死者的左臂修长、皮肤嫩白，这说明死者是一名女性，而且指甲上染有粉色指甲油，这种色彩的指甲油常见于年轻女生，所以我推断死者的年龄不会太老，当然也不排除一些少女心的女人。"

"嗯！"宋世哲赞同地点了点头，说道，"继续，还有呢？"

得到认同的林雅不禁精神一振，继续道："在死者右腹部的尸块上，皮肤没有妊娠纹，所以死者应该没有怀孕过，没怀孕自然也就没有哺育史了。"

"尸块经过河水浸泡浮肿发胀，就算是有妊娠纹也可能变得不明显。"

宋世哲适当地给出一些经验的提醒，然后继续问道：

"能够判断出死亡时间吗？"

"从尸体的腐烂程度判断，应该不会超过一个星期。"林雅回答道。

说到这里的时候，林雅神色有些犹豫。

宋世哲见状，开导道："有什么想说的可以直说，不用担心说错，没关系的。"

"咳咳！"林雅咳嗽了一声，缓慢说道，"尸块的边缘切口平滑，而且骨质断段呈阶梯状，跟尸蜡化的尸体一样，切割工具应该也是电锯。"

说完她立即又补充道："这一次我没有先入为主，检查的结果就是如此。"

"……"宋世哲沉默了几秒，淡淡说道，"我知道，已经猜到了。"

宋世哲虽然只是扫了一眼，但是他凭借丰富的验尸经验瞬间便得出了答案。

切过鸡鸭的人都很清楚，想要将鸡鸭剁成整齐的肉块并不容易，往往会因为力道不够，或者是骨架的阻碍，使得无法一次性切断，需要反复切砍。

鸡鸭都如此难以干净地切割，更何况是骨骼更加粗硬的人类尸体了。

要想干脆地切断人体骨骼，除非借助机械，否则光靠人力用刀砍很难做到这一点。

而这些尸块与那具尸蜡化的尸体一样，都是被电锯给分尸的。

第一具尸体跟第二具尸体，两起命案的凶手是否是同一个人暂且不论，有没有关系也不知道，但是第一具尸体与现在所发现的尸块，两者都被电锯碎尸了。

尽管凶手不确定，但是在碎尸的手法上却是一致的。

这是两者之间的共同点，而如果在多起凶杀案中出现同一作案手法的时候，往往也就意味着案件的凶手极有可能是同一个人。

原本宋世哲他们已经怀疑这次是连环杀人案，只是没有证据，现如今更加确定了。

这个时候，隔离带外围传来一阵嘈杂声响，随即两个身影出现。

不是别人，正是在外面走访调查，接到电话后匆忙赶过来的严昊翎以及小孙。

"老宋！"严昊翎唤了一声，然后快步小跑了过来。

小孙紧跟其后，到了跟前觍着笑唤道："宋科长，林法医！"

宋世哲哪里不知道他的小心思，也懒得去理他，跟严昊翎介绍起了情况。

"林法医，你们发现什么没有？"

小孙好奇地询问道，纯属无话找话聊。

林雅虽然对他无感，但是也不能给对方脸色看，毕竟她不过是个刚来几天的新人，只能扬了扬嘴角，回答道："目前还没有发现什么有用的线索。"

"哦！那真是可惜了！"小孙尴尬地笑了笑，不知道怎么继续了。

另外一边，在听完宋世哲的简述后，严昊翎的眉头都快皱成一个疙瘩了。

"妈的，看来这次还真是连环杀人案。"

"依照目前的情况判断，有将近七成的可能。"宋世哲说道。

"嘁！光现在发现的就死了三个了，还不知道有多少个受害者呢！真倒霉！"

不光严昊翎觉得倒霉，宋世哲也觉得最近走背运。

前不久才闹出一宗"审判者"连环杀人案，现在又冒出一个下水道碎尸狂魔。

现在消息还没有传开，不过宋世哲相信很快就掩盖不住了。

尤其是今天在金川河发现尸块，周边那么多人围观，有不少人已经拍照录像发到朋友圈，估计不用一天就会在天京市传开。

现在他只能希望，舆论不要再像上次那样沸腾就好。

正当宋世哲心生感叹之际，在河面上打捞作业的勘查员突然叫了起来：

"发现新尸块了！"

宋世哲眼神顿时亮了起来。

眼前的三块尸块都没有什么大的线索，所以他只能是把希望寄予新发现的尸块，而且尸块发现得越多，拼接尸体也能够带来更多的信息。

很快，捞到新尸块的游艇开了回来，一名民警提着一个编织袋上了岸。

"严队长！宋法医！"该民警打了声招呼。

"怎么样？发现了几块？"宋世哲快步上前，忙不迭问道。

"两块！"民警回答道。

宋世哲闻言顿时一喜，连忙从他手里接过。

他打开一看，发现里面装着两块被塑料袋包裹的物体，一时间无法认出到底是属于人体的哪个部位的，不过从袋口的边缘位置隐约能看到里面的皮肉组织。

为了不破坏任何一丝可能存在的证据，宋世哲没有暴力拆解，而是耐心地将塑料袋上打的结慢慢解开。在持续了将近十分钟后，终于解开了。

打开一看，在两个塑料袋装的分别是人体的左前胸，以及肚脐眼以下，大腿根以上的整个胯部，而双腿在根部位置被切断，裸露着苍白的骨头断段截面。

这触目惊心的一幕，令在不远处围观的群众一片哗然。

就连参与打捞工作的民警，也都不禁退后了一步，目露惊骇地看着尸块。

这一次宋世哲没有交给林雅练手，而是自己亲自进行尸表检验。

他先是拿起左前胸的尸块，该尸块从肋部位置到胸骨正中线，揽括了整个左前胸位置。

也不知道是否因为泡水肿胀的原因，左前胸的乳峰显得饱满而硕大，并且整体的胸型很漂亮。如果不是侧面那刺眼的皮肉组织，还真有几分香艳的诱惑感。

宋世哲拿着尸块查看了一番表面后，忽然仿佛发现了什么，伸出食指沿着截面的缝隙插了进去，同时另外一只手在乳肉上按压揉动着。

他这一举动不禁让旁边的人看傻了眼，不知道的还以为他是在占便宜呢！

"林法医，宋科长他这是在干什么？"小孙低声问道。

"十个美胸九个隆，师傅他是在检查尸块里面是否有异物。"林雅略有所思地说道。

"哦！原来如此！"小孙恍然大悟道。

这时，宋世哲也停下了动作，声音略带兴奋地说道："有收获！"

"什么收获？"严昊翎立即问道。

"里面有填充物，死者隆过胸，通过这个应该不难找到死者的身份。"宋世哲说道。

"啊！还好，要是再多一具无名尸，那真是头都大了。"严昊翎庆幸道。

宋世哲轻笑了一声，同样感到轻松了不少，随即提醒：

"让人到周边的下水道找一下，看看能不能找到其余剩下的尸块。"

"好的，没问题！"

第四十七章　发现新线索

由于发现尸块的时候已经是下午了，再经过一阵耽搁，时间已经临近傍晚。

随着时间推移，周边围观的人群越来越多，而且天色也越来越暗了，为了避免造成交通堵塞，宋世哲决定返回公安分局再进行深入尸检。

在将尸块运回公安分局之后，宋世哲等人顾不得吃饭立即开始验尸。

被发现的尸块总共有五块，分别是左前臂、左肩膀、左前胸、右下腹、胯部。

其中的左前臂、左肩膀、左前胸拼接在一起刚好形成一体，至于右下腹和胯部似乎因为浮肿的原因而导致有些间隙。

看着不锈钢解剖床上的残缺尸体，解剖室内的众人一片寂静。

这一次不用验证也知道死者是一名年轻女性，而加上前两具已经有三人遇害了。可是到现在为止，关于凶手的线索却是少之又少。

虽然其中一具尸体有些差异，但是有两起命案在作案手法上却是惊人的相似。

由此宋世哲他们认定，这三起命案极有可能就是同一个凶手做的。

尽管先前他们是这样假设的，但到了真的判定时，还是感到有些凝重和沮丧。

沮丧，是因为他们没有在凶手第一次作案就发现对方。

如果在凶手第一次作案就抓住凶手，也就不会有第二、第三名受害者了。

只可惜的是，这个世界上没有如果，只有结果和后果。

收拾心情，宋世哲戴好手套，拿起一把手术刀，沿着左前胸的尸块边缘划了一道，然后用一把镊子从里面夹出了一块丰胸的硅胶填充物。

由于尸块的鲜血早已经流尽了，所以取出来的硅胶并没有血迹。

隆胸所用的硅胶假体从出厂就是带有编号的，由于造价便宜，所以没有假冒品。

而硅胶假体一旦植入体内，如果不取出的话，这个编号就会跟随身体一辈子，而通过编号可以追寻到厂家和负责隆胸手术的医院。

警方可以通过假体找到做手术的医院，然后再查到死者的身份。

"小孙，立即派人去调查这假体的资料，必须在明天早上给我。"严昊翎吩咐道。

"是，队长，我先走了！"小孙应道。

目送小孙离开之后，严昊翎看向宋世哲，凝重道："老宋，得抓紧时间啊！"

"怎么了？彭局催你破案了？"宋世哲微笑调侃道。

"这要是彭局，我倒没什么好担心的，毕竟他是清楚案子的进展，我现在怕就怕那些不明所以的市民以及网民，给咱们施加压力。"严昊翎不无担忧地说道。

听到这话，宋世哲脑海中顿时闪现出李雪丽那个女人。

"你是不是遇到李雪丽那个女人了？"宋世哲问道。

"嗯？"严昊翎顿时愣了一下，疑惑道，"你怎么知道我遇到她了。"

负责拍摄的林雅轻笑道："因为她在遇到你之前，先遇到了我们，还缠着不放呢！"

"老严，你没有说漏嘴什么吧？"宋世哲狐疑地看着他。

他可是清楚李雪丽的伎俩，为了套取资料，总是绕着弯子套取口风，稍微不慎的话就说漏嘴了。而严昊翎这暴脾气经常口无遮拦的，最容易被李雪丽那样的人套话。

面对宋世哲的审视，严昊翎脸庞一绷，说道："开玩笑，我怎么可能说漏嘴呢！"

"这话怎么听着那么可疑呢！"宋世哲眼睛微眯了几分，心里暗想，"算了，懒得理他，真要是出了什么岔子，挨骂的也不会是我。"

然而，他并不知道自己刚转过头，严昊翎脸上闪现过一丝懊恼而无奈的表情。

宋世哲拿起最后没有检验的尸块，那个女性的胯部。

胯部尸块被沿着肚脐眼拦腰截断，在肚脐眼以下的位置一片平坦，臀部到腰部曲线清晰。虽然只有一截，但是以此为数据不难判断死者的身材窈窕起伏、凹凸有致。

然而，曾经性感窈窕动人的娇躯，现在却只剩下一截尸块。

令人惋惜之余，更多的是对凶手的痛恨。

尽管渴求为死者伸张正义，但宋世哲依旧保持着冷静客观的心态。

他不是初出茅庐的新人，对于这样的案件他早已经习以为常，甚至有些麻木了。

从正面观察，整个腹腔都暴露在空气之中，包括内部的器官。

而当宋世哲看到那些器官的横截面时，不由得皱起了眉头。他取来了一只放大镜，凑近到尸块的前面仔细观察，片刻后才直起身来。

"这些内脏的截面，你看一下。"

宋世哲说完将手里的放大镜递给严昊翎，示意他查看肠道的位置。

被勾起好奇心的严昊翎，配合地俯头在该位置查看了起来。

"看出什么问题了没有？"宋世哲淡道。

"截断面很平整，有整齐的阶梯状割痕，应该是电锯造成的，可是这很正常啊！"

"不对，这不正常！"林雅突然插嘴说道，"人体的内脏是很柔软的，尤其是肠道滑腻绵软富有弹性，想要将其切割得平滑并不容易。"

严昊翎撇了撇嘴，鄙视道："喂，你们两个别打哑谜了，我会破案但不会验尸啊！"

宋世哲这才解释道："冰冻！这具尸体被冰冻过，而且是整具尸体。"

"啥？"严昊翎闻言愣了一下，疑问道，"这话有什么依据？"

"当尸体被冻成冰块之后，凶手再用电锯将尸体进行切割，如此一来，即使是内脏再怎么柔软富有弹性，也变成冷冰冰的一块了，最终被整齐地切割成尸块。"

"因为尸块被抛在下水道，即使事后被人发现了，冰块也早就化作水顺着下水道流走了，如此一来，就能够大大误导我们警方的追查方向。"

"尸体冻成冰块，只要一日不解冻一日就不会腐烂，这样一来，根据尸块腐烂程度进行判断的死亡时间也就不准确了。"

严昊翎这时总算听明白了，凝重道："也就是说，死者可能死了不止一个星期。"

"甚至不止一个月都有可能！"宋世哲沉重地叹道。

"妈的，这个凶手真是太狡猾了，别让我抓到他。"严昊翎气愤地说道。

"要是不狡猾，也不可能现在才被我们发现尸体呀！"林雅开导道。

这时宋世哲似乎发现了什么，拿着一把手术刀，在胯部尸块的阴唇位置沾了一下，再次提起的时候，手术刀上沾着一些泛白的黏液。

"这些是什么东西？是水吗？"严昊翎好奇地问道。

宋世哲摇了摇头，缓道："不是水，应该是阴道分泌物。"

"阴道分泌物？"严昊翎惊讶道，"尸体都成这样了还能有阴道分泌物。"

宋世哲想了想，随即从旁边的工具箱里拿出了一只撑开器，缓慢地插入了胯部尸块的阴道之中，借助器皿一点一点地将阴道撑开。

虽然此时尸体只剩下一个胯部，但是当看到宋世哲这样做时，林雅感觉还是有些怪异。

最重要的是，宋世哲那一脸认真的表情，以及隐约透露出兴奋的眼神。

"咳咳！"林雅忍不住咳嗽了一声。

严昊翎下意识地看了她一眼，随即又转回头去。

而宋世哲则是完全专注，视若无睹地继续手头上的工作。

此时，宋世哲已经完全撑开了尸块的阴道口，随即取来一支棉签，深入到阴道的内壁刮了刮，再次取出，只见棉签上同样沾上了黏液。

"没错，的确是阴道分泌物。"宋世哲略带欣喜地说道。

"这能说明什么吗？"林雅奇怪地问道。

"连这个都不知道，笨，说明死者临死之前做过爱呀！"严昊翎随口鄙视道。

说完之后，他突然顿住了，随即目光惊奇地上下打量着林雅。

林雅被看得毛骨悚然，连忙双手交叉护在胸前，羞恼道："你干吗用这种眼光看着我？"

"呵呵！难道你……"严昊翎有些猥琐地挑了挑眉头。

"我什么啊！"林雅气愤道。

这时宋世哲瞥了她一眼，随意道："是处女并不是什么可耻的事情，相反地你应该为自己感到骄傲，女生就应该洁身自好一点，这是个好习惯。"

"老宋，你早就看出来啦？"严昊翎惊讶道。

宋世哲耸了耸肩膀，淡然自若地说道："这有什么奇怪的，很容易分辨啊！"

"厉害！嘿嘿……厉害！"严昊翎忍不住朝他竖起了大拇指。

"哼！登徒子！"林雅恼怒地哼道。

说完她瞥了宋世哲一眼，心里补充道："两个！"

回到正题，既然发现死者临死之前跟人发生关系，再结合死者的身材性感火辣，那么极有可能是凶手对死者实施了奸杀。

如果凶手没有戴套的话，很有可能会在死者的体内留下精液。

在奸杀案中，精液可以说是最强而有力的证据。

宋世哲先是仔细检查了胯部尸块的阴道，然后又检查了子宫。由于腹腔位置已经被切开，所以倒也省了宋世哲解剖的步骤，直接从截断处取出查看。

一番检查下来，他果然发现了一些线索。

"死者的子宫口有溃疡的痕迹，说明生前有妇科病，而且我发现她的子宫壁非常薄，应该刮过不下于八次壁，生前肯定多次堕胎过，几乎不可能生育了。"

"而且，在阴道里没有发现处女膜痕，所以死者还没有生育过。不过很可惜，我在子宫里面没有发现精液，所以凶手应该是戴了套，或者是体外射精。"

生育过的妇女，由于胎儿经阴道娩出，使处女膜进一步破损，以至到处残缺不全，有时仅留下几个残存的突起，叫处女膜痕。

法医检查尸体时，常常根据这一点判断死者是否生育过。

不过如果是剖腹产，则不会存在这个现象，但眼前的胯部尸块也没有剖腹产痕迹。

对于这结果，严昊翎早已经有心理准备了，所以倒没怎么失望。

他推测道："有妇科病，多次堕胎，身材又很性感火辣，估计长得也不差，这种情况下死者一般只有两种身份，职业小三，或者是夜场女。"

说好听点是夜场女，但其实就是做那行的。

从事这一行的女人因为职业的特殊性，安全措施做不到位很容易就会出现一些意外，比如说意外怀孕。由于其工作，所以往往孩子的父亲是谁很难确定。

这种情况下，该小姐要么堕胎，要么自己生下来养大。

很多小姐都会选择堕胎的，毕竟带着一个拖油瓶，哪里还能赚钱啊！

而且，谁会愿意替一个嫖客养孩子？

"我猜多半是夜场女，这样凶手方便下手。"林雅煞有介事地说道。

这话一出，宋世哲突然顿住了，惊诧地看向了她。

"怎么了？我说错了？"林雅疑惑道。

"你说得没错，说得太对了。"宋世哲忽然兴奋地说道。

说完他便急忙转身跑进旁边的尸体储藏室，留下严昊翎和林雅两人面面相觑。

就在他们发呆的时候，宋世哲已经推着一具尸体走了出来。

该具尸体不是别的，正是那具尸蜡化的尸体。

宋世哲二话不说直接就拉开了裹尸袋的拉链，顿时一股恶心的熏臭味弥漫开来，充斥了整个解剖室，严昊翎和林雅急忙掩住口鼻后退了几米。

然而宋世哲却是仿佛闻不到臭味一般，只见他埋头在尸体上忙活了一阵子。

片刻过后，宋世哲便双手捧着一个东西回到了解剖床旁边。

不是别的，正是一个已经萎缩尸蜡化的子宫。

宋世哲用手术刀切开子宫壁，一番测量之后抬起头来，兴奋之色溢于言表。

"果然没错，虽然是尸蜡化，但是依旧跟正常的标准有所差距，而且子宫壁上有刮伤的痕迹，这说明死者生前也同样有堕胎的经历。"

"一个是巧合，两个就不是了，一号死者跟三号死者身份有可能都是夜场女。"

"如果是的话，说明凶手专门挑选夜场女下手！"

第四十八章　第四号受害者

时光荏苒，一夜无事。

次日的清晨，朝阳如期而至地升起。

早上还不到八点，严昊翎便开着宋世哲的座驾来到宋世哲楼下等他。

原因就是，位于金川河附近的清淤工人们，在清理下水道的时候，又一次发现了尸块。因为跟环保部门打过招呼，所以立即通报了专案组的严昊翎。

接到电话之后，严昊翎马上开车过来接上宋世哲，因为他现在已经是兼职司机了。

之前他们打过赌，如果一号死者跟二号死者两起命案有牵连的话，严昊翎就要给宋世哲当一个月的司机，并且还得替他买好早餐。结果证明两起命案的确有牵连。

没办法，愿赌服输！自己打的赌咬着牙也要承受。

不过对比起能够开宋世哲的车一个月，这点代价根本不算啥了。

事实上，严昊翎身为刑警队长，局里是有分配公车的，但是现在规定公车不能私用，有时候想去接个人或者出门游玩一下，都担心被"热心群众"给举报了。而且局里分配的公车，哪里比得上宋世哲的座驾舒服，不过开起来就得小心点了。

接上宋世哲后，严昊翎随手拿了份三明治和豆奶给他。

"哪！你的早餐！"严昊翎说道。

"你就拿这个打发我啊！"宋世哲没好气地说道。

"少把烧饼不当粮食，别要求太高了，有的吃就不错了。"

宋世哲无奈地扯了一下嘴角，然后伸手接过早餐，他早就猜到会是这样的了。

不过现在赶时间，所以也懒得去较真。

当他在车上吃完早餐之后，正好赶到了发现尸块的位置。

刚下车宋世哲便看到不远处的隔离带，虽然时间很早，但是依旧有不少人在周边围观。大多都是前往菜市场买菜的大伯大妈们。

至于那些上班族，由于要赶着去上班，扫了两眼后便离开了。

此时，两名民警正在维持秩序。

严昊翎两人走过去时，一个民警提前迎了上来。

不是别人，竟然是小孙，他正好就住在附近，接到通知后第一时间赶到现场。

"队长！宋科长！你们早啊！"小孙朝他们打着招呼。

说话的同时，他不忘瞄了一眼两人的身后，见林雅没有跟着，不禁有点小失望。因为他特地去买了早餐，就是准备见到林雅请她吃的。

而这时，严昊翎看到其手中热气腾腾的馒头、油条和豆浆，随手便拿了过去。

严昊翎咬了口馒头，说道："正好，我还没吃早餐呢！"

"你没吃早餐？"宋世哲不禁诧异道。

"对呀！我家里仅剩下的一个三明治给了你，我自己都没的吃，我对你够意思了吧！"

"仅剩下的？"宋世哲嘴角微微抽搐了两下，问道，"那三明治放了多久？"

"呃？也没多久，两三天吧！"严昊翎随意地应道。

宋世哲顿时感到胃部一阵翻涌，脸庞涨红了几分，咬牙怒视严昊翎。

"从明天开始，我的早餐不用你负责了。"

"真的吗？太谢谢了。"

"……"宋世哲顿时无语了，这家伙还能再无耻一点吗！

为了避免被气死，宋世哲哼了一声，转身越过了隔离带，朝尸块的位置走去。

后知后觉的严昊翎这时才反应过来，连忙追了上去。

很快宋世哲便看到了新发现的尸块，跟前面所发现的尸块一样，都是被塑料袋紧紧地包裹着，从包裹的外形来判断，应该是属于大腿部分以及脚掌的位置。

虽然身边没有带着勘查箱，但是作为一名职业法医，宋世哲随身携带着一两副橡胶手套。

戴上手套之后，宋世哲将包裹着尸块的塑料袋一层层解开。

很快，在塑料袋内包裹的尸块面显露了出来，正如宋世哲所猜测的那样，大块的尸块是从膝盖到根部的右大腿位置，而比较小的是脚踝到足尖的左脚脚掌。

宋世哲伸手对尸块进行尸表检验，跟其他尸块一样，边缘平整，有很明显的电锯切割痕迹。

而两块尸块除了切割截面，表面没有任何开创性损伤。

虽然没有发现什么新的线索，但是看着那块大腿的尸块，宋世哲总感觉有些不协调。

就在这时，严昊翎从一旁走了过来，手里还拿着没吃完的油条。

他看了看大腿尸块，又看了看自己手中形状相似的油条，忽然感觉到没什么胃口了。

"老宋，那个我问过了，发现尸块的清淤工人他们说是在一处下水道排水口发现尸块的，尸块被卡在了铁栅栏之上，就在排水渠道口往上一百米左右。"

"除了这两块尸块，还有别的发现没有？"宋世哲问道。

"没有，发现尸块之后两人就立刻跑了上来，根本没有留意还有别的东西没有。"

这时，宋世哲突然问道："你看这块大腿尸块是不是有些奇怪？"

严昊翎左右打量了一下，疑惑道："有什么奇怪？"

宋世哲没有回答，眼睛一直盯着尸块，突然仿佛想到了什么，神色惊骇。

"老严，我要立即带尸块回公安分局验证一下，现场交给你了。"

"啊，验证什么？"严昊翎下意识问道。

宋世哲表情凝重地看着他，缓道："你不会想知道的，最好祈祷我猜错了。"

严昊翎不禁有些纳闷了，但是看他的样子不像是在开玩笑，只能把疑问吞回肚子里。

"下面可能还有新的尸块，你亲自带人下去查找一下吧。"

宋世哲说完也不等严昊翎回答，招手让一名现场勘查员过来，将尸块装进裹尸袋准备带回警局。严昊翎见宋世哲这么严肃的样子，也不敢多耽搁，立即将钥匙交给他。

看着宋世哲离去的背影，严昊翎看了看不远处的下水道口，心里纳闷地暗想：

"这家伙该不会是为了报复我吧！"

当宋世哲带着尸块回到车子里时，这时林雅刚好急匆匆地赶来了。

"对不起！对不起！师傅，我来晚了！"林雅连忙道歉。

"别说了，我现在要马上回警局，你跟我一起回去吧！"宋世哲快速说道。

"啊？哦！"林雅愣了一下，马上反应过来。

十五分钟之后，宋世哲两人回到了公安分局，一下车便直奔解剖室。林雅紧跟其后，一路上她见宋世哲神情严肃，都不敢多说话。

回到解剖室后，宋世哲立即吩咐道："把那块胯部的尸块取出来。"

听到命令，林雅急忙跑去尸体储藏室取尸块。

杀人碎尸案往往耗时很久都不一定能够破案，为了最大限度地保存尸体不使其腐烂，所以尸块尸检完毕之后，都会放进储藏室的冷冻柜进行冷冻。

很快，林雅便取来了胯部尸块，将其放置在解剖床上。

而此时，却只见先前着急火燎的宋世哲伫立在床边，神色凝重迟迟不肯动手。

"师傅！"林雅忍不住小心翼翼地唤了一声。

从见面开始，宋世哲一连串反常的举动令林雅绷紧了心弦。

"嘶！"这时宋世哲深吸了口气，随即打开了裹尸袋，伸手进去拿出那两块新的尸块。

左脚脚掌被他随意地放在一边，但手中大腿的那块却迟迟没有放下。

在停顿了几秒之后，宋世哲才终于将大腿尸块放下。

当大腿尸块凑近到那胯部尸块时，林雅的杏目瞬间瞪大到了极限。

"这、这、这……"

林雅仿佛看到什么惊骇的事情般，说话都结巴了。

"哎！"宋世哲重重地叹了口气，无奈道，"我多希望自己猜错了呀！可惜……"

只见解剖床上，紧挨在一起的胯部尸块和大腿尸块，原本应该是无缝衔接的截面却呈现出大小不一的情况，大腿尸块比胯部尸块明显要粗上一些。

尽管因为泡水肿胀，可是依旧能够分辨出，这两块尸块并不属于同一个人的。

"第四号受害者！"宋世哲无奈地宣布道。

虽然他很不想承认，但这已经是既成事实的事情了。

现如今他们唯一能够做的，那就是尽早从中找到线索，将凶手抓捕归案，不让对方有再害人的机会，这是对这四名死者最好的交代了。

"现在怎么办？"林雅低声说道。

"采取两份样本，送到鉴证科进行 DNA 验证。"宋世哲说道。

对于已经成为现实的事情，宋世哲有自己的一套处理办法，那就是先接受然后处理。

就好像他在解剖尸体时一样，人死了就不再是人，而是一件物品了。尽管这样做有些冷漠和自欺欺人，但这是他保持冷静客观的最好办法。

林雅按照吩咐采取了两份样本，然后送去鉴证科进行验证。

至于宋世哲，则是拿起电话拨打电话。

片刻之后，电话接通了，从那边传来了严昊翎有些气急败坏的声音：

"宋世哲，你这个浑蛋，你一定是故意让我进下水道的，呕！我刚刚吃的全都吐光了，太阴险了你，不就是拿了份过期的三明治给你吗！"

宋世哲微微挑了挑眉头，心头上笼罩的雾霾稍微消散了些许。

好吧！他必须承认，的确有这么一点小心思。

不过，让严昊翎到下水道去打捞尸块，倒不全是为了惩罚他，也因为严昊翎做事认真。

"有一个好消息和一个坏消息，你想先听哪个？"宋世哲说道。

"我现在心情已经够坏了，先听好消息吧！"

"好消息就是，我刚刚发现了错误。"宋世哲说。

"那坏消息呢？"严昊翎好奇道。

宋世哲停顿了一下，回答道："坏消息就是，我又发现了一名受害者。"

"什么？你说清楚点？"

严昊翎的声音顿时提了一个八度。

"咱们发现的尸块不是一个人，而是两个人的，清楚了吧！"

"……"

第四十九章　身份揭秘

鼓楼区公安分局，局长办公室中。

"砰！简直是岂有此理，四条人命，四条人命啊！"

彭玉松气急败坏的声音在办公室内回荡着，即使是隔着办公室门，外面也能听到。

正在外头办公区的警察们相互对视，感觉到空气中弥漫着紧张的气氛。

在外头尚且如此，办公室之内更是明显。

而此时，办公室内隔着一张茶几，宋世哲和严昊翎正坐在沙发椅上。

至于彭玉松，则是情绪激动地在办公室里来回走动，嘴里念叨着。

"才多久？这才过了多久啊？"

"好不容易才解决一个'审判者'，现在又冒出了一个下水道碎尸杀人魔。"

"才刚刚平静不到两个月，现在又出这样的事情，这简直就是要打乱我的节奏啊！"

宋世哲确定金川河的尸块其实是两个人之后，便立即汇报给了彭玉松。

如果说之前对于凶手是同一个人这个观点只是推测，那么现在可以说是证据确凿的。

在同一个地点，发现两具尸体的尸块，这个概率比中彩票还低。

所以，完全可以确定发现的这几起下水道碎尸案的凶手，就是同一个人。

也正是如此，彭玉松才会如此的气愤和重视。

先前警方在发现一号死者和二号死者的时候，因为位置比较偏僻，而且是在清淤工人清除淤泥的时候发现的，周边环境比较臭，所以并没有引起关注。

但是在金川河发现尸块的时候，由于那里是人们聚居的地方，所以引来了围观。

并且一些好事者将现场的情况，拍摄上传到微信朋友圈，有的人则是上传到微博，或者是视频网络平台，引起了不少网民的关注和评论。

最重要的是，宋世哲还在现场遇到了那个记者李雪丽。

身为一名专业记者，发现命案这么大的事情怎么可能不报道呢？

所以，昨天发现尸块，今天早上都市报的头版便已经刊登出来了，撰写者正是那个李雪丽。现如今，下水道杀人碎尸案在天京市已经是人尽皆知了。

而一旦泄露消息，被人们知道死的人不是一个，而是四个的话，那鼓楼区公安分局将再一次陷入舆论的风口浪尖。

"这一次无论如何都不能泄露消息，听到了没有？"彭玉松严肃地说道。

"是，局长，听到了！"宋世哲和严昊翎异口同声地应道。

话音刚落，突然办公室门被人敲响了，未等彭玉松同意，敲门者便已经闯了进来。

闯入者不是别人，竟然是严昊翎的助手小孙。

"局长，局长，有好消息！"小孙一进门便兴奋地说道。

本来准备发火的彭玉松，听到这话不禁一愣，随即问道："有什么好消息？"

"我们成功找到三号死者的身份了，同时，鉴证科那边也传来了一号死者的容貌复原图，之前宋科长怀疑死者的职业是夜场女，所以我就将一号死者的容貌复原图跟公安局的档案进行对比搜寻，成功找到对方了。"

"正如宋科长所推测的那样，一号死者名叫李小梅，是一名外援女，从事上门服务的职业，曾经因为这样被扫黄组抓过，所以留有档案。"

"至于三号死者，已经查到她的住处和身份，职业目前暂不确定。"

这两个消息对于彭玉松他们，丝毫不亚于一剂强心剂。

在听到消息后，三人原本愁云笼罩的神情，顿时一下子拨开云雾见青天了。

"太好了！"严昊翎高兴地跳了起来，大声喊道，"总算有了突破性的进展，那咱们还在等什么，赶紧出发去死者的住处吧！"

"咳咳！"彭玉松双手叉腰，眼睛瞪着他。

"呵呵呵！"严昊翎反应过来，连忙讪笑道，"局长，您说，我听着。"

"算了，赶紧去吧！争取快点破案。"彭玉松大声说道。

"谢谢局长！"严昊翎敬了一礼，然后拉着宋世哲快步走出了办公室。

很快，宋世哲等人在大门口集合，他们分成了两支队伍，宋世哲和林雅以及小孙，外加四名刑警队员，而严昊翎也带着五六名队员。

"咱们兵分两路，你们去三号死者那边，我去一号死者那边。"严昊翎说道。

"行，没问题，祝你一切顺利。"宋世哲说道。

"你也是！"严昊翎说道。

客套了几句后，双方分别带队出发。

肖丽芳，年龄二十三岁，身高一米六二，体重四十六公斤，单身未婚，没有哺育史。

以上便是三号死者的个人基本资料，是从她隆胸的医院发过来的。

看着资料上肖丽芳那年轻朝气、清秀靓丽的头像，宋世哲不禁为对方感到惋惜。

二十三岁，正处于女人人生中最绽放的美好年纪。

可惜，对方就这样香消玉殒了。

肖丽芳所住的地方并不远，就在金川河附近的一处小区之中。

十几分钟之后，宋世哲等人抵达目的地，来到了肖丽芳所住的小区之外。

突如其来的警车和众多警察，直接把看大门的门卫大爷给吓傻了，愣愣地看着他们，好一会儿才反应过来，急忙从门卫室内走了出来。

小孙从警车上下来，跟门卫大爷交涉了一下，随即大爷将小区的移动电闸门打开。

片刻之后，宋世哲等人便来到肖丽芳所住的楼房之下。

"宋科长，肖丽芳就住在这栋楼第五层的502室，跟她的闺密合租。"小孙说道。

"嗯！走吧！我们上去。"宋世哲说道。

由于这一次不是过来抓捕罪犯，所以小孙等人并没有全副武装。

很快，他们便坐电梯来到第五层，并找到肖丽芳的出租屋。

砰砰砰……"有人在吗？"小孙大声地敲门问道。

"……"出租屋内没有人回应。

小孙朝宋世哲看了一眼，得到继续敲门的示意。

砰砰砰……"有人在吗？我们是警察！"小孙又再一次敲门喊道。

屋内依旧一片寂静，这让小孙不禁觉得有些不耐烦了。

就在这个时候，位于502室斜对面的513室房门打开了，从里面钻出一名小男孩。

正当宋世哲等人奇怪时，小男孩的后面走出了一名身穿家居服的中年妇女。

"警察同志，你们不用叫了，里面没人。"中年妇女说道。

"哦！那你知道屋主人去哪儿了吗？"小孙上前，客气地询问道。

"这个我就不知道了，像她们那种女人，我才不想跟她们说话呢！"妇女鄙夷地哼道。

听到这话的宋世哲，眉头顿时一挑，敏锐地捕捉到一些信息。

"这位女士，听你的话，你好像对她们很有意见啊！"宋世哲上前询问道。

"你是……"中年妇女充满戒备地看着宋世哲。

小孙他们都是身穿警服的，唯独宋世哲和林雅是便装打扮。

这也正常，因为他们这一次出行并不是出现场，不用验尸，所以没有穿勘查服。

小孙适时地解释道："这位是我们的科长，你只管回答问题就行。"

"咳咳！"中年妇女咳嗽了一声，说道，"先说好，我跟她们可不认识啊，也没有任何关系，告诉你们也可以，但有什么事情别找我。"

"行！你说吧！"宋世哲答应道。

"那房子里面住着两个年轻的漂亮女孩，平时打扮得花枝招展的，每天穿着低胸装超短裙，那香水喷得都能呛死人，还经常带着一些陌生男子回来。"

"而且呀！她们每天晚上都玩得很晚，经常放音乐，又吵又闹弄得周边的邻居苦不堪言，我们找物业投诉了好多次都没用。"

"但是这两天不知道怎么搞的，突然安静了，白天晚上也没见她们进出，所以呀！肯定是不在屋里，要不然哪有这么安宁啊！"

听到这话，宋世哲、林雅，以及小孙三人相互对视了一眼。

原先他们对肖丽芳的职业并不知情，但是现在听中年妇女的描述，心里已然有了答案。

从一号死者的职业，再结合凶手专门挑选夜场女作为目标，可想而知，肖丽芳的职业估计也是夜场女。

在一番抱怨之后，中年妇女好奇地问道："她们是不是做了什么坏事啊？"

"呵，这个就不关你的事了，谢谢你提供的消息。"宋世哲微笑道。

"你不说我也知道，我早就看出她们不是什么正经女孩子，迟早会出事情的，现在被我猜中啦，如果不是犯了事情，警察怎么会找上门呢！"中年妇女说道。

"嗯，你真聪明。"小孙敷衍地夸赞了一句。

宋世哲淡淡一笑，没有多说，随后又回到 502 室的房门前。

"把门打开吧。"

宋世哲朝一名刑警队员吩咐道。

"等一下，让我来吧！"小孙毛遂自荐地说道。

有林雅在场，他迫不及待地想要展示一下自己的开锁技巧。

宋世哲看穿他的意图，微微一笑，但并不在意，谁开都一样，反正只要把门打开就行。

有意在林雅面前炫技的小孙，很快便将门锁给打开了。

刚打开房门，率先映入宋世哲等人眼帘的便是凌乱狼藉的一幕。

只见客厅之中，垃圾什么的四处乱丢，吃完的便当盒也没有丢掉，直接堆放在茶几上，地面还随意丢弃着花生壳以及零食的包装袋。

虽然现在是十月份了，但是炎热夏季的尾巴还未完全离去。

在高温下，那些吃剩下的食物早已经腐烂变质，酸臭味弥漫充斥着整个客厅。

"靠！这么脏，竟然是两个女孩子住的地方，也太不讲卫生了吧！"

小孙吃惊地吐槽道，随即偷偷地瞄了一眼林雅。

这一眼恰好被她给捕捉到了，仿佛看穿他心里的想法似的，杏目顿时瞪大了几分。

"看什么？本小姐不知道多爱干净呢！"林雅斥道。

"嘿嘿，看得出来，看得出来。"小孙讪笑道。

宋世哲微微摇了摇头，随即吩咐道："小孙，你带人去楼下调取监控视频，看看肖丽芳最后离开小区是在什么时候？还要走访一下周边的住户，问一下有没有可疑人士。"

"好的，那用不用留个人下来保护你们？"小孙请示道。

"不用了，看这环境，已经有段时间没人住了。"

"那……你们忙吧！"

第五十章　屋里有人

小孙几人离开之后，出租屋只剩下四人了。

同行的队伍里，除了宋世哲和林雅，还有两名现场勘查员。

宋世哲分配区域之后，开始现场勘查。

整个出租屋的格局为两室一厅一厨一卫，这个小区是老小区了，格局是属于那种老式的，但是好处在于面积足够大，将近一百二十平方米。

大厅比较宽敞，摆设着几样陈旧的家具，也不知道是二手的还是屋主留下来的。

不过如果屋主看到现在的情形，估计以后再也不会把房子租出去了。

整间大厅各种垃圾随意堆放，吃过的便当盒，喝完的水瓶、饮料瓶，抽完的烟盒等，其中甚至还有一些用过的套套。

除了垃圾，整个空气弥漫着酸臭味，毫不客气地说，这简直就是垃圾堆了。

谁能想象得到，有两个女孩子住在这里。

肖丽芳被杀害了另当别论，可是还有另外一个女孩呢？

宋世哲注意到，在大厅之中的墙面上，贴有肖丽芳和另外一名长发女孩的合照。

对方跟肖丽芳差不多胖瘦，因为化了妆，所以看不出本来面目，不过单单照片上的模样，倒是挺有几分姿色的，眉目之间带着一丝媚意。

正如那名中年妇女所说的，她和肖丽芳都不是什么正经女孩。

宋世哲简单地扫视了一番之后，便把大厅交给两名勘查人员，而林雅则是到厨房查看了。

当他打开卧室之后，不由得挑了一下眉头。

只见整间卧室都被装扮成了粉色的，墙面是粉色的墙纸，桌子是粉色的，衣柜是粉色的，被单是粉色的，包括抱枕、玩偶等，都是粉色的。

一眼望去，视线所及的都是粉色的，整个房间俨然就是一个粉色空间。

这时，宋世哲想起了在所发现的肖丽芳手臂尸块，那手指甲上染的就是粉色指甲油。

几乎同时，宋世哲便在桌面上看到了对方的自拍照片。

这里不像外面大厅那么脏乱差，虽然也有垃圾，但至少在可接受范围之内。

除了垃圾不多以外，房间内的摆设和物品也比较整洁，可见肖丽芳对于卫生还是比较注意的。事实上，因为粉红色容易脏，所以喜欢粉红色的女生一般都比较注重干净。

如果肖丽芳还活着的话，可能屋子里的卫生有人打扫，还不至于肮脏到现在这种地步。

宋世哲走入房间之内，环顾了一圈之后在梳妆台上伸手摸了一下。

只见桌面上出现一道清晰的擦痕。

由此可见，房间内已经有段时间没有打扫了。

显然，肖丽芳失踪之后，她的闺密并没有进入她的房间帮她打扫卫生。这一点从外面大厅堆积的垃圾就足以证明了。

宋世哲翻看了一下梳妆台上的化妆品和摆设，都是比较平常化的物品。

桌面上并没有什么发现，宋世哲随手打开了梳妆台的抽屉。

左边和右边的抽屉均能打开，但里面并没有什么重要物品，都是一些琐碎的用品，唯独中间的抽屉被锁住了，这让宋世哲一下子来了精神。

宋世哲并没有暴力破拆，而是在左右两个抽屉里翻找了起来。

很快，他便在右手边的抽屉内找到了钥匙。

"呵！"宋世哲自得地轻笑了一声。

生活中很多人都有这个小习惯，喜欢将经常用到的东西放在触手可及的范围之内。

肖丽芳的闺密没有进屋，那说明锁住抽屉的人是肖丽芳自己，她绝对不可能预知自己会遇害，所以锁抽屉只是肖丽芳的惯性举动。

也正因为是习惯，所以钥匙自然也就放在最容易找到的地方。

伴随着"咔嚓"一声的清脆声响，宋世哲成功打开了抽屉。

抽屉之中，放置着一些女孩子家的东西，大多是一些首饰，像项链、耳环、口红之类的，但是其中一样东西瞬间吸引了宋世哲的注意力。

那是一本黑色皮革的日记簿！

日记簿安静地躺在抽屉的角落位置，上面压着一支钢笔。

女款钢笔很普通，并没有什么出奇的，吸引宋世哲注意的是那本日记簿，他将日记簿拿了出来，随手翻开了日记簿的封面。

只见一行娟秀的字迹瞬间映入了眼帘，上面记录着肖丽芳当天的生活情节。

宋世哲查看了起来，肖丽芳的日记并不是每一天都写，而是隔三岔五地写一篇，有的时候是心情，有的时候是一些生活琐事，有的则是一些看到的鸡汤文。

虽然她的工作有些见不得光，但是肖丽芳的心灵却很积极阳光向上。

除去一些没用的信息，宋世哲发现肖丽芳实际上是个大孝女。

她在日记簿中有一些心情低落的记载，有一半都是在担忧自己母亲的身体。

警方对肖丽芳的调查很详尽，包括她的家庭背景，以及家族成员。肖丽芳的老家是在一个地点偏僻、经济落后的小乡村。

肖丽芳的父亲早逝，从小到大，她和两个弟弟都是母亲一手带大的。

跟很多贫困家庭一样，因为家里经济条件不好，肖丽芳很早就辍学出来打工赚钱了。而她所赚的钱，大部分是寄回家贴补家用，以及供两个弟弟读书。

不过由于其母亲积劳成疾，身体出现了不少毛病，进了好几次医院。

而在日记簿中，宋世哲更是了解了她走上外援女这一行的原因，就是因为当时她的母亲突发重病，家里急需用钱，所以才无奈选择出卖肉体。

后来也是因为家里的原因，肖丽芳才选择继续做这个职业，因为来钱快。

对此宋世哲并不鄙夷，现实总是残酷的，很多人在面临困境的时候根本没有选择的权利。

正当他翻看着日记，寻找更多的线索的时候，突然……

"噗……"

一道轻微的声响响起。

听到声响的宋世哲顿时停下了翻动纸页的动作。

他偏头朝传出声响的位置看去，只见那里赫然是一个木质的大衣柜。

宋世哲疑惑了一下，正准备继续看日记时，忽然听到"嘎吱"一声轻响。

如果说先前的那一声是意外，那么现在这一声则彻底暴露了衣柜内的存在。

还没等宋世哲走过去查看，突然"嘭"的一声，衣柜门被猛地推开，随即一堆衣物"呼"的一声朝宋世哲劈头盖脸地砸了过去。

事发突然，宋世哲根本来不及看清楚，只是本能地朝侧面的床铺扑倒。

可是他这一扑倒，则把衣柜通往房门的通道完全让了出来。

宋世哲只能看到一名身穿黑色上衣的男子，速度极快地冲出了房间，连正面都没看到。

而与此同时，在外面大厅现场勘查的两名勘查队员正忙着收集指纹，根本没来得及反应。但是刚刚检查完厨房、厕所的林雅，正好走了回来，亲眼看见黑衣男子从肖丽芳卧室里冲了出来。

由于出租屋内的气味太难闻了，所以宋世哲他们并没有把门给关上。

这大大方便了黑衣男子的逃窜，几乎在毫无阻拦的情况下，直接夺门而出。

"快，别让那个男的逃跑了！"宋世哲大喊道。

话音未落，反应过来的林雅立即追了出去，几乎同时宋世哲也冲出了房间，剩下那两名勘查队员面面相觑，甚至还有点没反应过来。

"呼呼呼……砰砰砰……"

黑衣男子直奔楼房的消防通道，快速地朝楼下跑去，林雅和宋世哲在后面紧追不舍。

肖丽芳的出租屋在第五层，眨眼间的工夫他们就冲到了一楼。

而此时，小孙以及另外一名警察恰好在楼梯口附近，正在询问一名大爷。

"小孙，快点拦住他。"宋世哲高声喊道。

听到叫声的小孙下意识回头，恰好看到黑衣男子冲出楼梯口。

作为职业刑警的小孙反应很快，几乎是瞬间便做出行动，以最快的速度堵截了上去。

然而，看到有人拦截去路，黑衣男子非但没有躲闪，反而加速了几分，神情凶狠地朝着小孙径直冲了过去，一副玉石俱焚的势头。

看到这情形，小孙不禁愣了，下意识地做出自我保护的动作。

可是这个时候，该黑衣男子却是身形灵活地一拐，从他身边径直冲了过去。

"你……"紧跟其后的林雅，原本看到小孙在堵截，还以为他能够将黑衣男子给拦下来呢！没承想小孙竟然就这样任由对方通过。

当即气得她杏目怒瞪，急忙再次追赶了上去。

而此时意识到自己被"逃犯"戏耍了的小孙，脸瞬间涨红了。

"我真是猪啊！"

小孙暗骂自己，急忙紧随其后追赶黑衣男子。

宋世哲这个时候也跑出了楼梯口，立即追在三人后面。

黑衣男子的速度很快，并且对这里的地形很熟悉，要不是林雅紧跟着他屁股后面，还真有可能被对方给甩掉了。而小孙和宋世哲则落后十来米，跟在林雅身后。

七转八拐之后，前方突然豁然开朗，原来黑衣男子跑到了附近的菜市场。

"让开，快让开……"

黑衣男子大声叫骂着，一路横冲直撞。

那些凡是挡道的人不是被他推倒，就是被他撞翻在地。

要知道来菜市场买菜的，大多都是老弱妇孺，再不然就是上了年纪的大爷。

在被黑衣男子推倒的人里，就有一名须发灰白的老大爷。

紧追其后的林雅，看到这一幕顿时怒火中烧。

她咬了咬牙齿，快速扫视了菜市场一番，随即突然掉转方向朝另外一边冲去。

菜市场占地面积不小，但是出口只有两个，先前黑衣男子冲入菜市场一顿乱跑，是想要摆脱后面的追兵，随后才转向了出口。

然而，就在他即将跑到出口的时候，突然半道杀出了一道倩影。

不是别人，正是抄近路拦截他的林雅。

只见她双手持着一条粗大的丝瓜，"呼"的一声重重地砸在了黑衣男子的面部上。

"嘭！"一声闷响，丝瓜在大力的作用下，断裂成了几节。但它的牺牲物有所值，挨了一记"棒槌"的黑衣男子"砰"的一声重重地栽倒在地。

"哼！现在我看你还往哪儿跑。"林雅得意地说道。

虽然看起来打得不轻，但丝瓜比较绵软，对黑衣男子并未造成太大的伤害。

只见他捂着脸爬起身来，神情阴狠地怒视林雅，咬牙切齿地骂道：

"臭婊子，你找死。"

骂完之后，他猛地朝林雅冲了过去，挥拳打向她的面部。

这个时候，宋世哲和小孙恰好赶到，看到这一幕两人不禁大惊失色。

"小心啊！""快躲开！"

两人异口同声地提醒林雅，然而却为时已晚。

眼看着林雅那张如花似玉、靓丽动人的俏脸就要被击中，就在这时，只见林雅身子灵活地侧转避开了攻击，玉手准确地抓住黑衣男子的手腕。

下一瞬间，林雅切入、转身、拧腰、发力、甩出，整套动作无比娴熟流畅。

在宋世哲两人睁大的眼睛注视下，一记漂亮的过肩摔完美呈现。

黑衣男子在空中划出一道圆滑的曲线，"嘭"的一声，狠狠地砸在了道路旁摆放的菜摊上，连菜摊都给砸塌了，这一次黑衣男子爬不起来了。

"……"一旁的宋世哲和小孙都看呆了。

第五十一章　审讯

"咔嚓！"伴随着一声脆响，黑衣男子被锁上了手铐，彻底断了逃跑的念想。

"跑啊！你不是很能跑吗！啊！"小孙扇了对方后脑勺一巴掌。

黑衣男子不爽地咧了一下嘴角，但是却不敢反抗。

殊不知，他越是如此，小孙越是怀疑他。

虽然暂时不知道对方的身份，但是凭借多年办案的经验，他很肯定对方有问题。

如果没有问题，怎么会那么怕警察呢！很明显就是做贼心虚啦！

"你现在不说没关系，回到警局有的是时间让你慢慢说。"小孙说道。

"……"黑衣男子颓然地低下了脑袋。

而此时，在旁边位置，宋世哲正询问着林雅的情况。

"你真的没事吗？有没有哪里受伤了？"

"哎呀！我真的没事，你可别那么小看我，我从初中就开始练八卦掌跟擒拿手，就这家伙我一个能摆平仨。"林雅小傲娇地翘起了下巴，得意地说道。

"呵呵！我信！我信！"

宋世哲咧嘴讪笑连连，林雅放倒黑衣男子那动作叫一个帅啊！

如果不是自己亲眼所见，宋世哲怎么都不相信看起来娇滴滴的林雅是位高手，竟然一招就把一个成年男子给摆平了，他自己都没信心能够做到这一点。

"林法医，你没事吧！"小孙这时走了过来，关心地问道。

"没事，小意思！"林雅摆手微笑道。

小孙上下前后看了一下，确定她是真的没有受伤，这才松了口气。

随后，只见他竖起了大拇指。

"厉害啊！没想到你竟然是个女汉子，牛！"小孙赞道。

"嘻嘻！怎么，怕啦？"林雅狡黠地笑道。

小孙被这话一激，立即挺起胸口说道："开玩笑，那些穷凶极恶的歹徒我都没怕过，更何况是你这么漂亮的大美女。"

宋世哲翻了一记白眼，岔开话题问道："警车叫了没有？"

"叫了，我已经通知伙计，很快就过来了。"

话音刚落，只听到"唰"的一声，一辆警车便在菜市场门口停了下来。

"说曹操曹操到，呵呵！"

小孙笑道，随即走过去一把揪住黑衣男子的领口，把他给拽了起来押往警车。

在经过林雅身边的时候，黑衣男子突然停了下来怒视她。

"臭婊子，你给老子记住了！"

黑衣男子咬牙阴狠地骂道，可是没等他的话说完，小孙直接捅了他胁部一记拳头。

"小子，是不是想要我在你的罪名里再加一条威胁恐吓警务人员啊！"小孙冷喝道。

听到这话，黑衣男子脸色更加难看了几分，随即被押上了警车。

"宋科长，下面你们是要回去继续搜查，还是回局里？"小孙询问道。

"我们再搜查一下吧！你先把嫌疑人押回去。"宋世哲淡道。

"好的！我会再安排几个弟兄过来帮忙的。"

"行！那就辛苦你了。"

客套了几句之后，小孙上了警车，跟另外一名刑警将黑衣男子押回警局。

目送警车离去，宋世哲和林雅对视了一眼，然后返回出租屋。

时光飞逝，一下午眨眼间便过去了。

下午六点左右，勘查完肖丽芳住处的宋世哲几人，身心疲惫地回到了警局。

几人刚走进警局，迎面便碰到了严昊翎。

"嘿！老宋！"

还没走近，严昊翎隔着十米开外就已经高声叫唤了。

看到对方这般热情，熟知对方性格的宋世哲心里一叹，提前做好了心理准备。

严昊翎快步来到了宋世哲的面前，还没等他开口，宋世哲已经先说了：

"你那边是不是没有任何发现啊！"

"嗯？"严昊翎眼睛不由得一瞪，愣道，"你怎么知道的？"

宋世哲撇了一下嘴角，淡道："咱俩认识多久了，我还不了解你吗！看你那一副急不可待、望眼欲穿的神情，我就已经猜到你那边的结果了。"

听到这话，严昊翎不由得伸手揉了揉自己的脸颊，说道："有没有那么明显啊！"

"嘻嘻！就差写在脸上了。"林雅掩嘴嬉笑道。

宋世哲挑了一下眉头，一副"你自己听，连别人都看出来"的表情。

严昊翎略带窘迫地挠了挠鼻梁，无奈地说道："一号死者李小梅因为死亡时间太久，她所居住的出租屋早就到期了，所以东西都被屋主给清理了出去。"

"虽然屋主有将东西存放在一楼的杂物间，但是稍微值钱的都被人拿走了，只剩下一些没人要的，去年大暴雨水灾的时候，杂物间也进水了，东西都被水浸泡了。"

"一些泡坏了的东西都被清理掉了，剩下的我都带回来了，等待鉴证科检验呢！"

听完讲述的宋世哲眉头微皱，询问道："你说去年大暴雨之前，李小梅就已经失踪了？"

"是啊！"严昊翎点头道，"她所居住的公寓是每个月交一次房租，到期不交房间就被清理出来了，清理时，那个公寓的经理还用DV机全程拍摄下来呢！"

"视频有没有带回来？"宋世哲立即问道。

"这还用问，肯定拿回来了。"

宋世哲点了点头，说道："待会儿咱们一起看一下。"

严昊翎说完他那边的情况，问道："那你那边到底有什么发现没有？"

"我那边算是有一点收获吧！林雅还抓到了一名藏在衣柜里的鬼祟男子，我已经查到了，对方是第三号死者肖丽芳的男朋友。"宋世哲说道。

"那家伙是你抓到的？"严昊翎惊讶地看向了林雅，上下打量了她一眼。

他眼中怀疑的目光暴露无遗，看得林雅银牙咬紧，说道："怎么？看不起我啊！"

"呵呵！"严昊翎讪笑了两声，没有继续。

这时宋世哲询问道："对了，那个嫌疑人呢？现在在哪儿？"

"我也是刚到，小孙正在审他呢！现在一起过去吧！"严昊翎说道。

说完，三人结伴朝二楼的审讯室走去。

"快点老实交代，你别以为不回答问题就什么事情都没有，现在是给你一次坦白从宽的机会，再不老实配合后果自负。"小孙面带怒色，不悦地大声喝道。

然而面对质问，黑衣男子只是哼一声，一脸不屑的样子，显得十分的轻狂。

此时，宋世哲三人刚好走进审讯室旁边的观察室，正好看到了这一幕。

彭局长也在里面，几人相互打了声招呼，随即看向审讯室。

"局长，怎么样了？问出什么来了没有？"严昊翎询问道。

"这小子一句话都没说，怎么问他都不开口，估计是个老油条。"彭局长闷声道。

"嘿嘿！再老的油条我都碰到过，他算什么呀！"严昊翎自信地说道。

彭玉松点了点头说道："小孙还是太嫩了一点，你去吧！"

"没问题，等着看好戏吧！"严昊翎笑道。

正当他准备离开时，宋世哲突然拉住他，凑近他耳边说了几句。

只见严昊翎神色顿时大喜，点了点头便走出门去。

彭玉松见状，不由得好奇问道："你跟他说什么？"

宋世哲笑了笑，卖了一个关子，说道："一个重要的情报，待会儿你就知道了。"

"你这家伙，跟我还卖什么关子啊！"彭玉松不满地说道。

"呵呵！"宋世哲笑了两声，还是没说。

这时严昊翎已经走进审讯室了，看到他进来，黑衣男子明显多了几分警惕。

"队长！"小孙唤道。

"嗯！你先出去吧！我来！"严昊翎淡道。

听到这话，小孙先是愣了一下，随即便反应过来。

只见他面带戏谑的笑容，看向了黑衣男子，哼笑道："现在你想坦白从宽都没机会了。"

黑衣男子神色不禁一紧，不由得紧张地看向了严昊翎，但依旧没有开口。

很快，审讯室内就只剩下严昊翎和他两人了。

严昊翎并没有着急开始，而是从携带的文件夹里拿出了一叠照片，然后逐一地在桌面上摆开，并且眼睛不时冷酷地盯着黑衣男子。

虽然他没有说什么，可是这无形之中却给黑衣男子造成了一种强大的心理压力。

"你……你想干什么？我告诉你，我可是认识不少人，如果你们敢对我滥用私刑的话，我一定找我那些朋友到网上曝光你，让你名声扫地。"黑衣男子说道。

"私刑？呵！对付你我还用不着动用私刑。"严昊翎不屑地说道。

说完他将桌面上其中两张照片推到黑衣男子的面前，淡道："看一下，认识不？"

黑衣男子扫了一眼，神色略微迟疑了下，随即应道："不认识！"

"不认识？哼！"严昊翎冷声道，"这两个女孩一个叫张晓婷，另一个叫肖丽芳，而据我们的调查所知，你跟肖丽芳是男女朋友的关系。"

"我……"黑衣男子顿时哑口无言了，他没想到警察那么快就查到这关系。

"你之所以不承认，是担心这个吧！"

严昊翎面带笑容，把另三张照片推到了他的面前。

只见照片上是一些装在密封袋的颗粒药片，以及一些粉末晶体和植物烘焙物。

如果是熟悉毒品的人，只需要一眼便能够认出照片中的分别是摇头丸、海洛因，以及大麻，全都属于违禁物品，被警察抓到足以判重刑，量大的话甚至得枪毙。

看到这三张照片，瞬间黑衣男子的脸都苍白了，神色惶恐不安了起来。

"这些东西都是我们在肖丽芳的出租屋里搜出来的，而你躲在衣柜里担心被我们发现，后来又拼命逃跑，并且还拒捕袭警。

"只有一个解释，那就是你知道这些东西，或者说这些东西就是你的。"

黑衣男子闻言，连忙否认道："不是，不是，这些都是肖丽芳她们的，跟我没关系。"

"刚才你说不认识肖丽芳嘛！现在怎么又认识了？"严昊翎淡道。

"……"黑衣男子顿时哑巴了。

第五十二章　冻肉批发商

"刚才你说不认识肖丽芳嘛！现在怎么又认识了？"

严昊翎此话一出，黑衣男子顿时哑巴了。

如果一开始他承认与肖丽芳两人认识，那么现在还不会这么被动。

可是现在说什么都已经迟了，只能老实地坦白承认。

"好吧！我承认我是肖丽芳的男朋友，可是这些东西真的不是我的。"

黑衣男子还试图狡辩不肯承认，毕竟贩毒或者私藏毒品，那可是很严重的罪行。数量多的话，甚至还要枪毙呢！换了谁都不肯轻易承认的。

但是严昊翎当了那么多年刑警，可不是吃素的，早就看穿了他的虚实。

"哼哼！"严昊翎哼笑了两声，淡然说道，"是不是你的一检查就知道，在这些密封袋子上我们发现了几组指纹，只要采集你的指纹进行比对，结果很快就会出来。"

听到这话，黑衣男子脸色顿时煞白了几分。

见到他这番反应，办案经验丰富的严昊翎不用等检查结果就已经知道答案了。

"还不快点老实交代！"严昊翎呵斥道。

"我跟肖丽芳以前的确是男女朋友的关系，可是我们已经分手了呀！"黑衣男子说道。

"分手了？为什么分手？"

只见这时黑衣男子脸上露出愤恨的表情，似乎想起了什么气愤的事情。

他咬牙说道："这个贱女人傍上了大款，所以就把我给踢开了呗！我平时对她那么好，没想到她竟然见钱眼开，连挽留的机会都不给我。"

听到这话，正在观察室内旁观的宋世哲眉头微皱了一下，若有所思。

严昊翎继续问道："既然你们已经分手了，那你为什么会出现在她的出租屋里，而且还躲在柜子里，你不觉得自己的话前后矛盾吗！"

黑衣男子顿时又卡住了，神色露出几分懊恼，显然意识到自己说错话了。

"我、我回去取东西，刚好遇到了你们上门检查，一时害怕就躲到柜子里去了。"

"取东西，哼！我看你是打算回去取走这些毒品吧！"

黑衣男子低头没有回答，显然是默认了。

就在这时，严昊翎突然猛地拍了桌面一巴掌，发出"砰"的一声巨响。

黑衣男子被这突如其来的巨响吓了一跳，不禁缩了一下脖子，惊恐紧张地看向严昊翎。

"说，你是怎么杀害肖丽芳的？"严昊翎暴喝道。

"什么？我没杀她啊！"

严昊翎"噌"的一下站了起来，闷声怒道："你还想要狡辩，你分明是个毒贩，跟肖丽芳是情侣，平时利用你们之间的关系，把毒品藏在她的出租屋里。"

"可是后来肖丽芳傍上了大款，要跟你分手，你不同意，又担心她到警局举报你，所以你就干脆一不做二不休地把她杀了，并且残忍地分尸丢入下水道毁尸灭迹，对不对？"

黑衣男子瞪大了眼睛，愣愣地看着严昊翎好一阵子才回过神来。

"你、你说什么？肖丽芳被人杀了？"黑衣男子愣道。

"你还想装傻，看看这些照片，这就是我们警方发现的尸块，经过检验，已经确认就是肖丽芳尸体的一部分，现在你还有什么抵赖的！"

"不、不可能，怎么会这样？她死了？"黑衣男子失神落魄地呢喃道。

看到他的反应，严昊翎不禁愣了一下，下意识地看了一眼墙面上的单向透视玻璃。

而在单向透视玻璃的背后，彭局长和宋世哲等人相互对视了一眼，目光与神情之中都夹杂着几分凝重。

因为他们都看出来了，黑衣男子的反应很真实，充满了震惊和不相信。

很显然，黑衣男子是刚刚得知肖丽芳被害，并不是装出来的。

这也就意味着，肖丽芳的死应该跟他无关。

当然了，如果黑衣男子能够伪装到骗过他们这些经验丰富的老刑警，那他去混演艺圈估计连奥斯卡小金人都非他莫属了，不过这个可能几乎为零。

不过，虽然肖丽芳不是黑衣男子所杀，但是毒品却的确跟他有关联，也不算完全没收获。

随后，在严昊翎的逼问下，黑衣男子总算说出了全部隐情。

男子的名字叫洪万峰，二十五岁，天京市江宁区人，高中学历，无正当职业。平日里经常出入夜场、酒吧等娱乐场所，目的是散货售卖毒品。

他跟肖丽芳之所以会认识，是因为有一次她被人调戏，洪万峰出来英雄救美了。

后来两人很快便确定了情侣关系，直到肖丽芳认识大款，这才结束了二人之间的关系。

而他之所以会出现在肖丽芳的出租屋里，就是为了拿回毒品。

前一阵子因为扫毒严打，所以他将毒品藏在肖丽芳的出租屋内，打算等风声过了之后再取出来。结果没想到，肖丽芳突然跟人间蒸发似的，怎么联系都联系不到。

本来他打算找肖丽芳的闺密张晓婷的，可是对方却因为扫黄行动，被公安抓了进去。

肖丽芳和张晓婷是好姐妹，洪万峰又经常上去玩，一来二去张晓婷也知道他的事情。

所以，当得知张晓婷被抓进去的消息后，他成天心惊胆战的，担心张晓婷把他给供出来，一直在外面东躲西藏的。

直到今天，他感觉没什么事情了，所以才前往肖丽芳的出租屋取东西。

结果万万没想到，才刚刚进屋子没多久，警察就找上门来了。

他还以为是张晓婷或者肖丽芳交代了，把自己在出租屋里藏毒的事情告诉了警察，警察在外面布下眼线，就等着自己上门来取毒品呢！

所以，他才急忙躲进衣柜里，在被发现时立即选择逃跑。

可惜的是，最终他还是没能逃跑成功。

不过对他而言，现在一切都不重要了，因为洪万峰满脑子都是关于肖丽芳的噩耗。

他不敢相信肖丽芳竟然被人杀死了，而且还被残忍地分尸了。

这个噩耗对他可谓是打击极大，因为他是真的喜欢肖丽芳。虽然她是从事外援女这种工作的，但肖丽芳很体贴很温柔，懂得照顾人，跟她在一起是洪万峰过得最开心的日子。

一时间，洪万峰沉浸在心爱之人遇害的哀痛之中。

就在这时，严昊翎裤兜里的手机突然震动了一下，他下意识地掏出一看。

只见严昊翎愣了一下，随即瞥了单向透视玻璃一眼，微微点头。

刚刚他接到了一条微信信息，正是宋世哲发的。

信息很简短，只有一句话：问一下有关那个大款的情况。

"洪万峰，你说你不是杀害肖丽芳的凶手，你最后见她是什么时候？"严昊翎问道。

"是两个月前，我记得很清楚，当时我们因为分手吵得很厉害，我还扇了她一巴掌，最后我为了不让她去举报我，还威胁她说要让她不得好死，没想到……"

"没想到你一语成谶是吗！"严昊翎唏嘘道。

"嘶……嘶嘶……唔唔……"

洪万峰的眼泪突然夺眶而出，低垂着脑袋呜咽啜泣了起来。

男儿有泪不轻弹，只是未到伤心处。

见到这一幕，严昊翎包括隔壁观察室里的宋世哲等人，都不禁有些黯然。

不管肖丽芳是做什么职业的，她的遭遇实在是太可怜了。

等到洪万峰稍微发泄了一阵后，严昊翎才继续问道："既然肖丽芳不是你杀的，那么你知道她跟谁有仇吗？还有，她傍上的那个大款是什么人，知道吗？"

"肖丽芳的脾气很好，人缘很好，根本没有仇人，至于那个包养她的大款，具体的我不清楚，只知道是个搞冻肉的批发商。"洪万峰回答道。

冻肉批发商！这个身份一出现，宋世哲、严昊翎等人瞬间眼神一亮。

在所发现的尸块之中，宋世哲尸检结果发现，首先尸体被凶手冰冻过，进而用电锯进行切割成尸块，再将尸块带到各个下水道入口抛尸。

而冻肉批发商，恰好符合以上尸检结果之中的两个条件。冰冻，以及电锯！

经营冻肉的怎么可以没有冻柜呢！甚至连冻库都有。而有时候，为了将大件的冻肉改刀，就需要足够锋利的切割机，这比电锯还要来得锋利呢！

再加上对方是批发商，自然不缺钱，只要有钱，找外援女还不简单。

如此一来，作案工具和物质条件都具备了。

虽然只是具备了作案的现实条件，并无法锁定作案动机，但不失为一个重要的调查方向。在眼前这种抓瞎的情况下，死马也只能当活马医了。

随后，严昊翎又继续问了一些关于该批发商的资料，可惜洪万峰一问三不知。

也不知道是肖丽芳不说，还是那个批发商隐藏得太好了。

严昊翎离开审讯室后来到隔壁，还没等他开口，彭玉松便立即下达了命令：

"这个冻肉批发商有可能就是犯罪嫌疑人，严队长，你让人前往交管局，调取周边的监控录像，一定要把这个批发商给挖出来。"

"是，局长！"严昊翎果断应道。

这时，他看着审讯室内默默伤心的洪万峰。

"对了，局长，那这个洪万峰要怎么处置？"严昊翎询问道。

"暂时先收押着，现在当务之急是先抓住下水道杀人魔，至于贩毒案先押后。"

彭玉松做出命令后，严昊翎和小孙立即行动起来，前往交管局调取录像。

至于宋世哲和林雅，由于没有什么事情，一下子空闲了下来。

两人回到法医科办公室，林雅机灵地给宋世哲泡了杯铁观音茶水，至于她自己则是弄了杯速溶咖啡，二人靠着椅背休息了起来。

"师傅，你说这一次能不能找到那个杀人魔啊？"林雅询问道。

"不知道，看造化！"宋世哲淡淡地说道。

"为什么这么说？"林雅不解道。

宋世哲瞥了她一眼，提前给对方打好预防针，说道："有时候，即使所有证据跟线索看起来都顺理成章，但真凶实际上却另有其人，这样的事情并不少。"

"而且，有时候凶手看起来很普通，甚至是别人眼里的老好人，所以，在还没完全确定真凶的身份之前，都有可能出现反转。"

"啊！"林雅有些失望地哀叹了一声，撇嘴道，"要是能发现其他尸块就好了。"

闻言，宋世哲连忙咳嗽道："在法医科不能说这种话，很邪的！"

话音未落，办公桌上的座机电话陡然响起。

"……"宋世哲和林雅面面相觑。

第五十三章　笨办法

事实再一次验证了"不能说"的魔咒。

宋世哲接起电话，得到清淤工人在金川河河面上发现疑似尸块的消息。

对此林雅也无语了，自己只是发发牢骚，没想到真的实现了。

虽然感觉有些毛骨悚然，但是发现新尸块意味着有可能会发现新线索，所以两人还是满怀期待地前往发现新尸块的案发现场。

这一次发现新尸块的位置在五所村附近，距离发现肖丽芳尸块的位置不远。

两处位置的直线距离也就五百米，而且也是在河边被发现的。不知道是尸块顺着河水往下流了下来，还是凶手直接在附近抛尸的。

由于在河边没有设置监控摄像头，所以也没有监控视频可供调查。

当宋世哲两人赶到现场时，已经是傍晚时分了，光线并不好。

五所村属于老住宅区，周边环境复杂，居住人口密度大。发现尸块的事情已经引来了很多人围观，包括闻讯而来的记者们。

为了避免造成不必要的恐慌和围观，所以宋世哲将尸块直接带回局里。

回到公安分局的时候，时间已经是晚上七点了。

宋世哲两人先去吃饭，吃完之后时间是七点半左右，这才开始对新尸块进行尸检。

这一次发现的尸块不少，足足有七块，这些尸块并不是在同一个位置被发现的，而是零散地分布在岸边，被发现后统一收集到一起的。

跟在金川河边发现的一样，尸块被凶手用塑料袋严严实实地包裹了起来。

为了尽可能地保护证据的完整性，两人费了不少的工夫一点点地把袋子口绳结给解开。

当所有尸块都被取出来时，彻底验证了宋世哲的推测。

新发现的尸块分别有左胸、右胸、右肩膀、右小臂、左腹、右腹，以及又一个右胸。

前面六块尸块正好组成一个整体，再加上先前所发现的第四号死者的胯部，正好组成一具缺少头颅、下肢的女性尸体上半身。

而多出来的那一块右胸，则是与第三号死者肖丽芳的尸块契合上了。

一号死者跟三号死者的身份都已经查明，如今只有二号死者跟四号死者的身份成谜。

不过，好在从肖丽芳的前男友嘴里得到一条重要的线索。

尽管结果还不知道，但至少有了一个方向。

林雅对四号死者的尸块进行了简单的尸表检验，得出了结论。

"师傅，尸块除了分尸造成的切割痕迹，其他位置并没有发现任何开放性损伤，而且我检查过了，四号死者没有隆过胸。"林雅说道。

上次她见宋世哲借助死者隆胸的填充物编号，成功找到肖丽芳的身份，所以特地检查了一下。只不过这一次他们可没那么走运。

宋世哲点了点头，对此并没有感到意外。

从发现第一具尸体到现在，他已经领略了凶手作案的谨慎和小心。

所以对于尸表检验，宋世哲并没有指望有什么新发现。

正当他准备对尸体进行解剖时，忽然眼神一缩，快速转向到尸体的手部。

确切地说，应该是指尖的位置。

宋世哲皱紧眉头，仔细审视着右手无名指的指甲处。

由于尸体受过冰冻，起到一定的防腐作用，所以尸体的指甲什么的还尚未脱落。

"师傅，发现了什么吗？"林雅略带紧张地询问道。

"指甲里有东西！"宋世哲回答道。

说完，他从工具盘里拿了一只指甲钳，小心翼翼地将发现异物的指甲剪了下来。

四号死者的指甲并没有涂指甲油，但修得很漂亮，看得出对方平日里很注重保养。只不过经过冰冻和失血，现在只剩下一片惨白色。

宋世哲用尖头镊子从指甲内部夹了一点东西出来，乍一看好像是淤泥污垢似的，但经验丰富的他有一种直觉，这东西有可能是重要线索。

"这是什么？"林雅好奇地问道。

"现在还不知道，晚些送到鉴证科检验一下，说不定会有发现。"

说完宋世哲小心翼翼地将"污垢"收了起来，随即继续对尸体进行解剖尸检。

虽然尸体已经被切割成大小不一的尸块，但是为了更详细地进行尸检，还是需要进一步解剖。宋世哲切开了尸体的气管、胃部、肺部。

就在他尸检的时候，刚好回到局里的严昊翎和小孙得知消息急忙赶了过来。

严昊翎一进门就问道："老宋，发现什么新线索了没有？"

宋世哲抬头瞥了他一眼，没有回答，继续低头忙着手上的事情。

自讨没趣的严昊翎，撇了撇嘴不以为意。

这已经不是第一次被他无视了，严昊翎早就习以为常了。

而此时小孙凑近到林雅身旁，觍着笑脸问道："林法医，有没有什么新发现啊？"

林雅看了一下宋世哲，随即回答道："我们在尸体的指甲里发现了一点东西，暂时还不清楚是什么，得经过检验才能知道答案，有可能是淤泥，也有可能是重要线索。"

这个时候，宋世哲完成了对尸体的尸检。

"老宋，验得怎么样了？"严昊翎忙不迭地问道。

"在死者的气管内壁发现气泡和充血现象，同时，在死者的肺部里面发现有积液，所以可以确定死因是溺亡，不过在胃部和气管内并没有发现泥沙和杂质。"

听到这话，严昊翎立即说道："没有发现泥沙跟杂质，这说明溺亡的水质很干净啊！"

"是的，所以我推测，四号死者的命案第一现场应该也是室内。"

"一号死者李小梅就是在室内被闷死的，再结合凶手所选择的目标对象又都是外援女，所以凶手应该是通过上门服务，打电话把目标对象骗到作案地点再实施杀人。"

伴随着案件调查的进度，专案组对凶手的作案手法基本已经掌握了。

而严昊翎作为专案组的负责人之一，自然是烂熟于心。

"可怜那些遇害的外援女本以为生意上门，没想到一脚踏入了鬼门关。"林雅感叹道。

"要我说，她们若不是自甘堕落，也不会成为凶手的目标。"小孙说道。

听到这话，宋世哲不禁想起了肖丽芳日记本里写的有关她家里的情形。

他忍不住开口说道："并不是所有从事这种行业的女生都是自甘堕落的，也有不少是无奈误入歧途，甚至是被人逼迫的，你这样说太武断了。"

"就是啊！按你这么说，那么出门遇到抢劫岂不是活该，怪受害者自己出门咯！"

林雅本来就替受害者鸣不平，当即力挺师傅，不客气地发出谴责。

"我……我只是随口一说嘛！"小孙讪讪地说道。

"闭嘴吧！"严昊翎没好气地白了他一眼，继续问道，"除了死因，还有别的吗？"

宋世哲摇了摇头，这让严昊翎和小孙两人不禁有些叹气，感到无奈。

这时，宋世哲想起他们去交管局调取监控录像来的，好奇地询问道："对了，你们不是去调取监控录像吗？怎么样了？"

"监控录像查过了，在肖丽芳失踪之前，的确有一名男人经常开着一辆广汽丰田凯美瑞找她，应该就是那个冻肉批发商，不过车主还没有找到。"严昊翎说道。

"嗯？"宋世哲不禁疑惑道，"这话怎么说？"

小孙没好气地说道："我们是找到那辆车了，可是车子是套牌车。"

"套牌车!"宋世哲闻言,心不禁一沉。

找到车辆最大的目的,就是通过车牌号码进而追踪车主。可是现在车子是套牌的,这也就意味着没法通过车牌号码找到真正的车主。

这样的话,线索到了这里又一次断了,还是无法知道嫌疑人的身份。

本来就只是他们的推测,凶手是不是冻肉批发商还不一定呢!现在干脆无法验证了。

不过他们并没有放弃,虽然无法从车牌找到车主,可是对方这般鬼祟的举动,更加引起严昊翎他们的怀疑和重视,越发觉得车主有嫌疑。

所以,他们已经将沿路的监控录像都带了回来,准备熬上几个通宵。

只要跟着车子一路查看,就能够找到对方的住处,进而锁定肖丽芳最后遇害的位置。

当然,这只是严昊翎他们的设想,能不能找到还不确定。

正当气氛有些沉闷的时候,宋世哲忽然说道:

"其实,我有一个笨办法,说不定能够找到四号死者的身份。"

"什么办法?"

严昊翎、小孙、林雅三人异口同声地问道。

说完之后,他们相互对视了一眼,随即忍不住哂然一笑。

"呵呵!"宋世哲也轻笑了一声,说道,"我在四号死者的子宫内发现对方有多次刮宫的迹象,说明她曾经多次堕胎,其中有一道痕迹很新,时间不超过一个月。"

"师傅,你的意思是说……"林雅仿佛猜到他想说什么似的。

宋世哲扫了他们一眼,道:"四号死者的尸源寻找条件,身高在一米六五左右,体重四十五公斤到五十公斤之间,身材火辣,有多次堕胎记录,职业是外援女。"

"根据最新堕胎的痕迹,应该是在一个月到两个月之内,我们只需要到鼓楼区各大医院的妇产科进行走访调查,像这样的病患不多见,医生多少会有印象。"

"拿到名单之后,咱们再一一进行筛查,虽然速度慢了一点,但应该能找到。"

听到这话，严昊翎和小孙的眼神顿时亮了起来。

"太好了，这样比大海捞针要快多了。"林雅欣喜地说道。

"老宋，你怎么不早说啊！"严昊翎埋怨道。

宋世哲没好气地鄙视了他一眼，说道："今天早上才发现尸体其实是两个人的，后面又一直在忙事情，我也是现在才想到的嘛！"

的确如此，在没察觉这一点之前，他一直以为只是一具尸体。

既然可以从隆胸的硅胶填充物查到死者身份，又何必大费周折地走访调查呢！

同样意识到这一点的严昊翎，大咧咧地讪笑两声。

"好好好，是我错了！"

第五十四章　心理侧写

忙碌的时间总是过得飞快，眨眼间便过了三天。

在这三天时间里，整个专案组可以说没有一刻空闲，一个个都连轴转，忙得不停。

所有组员分成了三个小组，一组负责到各大医院进行走访调查四号死者的身份；二组负责对洪万峰所说的冻肉批发商进行追踪；第三组，则是调查李小梅、肖丽芳两人在失踪之前，跟什么人有过联系。

警力有限但是调查的范围却不小，这导致专案组的队员们奔波劳累、来回折腾。

对比起来，宋世哲、林雅他们反而显得有些空闲。

宋世哲的本职工作是法医，协助专案组破案只是他工作的其中一部分，更多的是处理一些伤情鉴定，以及非正常死亡事件。

毕竟杀人案比起民事案件来说，只是其中的少量案件。

所以，这三天时间里，除了发现新尸块出现场，宋世哲其余的时间都在处理别的事情。

但是他也没有就这样闲着，依旧时刻关注着案件的最新进展。

全力运转的国家机器还是很给力的，经过三天时间的调查走访，案件的线索取得了不错的进展，三个小组都分别有所收获。

......

第三天的晚上九点半，鼓楼区公安分局三楼多媒体会议室。

宽敞的会议室内坐满了专案组的成员，整个会议室内弥漫着肃然的氛围。

随着命案发现的增多，碎尸块打捞现场不断被曝光，想要继续掩盖命案的消息已经不现实了，尤其是在记者的推波助澜下，整个天京市都知道了。

不过还好的是，报道的只有一起命案，而不是四起，所以并没有引起轩然大波。

虽然前后几次发现尸块，都有市民围观并发上网络，但是人们并不知道那些尸块是几个人的，都以为只死了一个人而已。这也让彭玉松感到松了口气。

这段时间他一直提心吊胆的，担心再像上次"审判者"事件那样闹得满城风雨。

上次虽然成功破案了，但是实在算不上大捷，只能算是惨胜！

要知道杨旭计划报复的目标基本都死光了，只剩下一个刘伟豪幸免于难，但是对方的下场也好不到哪儿去，活着比死了还要煎熬。

而且若不是杨旭自曝行踪，警方想要查到他身上还不知道要多久呢！

最后他还是自杀的，并不是被警方抓捕归案。

不过好在最后严昊翎在直播之中，上演了一次临危不乱的精彩救援，也算是挽回了不少警方的颜面，但实际上该次案件对警方的威信还是有所打击的。

此时，在会议室内的小讲台上，严昊翎正在上面对案件进行详细的讲解：

"经过大家三天日以继夜的艰苦奋战，案件终于取得了可喜的进展，首先是关于第四号死者的身份，大家请看大屏幕。"

话音刚落，只见在大屏幕上出现了一名身材窈窕、长相出众的妙龄女子。

"四号死者叫许薇薇，真名叫许美凤，老家是重庆，今年二十五岁，身高一米六四，体重四十八公斤，职业是某KTV的公主，也就是坐台小姐，还是里面的红牌呢。"

说着，大屏幕上出现了一家门面装修得十分高大上的娱乐场所。

"两个星期前，许薇薇忽然不上班了，一开始她的同事以为她只是休假几天，但是后来一直没有上班，她的经理怎么都联系不上人，这才发现她失踪了。

"由于做这一行的小姐流动性很大，很少有小姐在同一家会所里面做满一年的，所以她的同事都只是以为她跳槽到别的会所去了。

"而且许薇薇所从事的工作比较敏感，所以即使她失踪了，也没有人到公安局报案。"

看着手里关于许薇薇的个人资料，上面除了许薇薇的背景调查，还有关于她的身高、体重，甚至连三围数字都有，数据非常的诱人。

"卿本佳人，奈何为娼呢！"宋世哲心里无奈地暗想。

他有点替对方感到可惜，从外表条件来说许薇薇的姿色不错，而且她的家庭也不像肖丽芳那么艰难，甚至还上过大学受过高等教育呢！虽然是三流大学。

究其原因，估计还是抵挡不住物质的诱惑吧！

关于许薇薇为什么堕落，宋世哲其实并不感兴趣，他更多的是把注意力投注在许薇薇上班的会所上。该会所明面上是干净的，但背地里一直是藏污纳垢的地方。

在这里，他不得不佩服严昊翎他们这些刑警的调查能力。

要知道对于这些娱乐场所的经理，遇到警察盘问躲都来不及，就算知道些什么那也是缄口不言，可即便这样还是被他们给打听到了。

介绍完许薇薇之后，严昊翎拿着遥控器操作了一下，继续说道：

"接下来是第二小组关于冻肉批发商的调查，通过调取监控视频进行对比，成功锁定了目标嫌疑人，这名男子叫刘鸿飞，今年三十七岁，住在鼓楼区的四平苑。"

说到这里，大屏幕上画面转换，出现了一幅卫星地图。

只见上面用图标标记出的四平苑的所在位置，赫然正处于金川河西路的附近。而发现三号死者肖丽芳，以及四号死者许薇薇的尸块位置，就是在金川河。

"通过洪万峰的口供，肖丽芳在出事之前一直在金川河东路附近的一家会所当按摩技师，同时兼职当外援女。至于许薇薇所工作的KTV，就在明晨大厦附近。"

伴随着严昊翎的介绍，地图上又出现了两处标记，分别都打上了备注。

从卫星地图的地理位置进行查看，刘鸿飞所住的位置离肖丽芳直线距离只有四百五十多米，而距离许薇薇的距离那就更近了，只有二百四十多米。

从地理位置来分析，刘鸿飞的确具备作案的有利条件。

而且由于他所住的地方离金川河很近，所以对周边的环境非常熟悉。

根据心理安全区的判断，凶手杀人抛尸一般都会选择自己比较有安全感的区域，也就是自己所熟悉的地方。

并且，他是肖丽芳失踪遇害之前最后接触的人，这无疑加重了刘鸿飞身上的嫌疑。

虽然暂时还没找到他与许薇薇之间的关联，但依旧是最大嫌疑人。

"目前我们已经锁定了嫌疑人的行踪，随时可以实施抓捕，但由于还没掌握确凿的证据，为了避免打草惊蛇，所以暂时没有着急行动。"

这时，彭局长插嘴说道："如果发现目标人物有潜逃的迹象，可以直接实行抓捕。"

严昊翎点了点头，说道："大家都听到了吧！"

"是，局长！"众人齐声应道。

"接下来的是第三小组的，经过调取通话记录，我们发现李小梅、肖丽芳、许薇薇三人，都与一个电话号码有过通话，每个月的次数不一。

"可惜的是，该电话并没有进行实名登记，所以尚不清楚该电话的主人是谁。

"对此，我打算部署一次钓鱼行动，把对方给钓出来。"

说完，严昊翎拍了拍手，说道："接下来由宋科长给我们讲一下他的想法。"

宋世哲站起身来，快步走上了小讲台，回身扫了众人一眼。

"首先我得说一声，大家辛苦了。"宋世哲淡笑地说道，"虽然我没有参与走访调查，但是我知道大家付出了很多努力才成功找到这些线索的。"

"行了，老宋，就别客套了，赶紧开始吧！"严昊翎不客气地催促道。

宋世哲轻笑了声，说道："那我就进入主题了。"

"这三天里，我针对凶手作了一次心理侧写，我推断凶手的年龄应该是在三十岁到四十五岁之间，收入稳定，有一定的积蓄，体形健壮，身高在一米七五以上，体重在七十公斤到八十公斤之间，性格凶残，童年应该发生过什么不可磨灭的心理阴影。"

所谓的心理侧写，是根据罪犯的行为方式推断出他的心理状态，从而分析出他的性格、生活环境、职业、成长背景等。

听到这话，彭玉松不禁问道："你说的有什么依据吗？"

宋世哲点头分析道："首先，第一号死者李小梅的死因是被闷死的，而第四号死者许薇薇的死因是被溺死的，两名死者的命案第一现场都是在室内。"

"结合死者外援女的职业身份，凶手应该是通过上门服务将受害者诱骗到作案地点，双方在性交易之后，凶手再对受害者进行袭击。"

"以此类推，第二号死者和第三号死者的命案第一现场，应该也是在室内。"

"遇害的死者普遍身高在一米六以上，体重在四十五公斤到五十公斤之间，而凶手能够杀死死者却不被人察觉，并且事后将尸体顺利转移。"

"所以我推测，凶手身高应该在一米七五以上，体形健壮，孔武有力。"

在下面的众多专案组队员都纷纷点头，对这个推测表示赞同。

"至于收入，从三名已知身份的受害者来看，她们的外形条件都不错，身高、体重、身材比例相差不多，所以，凶手选择目标并不是随机选择，而是有特定要求的。

"在物色目标的时候，他肯定是经常出入娱乐场所进行挑选，没有稳定的收入和一定的积蓄，是没办法维持挥霍的生活的。"

小孙忍不住问道："那么年龄呢？经常出入娱乐场所的，不应该是青壮年居多吗？"

"的确，正常情况下是如此。"宋世哲说道，"但是三十岁之前的男人，普遍比较冲动，即使杀了人也是冲动犯罪。可凶手杀人分尸抛尸，每个步骤都很冷静，没有留下线索，可见凶手的心态很沉稳，没有一定的人生阅历是做不到这一点的。

"性格凶残就不用说了，不凶残也干不出这些事情来，至于有童年阴影什么的，几乎每个变态杀人魔童年都受过虐待或者家暴。"

听完宋世哲的分析，众人豁然开朗，同时更加确定刘鸿飞的嫌疑。

因为对方几乎符合宋世哲的所有推断，有钱，年龄三十七岁，体形健壮等。而且跟肖丽芳有过密切的关系，同时还具备了作案的条件：冻柜和电锯。

当然，推断毕竟是推断，没有真凭实据就算抓了人最终还是得放走。

宋世哲继续说道："经过鉴证科的化学检验，发现的四起命案之中，时间最久远的是第二号死者，死亡时间在一年到一年半，同时也是唯一尚不知道身份的受害者。

"排在第二的，是一号死者李小梅，虽然尸体呈现尸蜡化了，但实际上死亡时间是半年到八个月之前，紧接着是第三号死者肖丽芳。

"根据肖丽芳前男友洪万峰的口供，以及调取的监控视频，肖丽芳最后出现的时间是一个半月之前。而四号死者的死亡时间就更加接近，距离今天只有半个月。"

说到这里，宋世哲稍微停顿了一下，给一些队员留点反应时间。

他接着说道："每个连环杀人犯基本都有心理疾病，从凶手作案的时间上，很明显是在不断缩短，凶手随着犯案次数的增多，越发无法控制自己内心的阴暗面。

"所以，我敢断定，凶手短时间内应该还会作案。"

第五十五章　争执

"所以，我敢断定，凶手短时间内应该还会作案。"

当听到宋世哲这个判断，在座的众人不禁纷纷交头接耳地低声议论了起来。

现在已经发现的就有四人遇害了，但却不能肯定只有四个，说不定还有没被发现的遇害者。如今却听到凶手近期还会作案，这也就难怪众人会感到紧张。

而且宋世哲在分局有着神探之名，他的推测很少有出现失误的时候。

"喂喂喂！都安静一点！"

正当现场有些嘈杂的时候，彭玉松叩了叩桌面，制止了议论。

等到安静下来后，他继续问道："宋法医，那你和严队长有什么计划没有？"

宋世哲回答道："刚才严队长说的钓鱼行动就是计划。

"同一个电话，跟三名死者都有联系，这绝对不是巧合，但是在通话记录中，肖丽芳失踪之后，电话依旧有呼入的记录，这说明电话主人应该不是凶手。"

这点其实很好理解，如果对方是凶手的话，怎么可能还给死人打电话呢！

当然了，也不能完全排除是对方故布疑阵。

只不过这样的可能性很小，如果真是如此，那凶手的头脑得精明到什么程度，真要是那么精明，估计现在警方可能还发现不了尸体呢！

"好，不管怎么说，先把对方给控制起来。"彭局长闷声道。

"虽然还没有证据证明刘鸿飞就是下水道杀人魔，但是如果推断没错，凶手下一次作案时，就是我们验证结果抓捕凶手最好的机会。"严队长说道。

彭局长点了点头，说道："没错，接下来的任务就是重点盯牢刘鸿飞。"

说到这儿，他站起身来回过头看向众多专案组成员，肃然道，"严队长和宋法医的分析大家都听到了，下面的任务关系着能不能将凶手抓捕归案，大家必须打起十二分精神。"

"是，局长！"众人哗啦一下站起身来，齐声应道。

随后宋世哲回到座位，严昊翎上去重新分配警力，对刘鸿飞实行三班轮换盯梢。

很快，专案组会议结束，众人领取任务各自去回家休息。

接下来的时间，将会是一场持久战，再想好好休息可就没那么容易了。

宋世哲和林雅走在后面，这时严昊翎走了过来。

"老宋，小林，等一下！"

听到叫唤，宋世哲两人下意识地停了下来，疑惑地看向严昊翎。

严昊翎来到两人身前，神情有些尴尬，讪笑道："那个，有件事想请你帮忙。"

"什么事？你说。"宋世哲随意地说道。

"这个……不是请你，是请小林帮个忙。"严昊翎尴尬地说道。

听到这话，宋世哲眉头顿时一挑，思路敏捷的他立即猜到对方想要干什么了。

"我不同意，你别打她的主意。"宋世哲拒绝道。

"嘿！我又不是问你，我问的是小林。"严昊翎立即反驳道。

在一旁身为当事人的林雅听着一头雾水，忍不住开口问道："你们在说什么呀？"

"这家伙想要让你帮忙钓鱼，把那个神秘号码的主人给引出来。"宋世哲没好气地瞥了严昊翎一眼，说道，"这事情不是应该找女刑警出马吗？林雅她是法医啊！"

"我知道啊！但是咱们局里的那些警花是什么质量，不用说你也很清楚吧！连咱们这一关都过不了，你还指望她们能够过得了号码主人那一关？"

宋世哲当然知道这些，但他还是不同意。

因为这事情太冒险了，稍有不慎林雅可能要吃上大亏，甚至可能会有危险。

虽然由那些女刑警去执行任务同样会有危险，但是女刑警毕竟是受过专业训练的，面对危险知道怎么去解除危机，以及保护自己，而林雅却没有这方面的技能。

"我还是不同意，林雅她根本没有……"

宋世哲的话还没有说完，突然，林雅开口打断了他的话，给出了自己的答复。

"我去！"林雅果断地说道。

"果然是巾帼不让须眉呀！好样的。"严昊翎立即送上了一记马屁。

"好什么好，林雅是属于法医科的职员，我是科室的领导，你要调动她必须征得我的同意，现在我可以告诉你答案，这件事没的商量。"宋世哲态度坚决地断然说道。

宋世哲的态度引起了严昊翎的不满，他气恼道："老宋，你怎么这样啊！"

"师傅！"林雅忍不住跺脚，着急地喊道。

"你闭嘴，还知道叫我师傅呢！那就必须听我的，你别以为我不知道你跟金老师的关系，你万一出点差错，我怎么跟金老师交代。"宋世哲严肃地说道。

"呜……"林雅噘起了嘴，幽怨地看着他。

严昊翎有些不耐烦了，忍不住说道："老宋，平时见你挺理智的，这重要关头怎么儿女情长，护起短来了呢！局长可是说了，所有人员都必须全力配合。"

"你不要用局长来压我，我不同意的事情，他来了也不管用。"宋世哲说道。

"我说……你真是茅坑里的石头，又臭又硬啊！"

宋世哲一副你能拿我怎么样的表情，严肃地说道："你难道是第一天认识我吗！"

严昊翎被怼得脸都涨红了，吹胡子瞪眼睛的，怒视着宋世哲。

此时，在一旁的小孙不禁揪紧了心弦，他可是很清楚自己队长的火暴脾气，惹急了不管你是谁，直接揍你没商量。

真要是出手，以宋世哲那单薄的体格，挨一拳不知道会不会出事。

正当他想着是不是先把严昊翎给拖走，免得矛盾激化，这时却看到严昊翎做了几下深呼吸，竟然硬是把怒气给压了下去。

"宋世哲！"严昊翎直呼其名，闷声说道，"你平时是怎么跟我说的，你说当警察，最重要的是公正严明，要心怀公义二字。

"现在，那个杀人魔在外面逍遥法外，那姓刘的是不是真凶还两说呢！万一他不是，那么这个号码的主人就是咱们破案的关键，如果因为你自私的行为，导致重要线索丢失，无法找到凶手，那到时候你知道意味着什么后果吗！

"你自己也说了，凶手近期就会再次行凶，如果我们没有及时抓住凶手，那么就会有下一个受害者，到时候你在解剖她的遗体时，你打算怎么面对她！"

"……"宋世哲呆住了，迟迟没有反驳。

严昊翎说的没错，刘鸿飞虽然很有嫌疑，可是到现在警方暂时找不到确凿的证据。

真相浮出水面之前，重大嫌疑人实际上是无辜的，这种狗血剧情在命案里并不是没有。甚至还会出现误判，无辜者蒙受不白之冤，坐冤狱，而真凶却逍遥法外的情况。

所以，真要是万一，万一刘鸿飞不是真凶，那么警方必须有个B计划啊！

宋世哲当法医那么多年了，自然不会不懂这个道理。

此时他不禁动摇了，因为他也同样迫切地希望抓到凶手，刚才不过是因为担心出事，所以不够理智罢了！现在被严昊翎"开导"后，幡然醒悟了！

一旁的林雅见状，连忙说道："师傅，我知道你担心我出事，但是我身手很厉害的，你也见识过的，就连小孙也不一定是我对手，你就让我去吧！"

旁边的小孙无辜地被拖下水，而且还是充当被对比的弱者，不禁有些无奈了。

虽然有些不太服气，但是一想到林雅撂倒洪万峰那一记漂亮的过肩摔，不禁偷偷咽了一下口水，有些底气不足了。

"哥们当的是刑警，主要是破案抓贼，又不是跟混混打架。"小孙安慰自己。

而此时，被成功说服的宋世哲终于缓缓地点了点头，叹道："好吧！不过有一个条件，我要全程参与，确保万无一失。"

"太好了！师傅你放心吧！我不会有事的。"林雅高兴地笑道。

而严昊翎也忍不住咧嘴笑道："嘿，这算什么条件，就算你不说我也会要你加入的。"

"哼！"宋世哲没好气地瞥了他一眼，哼道，"你别高兴得太早，这件事如果让金老师知道了，到时候得你去解释，我才不会替你背黑锅。"

"行行行，没问题，到时候金老有什么怪罪的，我一定负荆请罪，这可以了吧！"严昊翎把胸口拍得砰砰砰作响，满口保证。

宋世哲一脸不信任地看着他，总觉得自己做了一个错误的决定，但是话已经说出口了，再想改估计严昊翎他们也不肯答应，也只能这样子了。

"希望我这个决定不会让自己后悔吧！"宋世哲忧心忡忡地说道。

"哎哟喂，我的宋大法医呀！您就放一万颗心吧！有我严昊翎在，就算我自己出事也不会让你的宝贝徒弟出事的，行了吧！信我啦！"严昊翎笑道。

宋世哲瞥了他一眼，这一次没有再说什么。

严昊翎无视他的目光，咂嘴道："也就对你才那么好脾气，换别人我早就急眼了。"

"呵！我是不是还得感到荣幸啊！"宋世哲皮笑肉不笑地鄙视道。

"咳咳！"严昊翎挠了挠鼻梁，随即转移话题，勾着宋世哲的脖子说道，"走吧！我请你们去喝一杯，然后回家好好休息。"

"喝酒不开车，开车不喝酒，你还是警察呢！"

"这不还有小孙嘛！待会儿让他开车。"严昊翎随意道。

"啊！我也想喝一杯呢！"小孙哀声道。

"喝什么喝，我又没说请你。"

"我、我自己付呗！"

第五十六章　钓鱼行动

难得安详平静的一夜过去了，次日的朝阳依旧升起。

跟往常一样，宋世哲准时抵达分局上班。

只不过这一次由严昊翎开车变成他自己开车，因为对方还未醒酒呢！

明明只是说喝一杯，结果这家伙贪杯，一时多喝了几杯，当晚连家都没回去，直接在宋世哲的大厅沙发上当了一晚厅长。

要不是宋世哲拉拽起床，估计现在还在睡觉呢！

这不，都到分局了，严昊翎还倒在车后座酣睡呢！美其名曰"闭目养神"。

"喂！醒醒，到了！"

宋世哲打开车后座车门，踢了踢对方的脚。

"呃……"严昊翎呻吟着撑起脑袋，看了一眼后，嘟囔道，"这么快啊！"

"……"宋世哲瞪了他一眼，转身径直走入分局。

抵达法医科办公室的时候，林雅已经在办公室了，而且正在打扫卫生。

作为一名新来的实习生，林雅显然很懂得怎么融入群体，这段时间一直都是提前抵达，而且很勤快地擦桌子倒垃圾。

本来人长得漂亮，气质又好，能力也挺突出的，还这么会做人。

这也让她在极短的时间内便和大家融洽地相处了。

"早上好！师傅！"林雅打了声招呼。

"早啊！"宋世哲点头应了一下，随即回到自己的座位。

一切都如同平时一样按部就班地继续，直到严昊翎和小孙的到来打破了平静。

看到两人走进来，宋世哲无奈地叹了口气。

"该来的还是来了。"

说实话，他真希望严昊翎昨晚喝多了失忆，把他的那个馊主意给忘了。

只不过就算严昊翎不记得了，还有小孙跟林雅呢！所以注定了还是要按照计划进行。

"进里面去吧！"宋世哲朝解剖室示意了一下。

随后四人走进解剖室，科室里的其他人见状，不禁奇怪地相互对视。

进入解剖室，几人随意地找了处位置坐着，小孙将那个神秘号码拿了出来。

"这个号码我尝试拨打过，谎称是打错电话了，目前得知的情况，对方是一名成年女子，警戒心很强，发现不是认识的人立即就挂断了电话。"严昊翎说道。

小孙接着说道："我们调取过这个电话的通话记录，发现她经常和一些女性有电话联系，其中大部分有身份证注册，我们成功地发现了一些线索。"

"在对方频频联系的女性之中，有不少都是从事娱乐场所的工作，再结合三名受害者的情况，所以我们怀疑对方可能是拉皮条的鸨母，专门给人提供上门服务的。"

听完了简单的介绍之后，宋世哲将目光投向了严昊翎。

"说一下你们打算怎么做吧！"

"很简单，这里有一篇拟好的稿子，小林你看一下，然后待会儿照着念就行了。"

说完，只见严昊翎拿出一张 A4 纸递给了林雅。

林雅伸手接过稿子，好奇地看了起来，一旁的宋世哲也扫了几眼。

在稿子上写了一些对话，无非就是编织一个谎言，好骗取到对方的信任。

将稿子内容记住之后，林雅朝严昊翎、宋世哲点了点头。

"我可以了！"林雅说道。

"好！"严昊翎应了一声后，拿出一个华为手机递给了林雅，"我给你准备了一个手机，这个手机被我们做过处理的，里面有窃听器和跟踪器，你用这个手机拨打电话，然后按照稿子上面的对白说就行了。"

"当然了，如果能有点感情就更好了。"

林雅接过手机后，深吸了口气，随后输入号码点击拨打。

电话响了好一会儿，可是一直没有人接听，直到铃声播放完毕都没有人接。

第一遍拨打就这样宣布失败了，令林雅不禁有些发蒙。

出师未捷身先死，还没说话就失败了一次。

这时反倒是宋世哲主动了，淡然说道："没事，再拨打一次。"

林雅吸了口气再次拨打，铃声依旧响了很久，那边迟迟没有接通电话，令人郁闷。

眼看着电话又将断线了，这时电话突然接通了。

"喂！谁啊？大清早的还让不让人睡觉了？"一个有些气急败坏的女人声音陡然传来，听对方的话，显然现在还在睡觉呢！

宋世哲他们是八点上班，但严昊翎他们是十点才过来的，而此时已经十点半了。

不管对方的态度如何，终于打通电话就是好事。

严昊翎连忙朝林雅示意，让她赶紧按照计划行事，跟对方进行对话。

此时林雅也反应过来了，连忙开口说道："对、对不起啊！打扰您了，我是丽芳姐介绍的，请问应该怎么称呼您呢？"

没错，严昊翎他们所想的办法就是找一个所谓的介绍人，然后跟对方拉上关系，博取对方的信任，最后伺机把对方给诱骗出来。

而在与对方有联系的三名受害人之中，最适合借用的就是肖丽芳的身份了。

虽然许薇薇才是最后跟对方有联系的人，但是许薇薇是在KTV里上班的，那种场所本身就有足够的渠道，根本不需要经过中间人。

反倒是肖丽芳，她的工作是会所按摩技师，那种场合属于灰色行业。

有的会所是正规的，很干净，有的则是兼顾色情服务，所以如果想要赚"外快"的话，就需要找中介人介绍生意了。

所以，严昊翎他们才会选择用肖丽芳来充当跳板，博取中介人的信任。

"丽芳？"那边听到这个名字，显然是诧异了一下。

"对，肖丽芳，您认识的。"林雅立即接上话头，顺着说道，"我跟她是同一间会所的同事，她跟我说你很有办法，如果有什么困难的话可以找您帮忙。"

"哦！是小丽介绍的呀！你早说嘛！"

那边一听是熟人介绍过来的，立即换了一副态度。

林雅呼了口气，随即小心翼翼地询问道："那个……我应该怎么称呼您啊？"

"你跟小丽一样叫我美莎姐就行了，你呢？"美莎应道。

"我叫……刘小雅！"

这个严昊翎没有准备，林雅只能现场临时编了一个。

"那么小雅，你有什么困难？"美莎问道。

"这个……我听丽芳姐说，有个工作来钱比较快，我最近手头有点紧，需要不少钱，不知道是不是真的？"林雅按着拟稿说道。

美莎那边迟疑了一下，随后说道："有倒是有，不过对外貌形象有一定的要求。"

"我可以的，你要是不信我发我的自拍照给你看看。"林雅连忙说道。

听到这话，美莎没有多疑，同意道："哦！那好呀！你发来我看看！"

"好的，您稍等啊！"

林雅说完挂断电话，拿出自己的手机，打开图册挑选了起来。

站在她身旁的宋世哲下意识扫了一眼，好家伙，洋洋洒洒满屏幕都是她的自拍照，各种poss的都有，其中有不少是她在健身房的自拍靓照。

穿着修身的运动套装的林雅，将凹凸有致、窈窕动人的好身材完美地勾勒了出来。

尤其是里面有几张是瑜伽照，只是穿着运动背心的上半身，低胸的领口处两团沾染着汗迹的饱满莹白格外诱人，中间位置的深邃沟壑更是勾人心魂。

看得宋世哲不由得挑了下眉头，心里默默地打了一个九十五的高分。

林雅没有多耽搁，很快挑了一张中规中矩、比较普通的生活照，先是发到打电话的手机，然后再转发彩信过去给对方。

虽然说是普通生活照，但是架不住林雅底子好呀！不管怎么拍都是妥妥的好看。

当然了，现在的美颜相机拍照，几乎没有难看的！

那边接到照片之后，很快，还不到二十秒呢！就给林雅打电话过来了。

"小雅啊！照片我看了，小模样长得挺俏的，今晚有时间不？出来见个面，咱们再详谈。"

"有空有空，谢谢美莎姐照顾！"林雅很是上道地感激道。

"客气了，小丽的朋友就是我的朋友嘛！先这样了，我还得补个美容觉。"

美莎慵懒地说道，随后就挂断了电话。

"嘟嘟嘟……"听着电话传来的忙音，林雅不禁有些愣住了。

"她、她还没给我见面的地点呢！"林雅愣道。

旁边的小孙适时地解释道："很正常，组织他人卖淫最低要判处五年以上的有期徒刑，像这种人做事都很小心的，不到约定时间不会轻易给你见面地点的，等通知吧！"

"哦！原来如此！"林雅这才明白。

……

从早上挂断电话之后，一直到下午五点半对方才打来电话。

期间这段时间，林雅拿着肖丽芳的资料死记硬背，防止见面的时候被问起露馅。

对方约在晚上七点左右见面，地点是建宁路旁恒远酒店附近的一家主题餐厅。

该位置距离肖丽芳上班的会所很近，直线距离才三百多米。

显然，那个美莎的藏身之处就在会所的附近。

六点半，停靠在路边的吉普车内，宋世哲、严昊翎、林雅三人正在进行确认。

只见林雅一身简单的休闲装扮，上身是一件菊色的打底衫，外加一件薄外套，下面则是一条修长的牛仔裤，外加一双运动平板鞋。

至于脸上则是化了一个淡妆，十分自然淳朴，气质怡人。

一股浓浓的邻家妹子的既视感。

别人不知道，反正宋世哲看到的时候感到眼前一亮。

"我们给你的手机里安装有窃听器和跟踪器，你带在身上，到时候我们可以清楚地听到你跟目标的对话，不过为了以防万一，这个给你戴上。"

严昊翎说着拿出一个微型耳麦和一枚纽扣状物体递给了林雅。

"这是什么？"林雅问道。

耳麦她倒是认识，但是那纽扣她就不认识了。

"这个纽扣是跟踪器，目的是预防目标把你的手机丢掉，你带上这个就算手机被丢我们也能知道你的所在位置，及时赶到支援你。"

"好的！"林雅接过跟踪器，别在了衣角不易察觉的地方。

然后，她又将耳麦塞进耳朵，晃动了一下，确定不会掉落下来。

刚做完这一切，小孙便敲响了车窗。

"队长，一切都准备就绪了，队员们都进入待定位置了。"小孙说道。

"好的。"严昊翎应了一声，随即看向林雅，"没问题就开始了。"

林雅深吸了口气，和宋世哲对视了一眼后，重重地点了点头，应道："可以开始了！"

严昊翎点了点头，率先下车，正当林雅也准备下车时，宋世哲忽然叫住她。

"林雅，小心一点！"宋世哲郑重地嘱咐道。

"没事的，师傅！"林雅微笑道。

说完她便快速下了车，整理了一下衣服后，朝约定的餐厅走去。

看着她的背影，宋世哲心弦不禁有些揪紧。

"……"

第五十七章　行动中

林雅内心带着些许忐忑，但更多的却是兴奋。

她走入餐厅，目光快速扫视了一圈。

由于并不知道那个美莎的长相，所以她只能从人数和年龄、性别上进行判断。

可是看了一圈下来，愣是没有发现合乎条件的女性。

正当她有些不知所措的时候，隐藏在耳窝里的微型耳麦响起了严昊翎的声音：

"小林，小林，不用着急，可能对方还没来，你先找个位置坐下，对方会自动找你的。"

"咳咳！"林雅略微咳嗽了一下，表示收到。

她佯装自然地走到一处窗边的位置坐下，并点了一杯饮料。

与此同时，距离餐厅大约二十米远的位置，路边停靠着一辆灰色面包车。

在面包车外，小孙正靠在车门边，拿着手机佯装刷手机，做出一副等人的模样。而在车厢内，宋世哲和严昊翎两人却是正躲在里面。

这辆车其貌不扬，但其实是户外行动的指挥车，内藏乾坤。

透过安装在车顶处伪装过的高清摄像头，再进行数据传输，车厢内的人可以在笔记本电脑上实时监控锁定的目标动态，典型的高科技照进生活。

"放心吧！这四周都是我们的人，没问题的！"严昊翎忽然说道。

"既然同意她去做了，我就对她有信心。"宋世哲淡淡地说道。

"是吗！那你能不能别踩着我的脚。"

宋世哲闻言，下意识地低头看去，还真发现自己踩在对方脚尖上了。

"唉呀！不好意思！"宋世哲连忙移开，尴尬地说道。

这时，只见严昊翎脸上露出几分神秘，低声笑问道："老宋，以前没见你这么紧张呀！怎么？你该不会是对她有意思吧！"

"……"宋世哲顿时无语了，扭头瞪了他一眼。

"不回答，嘿，是被我说中啦！"严昊翎似乎更来劲了，说道，"话说，你小子长得比我帅，又比我聪明，而且也挺有钱的，怎么一直都是单身呢！"

宋世哲没好气地应道："你说的是没错，但我是法医，有哪个女孩子能接受呢？"

"对哦！你是法医，小林也是法医，两人正好凑一对！"严昊翎坏笑道。

"……"宋世哲偏头瞥了他一眼，鄙视道，"懒得理你！"

"嘿嘿嘿，不好意思了，对吧！人家小林那么漂亮，身材又好，要不是我已经名草有主了，说不定都心动了，小孙那小子可比你勇敢多了。"

宋世哲表面上一脸的漠然，但心里却是不由自主地悸动了一下。

回到餐厅，林雅这一等就是大半个小时。

本来她没打算点东西，但是正好是饭点，她晚饭只吃了一点儿垫肚子，看到周边的人都在吃饭，忍不住也叫了一些小吃。

正当她吃得兴起时，一个凹凸有致、打扮时尚的身影出现。

对方烫着一个波浪头，肩挎着一个 LV 手提袋，踩着一双恨天高，信步走进了餐厅。

一直盯着大门口的宋世哲等人，第一时间便注意到了她。

"小林，目标可能出现了。"严昊翎立即通知道。

"咳咳！"林雅刚塞了一只虾球进嘴，听到这话，差点被噎着了。

正如严昊翎他们所猜测的那样，走进餐厅的时尚女人扫视了一圈后，径直走向了林雅。

而林雅愣愣地看着对方走近，一时间竟然忘记反应了。

由于她所坐的位置临近窗边，透过玻璃窗，严昊翎等人能清楚地看到她的情况。

对于林雅的表现，严昊翎无奈地感叹道："哎！菜鸟就是菜鸟！"

"你还知道呢！"宋世哲没好气地哼道。

"嘿嘿……"

严昊翎讪笑了两声，暗骂自己哪壶不开提哪壶。

此时，那名时尚女人来到林雅的桌前，上下打量了她一眼。

"小雅是吧！咱们通过电话的。"

"美、美莎姐！"

林雅总算是反应了过来，她连忙起身，招呼对方入座。

美莎也没有客气，坦然地坐下，面带微笑道："你真人比照片上好看多了。"

"呵呵，还好吧！"林雅略微僵硬地笑道。

她的这些不自然落入美莎的眼里，却是被她当成初出茅庐的紧张。

"小雅，你跟小丽认识多久了？"美莎试探性地问道。

"嗯！有三四个月吧！在会所里认识的，因为我跟她刚好是老乡，都是金湖县上庄的，所以她平时对我挺照顾的。"林雅低着脑袋说道。

最厉害的谎言就是真真假假，虚实结合，真里有假，假里藏真。

为了力求贴近现实，严昊翎他们特地深挖了一番肖丽芳的背景，并让林雅背熟了。

一听林雅是肖丽芳的老乡，并且能够道出上庄这么偏僻的地名，美莎立即又信了几分。

但是美莎接下来的一句话，却是让所有人陡然揪紧了心弦。

"那还真是巧了，我也是金湖县，咱们也是老乡呢！"美莎笑着说道。

"老乡！"林雅杏目不由得睁大了几分，小心翼翼地问道，"美莎姐，你也是上庄的？"

"那倒不是，我是附近韦家庄的。"

听她这么一说，林雅不禁松了一口气，呵呵笑道："我说怎么不记得见过你？"

"没见过也不奇怪，我出来好多年了，不怎么回去。"

"是呀！出来见识了大城市，回去反而不习惯。"林雅顺着附和道。

这时，严昊翎通过对讲机，朝林雅提醒道："你们别唠嗑了，赶紧进入主题吧！"

听到提醒，林雅调整了一下姿势，低声问道："美莎姐，我想要赚外快，小丽姐说你能够帮我，是不是真的？你看我行不行啊！"

美莎沉默了一下，反问道："我想知道你为啥急需用钱？"

"这……"林雅稍微停顿了下，说道，"我处了个男朋友，他患了重病，需要手术。"

"重病？什么重病？"美莎好奇地问道。

"肾衰竭！医生说得换肾，而且是越快越好，不能拖。"林雅答道。

当然了，这些都是编好的，她只是按照台本说出来罢了，外加几分感情。

果然，一听到这个疾病，美莎的神色不禁露出了几分同情。

"妹子，你真可怜，但是这事情不是应该由你男朋友的家里去想办法吗？你干吗替他们出力啊！小心出力不讨好。"美莎好心地劝道。

"哎！如果可以我也不想，可是他家里也很困难，只能够提供肾源，但是这手术费没着落啊！我又不能找家里要，所以……"

林雅成功入戏了，说得眼眶泛红，欲哭垂泪，让人看着都心疼。

见她这副模样，美莎也被感动了，伸手握住她的手。

"妹子，你是个重感情的好女孩，好吧！我可以帮你，但是得先提醒你，一旦做了可就没办法回头了，你要想清楚。"美莎语重心长地说道。

"美莎姐，我已经想得很清楚了。"林雅重重地点头应道。

见她一副心意已决的模样，美莎也就没有再劝，进而开始了解起林雅的情况来。

"在入行之前，我得先知道一些关于你的资料，首先第一点，我看你的模样，如果没猜错的话，你应该还是原装货吧！"美莎直接问道。

"这……嗯！"林雅虽然有些尴尬，但还是点头承认了。

正如宋世哲曾经说过的，女孩子自爱一点并没有错，相反应该感到自豪才对。

"是原装货就好！"美莎笑眯了眼，继续问道，"那你的三围呢？"

这问题一出，正在监听的严昊翎、宋世哲，包括不知何时溜进来的小孙都竖起了耳朵。

"啊……"林雅顿时感到俏脸燥热了起来，感到很纠结。

她可是很清楚，现在严昊翎他们都在另一边监听着呢！这一说就全知道了。

美莎还以为她在害羞，于是催促道："咱俩都是女人，你怕什么羞啊！赶紧说吧！"

"36D，29，32。"林雅俏脸殷红，低着脑袋细声说道。

这个数据一出，另一边面包车里的三个窃听者眼神顿时多了几分炙热。

魔鬼身材啊！完美的 S 曲线。

最重要的是林雅的身材是纯天然的，绝对不是后天人工的。

"啧啧啧，瞧瞧你这脸蛋、这身材，还是原装货，只要是男人见了你，估计都跟吃了伟哥一样激动啊！"美莎有些兴奋地说道。

"呵呵！"林雅表情尴尬地笑了两声，但是心里却早就骂翻了。

"择日不如撞日，今晚正好有个大老板想要服务，你放心，我铁定帮你要个好价钱。"

"啊？这么快？"林雅不禁吓了一跳。

按照原先的计划，严昊翎是打算先利用林雅把目标诱骗出来，然后再进行跟踪、调查，掌握足够证据之后再实施抓捕，这后面并没有林雅什么事。

可是，众人万万没想到，美莎竟然这么快就安排林雅去"接客"了。

美莎媚笑道："你不是说急着用钱嘛！这不刚好，这个大老板出手很阔气的。"

"不是，我……我……"

"我什么我呀！就这样决定了，你先吃，我去打电话安排。"

说完，美莎也不等林雅开口，直接起身离开了。

她前脚刚走，林雅立马着急地问道："严队长，你都听到了吧！现在怎么办啊？"

此时在面包车内，宋世哲和严昊翎正彼此对视，神色凝重。

"老宋，到了这个时候，不能前功尽弃啊！"

"我知道，可是这样太冒险了吧！"

"虽然是冒险了一点，但是可以一举将目标拿下，可以省去不少时间。别忘了，杀人魔正在物色新的目标，现在是争分夺秒的时候啊！"严昊翎认真道。

组织他人卖淫，视程度判处五年以上十年以下的有期徒刑。

所以，如果没有确凿的证据，被抓到的皮条客是打死都不会承认罪行的。

就算抓了人，美莎也完全可以抵赖不承认。

这也正是为什么刚才美莎出现时，严昊翎没有立即下令抓人的原因。

而现在严昊翎他们最缺的就是时间，没空陪美莎玩游戏，如果能够当场抓到现行，美莎就无法抵赖，调查杀人案的时候，她就得乖乖地合作了。

宋世哲皱紧眉头，咬了咬牙根，闷声道："继续吧！"

得到他的赞同后，严昊翎这才回复道："小林，将计就计，争取人赃并获。"

"啊？"林雅听到这话，不禁有些蒙了。

"你放心，我们在你身边保护你，一旦有什么危险，你只要大叫一声，我们立马冲进去。"

这个时候，不等林雅再说什么，美莎已经打完电话回来了。

"欧了，都安排好了！"美莎满意地笑道。

"呵！呵！"林雅僵硬地笑了笑。

第五十八章　成功收网

晚上八点五十分，熊猫大酒店。

精雅高大上的酒店大门口，两道靓丽的倩影款款走入。

其中顶着一头波浪卷长发，打扮时尚的正是美莎，而在她身边，还跟着另外一名美女。

不是别人，这正是林雅。

只见此时她浑身上下换了一套行装，变得……魅力非凡。

原本的休闲装牛仔裤变成了一条香槟色的连衣短裙，上面是深 V 的低胸领口，透过领口，能够看到两抹粉嫩的莹白，以及深邃迷人的沟壑。

而下边，则是只到大腿中部的超短裙，裸露着两条笔直修长的大长腿。

吃完饭之后，美莎直接带着林雅到附近的购物街进行换装。

按她的说法就是，想要卖个高价，那必须得包装。

虽然林雅原先的穿着清新可人，但是实在是太平凡了，就算底子好也感觉廉价。

除了服装，在妆容上她倒是没有怎么捣鼓，依旧保持着林雅本身的气质。

长得气质出众，清新可人，身材又那么火辣。

这种清纯与性感相互结合的魅力，只一眼就勾住了男人的心。

在过来的一路上，那回头率可是杠杠的。

不管是单身的还是身边有女伴的，无不是回头观看，为此不知道晚上回去会有多少男友得去跪搓衣板了。

当然，这些林雅都不在意，她只感觉浑身都不自在。

"美莎姐，这裙子是不是太短了啊！"

林雅有些不自然地拉了拉裙子的下摆，但是一拉上面的低胸领口就更低了。

"你这傻丫头，有这么好的身材怕什么露啊！你看周边那些男人，一个个眼睛都快瞪出来了，我要是像你这么漂亮，巴不得天天这么穿，迷死那些臭男人。"

"可是……我总觉得……"

林雅还是感到有些别扭，她虽然也有时穿裙子，但基本都是过膝的那种。

即使是在健身房，那也没有这么短的，顶多就是比较修长。

"行了，行了，反正待会儿也是要脱掉的。"

美莎说着就拉着林雅进了电梯，然后按了一个二十八层。

她们前脚刚进入电梯，后脚一名男子便快步窜了进去，并按下了二十九层。

"嘿嘿，不好意思！"男子嘿嘿笑道。

该男子不是别人，正是小孙，目的就是打探美莎去的楼层。

为了保护林雅的人身安全，宋世哲、严昊翎等人其实一直都小心翼翼地尾随在她们两人的身后，一直陪着她们逛街呢！

身为专业的刑警队员，跟踪伪装那都是小意思。

所以，从头到尾美莎愣是没有察觉到。

很快二十八层就到了，美莎拉着林雅走出了电梯，临出去时还不忘嘀咕一句：

"土包子，一看就知道是屌丝，没见过美女似的。"

"……"小孙听到这话，顿时愣住了。

这也难怪的，本来他就觉得林雅很漂亮，想要追求她。

现在她这一换装，整个魅力直飙升了好几个档次，看得小孙都有些移不开视线了。

虽然自尊心有点被打击了，但小孙还没有忘记任务。

收拾心情，当电梯门一打开，他立即冲了出去，并跑向了楼梯道。

从楼梯跑回到二十八层，他小心翼翼地探出头观察，恰好看到美莎带着林雅走过去。

小孙连忙跟上，在转角的位置看着两人走到一间房门前停住。

美莎并没有敲门，而是直接拿出门卡打开了房门。

很显然，这间房早就开好了，极有可能就是美莎自己所住的地方。

等到他们进去后，小孙以最快的速度跑过去，看了一眼门牌号之后又迅速地返回。

整个动作娴熟流畅，美莎丝毫没有察觉到异常。

"队长，房间锁定了，在2808房。"小孙通过对讲机报告道。

"好的，收到！"严昊翎回应道。

此时，在他面前站着六名刑警队员，加上他以及小孙，一共八人。

至于宋世哲嘛，不属于战斗队列的，只能算陪跑。

得到了目标所在的房间号之后，严昊翎扫了众人一眼，随即下令出发。

只见六名刑警队员快速分散，其中两人留在大门口，两人进入大酒店的客厅沙发位置，另外两人跟着宋世哲和严昊翎。

这样做是为了避免打草惊蛇，毕竟那个嫖客还没出现呢！

严昊翎四人走进熊猫大酒店，径直来到了前台位置，朝他们出示了警官证。

"不用紧张，我们在执行秘密任务，现在请你们的经理来一下。"严昊翎开口说道。

"好、好的，请稍等！"前台小姐紧张道。

片刻之后，第二十八层2808斜对面的2812房间之中。

宋世哲、严昊翎坐在沙发上，小孙倚靠着墙面，而在他们斜对面的床铺位置，则是坐着一名身穿经理服的中年男人，正是这家大酒店的大堂经理，杨经理！

至于另外两名刑警，则是换上了工作服，正在走道上假装电工修理电灯呢！

而此时，宋世哲正戴着耳机，监听着 2808 房间里的动静。

由于林雅身上的衣服都被换了，手机又被放在旧衣服里，所以收听得不是很清晰，但好在林雅的耳窝里还有一个窃听器。

"各个小组，汇报情况！"严昊翎拿着对讲机，询问道。

"第一小组正常！""第二小组正常！""第三小组正常！"

三个小组快速回复，并没有发现异常。

在场的杨经理看着他们，不由自主地有些紧张。

"咳咳！"杨经理咳嗽了一下，问道，"三位警官，要不喝点东西吧！"

"这么客气啊！是不是免费的？"严昊翎笑问道。

"免费！免费！"杨经理连忙应道。

听到是免费的，小孙立即高兴地说道："那给我来杯卡布奇诺吧！"

"好的，那……这两位警官呢？"杨经理看向宋世哲和严昊翎。

"我来杯咖啡，给他杯绿茶吧！"严昊翎说道。

杨经理笑了笑，随即拿起身上的对讲机吩咐下面的服务员去准备。

交代完之后，杨经理打探道："我能冒昧地问一下吗！你们是在执行什么任务啊？"

正所谓吃人嘴短，拿人手软，严昊翎还是懂得。

他低声地解释道："凶杀案，2808 房里有一个重要证人，不过你放心，这次是秘密任务，不会闹大的，保证不会对你们酒店造成负面影响。"

一听到是凶杀案，杨经理的脸都吓白了，额头更是渗出了汗迹。

本来还心想自己的饭碗可能不保，又听到严昊翎说不会对酒店造成影响，顿时又安心了几分，随即对严昊翎心怀感激了起来。

"这就太好了，喝咖啡怎么少得了点心呢！我马上叫人送一些上来。"

"哎呀！那怎么好意思，谢谢了！"严昊翎毫不客气地接受了。

"应该的，应该的。"

几分钟不到的工夫，东西便送上来了。

喝着咖啡吃着酒店精心烹饪的西餐点心，那叫一个享受啊！

严昊翎不由得暗自感叹："有钱人的生活就是舒服！"

而此时，在 2808 房间之中——

美莎正在给林雅传授床上秘技，目的是让她待会儿更好地服务客人。

对此林雅也是醉了，尤其是当美莎从她的挎包里拿出好几样助兴的情趣用品时，她更是瞪大了杏目，脸庞不由自主地燥热。

也不知道是不是勾起了好奇心，林雅忍不住问道：

"美莎姐，听说第一次会很痛，是真的吗？"

"还行吧！反正我第一次感觉一般痛，而且也就一下子的工夫。如果遇到会调情的高手，保证你欲仙欲死，连怎么破的都不知道。"美莎眉飞色舞地笑道。

"这事情有那么……爽吗？"林雅不无好奇地问道。

美莎偏头想了一下，撇嘴道："要说不爽是假的，不过做太久的话挺累的，而且太强烈的话会很酸痛，第二天可能都下不了床。"

"啊……这么严重？"林雅略微有些吃惊。

"可不是嘛！不知道的人以为干我们这一行的很轻松，往床上一躺两腿一张，能爽又能赚钱，但是哪有那么容易啊！"美莎略带抱怨地感叹道。

这时，林雅忽然脑筋灵机一动，询问道："美莎姐，有没有让你印象深刻的？"

"印象深刻的当然有啊！我遇到过一个年轻小伙子，啧啧，那技巧没话说，连我这种阅历无数的都被征服了，那一次我连钱都没收他的。"

"呵呵！那有没有遇到印象不好的？"林雅又试探地套话。

"肯定有啊！有一个老主顾，那家伙不知道是不是吃药了，每一次都精力旺盛得可怕，没完没了地做，把我手底下那些美女都折腾个半死。而且那家伙对这方面的需求还很强烈，隔三岔五地叫服务。"

"要不是看在钱的份上，我才懒得伺候他呢！"美莎饱含怨气地气愤道。

林雅连忙又问道："这么可怕，那小丽姐有没有……"

"好几次呢！对方似乎特别喜欢小丽，不过后来不知道怎么就停了，之后小丽就跟了一个老板，现在还不知道在哪里过好日子呢！"

2812房间内一直在监听的宋世哲，瞬间仿佛捕捉到了什么，目光一亮。

还没等他拿起对讲机，给那边的林雅下达指示，这时位于走廊假装修电灯的第三小组忽然传来了消息，称有一名中年男人朝2808房走去。

得知消息，宋世哲也顾不得让林雅继续了，连忙跟严昊翎关注起到场的嫖客。

"不要打草惊蛇，等我的命令。"严昊翎嘱咐道。

而此时在外面走廊，只见那名中年男人走到 2808 的房门前。

"砰砰砰……"

几声清脆的敲门声后，房门打开。

"哎呀！叶老板，你可算来了，快进来吧！"

美莎一见外面的中年男人，顿时娇媚地笑着招呼对方进房间。

当房门再次关上时，严昊翎和小孙立即从 2812 房出来，后面跟着宋世哲、杨经理。几乎同时，假装电工的两名刑警也小碎步跑了过来，六人躲在门外面。

至于房间内，林雅看到一个西装革履、头发稀疏、大腹便便的中年男人走了进来，便知道对方就是今晚的"大老板"了，心里不禁感到恶心。

而叶老板看到林雅时，顿时那眼睛"噌"的一下发光了。

"怎么样？这次给你找得满意吧！人家可是原装的，三万五不贵吧！"

"是不是原装的还得验过才知道。"叶老板淫笑道。

"你这死样！"美莎笑骂了一声，然后唤道，"小雅，别愣着了，过来打招呼。"

叶老板面带猥琐地走了过去，笑道："你叫小雅啊！这名字真好听！"

就在这个时候，门外的严昊翎朝杨经理示意开门。

当门锁打开的一瞬间，小孙猛地推开了房门，严昊翎一马当先地冲了进去。

房间内的美莎和叶老板被吓了一跳，一时间没反应过来。

这时，林雅突然出手，一把擒住叶老板的手腕，反手一拽一拧将其压在了地上。

"不许动，警察！"林雅英姿勃发地喝道。

"……"美莎见状立马被震晕了。

第五十九章　收获新线索

晚上九点三十分，鼓楼区公安分局。

位于二楼的审讯室之中，美莎双手戴着手铐，垂头丧气地坐在审讯椅上。

当她看到林雅制服叶老板的那一幕，她知道自己这次栽了。

美莎完全没想到林雅竟然会是警察假扮的，丝毫迹象都没有，整个一傻白甜单纯女。而事实上，林雅的确不是警察，也正是如此才骗过了美莎。

不然的话，以美莎混迹外援圈那么久的经验和阅历，还真不一定看走眼。

至于那个涉嫌嫖娼的叶老板，则是被关在了拘留室里面。

嫖娼的一般都是拘禁十日到十五日，并处以五千元罚款，并且通报家属。

对于拘禁和罚款倒是其次，主要是通知家属。

这种事要是被家人知道，那该有多丢脸啊！特别是有老婆子女的，分分钟得闹离婚。

不过人活着，总要为自己所做的事情负责，承担相应的后果。

只是这次的这个叶老板，纯属误伤。

严昊翎他们的目标是美莎，他只是顺带被拿住了，只能算他倒霉。如果叶老板知道详情的话，估计会忍不住唱起谭咏麟的"这陷阱这陷阱偏我遇上……"

回到正题，正当美莎落寞哀伤的时候，审讯室的房门打开，随后两位警察走入。

不是别人，赫然正是严昊翎和小孙两人。

听到开门声，美莎下意识地抬头，当她看到小孙时不禁愣了一下。

很显然她认出了小孙，两人在电梯里的时候照过面，当时还被美莎嘲讽呢！

不过现在美莎沦为阶下囚，这一次小孙算是扬眉吐气了。

只见他带着一丝戏谑的笑意，来到美莎的面前。

"你不是说我是土包子屌丝吗！现在呢！你连屌丝都不如。"小孙得意地笑道。

美莎翻了翻白眼，心里十分不爽，气哼哼地说道："那个小婊子呢？"

虽然没有点名，但是小孙知道她是在说林雅。

"什么小婊子，说话放尊重点，小心我再告你一条侮辱警务人员。"小孙警告道。

美莎撇了撇嘴，显然有些不服气，但是没有多说什么。

严昊翎入座，敲了敲桌面示意小孙坐下，随后翻开手里的档案夹。

"杜美莎，三十二岁，真名杜小娟，金湖县韦家庄人，曾经涉嫌卖淫、吸毒被捕入狱，判处三年零八个月的牢狱，因为在狱中表现良好，所以提前释放。"

严昊翎看着档案夹里的资料念道，说完抬头看向美莎，或者应该叫杜小娟才对。

"我说得没错吧！杜小娟。"严昊翎淡道。

听到自己的本名，杜小娟并不感到意外，她被抓的那一刻起就已经预料到这一场面了。

作为一个有案底的人，再次被捕，资料什么的一找就有，都不用调查了。

"反正已经被你们抓到了，人赃并获，我认了。"杜小娟爽快道。

严昊翎和小孙闻言相互对视了一眼，随即轻笑了一声。

"你以为我们刑警大队吃饱了没事干，跑去抢扫黄组的工作吗！"严昊翎嘲讽道。

闻言，杜小娟不禁有些纳闷了，不明白这话的意思。

看她一头雾水的模样，严昊翎也没有废话，从另一个档案夹里面取出了三张照片，排列成一排放在杜小娟的面前。

"这三个人想必你应该认识吧！"严昊翎问道。

杜小娟下意识地扫了一眼，眉头不由得微微一挑。

照片里不是别人，正是李小梅、肖丽芳、许薇薇三人。

她看了一下严昊翎，随即傲然说道："你们可以去道上问问，我美莎姐是什么人，我这人很讲义气的，我是不会出卖姐妹的。"

对于这三人，杜小娟自然不陌生，她们都曾经在她手底下接过活。

尤其是对肖丽芳，两人是老乡，所以平时联系比较多，关系也相处得比较融洽。

只不过也正是如此，才会那么容易就被林雅给骗了。

严昊翎轻哼了一声，说道："这一次你可以放心，她们三人绝对不会怪你的，因为她们都已经遇害了。"

遇害！这两个字如同晴天霹雳一般，让杜小娟感到震惊。

但随即她有些怀疑，质疑道："警官，你是在逗我玩儿呢！怎么可能，前段时间我还跟薇薇联系过呢！"

严昊翎和小孙对视了一眼，对于杜小娟的这个反应他们早有预料。

"给她看一下照片。"严昊翎说道。

只见小孙从档案夹里拿出一叠照片，然后一张一张地排列开来，正是发现尸体的现场图片，以及解剖室的尸检照片。

"这一个是李小梅，经过法医尸检判定，死亡时间差不多在半年到八个月。"

"这一具尸体是肖丽芳的，死亡时间是两个月前左右。"

"这一具则是许薇薇的，半个月前……"

"我们都已经确认过了，尸体的身份无误。"

随着严昊翎的讲述，杜小娟的脸色越来越苍白，最终更是面无血色。

只见她嘴唇颤抖着，面露惊骇，惶恐地呢喃道："怎么可能，怎么可能……"

严昊翎无视她的惊恐，坦然说道："我都跟你说了，我们不是闲着没事干抢扫黄组的工作，之所以找到你，就是因为你跟三名死者都有过联系，明白了吧！"

意识到事情的严重性，这一下杜小娟彻底慌了。

要知道组织他人卖淫，被警察抓到顶多就是坐牢，可是杀人那可是要枪毙的。

而且她根本就没有做过这种事，当然不愿意给别人背黑锅了。

"警、警察先生，这不关我的事，我只是组织他人卖淫，绝对没有杀人啊！就算是给我天大的胆子，我也做不出这种事情。"杜小娟惊慌地解释道。

"你说跟你无关，我们凭什么相信你啊！"严昊翎质疑道。

"我真的没有啊！求求你们相信我吧！"杜小娟着急地说道，就差给严昊翎跪下了。

看她的反应，严昊翎知道铺垫得差不多了，随即说道："你要我们相信你也可以，那就要看你合不合作了。"

"合作合作，一定合作，你问什么只要我知道的全都告诉你。"杜小娟连忙道。

得到想要的答案，严昊翎和小孙对视了一眼，嘴角勾起一抹得意的弧线。

事实上从一开始他们就没有怀疑杜小娟，李小梅、肖丽芳、许薇薇，她们三个人的姿色都挺不错的，在老鸨眼里她们可都是生金蛋的母鸡。

就像娱乐场所的那些红牌小姐，供着还来不及呢，怎么可能伤害呢？

话不多说，严昊翎从档案夹里面拿出一张照片，放在杜小娟面前。

"你看一下认识这个男人吗？"严昊翎问道。

照片上的不是别人，正是刘鸿飞。

杜小娟双手拿起照片，仔细端详了一番，又想了想，最后摇了摇头。

"不认识？"严昊翎愣了一下，忍不住又确认道，"你再好好看一下，仔细想想。"

"……"杜小娟偏着脑袋，想了一下，还是摇摇头。

"警官，如果我知道的话我肯定说，但是这个人我真是不认识啊！"

小孙忍不住怀疑道："会不会是你见过，但是不记得了？"

"不可能，我记忆力好着呢！只要是在我这里叫过服务的老板，哪怕只有一次，我都会有所印象，但是这个人我的确没有见过。"杜小娟肯定道。

见杜小娟说得那么肯定，严昊翎和小孙一时间都不知道该怎么继续了。

刘鸿飞是案子目前最大的犯罪嫌疑人，这一次抓到杜小娟，本来是想通过她，希望能够寻找可以将刘鸿飞入罪的证据，但是现在却落空了。

此时不单单是审讯室内，就连隔壁的观察室也陷入了一片沉寂之中。

从审讯一开始，宋世哲和林雅以及彭局长都在房间里看着。

他们跟严昊翎一样，也是希望能够找到有力的证据。

正当气氛一片凝重时，宋世哲脑海中忽然闪过一些片段，随即拿出手机拨打电话。

几乎同时，在审讯室内严昊翎的手机振动了起来。

他掏出来一看，不禁愣了，疑惑不解地看向了玻璃镜面。

原因很简单，宋世哲的电话正是打给严昊翎的。

振动依旧继续，而彭局长他们也发现了这一点，不解地看向了宋世哲。

虽然搞不懂，但是严昊翎还是接起了电话，低声问道："老宋，你搞什么名堂啊？"

"你问一下对方关于那个患有性欲亢进症的老主顾。"

"什么鬼啊？"严昊翎诧异道。

"就是对性欲的需求非常强烈，而且表现得精力旺盛，并且带有一些暴力倾向的人。在酒店的时候，她和林雅聊天时有提到过。"宋世哲解释道。

严昊翎挂断电话，皱着眉头思索了一下，决定还是按宋世哲说的做。

"杜小娟，在你的老主顾里面是不是有一个患有性欲亢进症的人。"严昊翎问道。

"啥？你能说明白一点吗？"杜小娟疑惑地问道。

严昊翎无奈只能把宋世哲所解释的重述了一遍，杜小娟立马就明白了。

"你是说那个赵老板是吧！是有这么一个人，他经常叫服务的。"

说到这里，杜小娟似乎想起了什么。

她急忙说道："对对对，小丽她们三个都曾接待过这个赵老板。"

"而且她们三个人在没出事之前，赵老板有一阵子经常点名要她们上门服务。还有还有，这个赵老板叫了几次之后就停了，而小丽她们在不久后就跟我失去联络了。"

"没错了，就是他，肯定是这个变态的家伙。"

"我早就觉得他不对劲，一定是他杀了小丽她们三个人的。"

"你们快点把他抓起来。"

杜小娟情绪有些激动，同时感到一阵后怕。

而这个消息一出，严昊翎、宋世哲等人顿时精神一振。

这条线索可不是一般的重要！

第六十章　二号嫌疑人

古语有云：塞翁失马，焉知非福！

严昊翎等人抓捕杜小娟，是希望找到能够将刘鸿飞入罪的证据，可是却希望落空。

本以为这次行动会竹篮打水一场空，没想到意外收获了一条线索。

虽然现在看起来这些说辞仅仅都是杜小娟的个人说法，但是从中却透露出了一点。

那个赵老板跟三名死者生前都有接触过，并且这个赵老板对她们三人似乎"情有独钟"，而且三名受害者在停止与这个赵老板的接触之后，不久就遇害了。

在三名受害者出事的时间点上，有着出奇的巧合。

如果只有一个可以说是巧合，但是接连三个那就不是巧合了。

整件事情，透露着一股预谋的味道。

所以不管怎么说，这个赵老板听起来很有嫌疑。

毕竟到现在为止还没有确凿的证据证明，刘鸿飞就是下水道杀人魔，所以任何有关真正凶手的线索都不能放过。

刑警侦查杀人案，本来就是大胆假设、小心求证的探索过程。

严昊翎郑重地问道："你说的这个赵老板是什么人？他是干什么的？

住在哪里？"

"这个……"杜小娟一时间语塞了。

只见她尴尬道："我只知道他的联系电话，其他的都不知道。"

"不知道，难道你就没有问一下吗？"

严昊翎不禁有些气恼，他刚才还有些兴奋呢！现在突然被浇了一盆冷水。

"我是有问过，但是他不说呀！我有什么办法？做我们这一行本来就不能打听太多客户的资料，不然还以为我们是想要干吗呢！"杜小娟说道。

"……"严昊翎无奈地呼了口气，知道对方说得没错，只能暗叹可惜。

"如果让你再看到他，你能够认出他吧！"

杜小娟立即自信地说道："肯定能啊！化作灰我都认得他。"

"好，那你把他的手机号码念一下。"严昊翎说道。

"我没记住，存在我的手机里面。"

"你不是说你记忆力很好吗！连电话号码都记不住。"小孙嘲讽道。

杜小娟没好气地瞥了他一眼，反驳道："我记人很厉害，但记电话号码就不行了，而且我的客户那么多，哪里全都记得住的，你能记住你所有队友的手机号码吗！"

小孙嘴巴张合了几下，被怼得无话可说。

……

审讯结束时，时间已经是十一点多了。

在后续的整个审讯过程中，杜小娟都很配合，可以说是知无不言。

严昊翎询问了她与三名受害者的认识过程，以及三名受害者与那个赵老板接触的时间、地点，着重询问那个赵老板的信息。

而此时，在彭玉松的局长办公室之中，彭局长、宋世哲、严昊翎、林雅、小孙五人齐聚一堂，正在商议事情。

"宋科长，你刚才所说的只是你的个人推测，并没有依据，如果我们贸然转移调查方向，万一刘鸿飞就是真凶，那怎么办？"彭局长质疑道。

"老宋，我赞同局长的观点，目前的证据都指向了刘鸿飞，而杜小娟只有一份口供，再加上有案底，她的话有多少可信度咱们都不知道。"严昊翎不无怀疑地说道。

就在刚才，宋世哲忽然提出了一个观点。

那就是：刘鸿飞可能不是凶手。

而他的依据就是杜小娟的口供，仅凭这点实在难以说服严昊翎他们。

要知道，为了找到刘鸿飞，严昊翎、小孙他们可是熬通宵加班加点才辛苦查到的。

虽然那个赵老板的确很可疑，但没有真凭实据啊！

面对他们的质疑，宋世哲心里也是理解的。

大家都是为了破案，将那个丧心病狂的杀人魔绳之以法，但是他依旧坚持自己的想法。

"我对凶手的心理侧写你们应该还记得吧！我说过，凶手利用上门服务作为挑选目标的途径。同时，凶手应该患有严重的心理疾病。

"从杜小娟的描述中，我可以断定那个赵老板是个患有性欲亢进症的病人。"

"就算有这个病又如何？"小孙表示不懂。

旁边的林雅开口解释道："性欲亢进症其实是属于躁狂症的一种，而躁狂症就是一种典型的心理疾病，随着时间的推移，如果得不到正确治疗的话，病情会越来越严重。"

"会严重到什么程度？"彭局长询问道。

"患者容易情绪失控，有严重的暴力倾向，随时可能会攻击人。"林雅应道。

宋世哲开口补充道："这种疾病平时不会轻易显现，只有在特定的情境下才会暴露出来，而这两点，那个赵老板恰好都符合了。"

听完宋世哲和林雅的解释后，严昊翎也陷入了沉思。

"这样说起来的话，有不少冲动型犯罪的杀人案件，凶手或多或少都有一点躁狂症的迹象，可是你又说杀人魔是有预谋犯罪，这不就自相矛盾了吗？"严昊翎疑惑道。

"这一点你理解错了，性欲亢进症跟一般的躁狂症不一样。"

宋世哲解释道："一般的躁狂症就如同火山喷发一样，当压力积累到极限的时候，'砰'的一下突然爆发，但是性欲亢进症却不是。"

"顾名思义，这种病主要表现在性欲方面，暴力倾向并不是很严重。"

"这种疾病的患者往往精力旺盛，跟打了鸡血一样，但是只要得到适当的宣泄，表现出来的顶多就是脾气比较暴躁罢了，其余方面跟正常人无异。"

听到这个解释，彭局长、严昊翎、小孙三人不由得睁大了眼睛。

还有这等好事，那在房事方面岂不是连伟哥都省了。

"怎么听起来这病好像非但没坏处，好处还挺不错的呢！"严昊翎笑道。

"嗤！"林雅懂他暗喻的意思，鄙夷了一声。

宋世哲忍不住笑骂道："你们也别以为是什么好事，人的身体是有一定极限的，纵欲过度的话，很容易导致肾亏最后不举的，有不少性欲亢进症患者就是这样的结果。"

刚才还觉得这个病不错的三个人，顿时齐刷刷地脸色一变。

身为男人，最不愿意发生的就是那方面不行。

"咳咳！"彭局长咳嗽了两声，将话题拉回轨道，"既然你说，只要病人能够得到适当的宣泄，就不会有什么问题，那这个赵老板经常找小姐，应该不存在问题啊！"

"正常来说，的确如此，这就要说到第二号死者了。"

宋世哲话锋一转，分析道："在所发现的四名死者里面，除了第二号死者，其余的三名死者都已经确定了身份，而且第二号死者跟其他三名受害者的死法不一样。"

"二号死者的全身皮肉都被剔除，只剩下骨骼，即使尸体被发现了，光凭骨骼也很难断定死者的身份，凶手这么做只有一个目的，就是隐藏死者的身份。"

"但是对其他三名死者凶手却没有这么做，为什么？"

"因为凶手跟二号死者认识。"

几乎是瞬间，办案经验丰富的严昊翎便给出了答案。

宋世哲打了一个响指，说道："没错，凶手跟二号死者之间肯定有关系，而且关系密切，极有可能是凶手身边的女性成员，可能是伴侣，也可能是情人。

"从死亡时间上，二号死者是最先遇害的，虽然暂时不知道是什么原因，但是肯定给凶手留下了深刻的心理阴影。

"而这个心理阴影成为了他心理疾病的触发点，当凶手身处某种特定的情境之下，就会触发这个开关，导致凶手做出过激的行为或者疯狂的想法。

"性欲亢进症虽然得到适当的宣泄，的确可以避免出现暴力倾向，但是依旧属于躁狂症的一种心理疾病。如果只是一味地通过性行为宣泄，而不从正面途径进行心理治疗的话，时间一久，仍然会使患者变得偏激和极端。"

"最最重要的一点就是，杜小娟不认识刘鸿飞，我相信她没有说谎，既然如此，刘鸿飞一个正经商人，怎么物色到三名受害者作为目标的，这明显不合逻辑。"

说到这里，宋世哲停了下来，扫视了彭玉松三人一眼。

从他们脸上凝重而沉思的神情，宋世哲知道自己已经成功说服了他们。

在沉寂了好一会儿之后，彭局长终于开口了：

"好吧！我不得不承认，刚才宋科长所说的……不无道理！"

严昊翎耸了耸肩膀，淡道："赞同！"

"我也赞同！"

小孙向来都是唯严昊翎马首是瞻的，当即也表示同意。

至于林雅，从一开始她就是站在宋世哲这一边的，哪有不支持自己师傅的道理！

获得一致肯定之后，彭局长挑了一下眉头，说道："那么接下来的任务就是全力搜寻这个赵老板的下落，不管他是不是真凶，先控制起来再说。"

"这样做会不会不符合程序啊？"严昊翎疑问道。

彭玉松偏头看向他，淡然说道："看我的嘴型，去他的程序。"

"……"在场众人不禁被雷了一把。

"哼！"彭局长哼了一声，说道："上面已经打电话下来了，现在我只想做一件事，那就是把这个下水道杀人魔抓捕归案，越快越好！"

鼓楼区下水道接连发现尸块这件事，一开始就已经上报给市局了。

现在新闻也开始报道了，虽然还未引起轰动，但鬼知道后面会不会有猛料爆出。

所以，市局领导白天特地打电话过来追问进度。

原本彭局长以为凶手就是刘鸿飞，正处于警方的监控之中，所以有些底气，但是现在听完宋世哲的分析，整颗心如同挂在悬崖之间的钢索上，心惊胆战的。

"上面限我们七天内破案，但是我给咱们的时间是四天，四天之内必须破案。"

宋世哲、严昊翎对视了一眼，随即站起身来。

小孙跟林雅见状，也连忙站好，然后四人齐声应道：

"是，局长！"

第六十一章　身份成谜

一夜无事，第二天如期而至。

此时，三楼的多媒体会议室内又一次坐满了人。

为了尽快破案，今天一大早，刚刚到分局报到的刑警们便被通知到会议室开会。

虽然昨天才开过会，但是连环杀人案不同寻常，每天晚上都会有一个小总结，集合调查的线索，方便掌握案件的最新进展和调整。

至于早上开会，基本都是发现了重要的新线索才召开的。

会议还没开始，在会议室内的警察们交头接耳地交流着，猜测新线索是什么。

除了参加行动的人，其他人只知道昨晚有一个行动。

而关于赵老板，更是只有宋世哲几人知道。

宋世哲、严昊翎等人设局抓捕杜小娟一事做得比较隐秘，为的就是避免走漏消息。

人员差不多到齐之后，随着彭玉松入场，会议正式开始了。

严昊翎起身走到小讲台上，也不说什么客套话了，上来就直入主题。

"大家都知道，昨晚我和几名队员，以及宋科长、林法医，组织了一次诱捕行动，幸不辱命，成功将一名重要证人抓捕归案，并从其口中得到了一条重要的新线索。"

"大家请看大屏幕。"严昊翎说道。

伴随着声音落下，只见大屏幕上出现了杜小娟的照片。

"照片上的人就是昨晚行动的目标，这名女子叫杜小娟，她是一名组织他人卖淫的中介人，从她的口中我们得知了另外一名嫌疑人，赵老板！"

只见严昊翎按动了一下遥控器，屏幕上出现了一张电脑拼接的人脸肖像画。

"上面的肖像画，就是赵老板的样子，目前为止，我们所掌握的信息有限，只知道对方的电话号码，而且……"

说到这里，严昊翎深吸了一口气，叹道："而且该电话号码并没有实名认证。"

在拿到赵老板的电话号码后，就立即拿去验证了，结果令人很失望。

而这话一出，下面在座的警察顿时交头接耳地议论了起来。

之前杜小娟也是只有一个电话，没有实名认证，好不容易才诱捕成功，现在又来了一个，这样调查起来耗时费力，而且还不一定有收获。

严昊翎很清楚人们心里所担心的，抬手按了按，让大家安静下来。

他安抚地解释道："这一次不一样，经过连夜的审讯，我们已经掌握了二号嫌疑人曾经入住的酒店的时间地点，只需要按照名单进行走访调查即可。"

"接下来，大家将分为五个行动小组，分别前往各个负责的酒店进行调查。"

"同时，一号嫌疑人刘鸿飞也不能放松警惕，依旧继续盯梢，不过人力方面需要进行减员，下面我将进行调整，大家听着……"

接下来在严昊翎的安排下，所有刑警队的队员分成了七个小组。

其中五个小组负责走访调查赵老板入住的酒店，另外两个小组负责轮班盯梢刘鸿飞。

这是昨晚严昊翎和彭玉松商量之后作的决定。

虽然宋世哲的推断合情合理，非常有说服力，但是毕竟没有真凭实据。

可是又不能顾此失彼，唯一的办法就是双管齐下。

这样既不会耽误对二号嫌疑人的调查，也不会放跑了刘鸿飞。

领到任务之后，众多队员开始出动。

由于赵老板叫上门服务的次数繁多，所以给警方留下的证据和踪迹也不少，再加上有杜小娟这个老鸨提供的线索，收集情报比起找杜小娟要容易得多。

严昊翎等人出发之后，还没一个小时呢，行动小组就传来了捷报。

在一所七天连锁快捷酒店的前台，由小孙带领的小组成功收获了赵老板的身份证信息。

根据登记簿上的记载，赵老板的全名叫赵广川，三十八岁，天京市江宁区人。

这个消息对于严昊翎他们而言，无疑是一剂振奋剂。

但是很快，事情就有了新的变化，其他行动小组也在赵老板曾经入住的酒店前台，查找到对方入住时登记的身份证信息，而那些身份证信息跟已经查到的并不一样。

新发现的身份证信息里，赵老板不叫赵广川，而是叫刘昌勇。

而且，对方的身份证里的出生地不是天京市的，而是遥远的湖南长沙。

这一下把严昊翎他们给整糊涂了。

两个身份证，其中势必有一个是假的，但到底哪一个才是真的？

而且是不是只有两个还不一定，可能还有第三个呢！

这个猜想很快就得到了证实，发现对方第三个身份的不是别人，正是严昊翎。

如果说之前警方只是觉得他有嫌疑，那么现在基本可以断定赵老板心里有鬼，否则也不用这么鬼祟了，费尽心思地使用假身份去入住酒店。

三个身份，其中用得最多的是赵广川。

现如今网络方便，人口信息管理系统早已经全国连线，该系统主要用于管理户籍以及身份证的，公安机关可以通过系统登录查询嫌疑人的身份信息。

为了辨别哪个是对方真正的身份证，严昊翎将三个身份输入搜索。

搜索的结果大大地出乎所有人的意料，给所有人的心头上浇了一盆冷水。

因为，三个身份证的搜索结果都是假的。

虽然说是假的，但是并非凭空捏造出来的，三个身份的身份证号码都是有效的，但是上面的头像却不是赵老板本人，而且都在使用当中。

也就是说，赵老板的身份证主人另有其人，他只是用自己的头像顶替了对方。

如此一来，即使找到了身份证的主人也无济于事。

查到这个结果后，让严昊翎等人不由得感到一股无奈和颓然。

鬼知道这个赵老板还有几个身份啊！发现的就有三个了，再多几个也无妨啊！有可能他生活中所用的又是另外一个身份。

虽然试图通过对方的身份证信息锁定目标失败，但还是有一定的收获的。

至少警方通过对方的开房记录，成功圈定了一个大致的范围。

当天中午，外出到各个便捷酒店、旅馆走访调查的行动小组都回来了，在吃完饭后，他们便紧急开了一个临时会议，将所发现的线索进行统合。

"从目前所掌握的消息来看，这个赵老板十分狡猾，入住酒店旅馆所用的都是假身份证，这说明一点，他担心暴露自己的真实身份。"严昊翎说道。

"我怀疑，对方极可能留有档案，所以技术部门接下来的任务就是通过人脸识别系统，尽可能地找出嫌疑人的真实身份。"

技术部门的队员应道："是，明白，不过对方这么狡猾，不排除他通过整容手段，逃避人脸识别系统的检测，真要是那样的话，那么……"

该队员没有说完，但是他话里的意思在场的人都明白。

听到这话的严昊翎，深吸了口气，叹道："如果真是这样，那也没办法。"

随后他重新振奋精神，继续说道："虽然嫌疑人很狡猾，但是咱们也并不是没有收获的，从对方开房的地点，大致上可以圈定在一个区域内。"

随着严昊翎的话，大屏幕上出现一幅卫星地图，凡是赵老板所入住过的酒店旅馆都做了标记，总共有十几个，直径范围大约是两公里。

值得一提的是，宋世哲曾经就抛尸地点对凶手所作出的心理安全区，就包括在里面。

按照宋世哲的分析，凶手抛尸的地点，都是选择对方自认为安全的地方。

而同样的道理，赵老板找小姐上门服务，最害怕的就是被警察上门扫黄抓到，从赵老板费尽心思隐藏真实身份，肯定是有什么不可告人的秘密。

一旦查询身份证信息，他的假身份就曝光了，警方一深入调查就兜不住了。

所以，赵老板选择开房的地点肯定是在他的心理安全区内。

赵老板的心理安全区，恰巧覆盖了凶手的心理安全区，这巧合更加加重了对方的嫌疑。

"从目前的情报来说，虽然还没有找到嫌疑人与命案有关的证据，但是种种行迹表明目标有不可告人的秘密，所以一旦发现目标，先将对方抓捕控制。

"所有成员进行重新分组，分为四个小组，一至三号小组负责走访调查，四号小组则负责对嫌疑人入住酒店沿途的监控录像进行筛查，争取找到对方的落脚点。

"接下来的行动，大家的任务就是将二号嫌疑人给找出来。为了避免打草惊蛇，大家执行任务的时候，还需要隐蔽行事。

"基本情况就是这样，大家有什么疑问没有？"严昊翎询问道。

话音刚落，这时在下方的一名刑警队员忽然举手。

严昊翎先是愣了一下，随即问道："你说。"

"我对新的行动没有疑问，就是想问一下，对刘鸿飞的盯梢还要继续吗？"该队员问道。

"这……"严昊翎不禁难住了，下意识地看向了彭玉松。

虽然现在越来越多的证据都指向了二号嫌疑人，但刘鸿飞毕竟也是重要嫌疑人之一，在真凶还没有落网，案子还没有真相大白之前，两者都有嫌疑。

彭玉松沉吟了片刻，随即缓道："警力有限，不浪费时间了，直接把对方请回来配合调查一下，如果人不是他杀的，也好尽早还他一个清白。"

这个决定一出，得到了全体队员的一致赞同。

别以为盯梢很轻松，其实是一项费时费力，而且又考验耐心的苦差事。

负责盯梢的队员们只能待在同一个地方，连上厕所也必须有人替换才能去，而且必须风雨不顾。最重要的是，这种任务是没有限期的，不知道要持续多久。

这样一来，对于执行任务的警察来说，其实是一种精神与身体的双重折磨。

收到命令后，严昊翎立即向自己的助手小孙下达了任务。

"小孙，这事情由你负责。"

"是，队长！"

第六十二章　意外收获

将刘鸿飞请回来协助调查的过程中，发生了一点小插曲。

当小孙带着人马找到刘鸿飞时，他正好在自己的仓库里清点货物。

在看到一队身穿警服的警察找上门来，他在错愕了一下后，做出了一个令众人吃惊的举动，直接丢下手上的东西撒腿就跑。

见到这一幕，小孙等人不用说自然是紧追其后。

虽然一开始被对方落下了一段距离，可是试问一个整天酒池肉林、吃喝玩乐、沉迷酒色的商人，怎么可能跑得过小孙这些刑警呢！

所以，在狂奔了将近五百米之后，刘鸿飞最终精疲力竭地坐倒在马路边上。

这已经算他厉害了，以百米冲刺的速度狂奔，如果不是经常跑步锻炼的人，根本支持不了多久就会疲软的。

小孙追到刘鸿飞时说了一句话："你跑得再快还能跑出这天京市吗！"

自知逃跑无望的刘鸿飞只能是乖乖地配合，被小孙等人给带了回来。不过他这畏罪逃逸的行为却是被记录在案了。

如果真要是跟命案有关，估计会罪加一等。

二楼的审讯室内，刘鸿飞垂头丧气地呆坐在座位上，两眼无神，神情呆滞。

整个人给人一种生无可恋的样子。

而此时，在隔壁的观察室内，彭玉松、宋世哲、严昊翎三人正隔着玻璃观察着他。

严昊翎双手环抱在胸前，不无怀疑地说道："看这刘鸿飞的表现，似乎知道自己在劫难逃的样子，该不会他真是下水道杀人魔吧！"

彭玉松没有接话，只是淡淡地看了宋世哲一眼。

宋世哲同样没有说话，神情严肃地看着刘鸿飞，若有所思的样子。

严昊翎见状，善意地开导道："老宋啊！这个你也别不开心，这人嘛又不是神，难免会有出错的时候，最重要的是能够破案，抓到凶手绳之于法，你说对不对？！"

"不对！"宋世哲突然说道。

啥？不对！严昊翎听到这回答不禁愣了一下，

"老宋，你这思想可就有问题啊！"

说着他不断朝宋世哲打着眼色，示意他局长还在场呢！

而彭玉松显然对宋世哲这个答案有些不满，脸色当即阴沉了几分。

然而宋世哲却是丝毫没有理会严昊翎的眼色以及彭玉松的神情，自顾自地说道：

"凶手能够将四名受害者杀死之后再进行肢解，并且冷静地抹除指纹等证据再进行抛尸，这说明什么？说明凶手是个十分镇定、人性冷漠、心理承受能力极强的人。"

"可是你们看在里面的刘鸿飞，才刚刚被抓进来，我们连审问都还没有开始，他就已经丧失了意志，哪里还有一丝冷静镇定可言。"

"我是不知道他犯了什么事，但他绝对不是我们所想要抓的下水道杀人魔。"

听着宋世哲的分析，再仔细观察审讯室内的刘鸿飞。

越看越觉得可疑，严昊翎和彭玉松对视了一样，不禁相信了宋世哲的推断。

只不过推断毕竟是推断，该走的过程还是要走的。

片刻后，严昊翎和小孙走进审讯室，由他们负责对刘鸿飞进行审讯。

看到他们，刘鸿飞依旧一副生无可恋的模样，愣愣地出神发呆。

见到刘鸿飞这副模样，根本无法正常录口供，严昊翎眉头顿时微皱了起来。

只见他突然怒拍了桌面一巴掌，发出"砰"的一声巨响。

正在神游的刘鸿飞，被这一巴掌吓了一大跳，整个人一哆嗦差一点从椅子上摔倒在地。

哼！严昊翎哼了一声，双手撑着桌面，目光如炬牢牢地盯着刘鸿飞的双眼。

"知道我们为什么抓你回来吗！"严昊翎闷声问道。

"不、不知道！"刘鸿飞有些结巴地回答。

"不知道？"严昊翎质疑了一声，冷声说道，"我看你分明就清楚得很。"

"你最好给我老实交代，坦白从宽抗拒从严你懂吗？"

"我、我想找律师。"刘鸿飞结结巴巴地说道。

"律师，你做了什么事情自己心里没点数吗！以为找律师就能够帮你脱罪吗！告诉你想得美。"严昊翎怒喝道。

"快点一五一十地老实交代清楚，或许还能争取一个宽大处理。"

刘鸿飞神色惶恐、脸色苍白地看着严昊翎，在犹豫了将近十秒之后，其内心绷紧到极限的心理防线骤然崩溃。

"警察同志，我、我、我自首，我真的不是故意杀人的，你们要相信我呀！"

这话一出，严昊翎、小孙，以及隔壁观察室的宋世哲、彭玉松四人，神色顿时一凛。

严昊翎隐晦地看了镜面一眼，然后问道："说吧！从头开始讲。"

"咕噜！"刘鸿飞吞咽了一下口水，请求道，"能不能给我杯水喝，口太干了。"

严昊翎朝小孙示意了一下，只见小孙弯腰从桌子底下拿出了一瓶矿泉水，拧开盖子后放在刘鸿飞的面前。

他戴着手铐，用双手捧起瓶子，咕噜咕噜地灌了大半瓶之后才停下。

随后刘鸿飞从头开始缓缓讲述事情的经过，而小孙则用笔将其说的统统记录了下来。

正如宋世哲所推测的那样，刘鸿飞的确是犯了事情，但并不是杀人，而是醉驾撞死了人，并且还肇事逃逸。

那天晚上他出去应酬，一时高兴多喝了几杯，饭局结束的时候，其实他就已经有七八分醉了，但是当时因为逞强好面子，所以没有找代驾，自己开车载着情人一起返回住处。

结果在经过一个十字路口的时候，突然有一个人骑着共享单车从斑马线过，他虽然看到了，但是因为车速太快，再加上喝了酒反应慢，根本来不及刹车或者做出避让，结果那名路人被他撞出了十来米。

等他好不容易从惊吓中缓过神来，下车去查看的时候，对方已经断了气了。

当时刘鸿飞整个人都吓傻了，酒也醒了。

这时候，他才意识到自己闯了大祸。

由于是深夜，当时路上也没有人，所以刘鸿飞在害怕之下本能地选择了肇事逃逸。

当时他的情人就劝他投案自首，但是因为害怕被枪毙，所以刘鸿飞没有同意，甚至为了自保不惜威胁他的情人，让对方替自己保密。

一开始，他连家门都不敢迈出去，生怕在路上被警察给抓走了。

但是好几天过去了，却迟迟不见警察上门，一打听之后才知道原来发生事故的那个十字路口，在出事的那天晚上正好停电了，所以监控摄像头并没有拍到刘鸿飞的车子。

虽然警方暂时找不到肇事者，但是刘鸿飞打从那一天开始，每天提心吊胆、草木皆兵，一看到警察就感到无比心虚，掉头绕着走。

也正是如此，他那辆轿车才会采取套牌的办法，就是担心被警察查到。

却没想到，他的这个举动给警方增添了不少的麻烦事。

后来，为了尽可能少露面，他更是少出门，也不怎么去见自己的情人，还让对方躲在家里不许出门，并且不许跟别人提起那天晚上的事。

虽然暂时安全了，可是这段时间以来他过得实在是太煎熬了，但又没有勇气去自首，所以一直拖着，直到今天警察找上门来。

当看到小孙他们的时候，他第一反应便是以为事情败露了，警察来抓他了，结果又一次本能地选择了逃跑，但最终还是没能够逃得掉。

听完了刘鸿飞的讲述，严昊翎和小孙无奈地暗叹了一声。

他们不知道是应该高兴还是沮丧。

意外成功破获了一起交通事故致人死亡肇事逃逸案件，这本应该是值得高兴的事情，但是严昊翎他们却高兴不起来。

因为从刘鸿飞的种种表现来看，他不像是装的。

一个开车意外撞死人都会这么害怕的人，怎么可能杀害四名受害者，并将其尸体肢解抛尸呢！所以说，基本可以确定刘鸿飞不是下水道杀人魔。

坦白了这件事情后，刘鸿飞仿佛卸下了心头重担一般，感觉整个人都轻松了。

他倚靠在椅背上，自嘲地说道："背着人命过日子实在是太痛苦了，现在终于解脱了。"

说完，他看向严昊翎问道："你们能够找到我，是不是我那个情人举报的。"

严昊翎和小孙再次对视了一眼，如果说之前只是猜测，那么现在可以肯定刘鸿飞不是下水道杀人魔了。

只见小孙从文件夹里拿出一张照片，放在刘鸿飞的面前。

"你说的情人是不是就是她啊？"

照片中的女人不是别人，正是肖丽芳。

刘鸿飞瞥了一眼，点头应道："对对对，就是她，肇事逃逸的事情跟她无关，之前隐瞒事情也是被我威胁的，如果有什么刑罚的话我一人承担。"

这话一出，严昊翎不禁赞赏地看了他一眼。

"没想到你也有爷们儿的时候，不过很可惜肖丽芳她是听不到了。"

"怎么了，你们对她干吗了？有什么事冲我来。"刘鸿飞气愤地说道。

正当他以为警方对肖丽芳做了什么刁难的事情，严昊翎的一句话顿时令他震惊了。

"肖丽芳被人杀害了！"

"……"

在小孙的简述下，刘鸿飞才得知事情的全部。

听完之后，刘鸿飞足足愣了好一会儿才回过神来，感到难以置信。

接着，严昊翎又询问了一些关于两人最后联系时间、地点、事项，然后便让小孙把他收押到拘留室去了，一路上刘鸿飞都十分沉默。

严昊翎走出审讯室时，宋世哲正在走廊位置等他，至于彭玉松则是早已离开了。

他走到宋世哲旁边的窗户口，掏出一根烟点燃，深吸了一口。

"哎！老宋，有时候我真希望你能够错一次。"

"对与错不重要，重要的是替死者找到真凶，终结罪恶。"宋世哲缓说道。

"呵！"严昊翎讪笑一声，道，"罪恶终结者，还挺唬人的！"

"……"

第六十三章　得来全不费功夫

时间飞逝，又是两天时间过去了。

虽然刘鸿飞不是下水道杀人魔令人有些许失望，但也不算是全无收获。

至少破获了一起交通肇事逃逸案件，也算是一个安慰奖了。

只不过全局上下没人感到高兴就是了，相反有些打击，因为之前大家还以为刘鸿飞就是真凶，成功锁定杀人魔了，没想到空欢喜一场。

不过好在现在不像一开始如同无头苍蝇四处乱撞，至少有一条可靠的线索。

因为确定了刘鸿飞不是真凶，所以这两天所有外派出去走访调查的队员，都铆足了全劲查找着犯罪嫌疑人赵老板。

可惜的是，到现在为止还没有什么收获。

随着时间的推移，距离彭局长所给的四天期限只剩下两天了。

时间的紧迫让严昊翎不禁有些上火，这两天没少听到他在局里大爆粗口。

而此时，法医科的办公室内。

"不行，这一次说什么都不行。"宋世哲大声地喝道。

"老宋，你就别那么固执了。"严昊翎劝说道。

"固执！你认为这是固执吗？你这是在拿林雅的生命去冒险，我坚决不同意。"

很明显，严昊翎和宋世哲正在为一件事而发生争执，而且情绪都挺激动的，至于林雅和小孙两人则是在外面的走廊，紧张地听着里面的争吵。

"怎么办？我们要不要进去劝一下？"林雅小心翼翼地低声问道。

"千万别，我太了解我们队长的脾气了，现在他正在火头上，谁的劝也听不进去，整个局里也就局长和你师傅能够压得住他，咱们要是进去准成了出气筒。"小孙惧怕地说道。

"可是……"林雅不无担忧地看着办公室。

小孙摆了摆手，说道："你放心吧！我们队长和你师傅上次不也吵过吗！还不是好好的。"

林雅想了想，觉得这倒也是，绷紧的心弦稍微放松了一些。

可是还没等她缓一口气，突然听到从办公室内传出"砰"的一声巨响。

这声响顿时把两人吓了一大跳，面面相觑。

"不会吧？动枪了？"小孙无比震惊地呢喃道。

"还愣着干吗？赶紧进去啊！"林雅着急道。

说完她也不等小孙，急忙打开办公室门冲了进去，而小孙紧随其后。

只不过，当他们冲进办公室之后，发现情况跟他们所想的并不一样，宋世哲跟严昊翎两人都好好的，也没有动枪，只不过地上多了一个破碎的保温杯。

很明显刚才发出巨响的正是摔碎保温杯造成的，结果被小孙他们误会了。

宋世哲两人激烈的争吵，被突然闯进来的两人打断，现场一时间陷入了寂静之中。

严昊翎和宋世哲两人都面带怒色，目光如炬地瞪着林雅和小孙两人，显然对他们的闯入有些不爽，这让林雅他们不禁感到后悔。

他们吵就吵，自己要进来干吗呀？真是自找苦吃。

不过好在宋世哲比起严昊翎要有气度，不会随意把怒气发泄在下属身上。

"小林，你来得刚好，还是由你自己决定。"严昊翎突然说道。

"不行，这一次她说了不算。"宋世哲断喝道。

"我问她又不是问你……"

"我……"林雅纠结地看着两人，不知道该怎么抉择。

宋世哲深吸了口气，怒视严昊翎，质问道："严昊翎，你是疯了还是利欲熏心，上次的情况能跟这次一样吗？两者之间存在多大的区别，你有没有替林雅的安全考虑过？"

"怎么没有，全局上下的刑警难道是摆设吗！"严昊翎大声反驳道。

"呵！"宋世哲冷笑了一声，斥道，"上次你让她协助诱捕杜小娟也就算了，对方毕竟只是个拉皮条的，可是这一次，你要她去对付的是杀人魔啊！"

没错，两人之所以发生争执，就是因为严昊翎想要像上次那样设局诱捕杀人魔。

计划很简单，就是利用杜小娟联系杀人魔，让对方自己主动现身。

这个计划很可行，可是充当诱饵的人非常危险。

正如刚才宋世哲所说的，两次行动的性质是不一样的，存在极大的区别。

上次他们的诱捕对象，只是一个组织他人卖淫的皮条客，虽然有一定的危险，但是还不至于有生命危险。可是这一次却是要对付杀人魔，稍有不慎小命就没了。

这么危险的事情，别说是让林雅去了，就算是让严昊翎去，宋世哲也会感到担忧。

所以，听到严昊翎的这个想法后，宋世哲毫不客气地破口大骂。

严昊翎的想法让宋世哲感觉他简直是疯了。

"严队长，师傅，你们就不要吵了，让我想一想吧！"林雅劝说道。

不得不承认，这一次连林雅自己都有点想打退堂鼓。

发现的四具尸体她都有参与尸检，所以很清楚凶手是多么冷血残忍，她一想到要面对的是这样的目标，并且自己有可能会变成尸块躺在解剖床上，就感到毛骨悚然。

"想什么想，我待会儿就打电话给金老师，让他把你领回去。"

宋世哲一点余地都不准备给林雅，同时也是想断了严昊翎这个念头，免得想太多。

"老宋，你这是故意跟我过不去啊！"严昊翎恼怒道。

"随你怎么想，总之不行就是不行。"

正当他们依旧争吵不休的时候，网警部的小陈突然出现了。

他一进门便看到这火药味十足的场面，不禁有些迟疑了，心想是不是待会儿再过来。

不过最后他还是鼓起勇气，开口打了声招呼：

"那个……严队长！"

"什么事？"严昊翎没好气地吼道。

对宋世哲他还能稍微控制一下自己的脾气，但对其他人可就没那么客气了。

"咳咳！收到市民的匿名举报，是一段金川河西路的视频。"

"那又怎么样？这点小事也要跟我说吗！"

小陈小心翼翼地说道："呃！视频里拍到凶手开车把尸块抛进了金川河。"

这话一出，顿时现场一片寂静，宋世哲四人齐刷刷地看向了他。

……

三分钟后，网警部办公区。

只见宋世哲、严昊翎几人站在一旁，而彭局长则坐在办公桌旁，一干人等正盯着小陈双手快速地在电脑上操作着。

不一会儿，随着小陈最后一个回车键的敲下，操作宣告结束。

"好了，这已经是我能够处理得最清晰的画面了。"

只见电脑显示屏上，一段视频正在播放，从画面上的情况可以看出，该视频是由行车记录仪拍摄的，视频中不时还夹杂着一名男人和女人交谈的声音。

对话本身并没有什么意义，只是他们之间的闲聊。

从行车记录仪边角上的时间显示，正是警方在金川河发现尸块的前一天晚上，详细的时间是晚上凌晨一点五十多的时候。

当行车记录仪所在的车辆从建宁路拐入金川河西路时，视频的重点场面出现了。

在拐入金川河西路之后，很快在车辆的前方不远处出现了一辆白色的小型货柜车。

由于周边的路灯有些昏暗，所以具体是什么款式并没有拍得很清楚，但是车子的车牌号却是很明显地被拍了下来，并且随着距离的接近更加清晰。

金川河西路紧靠着河边，在轿车接近的期间，隐约能够看到一个身影来回几趟。

对方正在将一些东西丢进河里，在发现轿车之后，便立即停止，上车离开。

全程参与案件的宋世哲、严昊翎等人，立即猜到那些东西应该就是警方所发现的尸块包裹，而将这些包裹丢进河里的人，毫无疑问就是下水道杀人魔。

可惜的是，由于现场的光线不足，所以无法拍到凶手具体的长相，只有一个身影。

"天网恢恢疏而不漏，这个狗杂种终于现身了。"严昊翎兴奋地说道。

"没错！总算是见到正主了。"彭局长也十分欣喜，随即问道，"小陈，能不能找到这段视频的主人。"

"小意思，我从对方上传视频的IP地址找到对方了。不仅如此，我还托交管局的同事帮我调查了货柜车的车牌号，很快就有结果。"小陈得意地说道。

"做得好！"彭局长满意地点了点头，吩咐道，"一有结果，马上告诉我。"

正当他准备给严昊翎下达命令时，小陈的手机响起短信提醒铃声。

小陈拿起手机一看，欣喜地说道："局长，调查结果出来了，该货柜车是属于润发冷鲜冻品有限公司的，公司老板是……"

说到这儿，小陈不禁愣住了，抬头惊诧地看着其他人。

"是谁啊？"小孙好奇地催促问道。

"呃！你们都认识的，刘鸿飞！"小陈缓道。

"什么？"

这话一出，在场的所有人都震惊了。

"你没有看错吧？"严昊翎不相信，伸手抢过手机查看。

手机短信上清楚地显示着，调查结果正是小陈所说的那样，这让严昊翎有点发蒙了。

这时宋世哲快速地反应了过来，说道："这没什么矛盾，刘鸿飞是刘鸿飞，他只是公司的老板，手底下有那么多员工，那晚开车的人又不一定是他。"

"而且这就说得通了，凶手作案的工具涉及电锯和冻柜车，这两样在冷鲜冻品公司都能找到，咱们就是因为这个才怀疑刘鸿飞的！"

被宋世哲这么一提醒，其他人也纷纷醒悟了过来，点头赞同。

"没错，凶手虽然不是刘鸿飞，但是肯定藏身在他的公司里面。"严昊翎兴奋道。

"严队长，你马上带人到刘鸿飞的公司抓人。"彭局长当机立断作出决定。

"是，局长！"严昊翎大声应道。

说完他忙不迭地拿出对讲机，快速召集警察出发。

"太好了，这一次真是踏破铁鞋无觅处，得来全不费功夫啊！"彭局长笑道。

然而，这个时候宋世哲却是相当不识趣地给他泼了一盆凉水。

"先不要那么乐观，如果凶手真的是刘鸿飞公司的员工，咱们逮捕刘鸿飞的时候，他肯定看到了，极有可能会打草惊蛇，说不定凶手已经潜逃。"

听到这话，众人脸上的笑容顿时僵住了。

第六十四章　人头终现

事实再一次证明了现实的残酷。

当严昊翎带着人马急匆匆赶到刘鸿飞公司，通过值班的管事人，找到那晚开车出去的司机时，却发现对方从昨天开始就没来上班了。

而在看到该司机的样貌时，严昊翎更是差点儿当场捶胸顿足。

原因很简单，那名员工正是他们费尽心思、苦苦寻找无果的赵老板。

不过这一次倒是没有新身份，用的是赵广川的身份证。

毕竟，三个身份已经够多了。

不仅如此，这个赵广川在公司还不是一般的职员，而是仓库主管。

这个消息一传回分局，彭玉松感到无比懊悔。

当初就是他下达命令先把刘鸿飞"请"回来协助调查，如果不是这样，再延后个几天，没有被打草惊蛇的赵广川，说不定现在还在刘鸿飞公司里上班呢！

届时，得到举报视频的警方，绝对可以将赵广川一举抓捕归案。

可惜呀！这个世上没有如果，只有结果和后果。

至于宋世哲，反倒是没有太大的沮丧，因为他已经做好最坏的心理准备。现在最坏的情况出现了，他也就坦然接受了。

也正因为如此，宋世哲第一时间拿出了相应的对策。

他快速说道："老严，你现在马上带人去嫌疑人的家里，现在只能拼运气了,赌对方没有立即离开天京市,如果还没离开,那么咱们还有机会抓到他。"

"好的,我马上过去!"严昊翎果断地应道。

挂断电话之后,严昊翎等人立即在员工的带领下,直扑赵广川的住处。

而宋世哲则是对彭玉松分析道："嫌疑人没有在刘鸿飞被捕之后立即逃走,直到昨天才没去上班,说明他并不确定自己被发现了。"

"正常情况下,多半会带有侥幸心理,赌自己没有暴露,我认为,有一半的概率对方还留在家里,如果真是这样,那就必须抢先一步做准备。"

"什么准备?"林雅好奇地问道。

"封锁区域的准备,像赵广川这种狡猾的连环杀人犯,想要抓到他没那么容易,所以咱们必须先提前扼守天京市各个出入口,防止对方逃走。"

"一旦对方成功逃脱,那想要抓住对方可就难了。"宋世哲说道。

"这怎么扼守?陆地上的还好说,可是还有水路呢!"

彭玉松摇头叹息,显然不是很看好结果。

鼓楼区临近长江,沿岸可是有不少码头的。再说长江水面辽阔,船只繁多,是鼓楼区重要的交通运输通道,如果赵广川走水路离开,那的确很难做到完全筛查。

"不管那么多了,尽可能地筛查吧!"宋世哲无奈道。

随后他又继续说道："陆地方面,目前所知赵广川用的身份证都是假的,像高铁、火车这一类需要验证身份证的交通工具他用不了。"

"所以,重点排查离开的大小客车,当然小轿车也不能放过。"

"这样得多大的排查量啊!就算把整个天京市的警力都调动起来也不够啊!"

"没办法,必须得这么做,还有发布通缉令。"

正当宋世哲和彭玉松商量着怎么布置时,严昊翎突然打来了电话。

显然,赵广川居住的地方距离上班的地点应该不远,否则没那么快抵达位置。

"喂!怎么样了?什么情况?"宋世哲问道。

"赵广川还没有离开鼓楼区,我们赶到他家里的时候,电视还是暖的,衣服东西也没带，但是在他家里没有发现人，可能是看到我们赶来，急忙逃跑了。"严昊翎说道。

"好，知道了，你们继续搜查。"宋世哲回答道。

挂断电话后，他不由得露出几分兴奋的神情，还有机会抓到对方。

"说了什么？"彭玉松关心地问道。

"嫌疑人果然还待在家里，但是严昊翎他们没有抓到人，应该是看到警察赶来，所以对方提前逃跑了，但是对方绝对还在鼓楼区以内。"

听到这话，彭玉松顿时一喜，想到的跟宋世哲一样。

"我马上打电话汇报给上级，并通知其他各个部门，全力封锁鼓楼区的交通要道。"

彭玉松说完，便立即离开返回办公室去打电话。

"师傅，那咱们做什么啊？"林雅忍不住问道，她也想出一份力。

宋世哲被问得一愣，因为接下来的事情他们根本插不上手。

调动各个部门通力合作必须有市级领导的批示，宋世哲这个小小的科级法医说的话，也就在这个分局算是有点分量。

至于搜索赵广川嘛，外面那么多刑警、民警，多他们不多，少他们不少。

突然这时宋世哲脑海中灵光一闪，知道自己要去做什么了。

"你去拿勘查箱，然后出发！"宋世哲淡道。

"啊？出发去哪儿？"林雅疑惑道。

宋世哲微微勾起唇角，卖了一个关子，笑道："去找将赵广川入罪的铁证！"

"……"林雅眨巴眨巴眼睛，还是不懂他的意思。

这时小陈也问道："那宋科长，我能够帮上什么忙吗？"

"你去交管局，借助路面监控系统帮严队长搜查嫌疑人的下落。"宋世哲说道。

"是，我明白了，马上去。"小陈兴奋道。

……

一直以来，下水道杀人魔的身份成谜，始终无法挖出凶手。

如今，经过不懈的努力，终于拨开云雾见青天了，凶手的身份总算锁定了，虽然还只是推断，可是所有人都知道就是赵广川无疑。

而宋世哲此次的行动，正是为了找到将赵广川入罪的关键有力证据。

他们的目的地，是刘鸿飞的冻品仓库。

赵广川在刘鸿飞的公司任职仓库的主管，如果让对方选择一个藏尸的地方，毫无疑问，藏在公司的冻柜是最方便也最安全的。

因为刘鸿飞是做冻肉批发的，在他仓库的冻柜里，别的没有，肉类最多。

人的尸体腐烂会散发尸臭味，动物的尸体腐烂也同样会散发尸臭味，两者的味道即使是资深法医的宋世哲也无法区分出来。

赵广川只需要利用职务的便利，将尸块藏匿在货物箱里，根本不会有人发现。

即使是要出货，他是主管，拿哪个位置的货还不是他说了算嘛！

这段时间，发现的尸块不少，但是唯独缺少了头颅。

宋世哲推断，如果赵广川没来得及转移的话，那么肖丽芳和许薇薇两人的头颅现在应该还在仓库的冻柜里。只要能够找到两人的头颅，入赵广川的罪也就不难了。

这一点并不复杂，当抵达目的地时，林雅也想通了。

可是她却不禁有些疑问："师傅，法医不是得收到委托或者发生命案才能勘查现场吗？咱们这……是不是不合程序啊！"

"非常时期行非常办法。"宋世哲淡然说道。

"但是，咱们没有手续啊！万一人家不让我们检查呢！怎么办？"

"简单，待会儿你别说话就行了。"宋世哲自信道。

停好车后，宋世哲和林雅提着勘查箱径直走向刘鸿飞公司的门口。

此时，由于公司的老板被抓，主管拒捕逃逸，公司运转一时间陷入了停顿，公司的员工们都在私下议论纷纷。

走进大门，宋世哲两人立即引起了剩余员工的注意。

"你们是什么人？干吗的？"某员工问道。

宋世哲没有回答，反问道："现在你们这里谁管事，出来说话。"

一名身材微胖、长相憨厚的青年人站了出来，问道："我是老板的小舅，有什么事？"

"你好，我是鼓楼区公安分局的宋科长，你们仓库的冻柜在哪里？我们现在要检查里面的货物，请配合！"宋世哲脸不红气不喘地淡然说道。

"啊？"管事人当即愣了一下，迟疑道，"这、这我不能做主啊！万一你们检查货物弄坏了什么，公司的财物损失我找谁负责？"

宋世哲眉头微皱了一下，拿出手机拨打了一个电话。

"喂，老秦吗？我是宋世哲，你让刘鸿飞听一下电话。"宋世哲说道。

他口中的老秦，正是负责拘留室看守的警察。

不一会儿，刘鸿飞的声音便响了起来。

"刘鸿飞，现在我要进你公司的仓库冻柜检查，如果你想帮肖丽芳抓住凶手的话，就让你的小舅配合我的工作，明白吗？"

说完之后，宋世哲便将手机递给了管事人刘鸿飞的小舅。

"哎哎，好好，明白了！"

应了几声后，小舅对待宋世哲的态度顿时发生天翻地覆的变化。

"宋科长，你有什么吩咐尽管说，我们一定配合。"

"你叫上几个人，跟我去冻柜。"

片刻后，宋世哲、林雅带着三四个伙计，来到了冻柜的门口。

随着一道艰涩的吱声，冻柜门被打开，一股深寒的冷气扑面而来。

宋世哲扫了里面一眼，发现货物还真是不少，各种肉类都有，但以牛肉、猪肉为主，同时还有不少封箱的外国进口牛肉、三文鱼等。

"把所有封箱的纸箱全都拆开。"宋世哲朝众人开口说道。

"什么？全部啊？"管事人惊诧道。

"对，全部，一个都不许遗漏，通通要拆开检查。"

如果没有刘鸿飞的吩咐，管事人肯定不会同意的，但现在只能照做了。

人多就是好办事，四个伙计外加宋世哲、林雅，总共六人。虽然冻柜里的箱子不少，可依旧以肉眼可见的速度递减，很快就拆到了货物的里部。

眼看着箱子就快拆完了，突然这时，一名伙计发出一声惊恐的号叫。

听到叫声，其他人下意识地扭头看去，只见一颗被保鲜膜包裹着的球形物体，正在地上滚动着，在碰到障碍物后终于停了下来。

当人们看清楚时，除了宋世哲、林雅，其他人瞬间纷纷被吓得倒退。

那不是别的，正是一颗人头。

第六十五章　发现重要罪证

人头的发现，证实了宋世哲的猜测，也彻底坐实了赵广川的嫌疑。

而发现冻柜里竟然藏着死人的尸体，那些伙计跟见鬼一般，一个个脸色发青。

在冻柜里温度很低，但习惯了的伙计并没有什么感觉，可是现在却感觉到一股莫名的寒意由心底深处升起，从脊梁骨一路直达后脑勺。

"嘶……"几名伙计忍不住齐刷刷地打了个寒战。

至于宋世哲和林雅，由于早就有了心理准备，所以反而没怎么吃惊。

在惊吓之后，几名伙计纷纷找借口离开了。

因为大部分的封箱已经被拆开了，剩下的部分倒也不多，宋世哲两人就能搞定。

所以，宋世哲倒也没有开口叫住他们。

将地面上的人头拿起，宋世哲透过保鲜膜打量了几眼。

由于被保鲜膜扭曲了视线，所以看得不是很清楚，暂时还不知道是属于肖丽芳还是许薇薇的，但这个无所谓，只不过是迟早的问题。

将人头放好之后，宋世哲和林雅将目光投向剩下的封箱。

如果不出意外的话，里面还有一颗人头。

两人对视了一眼，相顾无言，随即默契地拿起开封刀继续忙活。

一会儿工夫，所有的封箱都被打开了。

正如宋世哲所猜测的那样，另外一颗人头赫然在其中一个纸箱里，同时他们还发现了一些尸块，正是肖丽芳、许薇薇两人尚未被赵广川丢弃的"零部件"。

除了两颗头颅，其他的尸块均没有进行包裹，而是随意堆放在箱子里。

很显然，赵广川估计是打算近期寻找机会，将这些尸块给处理掉。

不过，好在现在被宋世哲抢先一步发现，只要能够从上面找到赵广川的指纹，那么他的罪名就算是跳进黄河也洗不清了。

宋世哲吩咐林雅找来两个箱子，将所有尸块以及两颗头颅装好。

随后，宋世哲和林雅准备将尸块带回局里。

在他们走出仓库大门时，刘鸿飞公司的那些员工都集中在门口，紧张地张望着。

看到宋世哲他们出来，而且两人手里都抱着一个箱子。

并不愚笨的人们都猜到里面是什么了。

宋世哲也没理会他们，径直朝自己的座驾走去，林雅紧随其后。

刚走出两步，宋世哲忽然停下脚步，转过身来朝刘鸿飞的小舅招了招手。

迫于无奈的小舅神色惊恐地上前，讪笑道："宋科长，您、您有什么吩咐？"

"冻柜里保持现状，暂时别让人动，保护好犯罪现场，过一会儿我的同事会过来接手，然后……这箱子里的是两名死者的尸体碎块，你需要检查吗？"

"不不不，不用了，你赶快拿走吧！"小舅把脑袋都快摇成拨浪鼓了。

宋世哲早就预料到他的反应了，挑了一下眉头，随即带着林雅离开。

目送他们开车离开后，小舅这才回过神来。

他急忙喊道："快，把冻柜给锁起来，所有人都不能进去，保护好犯罪现场！"

"……"众人都好像呆滞了。

回警局的路上，宋世哲拿出手机拨通了严昊翎的电话。

"喂！老宋，怎么了？"严昊翎气息急促地问道。

很显然，此时他正在实施封锁排查赵广川住处的周边，但应该还未有收获。

"告诉你一个天大的好消息！"

"好消息？"严昊翎愣了一下，忽然问道，"难道你知道赵广川藏在哪儿？"

宋世哲眨了眨眼，说道："你想太多了，我又不是神算子能够未卜先知。我要说的是，我在刘鸿飞公司的仓库冻柜里找到其余的尸块，以及头颅了。"

"什么！太好了，这下可算是有证据了，你放心，我一定把赵广川那畜生给逮住。"

说完，严昊翎也不等宋世哲说话，直接挂断了电话。

"嘟嘟嘟……"

听着传来的忙音，宋世哲不禁失笑了一声。

很快，宋世哲他们便回到了分局，第一时间将尸体带回了法医科的验尸房。

由于在冻柜里找到的尸块并没有被袋子包裹，所以直接与已找到的两具尸体拼接上了。

一番比对后，各个尸块都找到了自己的位置。

唯一还欠缺的，就只有头颅了。

宋世哲深吸了口气，伸手将其中一个人头从纸箱拿了出来。

为了避免破坏尸体的表面，所以宋世哲用手一层一层地将保鲜膜给解开。

一番忙活之后，当最后一层保鲜膜被掀开时，第一颗人头的脸庞映入宋世哲和林雅的眼帘之中。几乎同时，对方的身份也瞬间浮现了。

由于凶手在杀人之后，便第一时间将对方冰冻了起来，直到现在。所以，即使已经死了相当长一段时间了，依旧保存完好。

这也让宋世哲两人第一眼便认出了对方，正是第四号死者"许薇薇"的头颅。

既然这一个是许薇薇，那么剩下的另外一颗头颅自然就是肖丽芳了。

很快，宋世哲便将另外一颗头颅的保鲜膜拆开，果不其然，正是肖丽芳，她跟许薇薇一样，被保存得十分完好。

将两人的头颅与各自的身体摆放在一起，这一下尸体终于齐全了。

看着二人的尸体，宋世哲和林雅神情凝重，在解剖床旁边朝尸体鞠了一躬。

这不是祭拜，而是表示内心的一种亏欠。

两人死得很惨，被害之后还遭到分尸，直到现在才总算找全尸首。

相反地，第一号死者李小梅与第二号死者无名氏，虽然她们也遭到了分尸，但是尸首都是齐全的，并没有肖丽芳她们的悲催经历。

鞠躬之后，宋世哲朝林雅示意了一下，随即开始尸检。

宋世哲先是对所发现的其他尸块进行体表尸检，与其他发现的尸块一样，除了切割位置，并没有发现任何开创性损伤。

不过这一次，他的目标不是这些，而是其他的。

只见宋世哲拿着一盒粉末，在最新发现的尸块表面上进行了指纹采集。

在他看来，凶手既然还未对尸块进行包裹，证明还没有对其处理过，在尸块上面说不定会留下指纹还未被抹去。如果能够找到，那将是举足轻重的罪证。

可惜的是，一通忙活过后，他并没有发现指纹。

对此宋世哲并不感到气馁，继续将目标瞄向肖丽芳两人的头颅，以及那些保鲜膜。

宋世哲先对两人的头部进行采集，还是依旧没有什么收获。

这结果又一次证明了凶手的谨慎，同时也证明了现实的残酷性。

如果在尸体上面没有发现赵广川的指纹，那就无法形成确凿的证据链将对方入罪，这也意味着，即使成功抓到赵广川，也无法将对方入罪。

只不过天网恢恢疏而不漏，凶手还是百密一疏，出现了遗漏。

也不知道是天意，还是肖丽芳几名死者冥冥之中的保佑，宋世哲最终成功地在保鲜膜上发现了一枚完好的指纹，以及一枚残缺的指纹。

这个发现让宋世哲、林雅两人兴奋不已，总算找到重要罪证了。

将指纹采集下来后，只要将其与赵广川家中的物品上的指纹进行对比，就能够知道对方是不是凶手了，除非赵广川在家里没有留下任何指纹。

收好指纹样本，宋世哲继续进行尸检。

检查许薇薇头颅的时候，并没有什么发现，除了更加明确地确认死因。

但是在检查肖丽芳的头颅时，宋世哲却是有了新发现。

在她的后脑勺位置，例行按压时，意外地发现有骨擦感，这令宋世哲不禁一愣。

骨擦感的存在，说明其后脑勺位置存在骨折现象。

在四名死者之中，李小梅是闷死的，许薇薇是溺死的，二号死者死因尚不清楚，但是头部并没有发现致命性损伤。

而肖丽芳是唯一一个有外伤的，这让宋世哲感到好奇。

由于头部从颈部位置被切断，这倒是方便他给肖丽芳的头部剃头。

很快，宋世哲便将肖丽芳的头发剃掉，随后拿起一把手术刀，沿着左侧耳后下刀，干脆利落地划到了右侧的耳后，整个动作行云流水般娴熟。

因为被冷冻的原因，当宋世哲分开头皮的时候，隐约听到干脆的咔嚓声响。

当颅骨暴露出来时，头部的伤势便清晰呈现在他们眼前。

在肖丽芳后脑勺位置有一处醒目的挫裂创，该挫裂创直接造成了皮下颅骨骨折，创口和骨折线沿着一条直线分布，横贯整个后脑勺。

骨折线呈现放射性状态，创缘不整齐，从形状分析，很明显是由钝器打击造成的。

触目惊心，属于典型的严重粉碎性骨折。

头部最常见的挫裂创就是钝器创，而头皮挫裂创的形状往往能够很好地反映致伤物作用面的形状和大小，也就是遭受袭击的凶器的信息。

宋世哲根据挫裂创的骨折线进行分析，最后得出凶手所用的应该是铁撬之类的物品。

因为在骨折线上有一两处明显的斜纹，并且其中一端还有凹陷的坑洞。

这些特征都很符合铁撬的形状特点。

而且，宋世哲知道凶手喜欢将尸体分尸抛弃在下水道，而想要打开下水道的井盖，撬棍绝对是最好的选择，前后一对照便得出了结论。

"真是奇怪，为什么其他受害者就没有外伤，唯独肖丽芳有呢？"林雅不解道。

"不难解释，李小梅和许薇薇想必是在跟凶手做完交易后，被对方用什么手段迷晕了，所以并不需要动用武力，但是肖丽芳不同。"

"她傍上了刘鸿飞，不需要再当外援女了，凶手应该是诱骗不成，所以偷偷尾随她，伺机在其背后袭击，将肖丽芳打晕之后再带走的，这也就是为什么会有外伤了。"

听完宋世哲的解释，林雅觉得可以说得通，点了点头表示赞同。

"这些都不是重点，重点是咱们发现的这枚指纹是不是赵广川的。"宋世哲严肃道。

"那现在下一步做什么？"林雅问道。

"走，去赵广川的家！"

第六十六章　可疑的命案

古语有云：功夫不负有心人！

在赵广川的家里，宋世哲和到场的痕检员成功采集了指纹。

不仅如此，也许是警方的突袭出乎赵广川的意料，导致他没来得及藏好自己的罪证，宋世哲在赵广川私人轿车的后尾箱里，发现了一把铁撬。

当宋世哲拿出鲁米诺试剂喷洒过后，铁撬的顶端立马显现出蓝紫色的荧光。

鲁米诺(luminol)，又名发光氨。常温下是一种黄色晶体或者米黄色粉末，是一种比较稳定的人工合成的有机化合物。

由鲁米诺晶体溶合而成的试剂，会与活性氧产生氧化作用，释放出蓝紫色荧光。

而人的血液中富含血红蛋白，血红蛋白含有铁，铁能催化过氧化氢的分解，让过氧化氢变成水和单氧，其中的单氧也就是活性氧。

血迹即使被擦拭，血液中的血红素还是会残留下来，也就是血红蛋白。

所以，当鲁米诺试剂喷在血红素上，会与活性氧产生氧化作用，释放出蓝紫色荧光，被称为鲁米诺反应。在法医学中，是用来鉴定血液的有效办法之一。

除了铁撬，宋世哲在后尾箱内也喷洒了一遍，结果在底部和四壁都发现有血迹。

后尾箱的迹象，再加上宋世哲在肖丽芳后脑勺发现的开创性损伤。不出意外的话，肖丽芳应该是被打晕后装进了后尾箱拐走，期间肖丽芳还没死，这点从后尾箱盖内部血印便可得知，她试图通过打开车盖逃生。

可惜的是，她受伤太严重了，或是被赵广川发现了，没有成功。

尽管还没有对血迹进行采样收集、化验比对，可宋世哲知道这就是杀害肖丽芳的凶器。

以肖丽芳后脑勺粉碎性骨折的伤势，就算是即刻送到医院抢救都未必能够得救，更何况是被绑架塞在后尾箱里，而错过最佳抢救时间的她可以说是必死无疑的。

而在宋世哲搜寻更多罪证的时候，指纹的比对结果出来了。

正如他所猜想的那样，赵广川的指纹跟包裹头颅的保鲜膜上的指纹匹配上了。

指纹外加凶器，以及转移受害者的车辆都找到了。

也就是说，铁证如山，证据确凿了。

连续犯下四起碎尸命案的下水道杀人魔，就是赵广川。

掌握了确凿的罪证之后，接下来的事情就只有一件了，那就是抓人。

只剩下这最后一步了，很多时候，即使已经掌握了足够的证据，但是抓不到凶手也没用，这也是为什么有那么多通缉犯的原因。

不过这一次抓到凶手的概率还是很大的，警方已经封锁了鼓楼区的出入要道。

同时，彭局长已经通过市局，下发了通缉令，通知了整个天京市。

鼓楼区的交通四通八达，而且跟其他区相接。即使封锁了要道，难免会有一些小路什么的，要想实现绝对封锁是不大可能的。

唯一的办法就是，动员整个天京市的警力，联合其他区的警方一起形成包围网。

接下来就没宋世哲、林雅两人什么事了。

他们返回分局，写完所有报告之后，下班一起去吃饭，然后各自回家。

这段时间，为了能够破案，找到凶手的真实身份，他们的神经始终紧绷着。

如今锁定了凶手的身份，虽然还没将凶手抓捕归案，但是总归是告一段落了，他们也终于是能够好好地休息一下了。

抓捕罪犯这一方面宋世哲可不是行家，只能靠严昊翎、小孙这些刑警了。

回家后，宋世哲早早地洗漱休息，一觉睡到了第二天早上八点。

吵醒他的不是闹钟，而是来电的电话铃声。

"喂？"宋世哲还有些迷糊。

"老宋，赶快醒醒，又发生命案了。"

严昊翎的声音从电话那头传了过来，而内容顿时令宋世哲为之一愣。

"地点在哪里？我马上赶过去。"宋世哲连忙问道。

"我就在你楼下，你赶紧下来吧！"

说完，严昊翎也不等他回应，直接便挂断了电话。

宋世哲错愕了一下，随即急忙起床换衣服，然后进厕所洗了把脸，连牙都没刷，拿上自己的钱包钥匙手机，便急匆匆地出门了。

来到楼下的时候，只见严昊翎倚着自己的车子正在喝着豆浆。

看到宋世哲后，他指了一下旁边车盖上的早餐。

"哪！给你买的早餐，这一次保证新鲜。"严昊翎咧嘴笑道。

"算你还有点良心。"宋世哲轻哼道。

严昊翎三两口喝完了豆浆，将包装随手扔进旁边的垃圾桶里，随即招呼道：

"走吧！开你车！"

宋世哲闻言翻了一记白眼，他就知道没那么好的事情。

虽然有些无语，但还是将车钥匙随手抛给了严昊翎，然后拿上早餐坐进了副驾驶座位。

伴随着一阵引擎声，轿车卷起一阵灰尘快速离去，出发前往命案现场。

十五分钟后，宋世哲、严昊翎两人抵达现场。

命案发生地点位于大桥公园，该公园临近长江河边，占地面积广，绿树成荫，风景宜人。

当宋世哲一下车，第一眼便看到不远处停靠着三辆警车。

此时，小孙正在对一名身穿唐装的老人录口供，看到宋世哲他们后，便立即将事情交给自己的同事，朝他们迎了上来。

"队长，宋科长，早啊！"小孙打着招呼。

"那个老人就是报警的目击者吗？"严昊翎询问道。

"对，就是他，每天早上七点半左右，他都会到公园散步打太极，今天早上照常到公园活动的时候，意外在一处灌木丛里发现死者的，然后立即打了报警电话。"

"除了发现死者，还看到什么可疑人士没有？比如说……赵广川。"

小孙闻言不禁愣了一下，疑惑道："队长你是怀疑这起命案是赵广川做的？"

"不排除这种可能。"在旁边的宋世哲接过话茬，解释道，"刚才在来的时候，我和老严分析过了，现在全区都在搜查赵广川，不排除对方做出狗急跳墙的事情来。"

"现在多说无益，尸体在哪里？"严昊翎问道。

"哦！在公园里面，林法医已经先到了。"小孙带路，说道。

宋世哲点了点头，没说什么。

三人很快便来到了尸体所在的地方，四周已被警戒线围了起来。

由于是公园，有不少老人、孩子都在围观。

为了避免破坏现场，警方安排了人员在维护秩序。

"师傅！"林雅看到宋世哲，唤道。

由于宋世哲是直接从家里过来的，所以并没有携带法医专用的勘查箱。

他向林雅借了一副手套后，询问道："进行尸表检验没有？"

林雅点头应道："已经初步检验过了，死者为中年男性，年龄在四十岁到四十五岁之间，身上有两道刀伤，其中一道位于腹部，一道位于颈部。"

"致命刀伤在颈部，初步判断是割断了颈动脉，造成大量出血而死。"

"死者的身上有被翻动的迹象，我在他身上没有发现钱包，但可疑的是，死者的手表、手机以及金戒指、金项链却没有被拿走。"林雅疑惑不解地说道。

严昊翎赞同地分析道："的确有些可疑，如果是为了财物抢劫杀人，那么戒指、项链、手机这些却没有拿走，现在都流行网上支付，钱包里未必有多少现金。"

宋世哲看了他一眼，淡道："除非，凶手的目的就是现金，而死者恰恰有不少现金。"

说完，他走到尸体旁边，伸手检查了一番之后站起身来。

"如果我没有猜错的话，死者应该是一名出租车司机。"宋世哲说道。

这话一出，林雅和小孙都不禁愣了一下。

"师傅，有什么依据吗？"林雅好奇地疑惑问道。

"首先，死者双手掌心长有列状的老茧，这种情况一般多发于体力劳动者的手上，但是其指腹等位置却没有，而且死者皮肤白净，体形轻微发福，可以排除体力劳动者。"

"然后，我检查了死者的后背，发现对方有明显的颈椎病，以及腰间盘突出，说明经常坐着，并且死者的右脚鞋跟位置磨损明显，鞋底却很干净。"

听到这里，思维敏捷的林雅已经明白了。

"司机因为经常开车，手握着方向盘，所以掌心有老茧，又由于开车经常坐着，所以容易落下颈椎病和腰间盘突出的职业病。"林雅恍然大悟地说道。

"没错，鞋跟的磨损是因为司机经常要踩油门和刹车，但是又不怎么需要下地走路，所以鞋跟磨损但鞋底却比较干净。"宋世哲说道。

这时严昊翎也补充了一点："最重要的是，司机一般身上都会带有不少现金。"

听完了整个分析，众人对这个推断基本无疑。

"那死者的死亡时间大概是什么时候？"严昊翎询问道。

"死者身上穿着外套，虽然现在已经开始转季，但白天温度还是比较高的，所以应该是昨晚遇害的，而从尸体的尸僵程度，应该在八到九小时。"宋世哲分析道。

"八到九小时，那就是说对方是昨晚十二点左右遇害的。"

正当他们猜测之际，忽然一名侦查员快步跑来。

"队长，我们在公园附近的一个垃圾桶里发现了这个钱包。"该侦查员说道。

严昊翎伸手接过钱包，打开一看，第一眼便看到了钱包内的身份证，上面的照片正是死者，说明钱包就是死者的。

除了身份证，钱包里还有几张银行卡和医疗卡，唯独没有现金。

正如宋世哲他们所猜测的那样，凶手的目标就是现金。

死者的名字叫顾建明，年龄是四十三岁，是天京市鼓楼区本地人，居住在小市新村。

知道名字后，想要查其他信息就容易了。

在打给交管局查询之后，正如宋世哲所推断的那样，顾建明的职业是出租车司机，并从交管局那边得到顾建明出租车的车牌号码。

同时，严昊翎委托交管局的同事，对顾建明的出租车进行追踪。

第六十七章　丧心病狂

大桥公园设立有公交站台，四周有监控摄像头。

有了时间、地点、受害人，想要通过监控摄像查找目标就容易多了。

通过交管局，成功调取了附近的监控视频。

而当宋世哲、严昊翎等人收到交管局发来的监控视频后，一看顿时心里涌起了怒火。

视频时间是昨晚十二点到凌晨一点，一辆出租车抵达公园的公交站台。

当时由于时间很晚，除了该出租车周围并没有其他人。

出租车停靠了片刻之后，随即从上面下来一名成年男子。

尽管视频有些模糊，但是隐约能够看出对方的身形，而宋世哲他们更是一眼就认出了对方，不是别人，就是赵广川。

在还不知道赵广川的藏身之处时，他们通过各大酒店的监控视频查找赵广川。

所以，严昊翎等人对于赵广川的身影印象十分深刻。

"王八蛋，这个狗杂种，手里又多了一条人命。"严昊翎咒骂道。

其他人也同样气愤难抑，恨不得立即将赵广川抓起来毒打一顿。

宋世哲相对克制一点，闷声道："大桥公园临近长江大桥，昨晚赵广川估计是打算过长江到浦口区，可是警方设下关口严查车辆，所以过不去。"

"昨天逃跑得急，他身上一定没有多少现金，手机也不敢用，所以才临时决定抢劫出租车司机，只是没想到他这么丧心病狂，为了隐藏踪迹，竟然杀人灭口。"

浦口区与鼓楼区隔着长江相望，中间由长江大桥连接，同时还有地铁三号线作为交通要道，随着不断开发如今成为天京市新的经济发展区。

但与鼓楼区这种老牌城区相比，浦口区还是比较"地广人稀"的。

而且，浦口区有不少山林、乡村，又与其他城市接壤，一旦逃到了浦口区，警方再想要进行封堵几乎不可能，赵广川只需要往山林里一钻，轻易就能逃到别的城市。

到时候，他再找个偏僻山村躲起来，要想抓到人几乎很难。

不过好在没有让对方成功，从监控视频中可以看到，赵广川最后开车离开的方向是返回鼓楼区市中心。

只要目标还没有离开鼓楼区，那就还有抓到的希望。

出租车司机的死，再一次让宋世哲、严昊翎认识到赵广川的凶残和危险性。

为了达到目的而不择手段，这也更让警方坚定要抓住赵广川的决心。

出租车司机的死因非常明显，所以宋世哲和林雅并没有浪费时间，将尸体装入裹尸袋后，由警车带回分局，然后通知死者家属到分局认领。

不过该走的程序还是要走，所以宋世哲让林雅返回分局处理相应的文案工作。

至于宋世哲和严昊翎则是前往交管局，调查赵广川行凶之后的踪迹。

虽然他们不抱多大的希望，但至少也是一条线索。

很快宋世哲和严昊翎便来到了交管局，刚驶进交管局的大院，便看到一名身穿交管局制服的中年男人迎了上来。

不是别人，正是交管局的杜局长。

在开车过来的路上，严昊翎已经打电话给彭局长汇报了情况，并让他跟交管局的局长进行沟通，希望能够获得交管局的全力协助。

"杜局长，好久不见，最近还好吗？"严昊翎主动打招呼。

"本来还挺不错的，但是昨天开始就不好了。"杜局长半带玩笑地说道。

昨天彭局长上报市局，下发了对赵广川的通缉令，同时市局也命令交管局，必须全力协助公安局捉拿赵广川。

要知道鼓楼区的交通四通八达，来往车辆密集，交管局在接到命令之后，便立即对各条交通要道实施管控排查。这其中的工作量可想而知，给交管局带来了很大的不便。

"呵呵！"严昊翎讪笑了两声，知道对方在说什么。

他连忙转移话题，说道："给你介绍一下，这位是我们局的宋科长宋法医。"

杜局长闻言，惊奇地打量了宋世哲一眼，主动伸手笑道："原来你就是宋法医宋神探，久仰大名，今天终于见到真人了。"

"您太客气了，杜局长！神探之名不敢当啊！"宋世哲谦虚地说道。

虽然宋世哲经常跟严昊翎一起出现场，但是在走访调查上他并不怎么参与，所以没怎么和其他部门的领导打过交道。

不过他的大名在鼓楼区还是如雷贯耳的，很多人都知道他破案如神。

相互客套了几句之后，为了不浪费时间，严昊翎提议道：

"杜局长，咱们还是进去里面谈吧！"

"对对对，差点把正事给忘了。"杜局长懊恼了一下，连忙招呼他们进去。

片刻之后，交管局的监控部门办公区。

只见一整面墙都是监控视频，七八名工作人员正在操控着监控系统。

此时，宋世哲和严昊翎，以及杜局长正站在电视墙的前面。

而电视墙上的视频被切割成了十几个视频窗口，在工作人员的操作下，从大桥公园开始，沿途不断追踪着被赵广川开走的出租车。

其间有两三次差点跟丢了，但是在完善的交管监控系统下，还是重新找回了目标车辆。

经过了一连串的追踪，最后发现赵广川驾驶着出租车进了工农新村。

工农新村属于典型的城中村，到处都是老建筑，道路错综复杂，建筑毫无章法，这导致里面的环境脏乱，监控系统布置存在多处死角。

当出租车进入里面后，宋世哲他们直接变成了瞎子，失去了对方的踪迹。

"快，把周边所有的监控都调出来。"杜局长立即说道。

"这个赵广川真是太狡猾了，竟然懂得利用像工农新村这种老旧村子来摆脱监控系统，我敢肯定，他一定把车子留在里面了，改徒步离开了。"严昊翎气愤地说道。

"的确很有这个可能！"宋世哲赞同地说道。

杜局长听到他们的推测，说道："真要是这样的话，那后面的排查追踪可就困难了。"

交管局的监控系统，基本都分布在交通道路的两旁以及红绿灯的位置，监控的目标主要是车辆，对于人行道的监控则比较疏松。

如果赵广川改变交通方式，用走路的话，监控系统很容易就遗漏了。

"杜局长，尽量找吧！实在找不到再说。"严昊翎无奈地说道。

"……"杜局长点了点头，没说什么。

如果你越担心某种情况发生，那么它越有可能发生。——墨菲定理

残酷的现实又一次打击了宋世哲、严昊翎等人。

在忙活了将近一个小时，他们查看了工农新村前后左右所有能够找到的监控视频，最后都没有找到出租车，也没有发现赵广川的身影。

很显然，狡猾的赵广川将出租车留在村子里面了，至于他本人则不知道去向。

有可能是潜藏在村子里，也有可能经过伪装后逃离了。

以赵广川的作案手法，以及摆脱交管局监控系统的头脑分析，后者的可能性更大。

"严队长，很抱歉，我们只能帮到这里了。"杜局长十分无奈地说道。

"杜局长，你太客气了，已经帮了我们大忙了。"严昊翎感谢道。

宋世哲也开口谢道："这一次交管局的交警同志们帮了大忙，没有你们连夜封锁道路严查离开车辆，说不定通缉犯已经逃之夭夭了，真是辛苦你们了。"

"哪里的话，大家都是执法人员，协助抓捕通缉犯是我们应该做的。"杜局长笑道。

双方客气了几句，随后严昊翎和宋世哲便离开了交管局。

"赵广川那王八蛋，现在不知道躲到哪里去了！"严昊翎咒骂道。

"一步一步来，先找到那辆出租车再说。"

宋世哲很清楚不能着急，越着急想抓到人就越容易犯错，这样反而给罪犯有机可乘。

　　十分钟之后，他们便抵达了目的地——工农新村。

　　正如他们所了解的那样，工农新村的建筑错综复杂，虽然邻近建宁路，但是只有一条主道通往村子的里面，而这条主道还被沿途的摆摊、汽车占用了将近一半。

　　下车之后，严昊翎打了一个电话回公安分局，调了几名队员过来帮忙。

　　由于不知道赵广川是不是还潜藏在村子里面，所以他们没有贸然进村去搜查。

　　如果只有严昊翎自己一个人，倒不用等支援，但是多了宋世哲，他就必须小心一点，毕竟这一次要对付的罪犯可是相当危险的。

　　虽然依宋世哲的推断，赵广川早就转移逃亡了，但是不怕一万，就怕万一。

　　万一在里面遇到罪犯，宋世哲一个文弱书生实在是太危险了。

　　对于严昊翎的好意，宋世哲倒也没有拒绝。

　　很快，小孙带领支援抵达了，由于目前人手紧缺，所以小孙这一次只带了四个人过来，加上宋世哲、严昊翎，组成六人小队。

　　"走吧！进去，留意沿途看到的出租车。"严昊翎说道。

　　"是，队长！"警察们齐声应道。

　　整个工农新村说大不大，说小也不小，走在主道上，时不时能够看到一些生活垃圾以及违章建筑的铁皮棚，有很多地方只有一些羊肠小道，车辆都过不去。

　　像这些地方严昊翎他们都是直接忽略而过，他们的目的是找到那一辆出租车。

　　在道路狭窄的工农新村里面，能够放下一辆车的地方并不多，这反而给严昊翎他们的搜寻提供了方便，也不知道是该说好还是不好。

　　过了十五分钟左右，宋世哲和严昊翎在一栋居民楼的楼下找到了那辆出租车。

　　正如宋世哲他们所预测的那样，早已经是人去车空。

第六十八章　赵广川的真实身份

虽然成功找到了出租车，可是赵广川却不知所踪。

尽管严昊翎他们有心对工农新村进行搜查，但是环境太复杂，而且居住人口密集，并且大多数都是外来人士，这给警方带来不小的排查困难。

警方也试图通过周边的私人监控进行查询，最后还是失败了。

能找到的监控有一部分坏掉了，剩下那些完好的监控，因为是私人监控摄像头，所以像素都不是很高，而且拍摄的角度范围有限。

一开始在出租车的附近还能够拍到赵广川的身影，到了后面干脆就找不到人了。

主要是这工农新村的建筑不规范，通道狭窄，存在多处视线死角。

所以想要从监控入手找到赵广川的去向，几乎不大可能。

尽管如此，警方还是有一点收获。

通过走访调查，在一家街边小型私人超市的老板口中，警方找到了目击者。

私人超市的柜台位置，宋世哲和严昊翎正在询问目击者。

"一点多两点，我本来准备关门了，这个时候突然进来了一个人，他在我这里买了一点东西，然后就走了，当时没有其他人了，所以印象比较深。"

"你还记得他具体买了什么东西吗？"

"记得，就是几个面包，零食，水，手电筒，打火机。"

严昊翎用笔快速地记了下来，问道："就这些吗？"

"就这些，对了，他问我有没有酒精、汽油，我这里刚好没有。"店老板忽然说道。

"酒精？汽油？"

宋世哲闻言，不禁诧异了一下。

他心里瞬间便升起一种不祥的预感，和严昊翎对视了一眼。

无论是酒精还是汽油，只要运用妥当，都能够造成可怕的爆炸性武器。

宋世哲忍不住插嘴，向店老板询问道："那买完东西之后，你看到他朝哪里去了？"

"哦……我记得他好像是朝那边。"店老板走出门朝右手边一条巷道指了一下，继续说道，"不过，在拐过弯之后他去哪里我就不知道了。"

严昊翎知道问不出什么来了，只能收起记事簿，朝店老板谢道：

"好的，谢谢你的合作。"

随后宋世哲、严昊翎两人离开小超市，朝赵广川最后离去的那条小巷子走去。

"酒精、汽油？赵广川要买这些干吗？"严昊翎充满疑问。

"肯定有问题，他一定在打什么坏主意，咱们得尽快找到他。"宋世哲凝重地说道。

"可是鼓楼区这么大，咱们上哪儿去找啊？"

这话一出，两人的心情不禁再度沉重了几分，一时间沉默下来。

只要一天没将赵广川抓捕归案，他们就一天揪着心，像赵广川这样心狠手辣、丧心病狂的连环杀人犯，为了达到目的，还不知道会做出什么事情来。

如果放任对方逍遥法外，像昨晚出租车司机那样的无辜受害者，肯定还会再出现。

而且，从刚刚超市老板口中得知的消息，赵广川似乎有什么打算。

尽管还不知道是什么，但是绝对不是什么好事。

在沉默了一会儿后，严昊翎忽然说道："如果能让对方自己跳出来就好了。"

听到这话，宋世哲瞥了他一眼，说道："你还在打那个主意。"

严昊翎做出一脸无辜的模样，否认道："没有啊！少用你的小人之心度我这君子之腹。"

"哼！不管你有没有，反正我是不会同意的。"

宋世哲哪里会被他这点小把戏给糊弄过去，态度依旧十分坚定。

"行行行，我不打林雅的主意，我打我自己的主意可以了吧！"严昊翎无奈道。

"你什么意思？"宋世哲疑惑道。

只见严昊翎撩了一下头发，说道："很简单，我不入地狱谁入地狱，我决定男扮女装引诱赵广川出来，你不用劝我了，我心意已决，谁都改变不了。"

"你……"宋世哲上下打量了他一眼，嘴角抽了抽，鄙视道，"啊！还是算了吧！"

"喂，你这反应什么意思啊！"

"没什么意思，给你一记白眼，你自己体会。"

"……"

……

繁忙的一天过去了，夜幕如期而至。

晚上七点十五分左右，鼓楼区公安分局三楼多媒体会议室内。

此时，会议室内坐满了警务人员，从他们身上不同的制服可以辨认出，除了刑警，还有交警、民警，以及武警。

不仅如此，甚至还有几名天京市海事局的水警负责人。

因为鼓楼区临近长江，水路航运交通发达，为了避免赵广川从水路坐船逃走，所以不光是封锁陆地上的车辆，连水路上的船只也要进行管控排查。

而这一方面，就需要海事局的协助了。

此时，严昊翎正在小讲台上面对案件进行简述。

在抓捕赵广川失败后，彭玉松上报市局，立即对鼓楼区进行封锁。

其间各个部门收到通知便立即展开了行动，只知道搜捕一名叫赵广川的通缉犯，但是对详细的案情其实并不了解，直到现在听到严昊翎的介绍。

当众人得知抓捕的通缉犯竟然是杀人碎尸的连环杀人犯时，都被震惊了。

以往，各个部门也不是没有协同办案过，所以都不以为然，有的人还以为要抓捕的是毒贩呢！可是没想到真相竟然是这样。

尤其是听到今天凌晨十二点多，赵广川又害了一条人命时，全都怒火冲天，恨不得立刻将赵广川这个杀人凶手给就地正法了。

严昊翎讲解完毕后，局长彭玉松上去讲话。

"基本情况大家都了解了，根据我们对凶手的行为和心理分析，这名凶手非常狡猾，反侦查意识很强，而且对鼓楼区的地理分布非常熟悉，不排除是本地人。

"同时，凶手患有一种名为性欲亢进症的躁狂症，该病症会令凶手情绪暴躁，并有暴力倾向，而且性欲非常强烈，病发时自制力低下。

"在面临巨大压力的时候，这些症状还会进一步加剧，所以我们必须尽快抓到凶手，以免凶手杀害无辜的市民。

"从目前的情况分析，凶手极有可能潜藏的地点，应该是像杨家花园这一类监控网络无法覆盖的老旧城中村，这些地方将是我们排查的重点目标区域。"

说到这儿，彭局长停顿了一下，扫视在座的所有人一眼。

"这次行动抓捕的目标是一名丧心病狂、没有人性的歹徒，抓捕时如果遇到顽抗的话，允许开枪击毙，绝不能让这种杀人狂魔逍遥法外。"

所有人虽然没有出声，但是一个个眉目之间多了一股肃杀的凛冽之气。

……

与此同时，在二楼的审讯室中，审讯室内正坐着两名男子，其中一名正是刘鸿飞。

而隔着审讯桌，与他相对而坐的则是宋世哲。

走访调查、封锁道路、严查车辆这些宋世哲都帮不上忙，他只能在力所能及的事情上帮助警方破案。先前彭局长所说的那些话，其实大部分都是宋世哲的分析。

只不过那种场合他一个法医不怎么适合出场，而且怎么能够抢领导的风头呢！

至于现在，他正打算从刘鸿飞的口中询问出赵广川的来历。

正所谓知己知彼，才能百战百胜。

可是到现在为止，警方还不知道赵广川的真正身份呢！

他们所查到的三个身份都是假的，但是偏偏刘鸿飞却对他委以重任。

如果说刘鸿飞不知道赵广川身份有假，宋世哲说什么都不相信。

现在的正规公司都要求给员工上缴社保，而买社保则需要员工的身份证信息，赵广川的身份证是假的，肯定没法通过系统检测。

这种情况下很容易就能够察觉到异常，但是刘鸿飞依旧聘用对方做主管。

所以刘鸿飞要么就是在故意装傻，要么就是清楚赵广川的底细。

具体是哪一种，这就要问刘鸿飞了。

宋世哲拿着一包不知道从哪儿顺来的中华烟，掏出一根丢给了刘鸿飞，并帮他点着。

"嘶呼！"刘鸿飞深吸了一口香烟，在口鼻之间来回吞吐。

被抓入拘留所的这几天，他一根烟都没有抽到，对于烟瘾很大的他来说简直就是一种折磨，现在总算可以过一过烟瘾了。

看着刘鸿飞吞云吐雾的样子，宋世哲实在有些搞不懂。

抽烟这种危害健康、味道又不好的行为到底有什么好的？怎么那么多人喜欢。

宋世哲没有急着问问题，而是静静地坐在那里，等刘鸿飞把烟抽完。

一根香烟也就几口，不一会儿就抽完了。

"再来一根？"宋世哲询问道。

"这怎么好意思啊！"刘鸿飞顿时扬起了笑脸。

"没关系！"

说完宋世哲又掏出一根烟丢给了他，并把打火机也一并递了过去。

刘鸿飞接过打火机，点着烟又吸了一口。

随后，他主动开口问道："警官，你不是专门来请我抽烟的，有什么想问的就问吧！"

"呵呵！"宋世哲微微笑了笑，说道，"跟你们生意人打交道就是轻松，上道！"

"嘿嘿，在商海里面混，不上道怎么行呢！"刘鸿飞讪笑道。

宋世哲也没有客气，直接说道："杀害肖丽芳的凶手我们已经找到了，就是赵广川，但是没抓到人，畏罪潜逃了，警方正在追捕他。"

"我们发现他的身份是假的，想知道他是什么来历，老家在哪里。"

听到这话，刘鸿飞直接愣住了，迟迟没有反应过来。

好一会儿之后，他才缓过神来，握紧拳头，咬牙切齿地恨道："这个狗娘养的东西，我把他当心腹，他竟然杀我的女人。"

"如果你想替你的女人报仇，就告诉我答案。"宋世哲说道。

"好，我全告诉你！"刘鸿飞仇恨地说道。

第六十九章　顺藤摸瓜

晚上九点半左右，鼓楼区公安分局三楼的普通会议室内。

此时在场的人只有彭局长、严昊翎、宋世哲、林雅，以及几名刑警队员，先前参加多媒体会议的那些交警、民警、武警，则是已经出发去执行任务了。

至于他们为什么会在这里，原因很简单，宋世哲从刘鸿飞的口中获得了有关赵广川的真实信息。

"赵广川，真名赵力兴，三十五岁，身高一米七六，天京市浦口区东葛村人，曾经入伍当过兵，退伍后当了一名屠户，后来因为打架伤人致残，被判入狱坐了两年牢。"

宋世哲正在会议室的银幕前，向在场的众人讲解自己所取得的信息。

"正因为赵力兴当过兵，受过一定的专业训练，所以具有那么强的反侦查意识。"

"我说呢！那小子怎么那么狡猾！原来是内行啊！"严昊翎说道。

宋世哲继续说道："刘鸿飞曾经也因为喝酒聚众斗殴被抓进去过，两人就是在看守所里面认识的，在里面的时候赵力兴帮过刘鸿飞，算是对他有恩。

"出来后，赵力兴投靠刘鸿飞，因为对刘鸿飞有恩情，所以刘鸿飞就收留了他，赵力兴曾经做过屠户，做事也很认真，很快就被刘鸿飞提升为主管。"

这时只见他按动了一下遥控器，屏幕上的画面转换。

画面上出现两张照片，一张是赵力兴的，一张是电脑拼接的人脸肖像画。

人脸肖像画是一名妙龄女子，瓜子脸，樱桃嘴，双眼皮，大眼睛，典型的网红脸。

在两张照片之间打了一条横杠，标注着"情侣"两个字。

宋世哲介绍道："两年前，赵力兴认识了一个女人，对方叫周小惠，两人很快就发展成了情侣，并过起了同居生活。

"根据刘鸿飞的描述，周小惠生活糜烂，花钱大手大脚，并且嫌贫爱富，还跟别的男人暧昧不清，两人在一起后经常因为这些事争吵不休。

"一年前，该女人突然离开了，不知所踪。刘鸿飞曾经问过赵力兴，他的解释是两人分手了，周小惠跟别的男人走了。但是我怀疑，她就是第二号死者无名氏。"

宋世哲又按了一下遥控器，画面再度变化。

周小惠的照片变成了一具只剩下骨头、被污水冲刷的发黑的骸骨。

"宋科长，你这话有什么依据吗？"彭局长询问道。

"有，赵力兴和周小惠两人当时所住的地方，就位于小市社区服务中心附近，该位置距离咱们发现的一号死者的小市街 50 号社区不远，跟二号死者的抛尸地点距离也不远。

"两处抛尸地点都在凶手的心理安全区范围之内，现在赵力兴所住的地方，是他后来新搬进去的，时间恰好是在半年前左右。"

听到这话，在座的所有人都暗自点头，显然是赞同宋世哲的推断。

宋世哲继续说道："根据一号女尸李小梅的尸检结果，她的死亡时间是在半年到八个月之间，这一点恰好和赵力兴的搬家时间吻合上了。"

"如果不出意外的话，李小梅的命案现场应该就是之前赵力兴所居住的出租屋。"

彭局长开口说道："现在看来，昨天晚上赵力兴意图通过长江大桥前往浦口区，估计是想要逃回老家，然后通过接壤的滁州市离开天京市的范围。"

"很有这个可能，根据调查，他家里还有一位老母亲，父亲已经死了。"

"我想问一下，"严昊翎打断话题，问道，"虽然查到了赵力兴的真实身份，这是一件好事，可是这对于怎么抓到他并没有什么帮助啊！"

宋世哲轻笑了一声，说道："也不全然没有帮助，根据刘鸿飞的口供，赵力兴在鼓楼区有一个亲戚，是他的叔叔，就住在小市新村那边。"

这话一出，严昊翎顿时精神一振。

"你的意思是，赵力兴会去找他的亲戚帮忙？"

"有这个可能，反正现在咱们也没有别的线索，不是吗？"宋世哲说道。

严昊翎点了点头，说道："死马当活马医，碰一下运气吧！"

"那么他的亲戚现在住在哪里？"彭局长问道。

"刘鸿飞只知道有这么一个亲戚，并不知道对方具体住在哪里。"宋世哲应道。

"这可就难办了，小市新村说大不大说小也不小，如果赵力兴真的躲在那里，我们贸然派人搜查的话，我担心会打草惊蛇，到时候被赵力兴逃走了，就真的很难抓到人了。"

彭局长想到上一次的教训，皱紧着眉头，不无担心地说道。

"等一下，你有赵力兴他亲戚的名字和照片吗？"严昊翎突然问道。

"只知道他的名字以及电话，你有什么主意吗？"

"昨晚遇害的那个出租车司机，他不就是住在小市新村里的，说不定可以从他那边找到线索呢！"严昊翎说道。

宋世哲和彭局长对视了一眼，心想这或许有可能。

这时参加会议的一名刑警忽然插嘴，说道："如果你们想要找受害人的家属的话，我知道他们住在哪里，还有他们的联系方式。"

"你怎么知道的？"严昊翎疑问道。

"因为今天他们过来认领尸体，就是我接待他们的。"年轻刑警应道。

"那真是太好了，你赶紧联系他们一下。"彭局长吩咐道。

"好的，我马上去。"年轻刑警答道。

很快，年轻刑警便找来了白天受害者家属留下的联系方式。

在众人的注视下，年轻刑警拨打了电话。

电话第一次没有接通，众人都理解，此时受害人的家属应该还沉浸在悲痛之中。

　　年轻刑警又拨打了一次，铃声响了好一会儿之后，终于接通了。

　　"喂！哪位？"

　　电话那头传来一道年轻的女人声音。

　　声音中带着些许哽咽，显然对方刚才正在哭。

　　"很抱歉，顾小姐，在这个时候打扰你，我是白天负责接待你们的杨警官，我们有一件非常重要的事情需要向你确认一下。"年轻警官说道。

　　"什么事啊？"顾小姐疑问道。

　　"我想问一下，你或者你的母亲，认不认识一个叫赵东江的人？对方就住在小市新村里面。"小杨尽可能地放柔声音，显然是顾及对方的心情。

　　电话那头沉默了一下，随后应道："你稍等一下，我去问一下我妈。"

　　很快，电话那头又传来另外一名略带沙哑的女人声音，正是受害人顾建明的妻子。

　　"喂！杨警官，我知道有一个叫赵东江的，不过不知道是不是你说的那个。"

　　听到这话，彭局长、严昊翎等人不禁面露惊喜。

　　他们只是抱着试一试的想法，没有想到竟然真的有所收获。

　　小杨继续问道："那个赵东江老家是不是浦口区东葛村的，手机号码是159****009。"

　　"电话我不太清楚，但对方的确是来自浦口区东葛村的。"

　　小杨欣喜地朝宋世哲等人看了一眼，再三确认问道："你确定吗？"

　　"我确定，我跟他的老婆经常一起跳广场舞，听她说起老家的事情。"顾妈妈回道。

　　"那你知道他家住在哪里吗？家里有什么人？"

　　"知道，就在我家这附近，他家就是两夫妻外加一个儿子两个女儿，大女儿已经出外打工了，只剩下小女儿和儿子在家。"

　　得到这些信息，基本已经足够了，接下来就是过去突击搜捕了。

　　正当小杨准备挂断电话，顾妈妈突然问道："杨警官，是不是找到凶手的线索了。"

"目前还不确定，我们现在准备过去进行走访调查，希望你可以带我们去对方的家里，行吗？"小杨询问道。

"可以，只要能够抓到凶手，做什么我都愿意。"

"谢谢！那就麻烦你了。"

挂断电话之后，宋世哲和严昊翎以及小杨，还有另外几名刑警队员一同出发。

鼓楼区公安分局距离小市新村很近，大约十分钟的车程便到达目的地。

为了避免打草惊蛇，宋世哲、严昊翎他们在距离小市新村大约一百米的位置停了下来，然后步行前往小市新村。

由于受害人顾建明的家属留有家庭住址，宋世哲他们循着住址找了过去。

很快，宋世哲他们便来到顾建明一家所住的居民楼。

此时顾建明的老婆和女儿已经在楼下等待，双方交涉几句后，由顾妈妈带路前往赵力兴亲戚赵东江的住处，一路上看到的人纷纷停下驻足观望。

不一会儿，他们便来到了赵东江一家门前。

"叮咚！叮咚！"顾妈妈按响了门铃。

"谁啊？"房子里面传出女人的声音。

"是我啊！"顾妈妈应道。

此时严昊翎和其他几名刑警队员正蓄势以待，目光牢牢盯着防盗门。

在上来的时候，他们临时制订了一个计划。

由顾妈妈骗取对方开门，然后他们第一时间冲进房子里进行突击搜查。

正如顾妈妈所说的那样，她经常和赵东江的老婆一起跳广场舞，两人的关系很熟络。

听到顾妈妈的声音后，赵东江的老婆没有多想便打开了防盗门。

防盗门一开，严昊翎等人立刻行动敏捷地蜂拥而入。

"哎呀！你们是谁？"赵太太惊恐大叫。

"全都不许动，我们是刑警！"

严昊翎冲进房子之后，大声喝道，同时其他几名队员立即对房间展开搜查。

在大厅里，赵东江和他家人都被这突如其来的一幕惊呆了。

搜查行动很快就结束了，几名队员汇报搜查的结果。

赵力兴并没有躲在赵东江的家里，也就是说这一次突击搜捕行动失败了。

不过他们没有感到失望，早就有心理准备了。

此时赵东江才反应了过来，大声质问道："你们干什么？我们又没有犯法！"

宋世哲走了进来，扫视着屋子里的摆设、物品，淡淡地说道：

"你的侄子赵力兴杀了人，他就肯定犯法了，如果你知道他的下落而不告诉警方的话，那就是窝藏杀人犯，同样触犯了法律，严重的话要坐牢的。"

他的话刚说完，在赵东江身后的年轻小伙子手中的玻璃杯顿时脱落掉地。

"砰！"伴随着一记碰撞声响，玻璃杯瞬间碎成了玻璃碎片。

瞥了地面上的玻璃碎片一眼，宋世哲抬眼看向神色紧张、脸色苍白的赵东江一家。

"看来，你们知道他藏在哪里。"

第七十章　托梦破案

正如宋世哲所猜测的那样，赵力兴的确来找过赵东江。

知道这一点后，接下来的事情就简单多了。

宋世哲相信赵东江并不清楚赵力兴所做的事情，否则绝对不敢帮助对方。

要知道，以赵力兴那丧心病狂、为达目的不择手段的豺狼本性，如果赵东江一家知道他是连环杀人犯的话，说不定会为了隐藏自己的踪迹，连他们一家都给杀了。

于是在征得严昊翎的同意后，宋世哲将事情的前因后果都说了出来，并且将包庇窝藏连环杀人犯的严重后果告诉他们。

得知实情后，赵东江一家全都吓傻了。

几人之中，最惊恐的莫过于赵东江的小女儿了。

妙龄女子，身高一米六二以上，身材苗条，长相清秀，漂亮可人。

赵力兴选择目标的条件，赵东江的小女儿都具备了。

如果赵力兴一直留在赵东江的家里，赵家的小女儿会成为下一名受害者也说不定。

而想到这一点的，不仅仅是小女儿一个人，其他人也想到了。

"咕噜！"赵东江不由自主地咽了一下唾沫。

此时他的心底一阵阵发颤，后背心都被冷汗给浸湿了。

一想到自己竟然接待了一个杀人狂魔回家，而且还帮对方隐瞒行踪，他就感到一阵后怕。

在场的除了赵东江一家，还有顾建明的老婆和女儿。

当她们得知杀害顾建明的人就是赵东江的侄子时，两人的情绪崩溃了。虽然知道赵东江并不知情，可是她们依旧把亲人的死怪在赵东江的身上。

因为若不是赵东江，赵力兴他怎么会来小市新村。不来小市新村就不会在这里打车，也就不会坐顾建明的车，他也就不会遇害了。

可以说，赵东江跟顾建明的死有一定的因果关系，负有一部分责任。

"都是你，是你害死我老公的，你这个杀人帮手！"

"你把我爸爸还给我，还给我啊……"

顾家母女哭得撕心裂肺，悲痛万分，拉扯着赵东江奋力捶打。

面对两人的责难，赵东江不敢反抗，只能双手护着头部任由两人发泄情绪。

赵东江的老婆孩子在旁边默默看着，不敢上去阻拦。

事实上，她们也没有理由拦着。

这事情要是发生在她们自己身上，说不定会做出更不理智的行为。

任由顾家母女发泄一番后，宋世哲朝严昊翎示意了一下。

她们的心情宋世哲很理解，可是现在当务之急是要找到赵力兴的藏身之处，所以只能打断她们。随后在严昊翎的命令下，小杨和另外一名刑警将顾家母女拉开劝导。

"事情你已经清楚了，说吧！赵力兴藏在哪儿？"宋世哲问道。

面对再一次询问，这次赵东江没有再隐瞒了。

"我只知道他在安怀村旧屋区那边租有一套房子，但是具体位置我没去过。"

"安怀村旧屋区！"宋世哲和严昊翎对视了一眼，心里不禁一喜。

安怀村距离小市新村并不远，那边以前也是一处老旧的城中村区域，后来政府拆迁改建了其中的大部分区域，新建了几个住宅小区。

其中那些没有被拆迁到的老房子则是保留原样，环境比较脏乱差。

除了一些老住户以及外来务工人员，已经很少有人愿意住那里了，所以相当僻静。

"老宋，他说的信得过吗？"严昊翎忍不住低声怀疑道。

宋世哲看了神情颓然、充满愧疚和歉意的赵东江一眼，随即点了点头。

"小杨，把他带回去！"严昊翎吩咐道。

"警察同志！"赵东江的老婆这时急忙喊道，"我男人都说了，你们怎么还要抓他啊！"

严昊翎最烦的就是这种不懂法的市民，往往喜欢无理取闹、阻碍办案。

他解释道："虽然你老公是说出犯罪嫌疑人的线索，但是他之前包庇协助通缉犯潜逃，这已经是构成事实了，所以还是触犯了法律，我们必须带他回去。"

"啊！不要啊！他真的是无心的，求求你们放过他吧！"赵太太大声哭喊道。

严昊翎不耐烦地皱起眉头，正打算让人拉开，宋世哲开口了："如果你继续阻挠的话，你老公会罪加一等，你这不是在帮他而是在害他。"

听到这话，赵太太顿时哑了，紧张地看着严昊翎。

"带走！带走！"

严昊翎急忙挥手，让小杨给赵东江上手铐。

这一次赵太太不敢再拦着了，只能跟自己的孩子担忧地看着老公被带走。

而宋世哲则走到泪痕满面的顾家母女面前，安慰道："你们放心，警方一定会把凶手抓捕归案，将其绳之以法，还受害者一个公道的。"

"谢谢！谢谢！你们一定要抓到凶手啊！"

宋世哲又安慰了几句，随后顾小姐搀扶着她母亲缓缓走出门去，消失在楼梯口。

目送两人下楼之后，宋世哲看向赵太太，说道："在警方还没有抓到赵力兴之前，你们切记不要走漏消息，更不要主动去联系赵力兴，明白吗？"

"明白！明白！"赵家三人急忙点头。

接着，严昊翎又嘱咐了一番，提醒一些注意事项，然后和宋世哲离开了赵家。

在回去的路上，宋世哲显得有些沉默，严昊翎也没有开口。

眼看着就要抵达分局，这个时候严昊翎突然开口问道："老宋，下一步要怎么做？叫齐人手到安怀村抓人？"

宋世哲偏头看了他一眼，淡道："怎么抓？你知道他躲在哪里吗？"

"搜呗！安怀村旧屋又不是很大，叫上一两百人，还能让那王八蛋给跑了不成？"

"那万一赵力兴他根本就不在安怀村里面呢！"宋世哲再问道。

这话一出，严昊翎不禁愣住了，纠结地说："这……不会吧？赵东江都说了……"

"他只说了赵力兴在那里租了一套房子，但是没有说他躲在那里，而且对方租的房子详细地理位置也不知，怎么搜查？"

"那总不能什么都不做吧？"严昊翎郁闷地说道。

"让我再想想吧！"宋世哲凝重地说道。

宋世哲和严昊翎回到分局后，两人一起到彭局长的办公室汇报行动的收获。

听完详情之后，彭局长和宋世哲一样陷入两难之中。

"哎呀！局长，不要再婆婆妈妈了，按我说，咱们现在赶紧叫来两百名武警官兵，直接把安怀村旧屋区给包围起来，然后挨家挨户地搜查，这不就得了吗？"

严昊翎有些不耐烦地催促道，恨不得马上冲在第一线。

"胡闹！简直就是乱来！"彭局长没好气地瞪了他一眼，训斥道，"你怎么就知道赵力兴他一定躲在那里，万一没有呢！"

"现在为了封锁道路严查车辆，人手本来就不够，你还要调动这么多人，如果成功抓到赵力兴那还好，要是抓不到人让赵力兴趁机逃跑了，到时候责任谁来承担啊？"

"办案子抓贼不能光凭一股血气冲劲，得多动动脑子，明白吗？"

被彭局长一通教训，严昊翎尴尬地挠了挠后颈。

"老严也是心急抓到人才这样说。"宋世哲在旁边帮忙说好话。

"多跟人家宋法医学学。"彭局长说道。

说完，他忍不住问道："宋法医，平时你的主意最多，赶紧想个办法啊！"

只见宋世哲神色凝重了几分，皱着眉头思索了起来。

片刻之后，他抬头说道："给我一晚上的时间，让我好好想一下。"

说完之后也不等彭局长反应过来，直接站起身来转身离开了办公室，留下彭局长和严昊翎两人面面相觑。

······

夜晚一晃就过去了，很快就到了第二天早上。

早上七点半左右，林雅早早地来到了办公室，手里还提着几份早餐。

她刚把早餐放下，忽然意外地发现验尸房的铁门没有关上。

好奇之下，林雅走了过去。

当她来到门口，看到验尸房内的情形时，不禁愣住了。

只见在验尸房内的解剖床上摆放了六具尸体，全都用白布遮盖上了。

这一幕令林雅不由得有些吃惊，因为昨天晚上下班的时候，验尸房里还一切正常呢！

虽然不知道是谁做的，但肯定是法医科的人。

尽管当刑警的会经常接触到尸体，但是很多人都很避讳来到验尸房，所以也就更别提从停尸间里把尸体提出来了。

林雅又想了一下，会做这种事情的人，除了宋世哲应该没有别人。

想到这儿，她觉得应该给宋世哲打个电话问一下。

拿出手机，林雅麻利地拨打了宋世哲的电话，可是就在这时，诡异的事情发生了。

她的电话刚拨出，忽然在验尸房内响起一阵"嗡嗡嗡"的振动声。

林雅仔细听了一下，发现这振动声是从其中一具尸体白布下面发出来的。

"什么情况啊？"林雅不禁有些傻眼了。

她下意识地朝振动声源的尸体走去，就在即将走到尸体前时，突然躺在解剖床上盖着白布的尸体猛地坐直了起来。

"啊啊······"

这猝不及防的一幕，顿时吓了林雅一大跳。

惊叫的同时，尸体上的白布也落了下来，只见一张熟悉的面孔出现。

不是别人，正是宋世哲。

看清楚尸体之后，林雅顿时愣住了，紧接着气不打一处来。

她忍不住大叫："人吓人会吓死人的，你知道吗？"

宋世哲无视林雅的叫喊，揉了揉脖子，伸了一个懒腰，询问道："现在几点了？"

"不知道！"林雅没好气地哼道，随即忍不住又问，"你昨天晚上没有回去吗？一整晚都在这里？跟他们……在一起？"

"是啊！"宋世哲坦然地应道，然后从解剖床上下来。

"你……没事吧？"林雅小心翼翼地问道。

宋世哲奇怪地看了她一眼，淡道："当然没事啊！你很希望我有事吗？"

林雅尴尬地笑了笑，疑问道："师傅，你昨晚在这里干什么？"

"跟他们交流啊！"宋世哲应道。

"啊？"林雅顿时瞪大了眼睛，有点惊恐地扫视了其他五具尸体，呵笑道，"师傅！你真喜欢开玩笑，他们……怎么跟你交流啊！"

"你不知道吗？有一种办法叫托梦破案啊！"宋世哲淡然笑道。

闻听此言，林雅小脸顿时煞白。

第七十一章　敲山震虎之计

"什么？扫黄？扫毒？现在？"

彭局长的办公室内，突然响起惊诧的叫声。

在办公室内，除了它的主人彭玉松之外，还有宋世哲、严昊翎两人。

而此时，彭玉松和严昊翎两人正满脸吃惊地看着宋世哲。

"老宋，你是在开玩笑吗？这就是你一晚上想出来的办法吗？"严昊翎惊诧问道。

没错，当宋世哲找到彭局长、严昊翎，说自己想到办法了，两人还以为宋世哲有什么高见呢！结果他竟然说出了这么一个……馊主意！

居然在这个节骨眼上，让警方调动警力去进行扫黄扫毒，什么鬼啊！

别说是彭玉松了，就连严昊翎这个老相识都搞不懂了。

面对质疑，宋世哲坦然地应道："没有开玩笑，我是认真的。"

严昊翎完全无法理解，疑问道："现在整个鼓楼区的警力都在搜捕赵力兴，哪里还有多余的人手去扫黄扫毒啊！就算有现在也不是时候吧！"

"严队长说得对，现在当务之急是抓到赵力兴。"彭局长同意道。

"我当然知道，这就是为了抓到赵力兴，所以才这么做的。"宋世哲说道。

听到这话，严昊翎和彭局长不由得对视了一眼。

不专心抓犯人，反而跑去扫黄扫毒，还说是为了抓犯人，这是什么逻辑啊？

一时间，两人都被宋世哲给弄糊涂了。

看到两人一脸疑惑的表情，宋世哲知道他们肯定不明白。

他解释道："你们应该记得，我说过凶手是一个患有性欲亢进症的病人吧！"

"对，你的确有这么说，然后呢？"严昊翎应道。

"这种病会受到心理压力的影响，当病人心理压力过大的时候，就会容易引发病情的发作，这就是最关键之处。"宋世哲淡道。

彭局长眉头微皱了一下，说道："你继续说！"

"首先，扫黄扫毒并不是真正的目的，之所以这么做是为了给赵力兴施加心理压力，同时也是为了混淆视听，而且这样做有三个好处。"

"哪三个好处？"严昊翎配合地问道。

"第一，赵力兴会心存侥幸，不会狗急跳墙做出疯狂的举动。第二，我们在扫黄扫毒的时候，可以着重搜查那些老旧房屋的区域。"

听到这儿，严昊翎和彭局长对视了一眼，目露惊诧。

严昊翎忙不迭地追问："那还有第三呢？"

"第三，在不断加强的心理压力下，他的病情会更加严重，这个时候只要我们抛出诱饵，他就会立即咬钩，到时候我们就可以收网抓人了。"

说完，宋世哲面带微笑看着他们："现在你们明白我的计划了吧！"

"啪啪啪……"听完解释的彭局长，忍不住鼓起了手掌。

"高，实在是高，好一招敲山震虎，厉害！"严昊翎也忍不住大声地夸赞起来。

这个办法一箭三雕，虽然看起来有一些冒险，但是这个险值得冒。

虽然现在知道赵力兴在安怀村旧屋区租了一套房子，但是并不确定他就躲在那里。

警方借着扫黄扫毒的名义对该区域进行扫荡，就算是没有抓到人，对外也有名义上的交代，否则大动干戈闹了一场大乌龙，那就难看了。

而且这两天的封路严查，社会上、网络上都已经讨论开了。

如果警方迟迟没有给出一个合理的解释，难免会引起各方面的猜测和议论。

但是现在宋世哲这一招一出，也算是找到一个好的理由堵住质疑之口。

"这个计划有些冒险，我需要打电话给市局领导请示一下。"

彭局长说完，随即便拿起了电话。

宋世哲和严昊翎见状，对视了一眼后，默契地起身离开办公室。

他们将房门带上，但是并没有走远，就在门外的窗户边站着等待结果。

很快，三分钟之后，办公室门打开。

只见彭局长神情兴奋地走了出来，朝宋世哲、严昊翎两人示意了一下。

回到办公室，还没等两人坐下，彭局长便公布了答案。

"计划有些冒险，但是在我的力荐之下，市局领导最终还是同意了。"彭局长说道。

"呵呵！"宋世哲和严昊翎相视一笑。

事实上，刚才看到局长的表情，他们就已经猜到结果了。

"市局决定派给我们两百名武警官兵，连带秦淮区、玄武区两区的警力都将全力协助我们行动，随时听从我们的调遣，这一次可千万不能出岔子。"彭局长肃然说道。

"玩这么大，看来市局领导是铁了心要抓住赵力兴啊！"严昊翎惊叹道。

"死了五个人，而且上次的'审判者'事件风波才刚刚平息，为了维护警方的威严，市局必须以雷霆速度拿下赵力兴，重塑民众对警方的信心。"

宋世哲并不像严昊翎想得那么简单，看到了更深层次的用意。

"还是宋法医看问题看得透彻啊！"彭局长感叹道。

严昊翎挠了挠鼻梁，呶嘴道："当领导就是麻烦，肚子里藏着那么多弯弯道道。"

"所以呀！老严，你的仕途大概也就止步于此了。"宋世哲叹道。

"哎！老宋，你这话什么意思啊？瞧不起我是吗？"

宋世哲笑了笑没有多说，转身离开了办公室，而严昊翎不依不饶地追了出去。

"你站住，把话说清楚。"

"哎！"彭局长感叹地摇了摇头。

……

正所谓兵贵神速，尤其是在现在这种紧要关头的节骨眼上。

在彭局长上报宋世哲的计划之后，大概过了半个小时，三辆迷彩色的大卡车满载武警官兵，驶入鼓楼区公安分局大院。

彭局长、严昊翎、宋世哲等人都在门口接待他们的到来。

车子刚停稳，只见一个个身手矫健的武警官兵从大卡车上鱼贯而下。

他们快速地整装列队集合，前后用了不到两分钟，形成三个方方正正的队伍。

与此同时，从三辆大卡车副驾驶位上下来几名军官。

其中一名军官上前，大声喊道：

"立正！稍息！报数！"

随着教官的一声令下，众多武警官兵整齐划一地做出相应动作。

这一幕看得宋世哲、严昊翎等人一阵热血沸腾。

每一个希望报效祖国的热血好男儿，都有一个当兵的梦。

严昊翎曾经就当过兵，对士兵特别有认同感，此时不禁回忆起了当年的感受。

报数完毕之后，该军官走到另外一名中年军官面前。

"报告教官，点名完毕，应到两百人，实到两百人，等待下一步指示！"

"嗯！"中年军官点头应了一声，说道，"先原地休息吧！"

"是！"该军官应了一声，转身传达命令。

此时，彭局长朝中年军官走了过去，相互敬了一礼后，笑道："李营长，你好！"

李营长微笑道："彭局长，我接到命令后，就立即带人过来了。"

"辛苦了，辛苦了，走，我们进去里面谈。"

在彭局长招呼下，李营长和其他几名军官相继走入办公楼去开会。

至于那些武警官兵，则是听从命令，在原地就地席坐休息，而警局的一些文职员工则是给他们配发矿泉水和面包。

时间过得飞快，眨眼间便过了一个小时。

而在这段时间里，陆陆续续有其他警察返回公安分局。

其中有刑警，也有地方派出所的民警，这些都是从正在封锁交通、严查车辆的岗位上调回来的，唯有那些交警和水警依旧坚持在岗位上。

警方并没有放松对交通的封锁，而是将相关工作转交给秦淮区、玄武区的警力。

而抽调回来的鼓楼区警力，则是参与到这一次"扫黄扫毒"的行动中。

这一次行动可谓是声势浩大，除了两百名武警官兵，鼓楼区公安分局还集结了将近两百名警察，总共有四百人参与这次行动。

就在人员到得差不多了，开完会的李营长、彭局长一干人等走了出来。

"李营长，接下来就按照计划行事，严队长负责给你当向导，我和其他警察一组，咱们各率一支队伍，对相应区域同时进行搜查。"彭局长说道。

"没问题，行动结束，看看谁先抓到目标。"李营长笑着说道。

"输的人请吃饭喝酒。"彭局长答应道。

"哈哈，那你等着请客吧！"

在军官的命令下，众多武警官兵起身列队，重新上了大卡车。

而严昊翎也全副武装，跟彭局长、宋世哲打了声招呼。

正当他准备上车时，宋世哲叫了他一声。

他不无担心地嘱咐道："老严，小心一点啊！"

"放心吧！等我回来喝酒。"

说完，他便上了军车，在宋世哲和彭局长的目送下驶离了公安分局大院。

"好，我也该出发了，局里的事情就交给你了，宋科长！"

"知道了，局长，你也小心一点。"

"嗯！"彭局长点头应了一声，随即带着其他人出发。

等到所有人都离开了之后，宋世哲还站在分局的大门口愣愣地出神。

林雅站在他的身后陪着，好一会儿才开口提议：

"师傅，人都走了，咱们也进去了。"

"是啊，队伍已经出发了。"

宋世哲点了点头，随即看向林雅，沉重地说道："小林，有件事想跟你商量一下。"

林雅下意识地问道："什么事？"

"……"

第七十二章　第二方案

"呦呦呦……呦呦呦……"

"唰唰唰……"

空旷的大马路上，刺耳的警笛声回荡着。

伴随着警笛声，一辆辆警车不断呼啸而过，平地卷起一阵阵灰尘。

沿途遇到这一幕的众多普通市民，纷纷停下来观望，交头接耳地议论起来。一些年轻人更是急忙拿出手机，将这一幕拍下来发到朋友圈。

两百名武警官兵的动静还比较小，但是两百名警察就引人注目了。

别的不说，光是警车就动用了二十几辆。

警方这么大动作实属罕见，就连上一次抓"审判者"都没这么大动作过。

当时虽然也出动了很多警力，但主要是用于搜救人质。

而且，当时目标区域已经成功锁定了。

可这一次却是要对整个区域进行搜查，同时还要防止嫌疑人潜逃，必须留一部分人手封锁区域的出入。所以别看人不少，但摊薄下来其实还是有些不够用。

片刻之后，众多警车包括三辆武警大卡车，都顺利抵达了安怀村旧屋区。

这一次行动虽然打着扫黄扫毒的名头，但真正的目的是搜捕赵力兴，而根据从赵东江那里得来的消息，赵力兴在这里租了一套老房子。

所以，安怀村旧屋区成了搜捕行动的重点搜捕区。

在公安分局开会的时候，行动计划都已经跟相关负责人交代清楚了。

他们先合力对安怀村旧屋区进行排查，如果能够抓到赵力兴，那自然是最好；如果赵力兴不在安怀村旧屋区，那么他们就兵分两路，对其他旧屋区进行搜捕。

很快所有军警都进入相应位置，蓄势待发。

身为总指挥的彭局长通过对讲机，朝众人发出命令："行动！"

"行动！""行动！""行动！"

几乎同时，其他三个方向的领队听到命令后，立即率人冲进了旧屋区。

安怀村旧屋区并不是很大，除去负责封锁进出要道的人员，剩余将近三百名警力，训练有素的武警官兵行动如风。

相比较而言，鼓楼区警方的表现就有点逊色了。

除了刑警队的成员相对好一些，其他从基层调集过来的民警则是良莠不齐的。

但不管怎么说，行动一切都很顺利地进行。

时间一分一秒地过去，旧屋区内不时传出一些骚乱声响。

彭局长和李营长都留在指挥车上，透过警察们身上戴着的微型摄像头，观看行动的现场情况，颇有一种观看战争片拍摄现场的既视感。

其间，搜捕的队伍意外发现了一些黄赌毒的现场。

虽然这一次扫荡的真正目的不是黄赌毒，但是既然发现了也不能视若无睹，所以警察们顺便将这些人给控制了起来。

怎么说呢！这也算是一种意外的收获吧！

安怀村旧屋区不大，很快三百名警务人员将旧屋区犁了一遍。

现实是残酷的，彭局长他们再一次印证了墨菲原理。

众多警务人员并没有找到目标，倒是一些隐藏在阴影里的老鼠发现了不少。

大奖没有抓到，至少得到了一些安慰奖。

虽然如此，但彭局长、严昊翎他们还是难免会感到一些小失望。

不过他们也是有点庆幸，如果昨天晚上贸然叫齐人手，到安怀村旧屋区进行排查，结果却没有抓到人，那时候就难看了。

至于现在，出师有名不说，还取得了一些成果，明面上也算有个交代了。

"小孙，你带一小队人，把这些人押回警局！"彭局长吩咐道。

"是，局长！"小孙出列，应了一声。

处理完事情，彭局长回到指挥车内，严昊翎和李营长正在探讨计划的下一步。

"局长！"严昊翎唤了一声，说道，"没有抓到赵力兴，现在只能按照计划继续执行了，我刚刚跟李营长商量了一下，打算以这里为中心点往外排查各个旧屋区。"

彭局长扫了一眼台面上标记的区域，觉得没有问题，点头同意道：

"既然一开始就这样计划了，那就执行吧！"

"……"

……

时间飞逝，眨眼间便入夜了。

白天过去了，今天的鼓楼区是动荡不安的一天！

三辆武警大卡车，外加二十几辆警车，不间断地对各个旧屋区进行排查。

犯罪嫌疑人抓了一批又一批，公安局的拘留所都被塞满了。

有一点现实不得不承认，每个城市都有阳光照不到的阴暗角落，而这些阴暗角落，大多数都藏于破落脏乱的旧屋区。

站街女、地下赌场、毒贩，还有黑社会、人口贩子等，这些都在角落里滋生着。

不扫不知道，一扫吓一跳，行动扫出了不少"社会垃圾"。

这次扫荡虽然收获斐然，但是宋世哲等人并不开心。

因为没有找到赵力兴。

得知这个结果时，让宋世哲不禁有些气馁。

这结果，实在有些出乎彭局长、严昊翎、宋世哲三人的意料。

在他们的推测中，赵力兴为了掩藏自己的踪迹，势必会躲入一些偏僻、破落，监控系统无法覆盖的老旧住宅区内，警方这样扫荡，至少有八成概率抓到人。

可是赵力兴就跟人间蒸发一样，愣是没有找到他的身影。

虽然警方是成功抓到了不少犯罪分子，可是那都不是他们真正的目的。

原本是希望警方和武警联手的大排查，能够把赵力兴这只老鼠给抓到，可是没想到对方竟然藏得那么隐秘，这样都没有抓到人。

这样也就迫使警方只能执行第二方案了，诱捕赵力兴！

此时，公安分局彭局长的办公室之中。

宋世哲、严昊翎两人正坐在沙发上，神色凝重，低头沉默不语。

除了他们，在房间里还有另外一个人，美女法医林雅！

而彭局长则是坐在办公桌后，神情严肃地看着眼前这位年纪不大的姑娘。

"林雅同志，我必须负责任地提醒你，这个行动非常危险，会有生命危险，知道吗！"

"局长，我知道，这些潜在风险，宋科长都跟我说了。"

林雅坦然地应道，俏丽的脸上神情十分平静。

没错，上午警方出发去扫荡的时候，宋世哲想跟林雅商量的就是这件事，充当诱饵！

彭局长皱起了眉头，不无担忧地问道："你既然知道，还愿意去？"

"嘶！"林雅深吸了口气，认真道，"我不入地狱，谁入地狱！我愿意！"

"你这女娃子疯了吧！"彭局长忍不住质疑道，"你是法医，不是女刑警，面对歹徒，你又没有学过相关的自救培训，万一歹徒对你行凶怎么办？"

"局长，我是跆拳道黑带，身手很厉害的，宋科长亲眼见识过。"

闻言，彭局长突然怒拍了桌面一巴掌，喝道："胡闹，你以为这是跆拳道比赛啊！"

面对局长的质疑，林雅依旧一脸的坚定。

彭局长见状，只能将矛头指向了另外一边沙发上的严昊翎。

"严队长，咱们整个警局上上下下，就找不出一个合适的女刑警来执行任务吗？"

"你不用问他，这主意本来就是他提出来的。"林雅撇了撇嘴，说道。

"什么！"彭局长顿时瞪大了眼睛，怒视严昊翎。

严昊翎急忙尴尬地偏开脸，故作掩饰地转移注意力，一副没听到的样子。

这时候，宋世哲开口了，叹道："局长，一开始我跟你一样也是坚决反对，可是这一次是我主动提出由小林充当诱饵的。"

"宋法医啊！你一直是个遇事沉着冷静的人，这次怎么跟着严昊翎瞎胡闹呢！"

"哎！局长，这怎么能说是胡闹呢！"严昊翎忍不住想替自己辩解。

"你闭嘴！"彭局长丝毫不给他机会说话。

无奈，严昊翎只能讪讪地咽了咽嘴。

"局长，这事情不怪老严，我是思虑再三才作出的决定。"宋世哲淡道。

"昨天晚上，我一个人躺在验尸房的解剖床上……"

宋世哲缓缓讲述着，他在面对着顾建明的尸体时，内心充满了愧疚。

在没发生命案之前，严昊翎就提出过希望由林雅充当诱饵，将赵力兴引诱出来，但是被宋世哲给断然拒绝了，理由是赵力兴太危险了，行动中随时有生命危险。

林雅没有充当诱饵是安全了，可是其他无辜的市民却依旧面临着性命的威胁。

在痛定思痛之后，宋世哲终于还是妥协了。

"就算是这样，那也可以让其他有经验的资深女刑警去啊！"彭局长还是不理解。

宋世哲解释道："经过白天的排查，赵力兴的心理压力一定很大，内心焦躁，此时只需要一根导火索，就能够引爆他内心的欲望。"

"而这根导火索必须足够诱人，越漂亮越好，整个警局只有小林符合这个条件。"

严昊翎插嘴道："局长，这件事还真得小林出马，其他女刑警太逊色了！"

彭局长听完沉默了好一会儿之后，最终无奈地叹了口气。

见状，宋世哲他们知道，彭局长还是同意了。

"好吧！如今之际，也只能兵行险招了，这次行动就由……宋法医负责吧！"

"谢谢局长！我一定会做好林雅的保护工作的。"宋世哲承诺道。

说完，他看看林雅，正好与她的视线对接。

两人相视一笑！

片刻之后，地点转移到审讯室。

此时，在房间里的审讯椅上正坐着杜小娟，也就是那个组织他人卖淫的美莎姐。

除了杜小娟，在场的还有宋世哲、严昊翎两人。

白天的时候，宋世哲就做好了杜小娟的思想工作，成功说服她帮忙。

"剧本和台词都背熟了吗？"严昊翎问道。

"嘿！还用得着背，撒谎可是我吃饭的技能，张口就来，比你的剧本好多了。"

"行行行，只要能够成功，就算你立了大功，可以帮你减刑。"

宋世哲看了一下时间，提醒道："别耽搁了，开始吧！"

说完，便只见严昊翎从一旁的证物箱里拿出了一个苹果手机，递给了杜小娟。

杜小娟麻利地解开桌面锁，找出通讯录里赵力兴的手机号码，快速发了一条短信过去。

这个号码警方也尝试拨打过，但是一直没办法接通，不是无人接听就是直接被挂断了，这让警方想要通过电话定位赵力兴位置都做不到。

"新来了一批好茶，有没有时间品茶？什么意思？"严昊翎疑问道。

"这是我跟熟客联系的方式，先发暗号短信，然后再打电话。"杜小娟解释道。

"嘿！还挺隐秘的，整得跟无间道似的。"严昊翎嗤笑道。

"叮咚！"这时杜小娟的手机收到短信了。

杜小娟高兴地说道："对方回信了，我现在把照片给发过去，然后等电话。"

说完她便把林雅的照片发了过去，正是上一次钓鱼行动时拍的。

照片发过去之后，等了将近十分钟还没来电话。

严昊翎有些心急，纳闷道："怎么还没打过来？难道他看不上林雅？不会吧？"

"别着急，耐心一点！"宋世哲安抚道。

这句话不单单是说给严昊翎听的，同时也是在说给他自己听的。

时间一分一秒地过去，宋世哲三人眼睛直勾勾地盯着手机，心里既希望又害怕。

希望，是因为赵力兴成功上钩了，警方就有机会抓到对方。害怕，是担心赵力兴上钩的话，林雅就得充当诱饵，以身犯险去面对赵力兴这个丧心病狂的杀人魔。

等待的时间是煎熬的，对于宋世哲等人来说，可以说是度秒如年啊！

突然，就在这个时候，手机铃声响了起来。

来电显示上，浮现的正是赵力兴。

"他来电话了！"

第七十三章　计划不如变化快

天京市高档时尚住宅小区，丁山别墅！

该别墅小区风景优美，交通便捷，购物方便，一流的生态环境，以及完善的社区配套设施，是集园、景、智能化为一体的景观住宅小区。

这里的建筑都是以独栋别墅的形式存在，每一栋占地面积两百平米以上，外加前后花园，以及私人停车库，可谓是高端大气精致，豪华配置。

像这样的房子，如今在房地产的市面上，即使是二手房都要卖到五万左右一平。

由此可见，这里的房子多么抢手，能够住在这里的人非富即贵。

而这个时候，小区管理处之中迎来了一批客人。

这群客人正是彭局长、宋世哲、严昊翎，以及刑警大队的队员。

当赵力兴和杜小娟通完电话后，对方所报过来的地址既不是酒店也不是便捷宾馆，而是丁山别墅小区的一栋高档住宅别墅。

拿到地址时，宋世哲和严昊翎等人忍不住大骂。

赵力兴实在是太狡猾了，反侦查意识太强了，竟然懂得利用逆向思维。

他先是利用鼓楼区的旧屋区，躲开了覆盖面广的监控系统。当警方以为他躲在哪个偏僻老旧的角落时，对方却潜藏在有钱人的高档小区。这也就难怪警方和武警大队联手排查抓不到人了。

他根本就不在那些地方，可以说彻底耍了警方一把。

不过，再狡猾的狐狸也斗不过经验丰富的猎人，他还是被揪出来了。

英国小说家柯南道尔曾经说过："奇特几乎总能提供一种线索。一种犯罪越普通，越不具特点，就越难以查明。"

赵力兴奇特吗？不奇特，但是他的病情是奇特的。

性欲亢进症是可控的疾病，而且本身并不具备危险性，甚至只要服用相应的药物，再辅助适当的心理引导，就能够完美地控制。

可是，这种病的奇特在于病患往往不认为这是病，甚至会以此为荣，自以为与众不同，天赋异禀！所以非但不控制，反而有些推波助澜。

这也致使很多病患陷入恶性循环之中，直到酿下大祸才后悔莫及。

赵力兴走到如今这个地步，他的病情已经相当严重了。

尤其是身处逃亡之中，面对警方的步步紧逼，他的心理压力持续增大，导致内心的阴暗面不受控制，头脑也渐渐变得不够理智。

如果不是这样的话，也不会一下子就被宋世哲下的诱饵给钓出来了。

"林经理，这个第11栋别墅的主人是谁？"彭局长问道。

林经理是一名身材不高、体形纤细、长相秀美的妙龄女子，同时也是这个小区物业管理处最高负责人之一，年纪不大，但是面对此时的情景却显得颇为镇定。

彭局长之所以询问这个，是为了提前跟别墅的主人沟通一下。

正如这个小区的房价那样，买得起这里的别墅的人非富即贵，随便一个人可能背后都是有后台有背景的人，贸然行动万一得罪了人可就不好了。

"第11栋别墅的屋主是秋叶资源有限股份公司的叶总，不过他自己不怎么过来这边住，住在里面的是他的父母，叶老先生和叶老太太。"林经理回答道。

"什么？里面有两个老人？"彭局长顿时吃惊道。

同样感到吃惊的还有宋世哲、严昊翎等人，他们的脸色一下子凝重了起来。

在过来的时候，他们还以为别墅里面没有住人，所以才给赵力兴有机可乘了，没想到竟然有两个老人。现在一下子变得投鼠忌器起来，担心赵力兴把两个老人当作人质。

"局长，现在怎么办？"严昊翎急忙问道。

彭局长皱紧了眉头，说道："林经理，麻烦你联系一下叶先生，让他赶紧过来一趟。"

"不是，现在到底发生了什么事情？"林经理忍不住问道。

到现在为止，林经理还不知道到底发生了什么事情呢！她原本都准备下班了，结果警察突然上门了，而且一来就是一整个编队，还是全副武装的。

虽然还不知道什么情况，但是她能感觉到这件事非常严重。

彭局长知道这件事就算想隐瞒也瞒不住的，所以只能无奈地说出了实情。

"我们怀疑有一名连环杀人犯潜藏在第11栋别墅里面。如果里面真的有两名老人的话，那么有可能已经被那名杀人犯挟持为人质了。"

"什么？连环杀人犯！"

林经理顿时被震惊了，俏脸煞白了几分。

"没错，这个消息非常可靠，所以……麻烦你尽快通知叶先生过来。"

林经理错愕了好一会儿，然后才反应过来，慌忙道："我、我马上联系叶先生。"

说完，她便急忙走到外面去打电话。

林经理刚走出去，彭局长便立即问道："宋法医，你有什么好的建议没有？"

面对询问，宋世哲也是一脸的踟蹰，说道："眼前这种情况，实在没有什么好的建议，因为我们根本不知道别墅里面的具体情况。"

"而且更糟糕的是，我们没有多少时间了，现在距离赵力兴的电话已经过去接近二十分钟了。如果林雅太久没有上门的话，我担心赵力兴会产生怀疑。"

这话一出，本来脸色就不好看的彭局长、严昊翎等人，顿时更加阴沉了。

"这个赵力兴真该死！"严昊翎忍不住咬牙斥骂道。

"没错，地球每天死那么多人，偏偏这个祸害还活得好好的，真不公平！"小孙说。

宋世哲也感叹道："好人不长命，祸害遗千年，古人诚不欺我啊！"

"好了，就别抱怨了，赶紧集思广益想个办法。"

彭局长没好气地扫了他们一眼，他也同样很希望天上掉下块砖头砸死赵力兴，可是这不现实啊！所以还是要从实际出发，解决难题，营救人质。

在低吟了片刻后，宋世哲突然开口说道："如今，只能让林雅冒险了。"

这话一出，在场众人的目光齐刷刷地投注到宋世哲的身上。

"老宋，你有什么主意，赶紧说啊！"严昊翎催促道。

"按照计划继续进行，由林雅引开赵力兴的注意力，同时派人潜入别墅解救人质，然后再对付赵力兴，这是唯一的办法了。"宋世哲声音低沉地说道。

这时，小孙忍不住说道："可是，这样一来林雅不就更危险了吗？"

此话一出，彭局长、宋世哲、严昊翎三人都沉寂了。

本来让林雅孤身进入虎穴就已经够危险了，现在还要跟赵力兴周旋，万一露出马脚那可是分分钟可能会没命的啊！

也正因为如此，宋世哲几人一时间陷入犹豫之中。

毕竟人质的命是命，林雅的命也是命，谁也不敢拿林雅的性命去冒险。

就在这时，林经理从外面快步走了进来，她手里还拿着电话。

"彭局长，叶先生想跟你视频通话。"林经理说道。

虽然有些厌烦，但彭局长还是接过了手机。

只见手机屏幕上出现一名西装革履、成熟稳重，一副成功人士模样的中年男人。

"你就是彭局长吧！我是叶胜秋，你们确定有杀人犯进了我家里，挟持了我的父母？"叶胜秋充满担忧与怀疑地问道。

"具体情况我们也不知道，但是消息来源可靠。"彭局长应道。

"啊！"叶胜秋深呼吸了两遍，强作镇定地缓道，"请你们无论如何一定要救我父母。"

"叶先生，我会以解救人质为第一任务的，你放心！"

"我怎么放心啊！"叶胜秋忍不住喊道，但马上就控制住自己的情绪。

从这一点上，不得不承认对方不愧是大公司的老总，自制力的确十分了得。

他调整心绪后，恳求道："拜托你们了，一定要救我父母，我现在已经在赶回去的路上了，但是最快最快也要半个小时才能够赶到。"

"不行，半个小时太久了！"宋世哲忍不住低声提醒道。

听到提醒，彭局长只能朝叶胜秋解释道："叶先生，其实我们警方已经有一个计划，我们会派一名女警察骗歹徒开门，吸引对方的注意力，同时派其他警察潜入别墅里面营救你的父母，但是这个办法十分危险，需要得到你的同意。"

"如果失败会有什么危险？"叶胜秋询问道。

"如果失败肯定会刺激到歹徒，先不说我们警察的安危，有可能会祸及人质。"

叶胜秋听到这话，一下子沉默了下来，迟迟给不出答复。

其他人也知道这个决定很艰难，事关自己父母的性命，所以都没有催他。

好一会儿之后，叶胜秋终于开口了。

"我相信你们，按你们的计划执行吧！"叶胜秋说道。

"好！"彭局长不由得呼了口粗气。

事实上，即使是叶胜秋不同意，他也打算按计划进行，顶多事后接受一点处分。

"谢谢您的理解，叶先生！"彭局长发自肺腑地感谢道。

"应该是我感谢你们才对。"叶胜秋低沉说道。

随后叶胜秋也没有啰唆，将别墅门锁的电子密码告诉了彭局长他们。

像这种高档大气的独栋别墅，大门都是采取电子指纹密码锁的，高科技而且相对安全。

别墅除了有前面大门，在后花园位置还有一个后门，同样也是电子密码锁。

修改了一番最新计划之后，宋世哲将留在外面临时抱佛脚学习如何自救的林雅叫进了管理中心，此时这里已经被临时征用为指挥中心了。

此时的林雅穿上了杜小娟给她配置的那套连衣短裙，也化了一个淡妆。

宋世哲等人看到她的时候，无不感到眼前一亮。

不过眼下的情况，可没时间给他们欣赏。

将情况对林雅做了一番解释后，林雅很坦然地接受了新计划。

她现在是骑虎难下，就算是想要打退堂鼓，临时换人也已经来不及了。

"林雅，不要紧张，想想上一次任务，你表现得非常棒，要有自信！"宋世哲鼓励道。

林雅深吸了口气，缓缓地点了点头："没事，我能行！"

"我相信你！"宋世哲十分认真地说道。

"呵！"林雅嫣然一笑，忽然说道，"师傅，这次任务完成后你能答应我件事吗？"

宋世哲愣了一下，好奇地问道："什么事？"

"你陪我约个会吧！"

"啊！"

第七十四章　营救人质行动

"叮咚！叮咚！"

丁山别墅高档住宅小区第 11 栋别墅，门铃声响起。

一名身材高挑、窈窕动人、光彩靓丽、气质出众的年轻妙龄女子正站在门外。

不是别人，正是以身犯险执行任务的林雅。

此时，第 11 栋别墅对面几十米外的一栋别墅内，宋世哲和彭局长正心情紧张地躲在屋内，他们透过窗帘的缝隙，用望远镜远远地观察着不远处的现场。

这栋别墅是临时借用的，通过林经理出面，找到屋主协商并获得同意。

而严昊翎、小孙等刑警队员，则是兵分三路。

其中两队一左一右潜伏在别墅的两侧附近，随时等待命令冲入别墅。还有第三小队，则是严昊翎亲自率领，绕路到别墅后花园，准备从后门潜入别墅营救人质。

在宋世哲和彭局长所在的大厅之中，除了他们还有两名窃听技术人员。

他们的任务只有一个，那便是全程监听林雅身上窃听装备传来的声音，一旦发现林雅遇到危险则立即报告。

届时，为了林雅的人身安全，就算没有成功营救人质也要先冲进去救人。

与此同时，在别墅二楼面对第11栋别墅的小阳台位置，只见一名全副武装的刑警队员，正单膝跪地架着一把狙击枪，透过狙击枪的十字瞄准器，可以清楚地看到对面第11栋别墅的门口。

该名刑警正是刑警大队的狙击手，战绩斐然。

他的任务就是在必要的时候，直接击毙犯罪嫌疑人赵力兴以保护人质。

而此时，最紧张的当数林雅了。

她强作镇定，努力表现出最自然的状态。

为了显得放松一点，她甚至还喝了一点小酒，同时也是为了壮胆。

按响门铃之后，不一会儿，从门口的电子对讲机里传出一道男子的声音。

"是谁啊？"男子询问道。

"喂！是赵总吗？我是小雅呀！"林雅故意嗲着声音回答。

男子又问道："谁让你来的？只有你一个人吗？"

林雅故作疑惑的样子，回答道："只有我一个人，是美莎姐让我过来的。"

听到这话，对讲机沉默了一下，随后便响起开门的声响。

"嘶！"林雅听见声响，不由得深吸了口气。

然而，大门只是打开了一条缝隙，并没有完全敞开。

而透过缝隙，一只眼睛露了出来，他先是扫视了外面一下，确定只有林雅一个人之后，才将注意力投注在林雅的身上。

当看清楚她的美貌和窈窕动人的身材时，男子的目光中明显多了几分炽热。

这个时候，男子才终于将大门敞开了少许，露出整张面孔。

当看到对方长相的瞬间，林雅的心弦不由得揪紧了几分。作为调查下水道连环杀人案的一员，她对赵力兴的长相早已经熟悉得不能再熟悉了。

此时一看到男子，立即便确认对方就是赵力兴无疑。

几乎同一时间，彭局长、宋世哲以及狙击手等人，通过望远镜也看到了赵力兴。

如果说先前他们都只是猜测，并没有百分百确定赵力兴就在别墅里面，那么现在他们心中的疑虑就彻底消除了，当然却更加紧张了起来。

"狙击手，能够看到目标人物吗？"彭局长通过对讲机问道。

"可以看到目标，可以看到目标，回答完毕。"

"不要轻举妄动，等待命令！"

"收到！收到！"

就在彭局长下达命令的时候，林雅已经走进别墅之中。

林雅走进别墅内，先是扫视了一眼现场，并没有发现人质，也没有发现血迹。整个大厅十分整洁，一点都没有被强行入侵的迹象。

而反观赵力兴，穿着一套简单的休闲服饰，整个人看起来干净大方。

如果林雅不是知道对方的真面目，还真有可能被他给骗了。

为了避免被对方发现破绽，林雅适时地转移对方注意力，故作惊叹地说道："好漂亮的房子啊！赵总，你真是了不起。"

"为什么这么说？"赵力兴下意识地问道。

"因为我记得这里的房子都好贵好贵的，一般人根本就买不起，你能够买得起这么大、这么漂亮的房子，肯定是非常了不起的人。"林雅故作崇拜地称赞道。

面对林雅的夸赞，赵力兴不自然地呵呵笑了两声。

"赵总，如果你不介意的话，能不能带我到处参观一下？"林雅恳请道。

"这个……"赵力兴明显有些犹豫。

这个时候，林雅忽然主动上前伸手牵着赵力兴的手。

"别那么小气嘛，赵总！带我参观一下又不会怎么样？"林雅摇了摇手，撒娇似的说道。

"呵呵！"赵力兴顿时面露笑容，爽快地答应道，"好吧！那就参观一下！"

别墅的一楼并没有什么好看的，就是大厅、偏厅、厨房、厕所，然后就没了。至于卧室什么的都在二楼，欧式风格的独栋别墅都是这样设计的。

所以很快，在闲逛了一圈之后，林雅便拉着赵力兴上了二楼。

而在对面别墅之中，彭局长和宋世哲通过窃听设备得知他们两人上了二楼之后，立即用对讲机通知严昊翎、小孙他们。

"老严，老严，听到没有？目标人物和林雅已经上了二楼。"宋世哲通知道。

"收到！收到！"严昊翎回答道，"我马上执行任务！"

"小心一点，注意安全！"宋世哲嘱咐道。

"放心吧！"

严昊翎应了一声后，随即带队打开了后门，迅速潜入别墅之中。

整个营救小队，加上严昊翎一共是五名队员，他们进入别墅之后便迅速展开了搜查。

"两人下去地下室搜查，其他两人跟我去车库。"严昊翎快速地下达命令。

由于先前赵力兴带着林雅参观了别墅的一楼，所以他们知道两名人质并没有被关押在一楼。而赵力兴和林雅正在二楼，只能先搜查别的地方。

此时，赵力兴带着林雅参观了二楼的客房、书房等，正当他们走到走廊的尽头，林雅准备去参观走廊最后一间房的时候，却意外地被赵力兴给拦了下来。

"那一间没什么好看的，里面是一个杂物间，堆放一些没用的东西。"赵力兴解释道。

这话一出，林雅心里打了一个激灵，顿时猜到了什么。

不过她并没有声张，而是顺着赵力兴的话说道："哦！那我们上去三楼吧！"

而另外一边的彭局长、宋世哲，在听到这话时，两人对视了一眼，想到了同一件事情，随后立即将这个信息传递给严昊翎。

"老严，老严，人质有可能被关在二楼走廊最后一间房间里面。"

"好的，我们马上过去。"严昊翎立即答道。

此时赵力兴和林雅两人正在三楼参观，恰好给了他们一个营救人质的机会。

很快，严昊翎便来到了二楼走廊最后一间房的房门前，他尝试拧了一下门把手，发现房门被反锁了，没办法打开，不过这并不是什么难题。

他没有急于开锁，而是先用手轻轻敲了敲房门，然后侧耳听了一下。

"呜呜……"他隐约听到从房间里传来声响。

听到声音的瞬间，严昊翎顿时精神一振，朝旁边的警察点了点头。只见该警察从身上掏出开锁的工具包，快速地对房门开锁。

当严昊翎他们在二楼争分夺秒营救人质的时候，赵力兴和林雅他们也参观完了别墅。

"赵总，这栋别墅真是太漂亮了。"林雅故意找话题拖延时间。

"这房子虽然漂亮，但是我觉得你更漂亮。"

说话的同时，赵力兴上前了一步，靠近林雅的身边，伸手想要去搂她的腰。

面对赵力兴的小动作，林雅巧妙地转了一下身子，避开了对方的手。

她故作娇嗔地说道："赵总，你真是太会说话了，平时没少这样骗女孩子开心吧！"

"我这话可是说真的，你真的很漂亮。"

这话倒是一句大实话，比起赵力兴之前所见到的那些女人，林雅要更胜一筹。

并不是说她的五官还有身材，比肖丽芳她们好看漂亮多少，最重要的是林雅身上的那种气质，清秀恬静优雅出尘，不像许薇薇她们身上充满了俗气。

"哎！漂亮又怎么样？到头来还不是干上了这一行。"林雅故作感叹道。

这时候赵力兴被勾起了好奇心，忍不住问道："说起来我倒是挺想知道的，你那么漂亮，气质又好，为什么要做这样的工作呢？"

面对询问，林雅杏目转了一下，不禁有些犹豫了起来。

如果继续用上次那个忽悠杜小娟的理由，说不定会弄巧成拙。

因为赵力兴所杀的第一个受害人，便是他的女友周小惠，所以一定是受到了爱情的严重伤害。如果这时候说因为爱情，肯定会刺激到对方的情绪。

正当她有些焦急的时候，忽然从耳机里面传来宋世哲的声音。

"林雅，不用紧张，我说一句你跟着我说一句。"

林雅顿了一下，然后缓缓开口："其实我是一个从农村里面走出来的孩子，我的家庭并不富裕，我的父亲很早就去世了，只剩下我妈，还有我和弟弟、妹妹。

"从小到大，我妈为了拉扯我们三个孩子长大，一直努力地工作赚钱养家，但是她从来没有抱怨过一句，给了我们全世界最好的母爱。

"今年我刚刚大学毕业了，本来我以为可以工作减轻我妈的负担，让我妈享享清福，结果就在这个时候，我妈病倒了，而且还查出患有尿毒症。

"我刚刚步入社会工作，收入又不高，面对高昂的医疗费用，除了做这个职业，我实在是想不到有什么更好的办法了。"

林雅又一次发挥了神一般的演技，说得眼眶泛红，双目垂泪。

而听到这般悲凉的故事，赵力兴也不由得被感动了。

"这个世界上，母爱是最无私的，你有一个好妈妈，老天一定会保佑她恢复健康的。"

"谢谢！"林雅神色纠结地感谢道。

这个时候的赵力兴一点都不像杀人狂魔，相反地倒有点和善。

正当他们身边环绕着一片温馨的气氛时，突然从楼下传来一道破碎的声响。

这一下，顿时揪紧了赵力兴、林雅的心弦。

第七十五章　彪悍的林雅

严昊翎瞪大了眼睛，看着地面上被摔碎的花瓶碎片。

"你怎么这么不小心啊！"

严昊翎阴沉着脸怒视闯祸的队员，对方一脸羞愧地低下了脑袋。

此时，在该队员和另外一名队员的后背上，各趴着一名老爷爷和老奶奶，他们正是这栋别墅的主人，刚刚从二楼的房间里被救了出来。

可是刚才刑警背着他们下楼梯，准备悄无声息地离开时，却发生了意外。

一般欧式装修风格的室内，经常会摆放一些好看的装饰品，而在一楼到二楼的楼梯转角位置，就放置有一个漂亮的陶瓷花瓶。

可能是没注意，当背着老爷爷的那名队员经过时，不小心蹭了一下，结果就出事了。

"还愣着干吗？赶紧把人质救出去。"严昊翎没好气地训斥道。

听到这话的两名刑警，立即背着人质快速下楼朝大门走去，而严昊翎和另外两名刑警队员则拔出手枪，紧张地监视着楼梯位置。

同样被吓了一跳的，还有外面的刑警小队，以及彭局长、宋世哲。

要知道现在林雅还跟赵力兴待在一块儿呢！万一被对方挟持当人质那可就糟了。

而此时在三楼的赵力兴，被二楼的声响吸引了注意力。

"你在这里等我，我下去看一下。"

赵力兴还以为是两个人质弄出什么声响来，所以想要把林雅给支开。

然而林雅却知道，现在严昊翎他们正在二楼解救人质，所以第一个念头便是拖住赵力兴，不让他下去。可是一时间又想不到什么借口，只有本能地抓住对方。

"等一下！"林雅下意识地喊道。

她这一举动让赵力兴有些生疑，问道："你干什么？"

"哦！"林雅迟疑了一下，尴尬地笑道，"我跟你一起下去。"

赵力兴此时还没有发现破绽，依旧拒绝道："不用了，我自己下去就行。"

正当林雅犹豫要不要放手时，她的微型耳麦中传来宋世哲的声音：

"林雅，人质已经解救成功，你赶紧想办法脱身。"

听到这话，本来想阻止赵力兴下楼的林雅不禁愣了一下，随即松开抓住对方的手。

"那好吧，我在这里等你。"林雅说道。

她的态度转换之快，堪称是四川的变脸，可是赵力兴急着去查看二楼的情况，没有去深思林雅的奇怪行为。

他快步地走到了楼梯的位置，刚准备下楼，这时，严昊翎和另外两名刑警队员正打算上楼，双方在楼道上碰个正着。

这突如其来的相遇，令双方都有些错愕，两边大眼瞪小眼，一时间都有些没反应过来。

危急关头，赵力兴还是反应快了一些。

他在看到严昊翎身上的穿饰，以及手中的枪时，瞬间便意识到发生了什么事情。

而反应过来后，他头脑中第一个念头就是逃。

只见他扭头转身就跑，而这个时候，林雅正好挡在他的去路上。

如果赵力兴到现在还不明白是怎么回事，那就实在是太蠢了。

他目露凶光地看着林雅，速度不减地冲了过去，一副如果林雅敢拦阻的话，便跟她鱼死网破的样子。而看到赵力兴这副凶狠的模样，林雅急忙侧身贴墙让出了去路。

看到林雅这么识时务，赵力兴自然也就没有刻意地去对付她。

对于赵力兴来说，现在当务之急最重要的是逃命。

可是就在他经过林雅身边的时候，突然一道快速迅猛的黑影突袭而至。

不是别的，正是林雅踢出的鞭腿。

猝不及防的赵力兴实实地挨了一脚，整个人被踢得跌倒在地。

成功拦下赵力兴后，林雅快速取下脚上的高跟鞋，拿在手里充当武器。

"臭婊子，你敢拦我，找死！"赵力兴怒骂道。

"哼！赵力兴，我告诉你外面都是警察，你是逃不掉的，赶紧投降吧！"
林雅怒喝道。

"就算逃不掉，我也要拉你垫背。"赵力兴阴狠地说道。

说完，他从后腰处摸出了一把匕首，快速爬起身来冲向了林雅。

这个时候，林雅展现出她跆拳道黑带的实力。

只见赵力兴刚冲到林雅的身前，还没等他出手攻击，这时林雅陡然矮
身旋转一记漂亮的扫堂腿，干脆利落地将赵力兴扫倒在地。

栽倒在地的赵力兴刚想撑起身子，这时林雅一记踢腿，准确地踢在赵
力兴的手腕上。

"嗯！"赵力兴闷哼一声，手腕一痛，手中的匕首直接被踢飞了。

成功解除赵力兴的武器后，林雅更加不怕了。

只见她扔下高跟鞋快步上前，一把拽住赵力兴的领口，紧接着转身扭
腰甩手发力。

"砰"的一声，一记干脆利落的过肩摔。

赵力兴被重重地砸在地面上，连地板都在震动。

"啊！"赵力兴发出一声惨叫，感到后背一阵生疼，但依旧强忍着疼
痛爬起身来。

"这一脚是替周小惠踢的。"说完，林雅一记直踹踹中了赵力兴的肋部。

挨了一脚的赵力兴顿时栽倒在地，还没等他起身，这时林雅再次扑上，
一记高压腿势大力沉的下劈，狠狠地踏在赵力兴的肚子上。

"噗……"赵力兴当即被劈得岔气，上半身都坐直了起来。

"这一脚是替李小梅踢的，还有肖丽芳、许薇薇。"林雅面带寒霜地说道。

她每念一个名字，便狠狠地揍赵力兴一记。

从接触下水道连环杀人案开始，同样身为女性的林雅对凶手可以说是恨之入骨，如果杀人不犯法的话，林雅连杀他的心都有了。

尽管肖丽芳、许薇薇等人从事的职业并不光彩，可是不意味着她们的生命就不宝贵。

对于她们的亲人、朋友来说，她们是这个世界上独一无二的存在，而且每个人的生命只有一次。可是赵力兴却丧心病狂，草菅人命，并且残忍分尸。

虽然开始林雅对赵力兴这个杀人魔有些畏惧，但现在已经克服了恐惧。

在她心里，只剩下对赵力兴的仇恨怒火。

"呃呃……"

遭到接二连三的重击，赵力兴跪倒在地，惊恐地看着林雅。

他实在没有想到，看起来这么娇滴滴的女人，身手竟然这么厉害。

正当他想要开口求饶时，林雅的攻击再次降临。

"呼！"劲风席卷！

一记转身后摆腿，重重地甩在他的侧脸上。

赵力兴被踢得翻滚了两圈，艰难地抬起脑袋看了林雅一眼，伸出手指了指她。

还没来得及说话，他突然感到眼前一黑，竟然就这样晕了过去。

而此时，严昊翎和另外两名刑警正站在不远处，拿着手枪，目瞪口呆地看着这一幕。

整个过程实在是太震撼了，他们根本就没有插手的机会。

或者应该说，林雅根本不需要他们帮忙。

从头到尾，赵力兴在林雅的攻击下只有被打的份，那一记记攻击看得他们都有点着迷了，不过同时也看得他们心里很爽，因为他们也很想揍赵力兴。

不过身为刑警，抓捕罪犯的时候是有严格规定的，那就是不能滥用暴力。

等到严昊翎他们感觉差不多了，想要上去时，林雅已经结束打斗了。

这让严昊翎他们有一种错觉，自己三人是来打酱油的。

面对严昊翎他们的目光，林雅扬起俏丽的下巴，一脸自豪地看着他们：

"哼！看什么看，没见过美女打架呀！"

听到这话，严昊翎三人嘴角不由自主地抽搐了几下。

见过美女打架，只是没见过这么能打架的。

尽管最后抓住赵力兴的人有些出乎大家的意料，但不管是谁抓的，赵力兴这个杀人狂魔终于落网了，彭局长、宋世哲等人的心头巨石总算是着地了。

当严昊翎他们押着赵力兴走出来时，警车早已经等候多时了，赵力兴被直接塞进了车里。

随后，在四名刑警的严密看守下，赵力兴被遣送回分局严加看守。

这个时候，立了大功的林雅刚好从别墅里走了出来。

看到她，宋世哲第一时间迎了上去。

他上下查看了一番，关心地问道："林雅，你有没有受伤？"

林雅摇了摇头，微笑道："我没受伤，你放心吧！"

听到这话，宋世哲顿时松了一口气，庆幸道："那就好！那就好！"

这时严昊翎走了过来，略带调侃地笑道："老宋，瞧你给紧张的，我告诉你，你是没有看到刚才林雅的身手有多么厉害，那叫一个彪悍啊！"

"那是，也不看看是谁，我可是跆拳道黑带的高手。"林雅得意地笑道。

然而宋世哲却是一脸严肃，没好气地训道："你很得意吗！我让你想办法脱身，你为什么不听命令？你知不知道刚才有多危险？"

面对斥责，林雅很委屈地解释道："我也不想的，他朝我冲了过来，我就出手咯！"

宋世哲不禁有些无语了，真当他们是聋的吗？

林雅在痛殴赵力兴的时候，她身上的窃听器材可是正常工作的。

所以，林雅说的那些话他们都听得一清二楚，根本就是林雅蓄意借机殴打对方。

"行了！行了！"严昊翎忍不住出面护道，"这一次人家小林可是大功臣，非但冒险深入虎穴跟赵力兴斗智斗勇，最后还成功抓住了歹徒，瞧瞧你什么态度。"

说完他朝林雅笑道："别理他，有我罩着你，这次你做得非常好，我发觉你其实挺适合当警察的，这么好的身手当法医浪费了，考虑一下调到我这边来，怎么样？"

　　"滚！哪儿凉快哪儿待着去！"宋世哲没好气地踢了他一脚。

　　严昊翎拍了拍屁股上的脚印，笑骂道："老子现在心情好，不跟你这家伙一般见识。"

　　随即他又朝林雅低声道："不过我刚才说的都是认真的，考虑一下！"

　　"你还来劲了！"宋世哲眼睛一瞪。

　　严昊翎见状，急忙闪人。

第七十六章　赵力兴的后手

晚上十点半左右，鼓楼区公安分局。

留下小孙和两名警察负责处理一些收尾，随后彭局长、宋世哲等人回到分局。

由于成功地抓到了赵力兴，所以，一路上所有人脸上都洋溢着欣喜的笑容。

为了抓住下水道杀人魔赵力兴，这段时间整个刑警大队上上下下，可以说是废寝忘食、忙碌奔波地走访调查，努力了那么久，终于收获成果了。

最重要的是，成功将杀人魔活着抓捕归案，这对警察们来说无疑是最大的肯定和鼓励。

要知道，碎尸案本来就是很难破的，将近一半的案件会成为悬案。

即使有的案子成功找到了凶手，但却因为凶手潜逃无法抓捕归案，最后案子高悬也无法结案。

这一次的碎尸案，能够抓到凶手归案，除了有刑警大队全体人员的辛劳付出之外，其中还有一点点运气的成分。

就拿他们抓捕刘鸿飞回来审讯的那一次，当时的赵力兴其实有足够的时间潜逃。要不是他心存侥幸依旧逗留在鼓楼区，估计现在想要抓到人就难了。

彭局长、宋世哲、严昊翎他们没有耽搁，一回到分局便立即直奔审讯室。

此时的赵力兴，双手双脚都被铐上了手铐，禁锢在审讯椅上。

对于一个杀人狂魔来说，这种待遇一点都不过分。

这一次审讯由彭局长亲自主持，严昊翎陪同在一旁担任助手负责记录口供。

平时的审讯都是由严昊翎以及其他刑警队员负责，这一次彭局长亲自上场，由此可见，他对这个案子的重视程度。

"赵力兴，三十五岁，身高一米七六，天京市浦口区东葛村人，曾经入伍当过兵，退伍后当了一名屠户，后来因为打架伤人致残，被判入狱坐了两年牢。

"出狱后投靠刘鸿飞，因为做过屠户，办事认真，很快就被提升为主管，直到今天。"

"……"

严昊翎拿着文件夹，一条一条地介绍着赵力兴的资料。

最后的一条，便是宋世哲和林雅在刘鸿飞公司的仓库冻柜里面，找到了肖丽芳和许薇薇的头骨，并在上面提取到了赵力兴的指纹。

全程赵力兴都安静地听着，神情十分平静，仿佛这些命案都与他无关。

等到严昊翎宣读完毕之后，彭局长才开口说话。

"赵力兴，你对以上的事情还有什么话说？"彭局长质问道。

这时赵力兴才有所反应，只见他抬起头来看了看他们两人，随后淡淡地冷笑了一声，没有说任何话，一副毫不畏惧、肆无忌惮的样子。

"你别以为不说话我们就拿你没办法，警方已经掌握了你杀人的确凿证据，你是不可能逃脱的，倒不如现在老实交代，配合调查。"彭局长声音低沉地说道。

"哼！"赵力兴轻蔑地冷笑了一声，终于说话了。

"既然你们都已经掌握了确凿证据，那还需要我交代什么？"

脾气火暴的严昊翎看到他这副态度，当即一股怒火从心底翻涌而起，直冲颅顶。

"嘟嘟嘟……"严昊翎握紧了拳头，恼怒地砸了一下桌面，咬牙切齿地说道，"赵力兴，你态度给我放端正一点，这里是公安局，不是你的狗窝！"

赵力兴偏着脑袋，斜眼看着严昊翎，说道："我态度端正一点，你们就会放我走吗？不会吧！既然如此，那我为什么还要端正态度。"

被激怒的不只有严昊翎，此时在隔壁观察室里面的宋世哲和林雅也有些气愤。

"这个赵力兴还真是嚣张啊！"林雅气得牙痒痒地说道。

"是嚣张了一点，不过他倒是也没说错。"

宋世哲相对而言要比较冷静一些，在他看来赵力兴也蹦跶不了多久了。

正如严昊翎所说，赵力兴杀人的证据确凿，根本不容抵赖，以他的罪行到了法院肯定是判处死刑。而赵力兴对自己的下场也很清楚，所以才肆无忌惮。

这个时候，忽然赵力兴语出惊人说了一句话："我告诉你们，最好现在就放了我，不然有什么后果你们自己承担。"

彭局长与严昊翎不禁对视了一眼，还以为自己听错了呢！

"我是不是听错了？"林雅也怀疑道。

宋世哲皱着眉头，摇了摇头，说道："你没听错，我们都没听错。"

"我看你是痴心妄想吧！你觉得这要求有可能吗？"严昊翎讥讽道。

"赵力兴，在法律面前人人平等，别说你没有后台，就算你有什么不为人知的靠山，你犯下这样的大罪，谁也救不了你。"彭局长义正词严地喝道。

赵力兴这时嚣张地嗤笑了起来，说道："我不靠任何人，我靠我自己。"

"师傅，他这话是什么意思？"林雅疑问道。

宋世哲皱紧眉头，神色凝重地猜测道："难道……他准备了什么后手不成？"

"你到底想要说什么？"彭局长质问道。

"在我小的时候，我们农村有一种老式的化粪池，那个时候没有玩具，在农村小孩子的节目不多，其中有一种小游戏，就是用竹竿子在化粪池里面搅动。"

"等到差不多了，就点一根火柴丢进去，你们猜接下来发生什么事情？"

"轰……爆炸！哈哈哈哈……"

赵力兴不紧不慢地说着，到最后忽然猖狂地大笑了起来。

与赵力兴形成鲜明对比的是，彭局长、严昊翎等人凝重阴沉的脸色。

而在观察室内的宋世哲，不禁想到了之前的一些细节，顿时脸上露出惊骇的神情。

"炸弹，他放置了炸弹！"宋世哲说道。

"什么？"林雅掩嘴惊呼道。

"在工农新村走访调查的时候，赵力兴曾经到一个小超市里面买过东西，他向超市老板购买汽油或者酒精，当时我不知道他想干吗，但是现在知道了。"

"他一定是在下水道里安置了土制炸弹，一旦引爆，有可能会造成严重破坏，甚至可能会危及普通无辜百姓的性命。"

化粪池和下水道有一个共同的特点，那就是容易聚集沼气。

沼气，化学名：甲烷，顾名思义就是沼泽里的气体。

沼气是各种有机物质，在还原反应的作用下，并在适宜的温度、pH值下，经过微生物的发酵作用产生的一种可燃烧气体。

一旦这种气体大量聚集，遇到明火的话就会造成剧烈爆炸。

在新闻报道上，逢年过节有一些调皮捣蛋的熊孩子，喜欢把鞭炮点燃之后塞进地面地下道井盖的孔洞里，结果遇到沼气导致剧烈爆炸。

威力小的只是炸飞井盖，威力大的连水泥浇筑的地面都能给炸裂开来。

紧接着，赵力兴便证实了宋世哲的猜测，跟他说的一模一样。

"你这个狗杂种！"严昊翎按压不住怒火了。

他怒骂一声，猛地起身冲到赵力兴的身前，重重的一拳挥在了他的脸上。

"砰！"赵力兴被打得整个身子倾向一边，要不是审讯椅牢牢地固定在地面上，估计这一下他非得直接栽倒在地不可。

但正因如此，他受伤反而更加严重，鲜血沿着嘴角流了出来。

赵力兴蠕动了一下嘴巴，张口吐出了一颗被打断的牙齿。

本来挨了林雅一脚，左脸就呈现红肿的状态，现在右脸挨了一拳，同样好不到哪儿去。

"呵呵！"赵力兴冷笑两声，狞笑道，"打得好，继续啊！打死我啊！

我死了谁也不知道炸弹藏在哪里，到时候哪个倒霉鬼触发了，黄泉路上正好跟我做伴。"

"你……"严昊翎扯着他的领口，右手的拳头再度举起。

"老严，住手！"彭局长急忙喝止他。

"嘶嘶嘶……"

严昊翎虎目圆瞪，充满怒火地怒视着赵力兴，胸口气得起伏不定。

最后他第二拳还是没能落下，严昊翎怒吼了一声，转身快步走出了审讯室。

他担心自己再待下去，还会忍不住出手殴打赵力兴。

刚走出审讯室，无处宣泄的严昊翎饱含怒火地踹了墙面一脚，在墙面上留下一个清晰的脚印。而这个时候，宋世哲从观察室里走了出来，刚好看到这一幕。

"哎！"宋世哲无奈地叹了一声，走上前去拍了拍他的肩膀。

"气大伤肝，不要动怒。"宋世哲劝说道。

"老宋，你也看到了，这狗娘养的杂种，我真恨不得把他给掐死！"严昊翎怒道。

"我全都看到了，我也很生气很愤怒，可是他有说得一点没错，现在只有他知道炸弹藏在哪里，我们必须让他交代出来。"宋世哲说道。

严昊翎翻了一记白眼，摆了摆手，说道："别指望了，你觉得他会说出来吗？"

宋世哲高深莫测地说道："这就要看谁问他了。"

"你？"严昊翎深感怀疑地看着他，质疑道，"我看你也没戏！"

"不是我，是他妈！"

听到这话，严昊翎顿时眼睛一亮。

这时，彭局长也从审讯室里走了出来，刚好听到宋世哲的话。

他不无怀疑地问道："这一招行得通吗？"

"我仔细看过赵力兴的资料，他的父亲早逝，家里只剩下一个老母亲，他们母子相依为命很多年，在被警方通缉的时候，赵力兴宁愿冒险也要回到浦口区的老家。"

"除了是想要跑路之外，估计还有另外一个打算，就是潜逃之前再看他妈最后一眼，这恰恰说明了他心里是一个很孝顺母亲的人。"

"如果我们把他母亲给接过来，面对母亲的询问，他有可能会良心发现说出来。"

彭局长和严昊翎对视了一眼，觉得这个办法可以尝试一下。

"现在只能死马当活马医了，无论如何都要试一下，严队长，你亲自跑一趟把人给接过来。"彭局长当机立断下达命令。

"是，局长，我马上出发！"严昊翎应道。

第七十七章　亲情牌

赵力兴的老家在浦口区东葛村，一个不大的村落。

随着经济发展，浦口区大力扶持乡村经济脱贫，帮助乡村建楼铺路。

曾经不通公路的乡下村落，如今通了公路，交通也便捷了许多，从鼓楼区公安分局开车过去只需要一个小时左右，来返一趟也就两个小时。

赵力兴的家里只有一个老母亲，用现在比较流行的话来说，就是空巢老人。

当严昊翎带着三名刑警队员抵达东葛村，在当地派出所民警的帮助下找到赵力兴的家时，时间已经是深夜十二点左右了。

彭局长、宋世哲等人，本以为当天晚上就能够把赵力兴他妈接过来。

然而，事情往往没有像人们所希望的那么顺利。

在得知儿子犯了命案之后，赵力兴的母亲因为受不了打击当场晕了过去。

由于老人家年事已高，所以严昊翎他们不得不急忙将对方送往当地的医院进行救治。

严昊翎他们并没有因为老人家跟赵力兴的关系而有所怠慢，在病床前忙前忙后地帮忙跑腿，又是交费又是护理的，好不容易才把老人家给救醒了。

为防万一，严昊翎他们也没有急着办理出院，而是让老人家留院观察了一晚上。

毕竟现在能够让赵力兴说出炸弹藏匿地点的人，可能只有他母亲了。

在得知这个情况后，彭局长、宋世哲等人十分无奈。

但是他们也知道严昊翎做得非常正确，所以只能耐心等着。

结果抓住赵力兴的当晚，所有人一夜未眠。

本以为抓到了杀人魔，心头重石终于可以放下来了，没承想还得担惊受怕。

整个晚上，他们都在担心那颗未知的炸弹会不会被意外给触发了。

因为一般土制炸弹都很不稳定，有可能路面上一辆汽车开过就会导致炸弹爆炸，抑或是周边建筑施工的震动也会导致爆炸。

而随着黎明的到来，彭局长等人内心的焦虑倍增。

原因很简单，现如今鼓楼区正在大面积地进行清淤作业，每天都有清淤工人到下水道清除淤泥，而赵力兴将炸弹藏在某个下水道里面，随时有可能被触发。

进入下水道作业至少需要三个人合作，一旦发生爆炸，有可能又是几条人命。

而这个命案，从发现到目前已经累积五条人命了。

为了避免最坏的结果出现，彭局长打电话给环保局局长，让清淤工人暂停作业。

至于什么时候让工人恢复工作，则要看什么时候能够找到炸弹了。

所以，也就难怪彭局长他们会担惊受怕了。

早上七点十五分，众人期盼的"救星"终于是姗姗来迟了。

而此时，彭局长和宋世哲等人都在公安分局大门口等候着，不一会儿，一辆警车缓缓地驶入了警局大院，在大门前平稳地停靠了下来。

"哗啦"一声，车厢门打开，只见严昊翎第一个从车里钻了出来，随即便看到他小心翼翼地从警车里搀扶出了一名满脸皱纹、白发苍苍、神色憔悴的老妇人。

毫无疑问，这名老妇人就是赵力兴的母亲张婆婆。

张婆婆刚一下车，便看到了在门口的彭局长，她连忙快步走了过去。

彭局长见状，也主动上前了两步。

张婆婆走到彭局长身前，还没等他开口说话呢，当即双膝一屈跪了下去。

"哎哎哎……"

彭局长见状，急忙伸手搀扶住张婆婆。

在她身旁的严昊翎反应过来，也连忙架住不让她跪拜彭局长。

"老人家，你这是干什么啊？"彭局长疑问道。

只见张婆婆痛哭流涕，忏悔道："领导，我是罪人啊！我养了这么一个没人性的畜生，害死了那么多无辜的人，我实在对不起国家，更对不起那些受害者的家人啊！"

彭局长和宋世哲下意识地看向了严昊翎，对方无奈地耸了耸肩膀。

"在回来的路上，我已经把事情说了。"严昊翎叹道。

"哎！"彭局长和宋世哲暗叹了一声。

他们倒也没觉得严昊翎这样做有错，毕竟张婆婆迟早都是要知道的。

而且现在随着白天的来临，路面上车辆交通开始繁忙了起来，随时有可能引爆土制炸弹，所以现在正是争分夺秒的时候。

"先把老人家扶进里面再说吧！"彭局长说道。

严昊翎和小孙两人搀扶着老人家，走进公安分局办公大楼。

一路上，张婆婆不断地向彭局长请罪。

看着老人家一把年纪了，泪流满面地说着一些自责的话，众人心里都不是很好受。

他们看得出，张婆婆就是一个奉公守法、老实质朴的普通乡下妇女，可惜她的儿子赵力兴犯下了此等天怒人怨的罪案，实在是法理难容啊！

可怜张婆婆都到了这把年纪，还要面对白发人送黑发人这样残忍的事情。

不过被赵力兴所害的那些受害者的父母，他们又何尝不是这样呢？

彭局长没有急于开始，而是先将张婆婆安排在一间休息室里面，让她先平静一下情绪。

好一会儿之后，彭局长和宋世哲、严昊翎三人才进入休息室。

他们在里面谈了十分钟左右，随后彭局长亲自搀扶着张婆婆前往审讯室。

很快，他们便来到审讯室的门口。

"老人家，鼓楼区的安危靠你了。"彭局长郑重地嘱咐道。

"我明白！我明白！"张婆婆重重地点了点头。

……

此时审讯室里面，赵力兴正在闭目养神。

他丝毫没有紧张的样子，而脸上的伤势也初步处理了一下。

也不知道他此时在想些什么，会不会感到自责，愧对被他杀害的那些受害者。

就在这时，审讯室的房门被打开了，严昊翎从外面走了进来。

他径直走到赵力兴的面前，拿出钥匙将赵力兴双手的手铐给取了下来。这一幕让赵力兴精神一振，不由得暗喜，以为警方答应了自己的条件。

可是当他看到一个熟悉的身影走进来时，瞬间如同晴天霹雳般变得神色惊恐。

彭局长将张婆婆搀扶着进入审讯室之后，朝严昊翎使了一下眼色。

随后两人默默地退了出去，并且顺手将房门给关上，把审讯室的空间留给母子二人。

张婆婆战战兢兢地走到赵力兴面前，泪眼蒙眬地看着他。

面对含辛茹苦养育自己长大的母亲，赵力兴这时不复之前审讯时的嚣张气焰。

他能够从母亲的眼神中看出那深深的绝望。

张婆婆伸出粗糙的手摸了摸儿子的脑袋，泪水打湿了布满岁月痕迹的老脸。

"妈……"

赵力兴带着些许哽咽，轻轻地唤了一声。

然而，未等话音落下，突然张婆婆扬手重重地扇了他一记耳光。

"不要叫我妈，我没你这样灭绝人性、丧心病狂的儿子！"张婆婆痛哭地骂道。

赵力兴哽咽道："对不起，妈！儿子对不起你！"

"你对不起的何止是我，还有那些被你残害的受害者，以及她们的家人，人家也有妈妈，你杀了她们的女儿、儿子，你让她们怎么办啊！"

张婆婆大声哭骂着，右手不停地扇打着儿子的耳朵跟头部。

面对母亲的责骂，赵力兴没有反抗，闭着眼睛任由她打骂着，甚至不伸手遮挡。

不知道是母亲的责骂还是对死者的愧疚，赵力兴也终于流下了泪水。

在隔壁观察室里看着这一幕的彭局长、宋世哲、严昊翎等人，都不由得有些感叹。再穷凶极恶的罪犯，面对自己至亲至爱的亲人时，还是会表现出软弱的一面。

人心都是肉长的，之所以能够冷酷无情，只是因为事情没发生在自己身上罢了！

"哎！早知如此，何必当初呢！"彭局长叹道。

"哼！他这是活该，那些无辜的受害者才应该得到同情。"严昊翎冷冷说道。

"看这情况，赵力兴应该会说出炸弹藏在哪里。"宋世哲说道。

彭局长点了点头，说道："但愿如此吧！"

宋世哲没有继续看下去，转身离开了观察室，林雅也跟着他走了出去。

"师傅！"林雅忽然叫住了宋世哲。

"嗯？"宋世哲下意识地停住脚步，回过身来疑惑地看向她。

"你还记得昨天晚上答应我的事情吗？"林雅问道。

只见宋世哲神色顿时变得有些尴尬，扯了扯嘴角，讪笑道："这个……当然记得！"

林雅有些兴奋地扬起嘴角，追问道："那你什么时候跟我约会啊？"

"咳咳！"宋世哲咳嗽了两声，说道，"暂时……还不确定，怎么说也得先把手头上这个案子的收尾处理完再说，对吧！不着急，会有时间的。"

说完宋世哲连忙以上厕所为借口遁走，留下林雅一个人气鼓鼓地站在原地。

"可恶！分明就是推脱嘛！人家有那么可怕吗？"

林雅无奈，只能十分不情愿地走开。

而此时，她浑然没有注意到在身后的不远处，整个人泥塑石化般的小孙。

他刚才正好拿着一份文件，准备转交给观察室内的局长。

结果刚走到附近，正好听到了宋世哲和林雅之间的谈话，顿时整个人都震惊了。几乎整个分局都知道他想追林雅，只是迟迟没有进展。

"林雅竟然主动约会宋科长，难道她……"小孙自言自语。

一想到自己和宋世哲的差距，瞬间心哇凉哇凉的。

这时，严昊翎正好从观察室里走出来，看到小孙傻傻地站在那里发呆。

"喂！傻站着干吗呢？"严昊翎随口问道。

"呜呜……队长，我失恋了！"

"啊！"严昊翎错愕了一下，随即疑惑道，"你什么时候谈的恋爱，我怎么不知道？"

"哇啊啊啊……"

第七十八章　法医侠侣

　　时间过去了一周，鼓楼区的治安重新恢复了平静安宁。

　　赵力兴在其母亲的"劝说"下，最终还是说了炸弹地点。

　　得到炸弹地点之后，彭局长第一时间封锁现场，然后派遣拆弹专家前往。

　　仅仅用了不到十分钟，拆弹专家就成功地拆除了炸弹。

　　那是一个用点火器、酒精简单组装的爆炸装置，垂吊在下水道的管壁上，引线藏在了下水道的污水里，一旦清淤工人不小心绊到，顷刻间就会触发。

　　一般私人土制的炸弹结构都相对比较简单，拆解起来也十分容易。

　　像赵力兴制作的炸弹，只要学过拆弹知识的就能拆除，出动专家只是为了更加稳妥。

　　成功解除危机后，众人心头上悬着的巨石总算是彻底落地了。

　　指证赵力兴的证据确凿，而且他自己也承认了犯罪事实，所以入罪判刑是铁定的了。

　　以他所犯的罪行，死刑肯定是逃不掉了，顶多就是争取一下死缓。

　　至于后面的那些事情，那就不是宋世哲需要关心的了。

　　他的工作是法医，帮助警方破案抓住凶手就是了，如何审判、判刑那是法官的工作。

　　而此时，宋世哲正双手拿着一桶爆米花，木讷地站在电影院的门口。

今天是周日，又刚刚破了一宗大案子，所以出来放松一下，顺便完成跟某人的约定。

没错，今天他正是和林雅出来约会的。

俗话说得好，自己答应的约会，含着泪也要赴约。

更何况，林雅还是个大美女呢！

能够跟她约会，不知道是多少男人羡慕嫉妒的好事呢！

宋世哲抬手看了一下手表，距离电影开场还有不到十分钟时间，而林雅还没出现，这让他不禁有些无语，因为他已经等了有半个小时了。

虽然男女约会，男人等女人是寻常事，但宋世哲是法医，对迟到一向有些反感。

正当他想着是不是打个电话催一下对方，就在这时……

"师傅！"一道清脆悦耳的声音传来。

听到叫唤，宋世哲下意识地偏头循声看去，当看到声音的主人时，顿时眼前一亮。

只见一道高挑修长、凹凸有致、窈窕动人的美丽倩影，正迈着优雅的步伐，朝着宋世哲款款走来，不是别人，正是魅力出众的林雅。

她穿着一条浅黄色带碎花的连衣短裙，短裙简洁大方，腰部后面绑着一个漂亮的蝴蝶结，将其前凸后翘的身材完美地勾勒了出来。

只到膝盖上方的裙摆下，两条笔直纤细的小腿，脚下踩着一双紫红色的高跟鞋。

本就靓丽的俏脸，化了一个淡妆，变得更加明媚动人、气质出尘。

沿途看到她的男性同胞，无不被吸引了注意力。

不止是单身的男性，就连身边有女伴的也忍不住回头观望。

林雅走到宋世哲面前，略带狡黠地询问道："不好意思，我来晚了，你等很久了吧！"

"嗯！没有多久！"宋世哲挑了一下眉头，微笑道，"也就半个小时左右，不过嘛，现在看来我的等待还算是物有所值的。"

"你是在称赞我漂亮吗？"林雅娇俏地斜眼笑道。

"呵呵！你要这么理解也行！"

林雅掩嘴嬉笑了两声，说道："其实我早就到了，只不过没出来而已！"

"你早就到了？那为什么要躲着？"宋世哲纳闷道。

"因为……"林雅得意地说道，"我想考验你一下啊！顺便看看你等我的样子。"

"……"宋世哲额头垂下一排黑线。

不带这样玩的吧！女人，你的名字叫作纠结。

脾气好的宋世哲决定不跟对方一般见识，说道："电影快开始了，进去吧！"

林雅应了一声后，十分坦然地伸手挽着宋世哲的臂弯。

这一亲密举动顿时令宋世哲身体一紧，但随即故作镇定地忽视。

而林雅则是微微扬起唇角，心里暗自偷笑。

宋世哲两人看的是一部视觉特效一流的好莱坞大片，之所以选择这么一部电影，倒不是不爱国不支持国产，主要是因为他们来电影院的目的就是放松、过瘾。

平时每天面对的工作已经那么烧脑了，他们实在不想看个电影还要费脑子。

所以，剧情简单、视觉效果一流的爆米花 3D 大片是最好的选择了。

两个小时过后，伴随着退场的人流宋世哲两人走了出来。

两人看的电影是下午三点多将近四点开场，出来时正好到了傍晚，顺道去吃晚餐。

吃饭的地方离电影院很近，开车过去连五分钟都不到，地方是林雅选的，名字很好听，叫桃花源，是一家古色古香、环境优美、装修高档的中餐馆。

林雅开了一个小包间，虽然不大，但是布置得很典雅，气氛也十分温馨。

随意地点了几个菜之后，两人一边喝茶等上菜一边聊天。

"师傅，一般周末你都去哪儿玩？"林雅询问着。

"放假时间，就不用叫师傅了，叫名字或者叫哥也行！"宋世哲淡道，"我朋友不多，平时周末都是在家休息，很少出门。"

林雅点了点头，甜甜地叫了一声："世哲欧巴！"

"咳咳！"宋世哲顿时被呛了一下，无奈地苦笑道，"你还是叫我师傅吧！"

"嘻嘻！"林雅偷笑了两声，正常地唤道，"世哲哥，你说你长得挺帅的，学历又高，收入也不少，而且家境还挺不错的，怎么一直单身啊？"

"平时工作那么忙，哪有时间交女朋友啊！"宋世哲无奈地感叹道。

林雅凝视着宋世哲，怀疑道："你撒谎！"

"真的！而且又是法医，经常跟尸体打交道，你自己也是法医，知道有多重口味，一般的女孩子哪里接受得了。"宋世哲解释道。

"那要是有哪个女孩子不介意这些呢？"林雅问道。

"这个嘛……等遇到再说！"

宋世哲打了个哈哈，岔开了话题，询问起林雅在校期间的趣事。

在他的打岔下，同时点的菜陆续上来，很快便将这个敏感的话题给遗忘了。

这一顿饭两人吃了将近一个小时，等到吃完去结账的时候，宋世哲却发现林雅早就结了。原来她在谎称上厕所期间，偷偷把账单给结了。

两人走出餐馆时，宋世哲苦笑道："和女孩子出来约会吃饭，哪有让女生买单的。"

"嘻嘻，我是故意的，这样你就欠我一顿饭了。"林雅自得地笑道。

听到这话，让宋世哲不禁有些哭笑不得。

两人并没有着急回去，而是开着车到附近的广场散步，顺带帮助消化。

入夜之后的广场比白天更加热闹，除了那些广场舞大妈，还有不少年轻人也出来散步，其中不少还是小情侣，彼此牵着手说着甜蜜的情话。

就在宋世哲两人经过广场的喷水池附近时，忽然被一名长相可爱的小女孩拦住了。

该小女孩手里提着一个花篮，里面除了一束玫瑰花，还有一些单朵的。

"姐姐，姐姐，你好漂亮啊！"小女孩娇声道。

林雅看了她的花篮一眼，微笑道："小妹妹，你眼光真好！"

这时小女孩又朝宋世哲说道："帅哥哥，你不买束花送给你的漂亮女朋友吗？"

宋世哲略微尴尬地看了林雅一眼，笑道："小妹妹你误会了，她不是哥哥的女朋友。"

"你买一些花送给她，不就是了嘛！"

看着小女孩天真无邪的模样，宋世哲一时间不知道该怎么解释好了。

"咳咳！"这时林雅咳嗽了两声，杏目示意了他一下。

宋世哲并不愚笨，讪笑地摇头道："呵呵！好吧！那这一束花卖多少钱？"

花了两百块从小女孩手里买下了那束玫瑰花，将其送给了林雅，随后看着小女孩蹦蹦跳跳高兴离去的背影，宋世哲和林雅两人不由得相视一笑。

林雅双手捧着鲜花，跟宋世哲缓缓漫步在广场的小径。

"刚才……那小妹妹说的话你别往心里去。"宋世哲有些窘迫地说道。

"那小妹妹说什么呀？"林雅故作迷糊地反问道。

"呃！没，没说什么！"宋世哲连忙道。

闻言，林雅不禁翻了一记好看的白眼，主动道："世哲哥，其实我还是单身呢！"

"哦！那挺好的，挺好的！"宋世哲木讷地点了点头。

见他这反应，林雅心里暗道："呆子，破案的时候那么神，怎么这会儿就那么笨呢！"

越想越气，她忽然伸手拽住了宋世哲的手臂。

"我不想当你徒弟了，我要当你女朋友！"林雅直截了当地说道。

"啊！"宋世哲顿时震惊了，下意识问道，"为什么？"

"因为我舅舅老是在我面前提起你的英雄事迹，所以我很早很早就崇拜你，而且通过这段时间的接触，我更加喜欢你了，我不想只是当你的徒弟或者同事。"

"反正现在你单身我也是单身，而且法医找对象也不容易，为什么咱们不干脆在一起呢！大家都是成年人，追求自己所喜欢的对象很正常。"

林雅语速极快，一连串噼里啪啦地快速说完了，令宋世哲都有点没反应过来。

"我……能拒绝吗？"宋世哲小心翼翼地问道。

"不可以，怎么可以，不管你答不答应，你的女朋友我是当定了。"

"呃，那好吧，我答应了！"

林雅在愣了一下之后，惊愕地确认问道："你再说一遍？"

"我说，我答应让你做我的女朋友了。"

"欧耶！太好了！"

告白成功的林雅高兴地跳了起来，开心得像个孩子一样。

而宋世哲也挠了挠鼻梁，脸上洋溢着笑容。他对林雅其实也一直有好感，只是之前没有发觉罢了，直到林雅以身犯险才发现自己很在乎对方。

正当他们沉浸在喜悦之中，宋世哲身上的手机突然响了起来。

他掏出来一看，来电显示的正是严昊翎。

"喂！老宋啊！你现在在哪儿？白云源小区发生命案了，赶紧过去。"

"好的，马上过去！"宋世哲应道，随即挂断了电话。

这时林雅已经收敛了情绪，一脸严肃地问道："是严队长？又有命案发生了？"

"是的，就在离这里不远的白云源小区。"宋世哲回答道。

"你没有带勘查箱？"林雅疑问道。

"吃饭的家伙，当然携带了，就在车里。"

"那还等什么，走吧！"

……